Dieter W. Zirngibl

W0467569

Kalte Schnauzen - kalte Hände

1000 Meilen mit Huskies durch Kanada und Alaska

ISBN 3-89811-312-4

© 1999 Ingrid Zirngibl, München — Alle Rechte vorbehalten
Printed in Germany by Libri – Books on demand

Umschlag:	Karl Feil
Zeichnungen:	Stephan Kempner
Datenkonvertierung:	August Rosenhauer, MTI Computer

Dieter W. Zirngibl

Abenteuerbericht
über das
„härteste Schlittenhunde-Rennen der Welt“
dem

Yukon-Quest

Inhaltsverzeichnis

BLANCO

Allakaket im März

Allakaket, ein Nest, irgendwo in der Mitte von Nirgendwo. Dort, in dem Kaff an einer historischen Postroute in Alaska, fing alles an. Im März vor drei Jahren.

200 lange Meilen bin ich mit meinen Hunden dem ehemaligen Posttrail von Tanana nach Allakaket gefolgt. Seit Jahrzehnten wird dieser historische Weg nur noch streckenweise von einigen Fallenstellern genutzt, die hier draußen ihre Trappline betreiben und damit ihr kärgliches Brot verdienen. Die Post wird schon seit über 20 Jahren ausschließlich per Flugzeug in "Bushvillages" wie Allakaket befördert. Der Posttrail, der in früheren Jahren regelmäßig von Mailcarriern, Postboten mit Hundeschlittengespannen, befahren wurde, existiert eigentlich nur noch als gestrichelte Linie in alten Karten.

Wie wir es geschafft haben, ohne uns nennenswert zu verirren nach Allakaket zu kommen, ist mir unerklärlich. Oft war meilenweit nicht die geringste Andeutung einer Schlittenspur zu sehen. Den mit tiefen Schnee bedeckten Trail mußte ich oft erst für meine Hunde passierbar machen. Wieviele Stunden bin ich deshalb vor meinem Team auf Schneeschuhen hergestapft?

Allakaket. Erschöpft und müde lassen sich meine Huskies vor dem einzigen Kramerladen dieses kleinen Indianerdorfes am Polarkreis in den Schnee fallen. Hoffentlich finde ich hier eine mitleidige Seele, die meinen Hunden und mir für ein bis zwei Tage Unterschlupf gewährt. Denn auch ich bin am Ende meiner Kräfte und kann mich nur noch mit äußerster Mühe auf den Beinen halten.

Unsere Ankunft hat für einige Aufregung gesorgt. Es ist nicht alltäglich, daß ein Hundeschlittengespann aus der 120 Meilen entfernten Nachbarstadt Tanana herüber kommt. Schon nach kurzer Zeit hat sich der kleine Laden mit Indianer gefüllt. Neugierig fragen sie mich nach dem Grund meiner Reise. Ich erzähle ihnen, daß ich irgendwann einmal eines der großen 1000 Meilen Rennen, entweder das Yukon-Quest oder das Iditarod, fahren möchte. Diese Tour soll ein erster, großer Test für meine Hunde und für mich sein. Mein Mut, alleine von Tanana hierher gefahren zu sein, findet allgemein Anerkennung. Nach kürzester Zeit werde ich von mehreren Dorfbewohnern zur Übernachtung eingeladen. Meine Wahl fällt auf Steve Sackman, einem namhaften Hundezüchter in Alaska. Von ihm erhoffe ich mir Tips, wie man Hunde am besten auf derartige Strapazen vorbereitet und welche Huskies man dazu auswählt. Nach einer traumlosen Nacht in Steves Blockhaus inspizieren wir am nächsten Morgen gemeinsam seinen Zwinger. Stolz erklärt mir Steve die Verbindungen, aus denen die jeweiligen Tiere hervorgegangen sind und welche Rennen sie schon gewonnen haben. Sein Kennel macht einen ordentlichen und gepflegten Eindruck. Alle Hunde haben nette Hütten, vor denen sie angekettet sind. Nur etwas abseits sind fünf Hunde ohne jeden Wetterschutz an Birken festgebunden. Auf meine Frage, was es mit diesen Tieren auf sich habe, antwortet Steve mit einer wegwerfenden Handbewegung: "Diese Viecher sind wertlos. Sobald ich Zeit habe, befördere ich sie in den Hundehimmel."

Das Leben in der Arktis ist hart und gnadenlos. Wer sein Brot nicht verdient, für den gibt es kein Recht auf Leben. Wölfe, die nicht mehr jagen können und damit für das Rudel nutzlos geworden sind, werden von ihrer Gemeinschaft ausgestoßen. Sie müssen jämmerlich verhungern. Nicht nur Wölfe handeln so grausam. Alle Lebewesen in der Arktis sind zu dieser Verhaltensweise gezwungen, wollen sie die Erhaltung ihrer Art sicherstellen. Selbst bei einigen Eskimostämmen ist es heute noch üblich, daß Alte und Gebrechliche , die nicht mehr für sich selbst sorgen können, traditionell zum Sterben aufs Eis gehen. Durch die westliche Zivilisation verweichlicht, bekomme ich Mitleid mit diesen dem Tod geweihten Kreaturen.

Vom Proviant für die Rückfahrt zweige ich ein paar Leckerbissen ab und verfüttere sie an die Hunde, die von ihrem traurigen Schicksal nichts ahnen.

Ein weißer, wolfsähnlicher Husky sticht mir dabei sofort ins Auge. Der Blick, mit dem er mich aus seinen treuen, braunen Augen anschaut, geht mir durch Mark und Bein. Seine Augen strahlen etwas aus, daß ich als eine Mischung aus Treue und Intelligenz deute. Oder bilde ich mir das nur ein? Habe ich mich etwa aus Mitleid verliebt?

Wieder zurück im warmen Blochhaus frage ich Steve nach Einzelheiten über diesen Hund. Einen Namen hat er noch nicht. Hier in Alaska bekommen Hunde erst dann ihren Namen, wenn sie den Sprung ins Team geschafft haben. Die Bewohner dieser kargen Region verfahren so, um nicht vorzeitig eine zu enge Beziehung zu den Tieren aufzubauen. Auf meine Fragen antwortet Steve: "Dieser Köter stammt eigentlich aus einer guten Verbindung, und seine Geschwister sind alle in sehr guten Gespannen untergekommen. Nur er ist einfach viel zu langsam, und er hat keine Qualitäten, die ihn als Leithund auszeichnen würden. Nicht einmal zum Holz- und Wasserholen kannst du ihn einsetzen." Damit ist für meinen Gastgeber dieses Thema beendet.

Eigentlich habe ich meine Rückreise für heute Nachmittag geplant. Doch der Gedanke an diese Hundeaugen läßt mir keine Ruhe. Statt den Schlitten zu packen, schleiche ich, wie eine Katze um den heißen Brei, immer wieder zu diesem weißen Hund. Um mich nicht noch in weitere Hunde zu verlieben meide ich seine Schicksalsgenossen. Doch dieses Tier hat mich so sehr in den Bann gezogen, daß ich immer wieder zu ihm hin muß. Jeden meiner weiteren Versuche, mich über diesen Husky zu informieren, erstickt Steve sofort im Keim. Unmißverständlich gibt er mir zu verstehen, daß dieser Hund unverkäuflich ist. Nur leistungsfähige Tiere dürfen seinen Zwinger verlassen.
"Ich habe einen guten Ruf als Züchter, und den will ich auch behalten."
Mit seiner schroffen Art hat Steve meinen Trotz geweckt. Ich beschließe, eine weitere Nacht in Allakaket zu bleiben. Um diesen Hund werde ich kämpfen.
Im Liquorstore erstehe ich eine Flasche Whiskey. Mit Hilfe des Feuerwassers will ich Steve weichkochen.
Gegen Abend, ich habe Steve bei seinen Arbeiten im Kennel geholfen, sitzen wir vor der langsam leerer werdenden Flasche. Unser Gespräch dreht sich um Gott und die Welt. Ohne wieder über diesen weißen Hund

zu reden, erzähle ich Geschichten aus meiner Zeit als Seemann. Unauffällig versuche ich das Gespräch auf den Punkt meines Interesses zu bringen. Offensichtlich gehe ich dabei nicht so geschickt vor wie ich glaube. Die halbe Whiskeyflasche ist leer, und erst jetzt habe ich das Gespräch wieder auf den weißen Hund gebracht. Plötzlich springt Steve mit wutverzerrtem Gesicht auf. Er reißt ein Gewehr von der Wand und brüllt: "Ich bin ein freier Alaskaner! Ich mache, was mir richtig erscheint. Von einem Fremden lasse ich mir nicht dreinreden! Basta! Damit das Thema ein Ende hat, werde ich diesen verdammten Hund auf der Stelle abknallen!"

Entsetzt schaue ich ihn an. Ich wollte nicht unhöflich sein. Aber meine neue Liebe will ich auch nicht verlieren. Die Situation ist so verfahren, daß alles egal ist. Da Steve mich nicht mit dem Gewehr bedroht, ist es mir ein leichtes, ihm die Waffe zu entreißen. Ich weiß, daß ich nur ein geduldeter Gast bin, aber mein Sturkopf läßt mich jeden Anstand vergessen. Obwohl ich mich für mein Handeln schäme, brülle ich auf Steve ein und versuche, ihm mit allen mir zur Verfügung stehenden Mitteln klar zu machen, daß ich diesen Hund retten und haben will.

Zu meiner äußersten Verwunderung setzt mich Steve nicht vor die Türe. Wieder etwas ruhiger versucht er mich nun seinerseits von der Unsinnigkeit meines Vorhabens zu überzeugen. Offenbar genieße ich bei ihm Narrenfreiheit. Warum? Wohl nur weil ich es mir in den Kopf gesetzt habe als Nicht- Alaskaner an einem der größten und härtesten Abenteuer die diese Welt noch zu bieten hat teilnehmen zu wollen. Er meint es sicher gut mit mir und möchte verhindern, daß ich mein zukünftiges Gespann aus Mitleid mit Tieren belaste, die niemals in einem leistungsstarken Team mithalten können. Ob aus Mitleid oder Trotz, für jedes seiner Argumente habe ich ein Gegenargument. Dabei muß ich zugeben, daß Steve mehr über Schlittenhunde vergessen hat, als ich wahrscheinlich je über diese spezielle Gattung Hund wissen werde.
Nach langer, schier endloser Debatte überläßt mir Steve Sackman den Hund für 300 Dollar.

Außerdem nimmt er mir das Versprechen ab, niemandem zu erzählen, woher ich diesen Husky habe. Den Rest dieser anstrengenden Nacht ver-

bringe ich in halbwachem Zustand auf Steves Fußboden. Habe ich richtig gehandelt, oder wollte ich nur meinen Dickschädel durchsetzen? Ich weiß es selbst nicht! Das einzige, das bei meinen nächtlichen Überlegungen herauskommt, ist ein Name für meinen neuen Hund:

"Blanco"

Ob Blanco weiß, daß ich sein Leben gerettet habe? Ob Steve geahnt hat, daß Blanco, ein Jahr nach dieser Begebenheit, als Leithund durch die Weltpresse gehen würde und mir 8000 Dollar für ihn geboten wurden? Egal. Jedenfalls sind Steve Sackman und ich noch heute gute Freunde. Von dem Versprechen, nichts über Blancos Herkunft zu verraten, hat er mich schon lange entbunden.

Yukon-Quest das härteste Rennen der Welt:

Blanco, Ickey, Guitary, Clancy, Gobbles, Salz, Houdini, Chew, Trouble, Nordic, Sunny-Boy, Be-Bop, Rhonda, Lard und Sister - ihr seid die wahren Helden dieses Abenteuers.

Das Yukon-Quest ist ein unbarmherziges Rennen, manchmal sogar ein Kampf auf Leben und Tod. Nur die Härtesten der Harten kommen durch. Für Mensch und Tier stellt diese unglaubliche Reise quer durch Alaska und Kanada eine große Prüfung dar.

Obwohl euch euer Musher auf Schritt und Tritt begleitet, pflegt und füttert, ist es selbst für ihn kaum nachvollziehbar, welch ungeheure Leistung ihr vollbringen müßt. Euch, ihr Laufwunder und Energiebündel, ist dieser Bericht über unsere zweite Teilnahme am Yukon-Quest-Rennen gewidmet.

Ungeachtet all der Fehler, die ich aus Unwissenheit oder überzogenem Ehrgeiz begangen habe, habt ihr mich schon vor einem Jahr einmal über die Ziellinie gezogen. Ihr, die ihr in der harten Wildnis Alaskas aufgewachsen seid, habt manchen meiner Patzer durch euer selbständiges Handeln ausgeglichen. Dadurch habt ihr die Voraussetzung geschaffen, daß wir das Yukon-Quest bereits einmal erfolgreich beenden konnten. Danke!

Das Yukon-Quest will an den Zug der Goldgräber, Missionare und Mailcarrier erinnern. Sie haben um die Jahrhundertwende dieses wilde, herrliche und gleichzeitig grausame Land am Polarkreis, entlang dem schier endlosen Yukon-River erschlossen und besiedelt. Dieses Rennen führt über mehr als 1.000 Meilen (ca.1.700 km) durch den immer noch unzivilisierten und kaum bewohnten inneren Teil Alaskas und Kanadas. Selbst heute, im High-Tech-Zeitalter, leben entlang des historischen

Yukon-Quest-Trails noch Goldgräber und Fallensteller in ihren kleinen Blockhäusern. Wie vor 100 Jahren müssen sie ohne Elektrizität und fließendem Wasser auskommen.

Abseits aller Zivilisation gewinnen sie ihr Trinkwasser, wie damals in den Zeiten des Goldrausches, aus geschmolzenem Eis oder Schnee. Mangels Elektrizität beleuchten sie ihr aus rohen Baumstämmen zusammengezimmertes Heim mit Petroleumlampen.

Diesen Menschen, im Volksmund „Buschratten" genannt, sage ich vielen Dank. Ohne ihre Großherzigkeit und Gastfreundschaft könnte dieses Rennen nicht durchgeführt werden. Uns Mushern wäre es kaum möglich, die über 1000 Meilen lange Strecke zwischen Fairbanks (Alaska) und Whitehorse (Kanada), an einem Stück zu bewältigen. Denn diese Distanz wird nur von sieben Checkpoints unterbrochen, die der Rast und Proviantaufnahme dienen. Die in dieser Region herrschenden Temperaturen liegen teilweise bei minus 60 Grad Celsius und erleichtern die Tortour nicht gerade.

Ihr Hunde legt euch selbst bei den barbarischsten Minusgraden einfach in den Schnee, rollt euch zusammen und schlaft den Schlaf des Gerechten. Wir Menschen brauchen jedoch gelegentlich eine warme, windgeschützte Behausung. Wir müssen einfach manchmal unsere steifgefrorene Kleidung auftauen und austrocknen können. Den Leuten entlang des Yukon-Questtrails, die ihr kärgliches Mahl mit uns Mushern und ihr mühselig gewonnenes Wasser mit euch Laufmaschinen auf vier Beinen teilen, sei hiermit ebenfalls aufs Allerherzlichste gedankt.

In Jahren mit einer geraden Zahl führt das Rennen von Fairbanks nach Whitehorse. In Jahren mit einer ungeraden Zahl beginnt das Yukon-Quest in Whitehorse und endet in Fairbanks. Da ich in zwei aufeinanderfolgenden Jahren gestartet bin, habe ich beide Richtungen durchlaufen. Doch ist es mir unmöglich zu sagen, welche der beiden Varianten die härtere und schwerere ist. In einem Fall müssen steilste Berghänge keuchend erklommen werden. Im anderen Fall kommt es darauf an, einen teilweise über 400 Pfund schweren Schlitten bei rasender Talfahrt so abzubremsen, daß keiner von euch Hunden verletzt wird.

Ich bin stolz darauf, ein Mitglied eures Rudels zu sein. Denn nur sehr wenige aus der Zunft der Musher haben solch gute Hunde, daß sie es wagen können, dieses als härtestes Rennen der Welt bezeichnete Unternehmen, in Angriff zu nehmen

Geschweige denn, daß sie es geschafft haben, dieses Rennen erfolgreich zu beenden. Nicht umsonst ist das Motto dieses Rennens: „Jeder, der nach 1000 Meilen das Ziel erreicht, ist ein Sieger!“ Dank euch habe ich es bereits einmal zuwege gebracht. Dafür möchte ich euch noch mal meinen besonderen Dank aussprechen.

Um an diesem Rennen überhaupt teilnehmen zu können, müssen wir zunächst nach Fairbanks. Fairbanks ist eine der drei größten Städte Alaskas. Dort leben ca. 30.000 Menschen und es gibt Anschlüsse an mehrere Highways. Ab Oktober leben und trainieren wir in Tanana.

Tanana ist eine Ansiedlung mit 300 Einwohnern, etwa 1.500 Hunden und liegt im Busch Zentral-Alaskas. Wegen unserer abgeschiedenen Lage gehören wir zu den sogenannten Bushratten. Auf diese Bezeichnung sind wir sehr stolz. Im Winter ist unsere einzige Verbindung zur Zivilisation der Buschflieger, mit kleinen ein- bis zweimotorigen Maschinen. Es führt keine Straße nach Tanana. Nur der gewaltige und endlose Yukon, auf dem im Winter jedoch keine Schiffahrt möglich ist, verbindet uns mit dem Rest der Welt.

15 Hunde, den Schlitten mit Ausrüstung und mich nach Fairbanks zu fliegen, würde mein bescheidenes Budget für die Teilnahme am Yukon-Quest sprengen. Also müssen sich meine Hunde und ich zur nächsten Stadt mit einer Straßenverbindung nach Fairbanks durchschlagen.

Es ist Manley, eine kleine Siedlung an einer Schotterstraße. Einem Seitenanschluß zum Eliot-Highway, der Fairbanks mit den im äußersten Norden Alaskas liegenden Ölfeldern von Prudow-Bay verbindet.

Hier in Tanana beginnt für meine Hunde und mich die erste, wenn auch inoffizielle Etappe des Rennens.

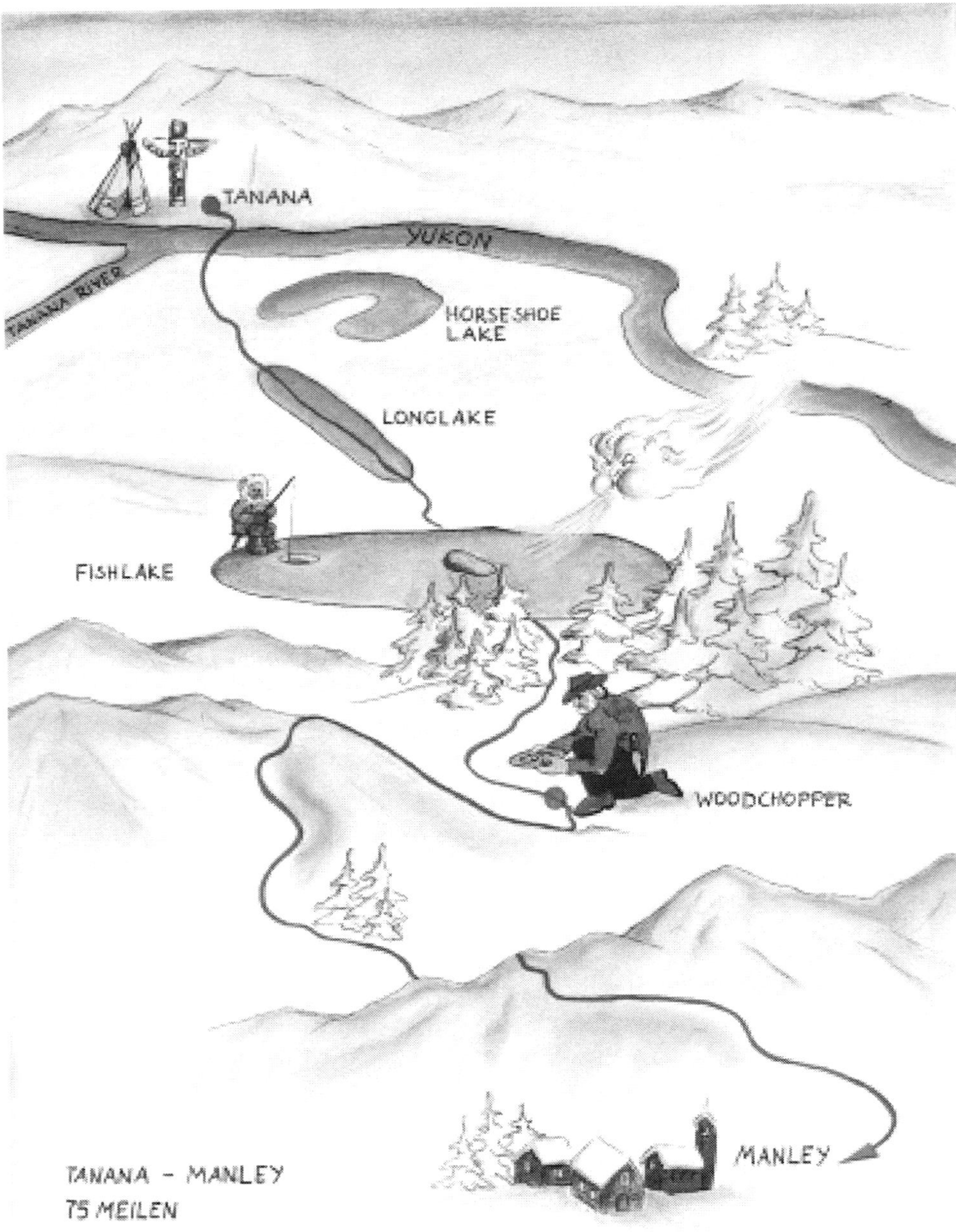
TANANA
YUKON
TANANA RIVER
HORSESHOE LAKE
LONGLAKE
FISHLAKE
WOODCHOPPER
MANLEY
TANANA - MANLEY
75 MEILEN

Auf dem Weg von Tanana nach Manley / Fairbanks

Sonntag: 04. Februar

Nach einem reichhaltigen Frühstück, für meine Huskies und mich, will ich unser Anwesen in Tanana mit zwei Teams verlassen. Acht Hunde sind vor meinem Schlitten und sieben Hunde sind vor dem Motorschlitten meines Freundes Bill Fliris eingeschirrt. Mit insgesamt 15 Hunden möchte ich nach Fairbanks zum Start des Yukon-Quest Anreisen.

15 Hunde, obwohl nur 14 Huskies die Startlinie am Samstag, den 10.Februar, überqueren dürfen. Aber bis zum Start des Yukon-Quest liegen noch die etwa 75 Meilen (ca.125 km) lange Strecke nach Manley, sowie zwei Trainingsfahrten vor mir. In dieser Zeit kann uns noch eine Menge widerfahren. Außerdem bin ich mir selbst nach dreimonatigem harten Training immer noch nicht darüber klar, ob ich Clancy oder Sister ins Team der 14 Starter nehmen soll.
Mit 28 Huskies habe ich im Oktober das Training begonnen. Bei 13 Hunden bin ich mir mehr oder weniger sicher. Nur zwischen Clancy und Sister schwanke ich noch. Bevor ich mich endgültig festlegen muß verbleibt mir außer der langen Anreise, die Untersuchung meiner vierbeinigen Laufmaschinen durch einen Tierarzt und zwei geplante Trainingsläufe in und um Fairbanks. Also noch genug Zeit um zu einem endgültigen Ergebnis zu kommen.
Bill, mein Lehrmeister, und ich haben beschlossen, die Meute von 15 Hunden auf zwei Teams zu verteilen. Erst wenn wir den dick vereisten Yukon River überquert haben, fügen wir die beiden Gruppen zu einer Einheit zusammen. Es ist leichter, über acht statt über 15 Hunde die Kontrolle zu bewahren. Die Verletzungsgefahr, die beim anfänglichen Enthusiasmus meiner Athleten besonders groß ist, muß ich möglichst gering halten. Seit Ende Oktober, dem Beginn unserer Trainingssaison, hat es in unserer Gegend kaum geschneit. Dies macht den vor uns liegenden Trail hart und extrem schnell. Für die Hunde ist es verhältnismäßig leicht, den mit etwa 250 Pfund an Proviant und Ausrüstung beladenen Schlitten über den glashart gefrorenen Trail zu ziehen. Für mich ist

es dafür um so schwieriger, eine Meute laufbegeisterter Huskies unter Kontrolle zu halten. Besonders dann, wenn diese vor Übermut und Kraft nur so strotzen.
Ich denke, es ist eine gute Entscheidung, den ersten Teil unserer Anreise nach Manley-Fairbanks mit zwei kleinen Teams zu beginnen.
Wenn diese schneearmen Trailbedingungen anhalten, erwartet die Fachwelt ein extrem schnelles Rennen. Bei diesem Wettkampf wird der Sieger möglicherweise einen neuen Rekord aufstellen und für die zurückzulegenden 1.000 Meilen weniger als zehn Tage brauchen. Der Streckenrekord wurde im vergangenen Jahr von Frank Turner aufgestellt: Der schmächtige Trapper aus Pelly Crossing, der bislang bei allen 14 Yukon-Quest-Rennen am Start war, benötigte für seinen Sieg exakt 10 Tage, 16 Stunden und 20 Minuten. Wir belegten damals den 13. und letzten Platz. Dafür wurden wir mit der "roten Laterne, den Insignien des Schlußlichtes ausgezeichnet. Um unser Licht nicht zu sehr unter den Scheffel zu stellen, möchte ich anmerken, daß immerhin 22 Musher am Start waren. Es haben jedoch nur 13 Teams geschafft dieses Rennen zu beenden.

Alle Hunde sind eingespannt. Inge, meine Frau, möchte mich noch vor der Abfahrt nach Manley mit einem Hamburger füttern. Vor lauter Nervosität bringe ich jedoch keinen Bissen herunter. In meinem Bauch hat sich ein eigenartiges Gefühl breit gemacht. In mir rumort es, als würden sich statt 15 Hunden tausend Schmetterlinge auf den Weg nach Manley machen. Obwohl das Wetter im Augenblick wunderbar ist und die Sonne vom strahlend blauen Himmel scheint, kann auf diesen 75 Meilen durch die weite, menschenleere Wildnis Alaskas zuviel geschehen. Beim besten Willen kann ich jetzt nicht noch in Ruhe etwas essen. Es besteht die Gefahr, daß wir ins Eis der vor uns liegenden Flußläufe und Seen einbrechen, daß uns ein Blizzard überrascht oder wir von einem Elch oder von zu früh aus dem Winterschlaf erwachten Bären angegriffen werden. Jedenfalls habe ich ein beklemmendes Gefühl in der Brust und möchte die vor mir liegende Strecke so schnell wie möglich hinter mich bringen.

Meinen Hunden scheint es genauso zu gehen. Aufgeregt bellend, zerren sie an ihren Geschirren und sind kaum noch zu halten. Blanco, mein bester Leithund, führt mein Team alleine. Ickey und Guitary führen Bills Team auf den ersten Meilen unseres Trips an.

Blanco nimmt in meiner Mannschaft eine ganz besondere Stellung ein. Diese Position in meinem Team hat er sich während unseres Debüts beim Yukon-Quest erarbeitet.

Auf einem Berg, dem Rosebud, nur noch 150 Meilen vor dem ersehnten Ziel, brach die Verbindung zwischen den Hunden und dem Schlitten. Von nichts mehr zurückgehalten verschwand mein Team in der Dunkelheit und ließ mich im tosenden Blizzard alleine auf dem Berggipfel zurück. Voll Panik sah ich mich schon im Geiste tagelang durch die weiße, menschenleere Wüste bis zur nächsten Siedlung stapfen. Mein Traum vom erfolgreichen Abschluß des Rennens war plötzlich in unerreichbare Ferne gerückt. Nicht die Aussicht ab jetzt zu Fuß laufen zu müssen, sondern die Angst das Rennen nicht erfolgreich beenden zu können trieb mir Tränen der Enttäuschung in die Augen. So laut ich nur konnte, jedoch ohne die geringste Hoffnung gehört zu werden, brüllte ich den Namen meines Leithundes: "BLANCO!" in die Dunkelheit. Der Verzweiflung nahe ließ ich mich mutlos auf den verwaisten Schlitten sinken. Die Sichtweite betrug in diesem Blizzard höchstens vier bis fünf Meter. Plötzlich tauchte Blanco mit seiner kompletten Mannschaft im Schlepptau wieder vor mir auf. Wie er dieses Kunststück vollbringen konnte, das Team in vollem Lauf umzudrehen und unversehrt zu mir zurückzubringen, wird mir ewig ein Rätsel bleiben.

Seit diesem Zeitpunkt ist Blanco mit seinen außergewöhnlichen Führungsqualitäten für mich eine Mischung aus den Fernsehwunderhunden "Lassie" und "Rin Tin Tin". Eigentlich gehört Blanco in diesem Jahr nicht in dieses Team. Seine Endgeschwindigkeit liegt zu weit unter dem Durchschnitt meiner anderen Hunde. Aber seine außergewöhnlichen Eigenschaften als Leithund und meine besonders enge Beziehung zu ihm machen ihn auch in diesem Jahr auf diesem vor uns liegenden Mammutunternehmen unverzichtbar.

Nachdem wir den Yukon bei strahlender Sonne überquert und den Horseshoe Lake mit seinen umliegenden Sümpfen passiert haben, fügen

Bill und ich die beiden Teams zu einer Einheit von 15 laufhungrigen Huskies zusammen. Ab jetzt mache ich mich alleine auf den Weg nach Manley, und Bill kehrt nach Tanana zurück. Er muß sich beeilen, wenn er den Buschflieger erwischen will, der ihn, Inge und meine Tochter Petra nach Fairbanks bringen soll. Von dort wird er mit unserem Hundetransporter, einem uralten Chevi-Pickup, nach Manley fahren, um meine Hunde und mich aufzunehmen.
Meine 15 Weggefährten und ich machen uns zwischenzeitlich ebenfalls über den Hayslough, einem stillen Seitenarm des Yukon, auf den Weg nach Manley. Ich habe eine gute Brotzeit aus aufgetautem Lammfleisch für meine Hunde eingepackt. Die saftigen Fleischbrocken werde ich nach Überqueren des Fish Lake, also etwa nach der Hälfte des vor uns liegenden Weges, verfüttern. Solange wird das Fleisch in der mitgenommenen Kühlbox, die hier in der Arktis als eine Art Thermobox fungiert, wohl aufgetaut bleiben.

Zunächst ist das Eis des Hayslough dick mit Schnee bedeckt. Wir kommen sehr gut vorwärts. Die Hunde finden auf dem über dem Eis liegenden Schnee guten Halt und rutschen nicht aus. Wenn diese Bedingungen anhalten, rechne ich damit, daß wir etwa gegen 15.00 Uhr in Manley, also noch vor Bill, ankommen werden.
Je näher wir dem Fish Lake kommen, desto mehr nimmt der Wind an Stärke zu. Mir schwant Schlimmes! Die Schwarztannen, die uns bisher guten Windschatten geboten haben treten immer weiter vom Ufer des Hayslough zurück und machen der offenen Tundra Platz. Plötzlich weht es so stark, daß ich die Kapuze meines Parkas zum Schutz gegen den beißenden Wind über den Kopf ziehen muß. Die Temperatur liegt zwar nur bei etwa minus 30 Grad. Aber bei solch einem Wind entstehen auf der Haut Temperaturen die bei minus 70 Grad und tiefer liegen. Dieser „Windchill" kann häßliche Erfrierungen, sogenannte Frostbites, auf der Haut hervorrufen. Zu allem Überfluß treibt der Wind Schnee- und Eiskristalle vor sich her, die mir mit Wucht ins Gesicht fliegen. Also ziehe ich mir, auch wenn ich es hasse, die fellbesetzte Kapuze meiner Parka so tief wie möglich ins Gesicht. Mittlerweile hat der zum Sturm angewachsene Wind jeden Schnee von der gefrorenen Oberfläche des Hayslough geblasen. Der Flußlauf ist schneefrei, dafür sind meine Augenlider vom Schnee verklebt. Auf der nun blanken Eisfläche finden die

Pfoten meiner Huskies nur sehr schwer Halt. Der Schlitten gleitet ohne jegliche Seitenführung über das Eis und wird von jeder stärkeren Böe aus seiner geraden Bahn geworfen. Um Blanco zu schonen habe ich Ickey und Guitary ins Lead gespannt. Auf einem dem Fish Lake vorgelagerten See, dem Long Lake, erreicht der Wind Orkanstärke.
Mein gesamtes Team wird von einer ungeheuren Böe quer zur geplanten Fahrtrichtung gedrückt. So sehr ich mich auch abmühe, schaffe ich es nicht den Schlitten geradeaus zu halten. Ickey und Guitary werden brutal über das Eis geschleudert. Sie geraten in Panik.
Ängstlich versuchen sie das komplette Team in ein Waldstück zu ziehen. Meine beiden Leithunde haben nur einen Gedanken: "So schnell wie möglich runter von der glatten Eisfläche — hin zu der schutzverheißenden Dunkelheit des Waldes!" Kein Kommando, kein Zuruf hilft Der Wind reißt mir jeden Laut von den Lippen. Ob sie mich überhaupt hören können?
Ich bekomme den Schneeanker nicht in das glasharte Eis des Sees und kann das nun in die falsche Richtung ziehende Team nicht stoppen. Hilflos hänge ich am Schlitten und versuche meine Hunde durch "Gee" und "Haw" wieder auf die richtige Bahn zu lenken. Vergebens! Als einzige Möglichkeit bleibt mir, den vollgeladenen Schlitten auf die Seite zu werfen. Die einzige Chance um die Bremswirkung zu verstärken und das Team zu stoppen. Leicht gesagt, schwer getan. Während ich mich an dem umgeworfenen Schlitten fest klammere, brülle ich mir die Seele aus dem Leib. Mit Gottes Hilfe und dem Druck der Luft schaffe ich es, die Hunde noch vor Erreichen des Waldes zum Stehen zu bringen. So schnell es geht, muß ich jetzt auf allen Vieren gegen den Wind nach vorn zu meinen beiden Leithunden kriechen. Dort angekommen, versuche ich sie wieder in die alte Richtung zu zerren. Es klappt! Doch kaum bin ich zurück beim Schlitten drehen Ickey und Guitary noch einmal zum schutzverheißenden Wald ab.
Ich könnte die Beiden erwürgen. Durch ihr Manöver war meine ganze Plackerei vergebens. Das Rennen hat noch nicht begonnen, und ich stekke schon bis über beide Ohren im Schlamassel.

Wahrscheinlich haben die Hunde mehr Verstand als ich. Sie wollen den Blizzard im schützenden Wald abwarten. Nicht mit mir. Fairbanks wartet! Wir müssen weiter, denn auch das Yukon-Quest wird uns vor schwere

Probleme stellen. Wir können einfach nicht jedesmal darauf hoffen, daß sich die Situation von selbst bereinigt.
Mir bleibt mir nichts anderes übrig, als wieder fluchend auf allen Vieren nach vorne zu kriechen. Ickey und Guitary haben nicht die Nerven dem Sturm zu trotzen. Also muß ich sie hier vorne ausspannen und wieder ins Team einordnen. “Blanco, du bist der Einzige, der mir in dieser verfahrenen Situation helfen kann. In all den vielen tausend Meilen, die wir

zusammen zurückgelegt haben, hast du noch nie eines meiner Kommandos unbeachtet gelassen!” Beschwörend rede ich auf Blanco ein, während ich ihn alleine in die Position des Leithundes, ins „Single-lead“, einspanne. Jetzt robbe ich zum Schlitten zurück. Ächzend und stöhnend versuche ich den schwerbeladenen Schlitten wieder aufzurichten. Gleichzeitig beruhige ich die Hunde mit einem langgezogenen „Whhhooow“. Meine Jungs sollen erst mit dem Ziehen anfangen wenn ich den Schlitten wieder in der Senkrechten habe. Nach mehreren, vergeblichen Anläufen und mit viel Gefluche gelingt es mir endlich, den Schlitten auf die Kufen zu stellen. Wie erhofft folgt Blanco blind meinen Kommandos. Mit stoischer Ruhe bringt er das verunsicherte Team samt Schlitten wieder zurück auf den Trail. Oder besser gesagt, in die Richtung, in welcher der Trail verlaufen müßte. Leider ist auf der blanken Eisdecke kein Weg zu erkennen. Nach vielen “Gees” und “Haws” erreichen wir unter Blancos Führung die andere Seite des Long Lakes. Hier entdecke ich endlich im Schnee die Fortsetzung des Trails. Wir tauchen in den Schutz eines kleinen Waldstückes ein, welches den Long Lake mit dem Fish Lake verbindet. Geschafft!
Diese Ruhe und Windstille in dem kleinen Birkenwäldchen ist einfach herrlich. Ich nutze den Windschutz. Stoppe das Team und ramme zur Sicherheit den Snowhook, so gut es geht, in den gefrorenen Waldboden. Essenszeit. Der Reihe nach, bei den Wheeldogs vor dem Schlitten beginnend, streichle ich meine Hunde.
Als besonderen Leckerbissen hole ich für jeden ein kleines Stück gefrorenen Lachs aus dem Schlittensack. Nachdem alle Zug-und Neckleinen von mir entwirrt worden sind und ich den Schneeanker aus dem Boden gezogen habe, geht es nach einem kurzen „ok boys“ weiter in Richtung Manley. Hier, in diesem Birkenwäldchen, herrscht fast Windstille. Vielleicht ist auch der Fish Lake gnädig mit uns!

Der vor mir liegende Fish Lake mit seinen etwa vier Meilen (ca sieben km) ungeschützter Eisfahrt ist nicht ungefährlich. Dieser See nötigt mir immer wieder Respekt ab. Auf meinen Trainingsfahrten und auch bei der Anreise zu meinem letztjährigen Yukon-Quest habe ich den Fishlake schon mehrfach überquert. Bisher hatte ich mit dem Wetter immer Glück. Hoffentlich ist es auch diesmal so! Erfahrenere Musher als ich mußten mit ihren Teams oft tagelang am Ufer des Fish Lake auf ein Abflauen

des Windes warten. Im letzten Jahr wäre mein Freund Patty Santucci, beinahe an der Seite des Lakes erfroren, zu der ich jetzt gerne gelangen würde. Auch er wurde damals, als er mich von Fairbanks über Manley kommend besuchen wollte, von einem dieser urplötzlich einsetzenden Blizzards überrascht.
Er mußte zwei Tage ohne Zelt bei tiefsten Temperaturen abwarten, bis der Wind sich gelegt hatte. Hoffentlich habe ich etwas mehr Glück als Patty. So naßgeschwitzt wie ich bin, ist es bestimmt kein Vergnügen, ein oder zwei Nächte im Freien verbringen zu müssen. Doch meine Träume zerplatzen jäh!

Der Schlitten befindet sich noch im Schutz der Birken, da höre ich schon den Wind über das Eis pfeifen. Das halbe Team, angeführt von Blanco, hat die Pfoten bereits auf die spiegelglatte Oberfläche des Sees gesetzt. Mir ist der Blick noch durch Gestrüpp versperrt, als der Schlitten langsam zum Stillstand kommt. Hat sich Blanco vom Wind und den umherwirbelnden Eiskristallen einschüchtern lassen? Trotz eines scharfen „GO ahead" rührt sich der Schlitten nicht mehr von der Stelle. Verweigern mir die Hunde den Gehorsam? Nein! Auf allen Vieren, beziehungsweise auf dem Po sitzend, werden meine treuen Hunde von diesem ungeheuerlichen Sturm, der in Böen zum Orkan anschwillt, über das Eis zu mir zurück gedrückt. Wäre die Situation nicht so vertrackt, dann wäre es zum Lachen. Ein Anblick wie in einem Slapstickfilm.
Um so gut wie möglich einen Tangle zu verhindern haste ich in aller Eile nach vorne. Kaum stehe ich auf dem Eis, werden mir vom Sturm die Beine unter dem Hintern weggerissen. Um nicht noch eine unfreiwillige Sitzpirouette hinzulegen, rutsche ich beim zweiten Anlauf auf den Knien zu meinen Hunden. "Verdammtes Elend!" Mit beiden Händen packe ich Blanco am Zuggeschirr und versuche den Pulk aus Hundeleibern wieder gerade auszurichten. Ich muß es irgendwie schaffen, meine Hunde gegen den Wind über das blanke Eis, des etwa vier Meilen durchmessenden Fish Lake zu ziehen. Der Orkan gibt uns nicht den Hauch einer Chance. Nur wenn der Blizzard eine kurze Atempause macht, gelingt es uns, etwa 10 bis 20 Meter in der geplanten Richtung vorzudringen. Doch schon die nächste Böe macht jede Anstrengung zunichte. In Sekundenschnelle befinden wir uns wieder dort, wo wir vor einigen Minuten unsere Bemühungen aufgenommen haben. Von Versuch zu Ver-

such verheddert sich mein Team immer mehr in der Vielfalt der Zug- und Necklines. Nach erfolgter Entwirrung starte ich einen neuen Anlauf. Ohne Erfolg! Mittlerweile bin ich so durchgeschwitzt, daß an ein Campen bis zum Abflauen des Windes nicht mehr zu denken ist. Wie soll es nun weitergehen? Muß ich umkehren?

Ich kann mich nicht erinnern, in den vergangenen 25 Jahren als Seemann den Elementen so hilflos ausgeliefert gewesen zu sein wie jetzt. Einerseits habe ich auf eine ruhige Fahrt nach Manley gehofft. Andererseits ist gerade der Kampf mit den Elementen eine der Triebfedern, die mich dazu treibt, immer wieder solche Verrücktheiten zu wagen. Schon als Schiffsjunge habe ich es zugleich geliebt und gefürchtet wenn im Sturm unsere Ladung zu verrutschen drohte und wir unter Einsatz des Lebens Fässer und Kisten festzurren mußten. Während solcher Aktionen habe ich mich zwar gefürchtet. Doch hinterher macht sich ein ungeheures Gefühl der Befriedigung und eine Steigerung des Selbstwertgefühles in mir breit. Ich glaube, daß ich regelrecht süchtig nach dieser Art der Selbstbestätigung bin.

In der eisigen Kälte sind meine durchgeschwitzten Klamotten in kurzer Zeit brettsteif gefroren. Während ich meine klammen Finger aneinander reibe, blicke ich sehnsüchtig in Richtung des Adlernestes, daß sich auf einer kleinen Insel in der Mitte des Sees befindet.
Bei vergangenen Seeüberquerungen hat es mir immer verläßlich als Wegweiser gedient. Wenn ich wenigstens schon dort wäre. Aber ich befinde mich, nach etwa eineinhalb Stunden Plackerei, immer noch auf der Tananaseite des Sees.

Auf einmal höre ich durch das Heulen des Sturmes ein Motorengeräusch. Ist es der Bushflieger der Bill, Inge und meine Tochter Petra nach Fairbanks bringt? Nein, das Geräusch kommt nicht von oben und wird auch nur langsam lauter. Es ist der typische Sound eines Zwei-Takters, eines Snowmobils. Paul Starr, ein Athabaska-Indianer aus Tanana, steuert es durch das Birkenwäldchen in unsere Richtung. Auch Paul ist auf dem Weg nach Manley. Er erscheint mir als rettender Engel, wie er so auf seiner Scandic durch den wirbelnden Schnee auf mich zukommt. Wir kennen uns gut. Seine Frau Mary betreibt in Tanana den Tradingpost, den Kramerladen.

Oft hat er mich in meinem Blockhaus besucht, und ich habe mich immer über seine, wenn auch sehr schweigsame Gesellschaft, gefreut. Doch noch nie kam mir sein Besuch so gelegen wie gerade heute. Nachdem Paul sein Snowgoo neben meinem Schlitten zum Stehen gebracht hat, erkläre ich ihm meine Lage. Voll Hoffnung frage ich ihn, ob er es schaffen wird, trotz des Sturmes über das blanke Eis des Sees zu kommen. Nach kurzer Beratung entschließen wir uns, sein Snowmobil in sicherem Abstand vor Blanco, direkt an die Gangline zu koppeln. Paul wird mit seinem Snowgoo zu einer Art motorisiertem Leithund. Wenn unser Plan klappt, wird er mein Team und mich zum nördlichen Ufer des Fishlakes schleppen. Dort wartet im Schutz von Tannenwäldern die Fortsetzung des Trails nach Manley.

Unser Plan scheint aufzugehen! Dank kleiner Spikes findet die Antriebskette des Schneemobils auf der spiegelglatten Oberfläche des Sees genügend Halt. Langsam setzen wir unseren Weg nach Manley mit Pauls Hilfe fort. Es ist kein leichtes Unterfangen. Paul hat erhebliche Schwierigkeiten, die Geschwindigkeit seiner Scandic an die meiner auf dem Eis ausrutschenden Hunde anzupassen. Damit unser Unternehmen nicht zu einfach wird, wird der Schlitten von jedem neuen Windstoß quer zur Fahrtrichtung geschleudert. Ich muß meine ganze Kraft aufbieten, um einigermaßen sicher auf den Kufen stehen bleiben zu können.
Oft halten nur meine verkrampften und halberfrorenen Hände den Kontakt zum Schlitten aufrecht.
Bei diesem Sturm ist jeder Versuch vergeblich mein Gefährt daran zu hindern wie ein Lämmerschwanz hinter dem Snowgoo herzuwackeln. Nach über vier Stunden harter Arbeit erreichen wir endlich das windgeschützte, gegenüberliegende Ufer des Fish Lake.

Gott sei Dank hat sich bei diesem wilden Ritt über das vom Sturm gepeitschte Eis keiner meiner Huskies verletzt. Angefangen beim Leithund, über die Wheeldogs bis hin zum Musher sind wir alle ziemlich außer Atem. Doch noch liegen über 30 Meilen (ca 50 km) vor uns. Erst dann sind wir bei Joee Redington in Manley, dem ersten Zwischenziel unserer noch sehr langen Reise. Um wieder zu Kräften zu kommen, machen wir im Schutz der Schwarztannen eine längere Pause. Die Hunde haben sie wirklich mehr als verdient. Das Lammfleisch ist trotz der mehr als vierstündigen Verspätung auch bei Temperaturen von über minus 30 Grad immer noch aufgetaut und damit naß und saftig. Eine wirklich gute Zwischenmahlzeit für meine Hunde!

Nach dieser stundenlangen Schufterei bin ich bis auf die Knochen durchgeschwitzt. Langsam fange ich an erbärmlich zu frieren. Ich zittere und bibbere dermaßen, daß ich nicht in der Lage bin, irgend etwas zu essen. Ein paar Schlucke aus der Thermosflasche und ein Riegel Schokolade sind alles, was ich im Moment runterwürgen kann. Die Hunde haben dieses Problem nicht. Ihnen schmeckt das Fleisch vorzüglich. Ihren treuen, bettelnden Blicken nach zu urteilen, hätten sie gerne noch mehr. Es ist nicht leicht, diesen Augen zu widerstehen. Wenn ich mich jetzt erweichen lasse und ihnen zu viel Futter gebe, werden sie träge und wollen nicht mehr laufen. Allein schon wegen mir und meiner Friererei müssen wir weiter nach Manley in die warme, schützende Cabin von Joee Redington. Zusammengekauert hocke ich auf meinem prall gefüllten Schlittensack.
Mit klappernden Zähnen warte ich darauf, daß meine Husky-Mannschaft wieder fit für die Fortsetzung unserer Reise wird. Parallel zum festen Willen in diesem Jahr so erfolgreich wie möglich abzuschneiden schießt mir immer wieder eine Frage durch den Kopf: “Warum tust du dir das Ganze eigentlich an?” Statt hier frierend zu warten, könnte ich genau so gut in München gemütlich im “Donisl” sitzen.
In aller Ruhe könnte ich mir jetzt Weißwürste mit Bier zu Gemüte führen. Aber nein, ich sitze lieber hier und friere zum Stein erweichen.
Natürlich gibt es auf diese Frage viele Antworten. Doch mit Sicherheit trifft keine davon den Nagel genau auf den Kopf.
Wenn es überhaupt eine treffende Antwort gibt, dann nur über den Umweg:”Wie bin ich als Seemann überhaupt auf den Husky und in die Arktis gekommen?” Vor einigen Jahren habe ich es mir nicht einmal zugetraut einen Husky artgerecht zu halten. Bis zu einem denkwürdigen Tag im Oktober 91 haben nur Katzen mein Leben auf See und an Land mit mir geteilt. Damals, ich weiß nicht welcher Teufel mich geritten hat, ging ich ohne Grund ins Tierheim München-Riem um dort mein weiteres Schicksal in Form einer sechs jährigen Huskyhündin namens Saskia

zu treffen. Nach einem elf monatigem Aufenthalt im Tierheim galt Saskia als unvermittelbar. Sie stand deshalb auf der Liste der Tierheimbewohner die in Bälde eingeschläfert werden sollten. Nicht um sie zu retten, sondern weil mich der Gedanke faszinierte bei diesem Hund nichts falsch machen zu können habe ich Saskia gegen den Widerstand der Bürokratie aus dem Tierheim zu mir nach Hause geholt. Jetzt hatte sich zwar mein Traum einen Husky zu besitzen erfüllt, doch wie diesen Exoten richtig behandeln? Meine Frau hat mich in dieser Anfangsphase mit Büchern über Schlittenhunde regelrecht überschüttet. Das Buch "Husky-Trail" von Dieter Kreuzkamp schlug mich derart in seinen Bann, daß ich beschloß Saskia ihre angestammte Heimat Alaska zu zeigen. Um das nötige Kleingeld für diese Reise aufzubringen, habe ich mein bisheriges Lieblingsspielzeug, einen amerikanischer Sportwagen, kurz entschlossen verkauft. Mit dem daraus erlöstem Geld haben dann Saskia, Inge und ich einen vierwöchigen Aufenthalt bei Bill Fliris in Tanana finanziert. Damit ich mich optimal auf Huskies, Mushen und Alaska vorbereiten konnte, suchte ich Kontakt zu Mushern, die diesen Sport in Deutschland ausüben. So kreuzte sich mein Weg mit Gerd Bittl, einem der erfolgreichsten Musher Europas. Jeden Morgen habe ich vor der Arbeit seinen Zwinger gereinigt und seine Hunde versorgt. Er hat mir dafür im Gegenzug die ersten Schritte auf meinem Weg als Musher beigebracht. Etwa zwei Monate vor unserer Abreise nach Alaska nahm mich Gerd dann auf ein Rennen mit. Im Stau auf der Autobahn beging ich wohl den größten Fehler meines Lebens. Immer noch unter dem Eindruck des Buches "Husky-Trail" erzählte ich ihm: " Gerd, mein größter Wunsch wäre es, eines der großen 1000 Meilenrennen nachzufahren.
Meinst du, daß ich so etwas eines Tages schaffen könnte?" Statt einer Antwort verkaufte mir Gerd noch im Auto einen phantastischen Bildband über das Iditarod und das Yukon-Quest. Dann kam der Hammer! Am Stake-Outplatz, dem Treffpunkt der Musher, angekommen erfuhr ich nicht nur, daß Gerd mich für das heutige Rennen angemeldet hatte. Nein, jedem seiner Bekannten, jeder ein langgedienter, erfahrener Sprintmusher, stellte er mich mit den Worten vor:
"Das ist mein Freund Dieter, er wird im nächsten Jahr das Yukon-Quest fahren." Ich, der ich noch nie im Leben auf Schlittenkufen gestanden bin. Am liebsten wäre ich vor Scham im Boden versunken. Doch die Aufregung über das bevorstehende Rennen und mein Debüt auf Schlitten-

kufen machten es mir unmöglich auf diesen Unsinn auch nur die geringste Entgegnung zu finden. Das Ganze gipfelte schlußendlich darin, daß ich vor Aufregung mit den Zähnen klappernd hinter meinen, von Gerd geliehenen Huskies am Start stand. Als mich dann die Rennleitung dem Publikum mit folgenden Worten vorstellte, "Mit Startnummer 16 sehen sie Dieter Zirngibl, für den dieses Rennen nur eine kleine Vorbereitung auf größere Aufgaben ist. Er wird im nächsten Jahr die Deutschen Farben auf dem Yukon-Quest vertreten", bin ich vor Scham knallrot geworden. Da sich nirgends ein Abgrund auftat in dem ich hätte versinken können, blieb mir nur ein Gedanke: "....und wenn dich die Hunde die ganze Strecke hinter dem Schlitten herschleifen, das Team und damit das letzte bißchen Ehre darfst du auf keinen Fall verlieren."
Tatsächlich schaffte ich es sogar mit "meinen" Huskies gemeinsam die Ziellinie des etwa zehn Kilometer langen Sprintrennens zu erreichen. Das Glücksgefühl, daß ich dabei verspürte war unbeschreiblich. Ich glaube, ich war regelrecht "high" und brauchte den restlichen Tag, um von "Wolke sieben" wieder auf den Boden der Realität zurück zu finden. Nur jetzt war ich im Zugzwang. Wollte ich nicht, dank Gerd Bittl, als grenzenloser Aufschneider und Phantast erscheinen. Gut, im darauffolgendem Jahr habe ich, der absolute Neuling, tatsächlich als erster Deutscher das Yukon-Quest gefahren und gefinished. Aber warum hocke ich in diesem Jahr schon wieder auf dem Schlitten und friere wie ein nackter Eskimo?
Paul Starr hat schon vor geraumer Zeit seine Fahrt fortgesetzt, und ich bin wieder mit meinen Hunden allein in der unendlichen Weite Alaskas. Noch liegen viele Meilen mit vom Wind verwehten Trail und Overflow in der mittlerweile hereingebrochenen Dunkelheit vor uns. Obwohl Pauls Weiterfahrt noch keine Stunde zurückliegt, sind die Spuren seines Snowmobils durch den inzwischen einsetzenden Schneefall gänzlich verdeckt. Die Überquerung des Fish Lakes hat meine Hunde und mich restlos ausgelaugt. Nur mühsam und entsprechend langsam schleppen wir uns durch den teilweise knietiefen Schnee. Bloß nicht stehenbleiben!

Jeder erkämpfte Meter bringt uns näher nach Manley. Näher zum windgeschützten Rastplatz auf Stroh für mein Team. Zum warmen Fußboden, den mir Joee wie immer bei unserer Ankunft mit den Worten"make yourself a home" anbieten wird. Sicherlich warten Bill und Petra bereits mit dem Truck auf uns. Schließlich wir haben einen Termin beim Tierarzt, der unbedingt eingehalten werden muß. Die Zeit drängt! Also weiter, immer weiter!

An manchen Stellen hat der Wind übermannshohe Schneewehen aufgetürmt. Wahre Berge aus Schnee versperren uns den Weg nach Manley. Tapfer stürzt sich Blanco als Erster in die vor ihm liegenden Schneemassen. Er versucht für uns eine Bresche durch die weißen Barrieren zu brechen. Vergeblich. Seine Beine finden in diesem bodenlosen Schnee keinen Halt und sein Körper schwimmt auf der Schneedecke auf. Da Blanco für uns alle den Weg bereiten muß, ist er oft um einiges langsamer als seine Mannschaftskameraden. Manchmal kann ich den Schlitten nicht mehr rechtzeitig bremsen. Die hinter Blanco eingeschirrten Hunde laufen auf ihn auf. Wie schon oft an diesem Tag stehe ich vor einem riesigen Wirrwarr aus Hundeleibern und Leinen , einem klassischen Tangle.

Einen Tangle zu erklären ist nicht ganz einfach. Am anschaulichsten dürfte es sein, wenn man sich einen Teller mit Spaghetti vorstellt, bei dem an jedem Nudelende ein Hund hängt. Eigentlich sollte ich mich nach unserem Abenteuer auf dem Eis an diese Tangle gewöhnt haben. Doch Angesichts der vor mir liegenden Arbeit ist mir nur zum Heulen zumute. Damit sich keiner meiner Hunde in den Leinen stranguliert, muß ich, so schnell es nur irgendwie geht, nach vorne. Doch das wichtigste ist: Zuerst den Schlitten sichern! Bloß wie?
In dem schier bodenlosen Schnee findet der Schneeanker keinen Halt. Ich brülle Lard und Trouble, meine beiden Wheeldogs an, doch endlich mit dem Ziehen aufzuhören.
Sie folgen ihrem Instinkt und buddeln sich weiter durch den Schnee. So lange, bis auch sie heillos in dem vor ihnen liegenden Knäuel aus Hunden verheddert sind. Endlich kommt der ganze Tross zum Stillstand.

Teilweise versinke ich bis über die Hüften im Schnee. Verzweifelt und fluchend kämpfe ich mich nach vorne. Da auch meine Beine keinen festen Halt finden, wird das Entwirren der Hunde zu einer schier unlösbaren Aufgabe. Nun heißt es eine Schneise durch die vor uns liegende Schneewehe zu brechen.

Ich hole meine Schneeschuhe aus dem Schlitten, krebse wieder fluchend an die Spitze meines Teams und schaufle mit den Schneeschuhen eine Passage durch die weiße, bizarre Schneewand. Geschafft! Keuchend klettere ich auf die Kufen meines Schlittens. „OK boys!“ Wir können unsere Reise fortsetzen. Zumindest so lange, bis uns die nächste Schneewehe stoppt. Wieviel dieser verdammten Dinger liegen noch vor uns, wie viele schon hinter uns? Ich habe sie nicht gezählt. Ich weiß nur, daß ich vor Durst fast umkomme. Meine Thermoskanne ist längst leer. Mein Mund ist so trocken, daß mir die Zunge regelrecht am Gaumen klebt. Ich habe das Gefühl als hätte ich statt einer Zunge einen toten Fisch im Mund. Eigentlich kein wirkliches Problem. Ich kann jederzeit anhalten, ein Feuer aus Tannenzweigen entfachen, etwas Schnee schmelzen und meine Thermoskanne, ein Geburtstagsgeschenk meines Bruders, mit Schmelzwasser füllen. Aber ich habe nur einen Gedanken: “Weiter! Weiter nach Manley!” Wenn wir jetzt eine längere Rast einlegen, werden sich die Hunde in den Schnee eingraben und sich einschneien lassen. Und ich?

Da die Hunde schon seit über zwölf Stunden vor dem Schlitten arbeiten, sind sie ebenfalls am Ende ihrer Kräfte. Eine längere Pause bedeutet für sie, daß sie frühestens nach zwölf weiteren Stunden bereit sein werden, ihre schwere Arbeit wieder auf zunehmen. Auch ich werde mir dann ein Loch in den Schnee buddeln, in den Schlafsack klettern und mich einschneien lassen müssen. Selbstverständlich kann man, wenn man richtig gekleidet ist, auf diese Art und Weise eine Nacht im Schneesturm ohne ernste Schwierigkeiten überstehen.
Aber wenn man so durchgeschwitzt ist wie ich es in diesem Augenblick bin, gibt es weit Angenehmeres als ein Biwak im Freien.
Außerdem habe ich es mir in den Kopf gesetzt, pünktlich in Fairbanks, beim Tierarzt, zu sein. Also weiter! Unser heutiges Tagesziel heißt Manley!

Nach unendlich vielen Schneewehen und den fast zwangsweise damit verbundenen Tangles taucht links vor Blanco, der sich unermüdlich für uns durch den tiefen Schnee gewühlt hat, ein Licht auf. Es gehört zur Goldmine von Woodchopper. Zur Not könnten wir hier übernachten. Doch nun liegen nur noch etwa zehn Meilen auf einer „Mining Road“ vor uns.

Jetzt, im Februar, ziehen die Goldgräber ihre riesigen Sluise-Boxes über den beinhart gefrorenen Boden zu ihren Minen. Dabei hinterlassen sie im Gelände sogenannte Mining Roads.
Diese Sluise Boxes, eigentlich nichts anderes als überdimensionale Goldwäscherpfannen in denen das Gold vom Erdreich getrennt wird, sind unsere Rettung. Die „Straße“, die sie hinterlassen haben, in unseren Breiten würde man sie nicht einmal als Waldweg bezeichnen, ist mit hart zusammengepreßtem Schnee bedeckt. Der schwer beladene Schlitten gleitet fast ohne jeden Widerstand über diese hervorragend präparierte Piste. Wir müssen zwar noch einige Steigungen bewältigen, doch wo es bergauf geht, geht es auch wieder bergab.
Nach 16 harten, nur von kurzen Pausen unterbrochenen Stunden erreichen wir schließlich Joee Redingtons Haus. Als der Schlitten im Kennel zum Stehen kommt, werden wir vom freudigen Gebell seiner 97 Hunde begrüßt. Meine Huskies und ich sind jetzt wirklich am Ende unserer Kräfte. Jetzt heißt es, hart gegen sich selbst zu sein! Sich nicht der Müdigkeit ergeben, die mich nach Erreichen des schützenden Zwingers umhüllen will. So flink es geht, muß die Picketleine gespannt, und Stroh für die Hunde ausgebreitet werden. Schließlich wollen 15 erschöpfte Hunde aus ihren Zuggeschirren befreit und aufs Stroh gebettet werden. Jetzt noch schnell, bevor meine treuen Freunde einschlafen, das Futter zubereiten und die ausgepumpten Vierbeiner zum Fressen bewegen.
Auch während des Yukon-Quests wird es meine wichtigste Aufgabe sein, die erschöpften Hunde, noch bevor sie einschlafen, dazu zu bringen, daß sie ihre Futterration zu sich nehmen. Es ist wichtig, daß ihre Glukosespeicher sofort nach der Anstrengung wieder aufgefüllt werden. Denn nur dann sind sie nach der Rast wieder zu neuer, unglaublicher Leistung fähig. Nachdem nun jeder meiner Hunde heute etwa 7000 bis 10.000 Kalorien und ca. zwei Liter Flüssigkeit zu sich genommen hat, fällt die letzte Spannung von mir ab. Erst jetzt merke ich, wie unendlich fertig ich bin. Warum hat mich niemand bei meiner Ankunft begrüßt? Wo ist Bill? Wo ist Petra, die während des Rennens zusammen mit Inge als Doghandler fungieren soll? Sie hätten mir eigentlich die letzten Handgriffe des Tages abnehmen können. Auch Joee, der sonst immer nach solchen Trainingsfahrten meine Hunde begutachtet, ist nicht zu sehen. Wenn ich diese Strecke bei guten Bedingungen in weniger als sechs Stunden zurücklege, ist er da. Und jetzt?

Erschöpft lasse ich mich auf meinen Schlitten sinken.
Es ist eine Spezialkonstruktion des berühmten Schlittenbauers Ray Mackler. Mein Vater hat mir dieses außergewöhnliche Stück zu Weihnachten geschenkt, obwohl er meinen Drang zum Abenteuer nicht immer gut heißt.
Nach einer kurzen Verschnaufpause zerre ich meinen Schlafsack aus dem Schlitten. Dann mache ich mich mit zittrigen Beinen auf den Weg zu Joees Haus. Keine Menschenseele tritt vor die hellerleuchteten Fenster. Nur Tom, Joees Doghandler, ist als Einziger vor Ort. Er sitzt tief schlafend im Schaukelstuhl. Nicht einmal das vielstimmige Gebell, von Joees Huskies hat ihn wecken können. Erst, als ich ihn fest an den Schultern rüttle, wacht er auf. Verwirrt blickt er mich aus verschlafenen Augen an. Nachdem Tom einigermaßen klar ist, berichtet er mir, daß Joee mit einigen Männern aus Manley , auf Snowgoos, in die Mintoflats gefahren ist. Sie suchen Bill und Petra.. Seit mehr als sechs Stunden sind die Beiden überfällig. Um mich, der mit Hunden unterwegs war, hat sich keiner Sorgen gemacht. Jeder wußte, daß ich meine komplette Ausrüstung für das Yukon-Quest und ausreichend Hundefutter im Schlitten mitführte. Also bestens gerüstet war, um eine oder auch mehrere Nächte im Freien zu verbringen.
Auf dem Quest gehören Biwaks im Freien zum Alltäglichen. Wozu sich also Sorgen machen? Inzwischen ist der Suchtrupp wieder unverrichteter Dinge nach Manley zurück gekehrt. Nach stundenlangem Warten und zahlreichen Telephonaten erfahren wir, daß Bill schon 30 Meilen nach Fairbanks ein Hinterrad unseres alten Hundetransporters verloren hat. Deshalb ist er zur Reparatur nach Fairbanks zurückgekehrt.
Ich hätte meinen Dogtruck, Baujahr 64, wohl besser nicht in eine billige Hinterhofwerkstatt zum Durchchecken geben sollen. Immerhin soll mein Chevi weit über 3000 Meilen in weniger als 14 Tagen, über oft grausame Straßen, schadenfrei zurücklegen. Nachdem klar ist, daß wir in dieser Nacht nicht mehr mit Bill rechnen können, setzen Joee, seine Frau Pam und ich uns noch vor dem Schlafengehen zu einer Tasse Tee zusammen. Joee Redington stammt aus einer alten Musherdynastie und war vor Jahren selbst ein sehr erfolgreicher Long-Distance-Musher. Sein Vater Joe Redington Sr. ist als Begründer des Iditarod-Rennens eine der bekanntesten Persönlichkeiten Alaskas. Er wurde im Jahre 1995 wegen seiner Verdienste um den Schlittenhundesport sogar zum “Alaskaner des

Jahres" gewählt.

Als ich ihm von meiner beschwerlichen Anreise nach Manley berichte, meint Joee Redington: "Schlimmeres wirst du beim Yukon Quest auch nicht durchmachen." Hoffentlich behält er recht!

Mit dem Auto von Manley nach Fairbanks

Montag: 05. Februar

Gegen Mittag trifft Bill endlich bei Joee ein. Nach der Reparatur am Dogtruck ist er direkt hinter dem morgendlichen Räumdienst, über den tief verschneiten Highway nach Manley gefahren. Jetzt brennt die Zeit unter den Nägeln! Wenn ich einigermaßen zurecht kommen will, dürfen wir uns keine Trödelei erlauben. Deshalb laden wir sofort nach Bill´s Ankunft meine Hunde in den Truck und ab geht's nach Fairbanks. Beim Verlassen des Kennels denke ich: "Jetzt wird es über vier Wochen dauern, bis wir von hier aus wieder per Schlitten in Richtung Tanana aufbrechen können. Erst dann wird sich der symbolische Kreis, den wir gestern geöffnet haben wieder schließen."

Als wir die Mintoflats erreichen bekomme ich ein mulmiges Gefühl in der Magengegend. Mühsam und schwerfällig mahlen sich die Räder unseres Trucks über den, schon wieder tiefverschneiten Highway in Richtung Ptarmigan-Paß vor. In dieser Gegend kann der Wind ungehindert den lockeren Schnee vor sich herblasen. Dann machen in kürzester Zeit gigantische Schneeverwehungen den Highway in beiden Richtungen unpassierbar. Ein festgefahrener Wagen kann in Minutenschnelle so von Schnee ummantelt werden, daß ein Öffnen der Türen und das Verlassen des Wagens erst nach der Schneeschmelze möglich wird. Dann aber ist es für die Insassen zu spät. Erst vor einer Woche ist weiter im Süden, zwischen Anchorage und dem Denali-Nationalpark, bei ähnlichen Verhältnissen eine Eskimofamilie mit ihrem Wagen steckengeblieben. Alle Insassen des Fahrzeugs sind erbärmlich erfroren.

Der liebe Gott hält seine schützende Hand über uns. Ohne größere Schwierigkeiten erreichen wir die Hauptader des Highways, der Fairbanks mit den Ölfeldern von Prudhoe-Bay im Norden Alaskas verbindet.
Diese Strecke wird selbst im tiefsten arktischen Winter immer geräumt und ständig von riesigen Überland-Trucks befahren. Denn die künstliche "Ölstadt" Prudhoe-Bay muß täglich mit allen notwendigen Gütern versorgt werden.

Mit fast einem Tag Verspätung erreichen wir am Montag spät in der Nacht Fairbanks.
Meine Verabredung mit dem Tierarzt habe ich, trotz größter Anstrengungen, nicht pünktlich einhalten können. Hoffentlich bekomme ich morgen am Dienstag einen neuen Termin. Ohne eine eingehende tierärztliche Untersuchung dürfen meine Huskies nicht am Yukon-Quest teilnehmen. Nichts wird beim Yukon-Quest so groß geschrieben wie der Tierschutz. Dazu gehört nun einmal eine gründliche Untersuchung vor dem Rennen.

Fairbanks

Dienstag: 06. Februar

Bill, Inge, Petra und ich sind im „Golden North Motel", es liegt am Stadtrand von Fairbanks, untergekommen. Immer wenn einer von uns in Fairbanks etwas zu erledigen hat, übernachtet er dort. Im Januar habe ich in diesem Motel auch meine Fooddrops für das Rennen vorbereitet. Fooddrops sind der Proviant und die Ausrüstung für das Yukon-Quest. Diese Dinge müssen bis zu einem Stichtag bei der Rennleitung in Fairbanks abgegeben werden. Von dieser zentralen Sammelstelle werden alle für das Rennen benötigten Güter auf die einzelnen Checkpoints verteilt.

Das bedeutet, daß ich riesige Mengen der verschiedensten Fleischsorten, Trockenfutter, Fett, Fisch und Ersatzteile für den Schlitten vor meinem Zimmer aufgestapelt habe. Diese Gegenstände wurden auf zahllose kleine Jutesäckchen verteilt und dann in große Kartoffelsäcke verpackt. Ich habe also eine gewaltige Unordnung vor dem Motel machen müssen und niemand von der Leitung des Hauses hat sich darüber aufgeregt.

Das "Golden North Motel" ist der ideale Ort, um vor dem Rennen mit all meinen Hunden unterzuschlüpfen. Hier stört sich niemand an den 15 Hunden, die entweder im Truck schlafen oder ihre kleinen und großen Geschäfte erledigen, während sie an am Truck befestigten Ketten hängen. Selbstverständlich sammeln wir die Zeugnisse der guten Verdauung unserer Vierbeiner sofort auf. Trotzdem verfärbt sich der Schnee um den Truck, und es ist sehr angenehm für mich, daß sich niemand daran stört. Um meine Reisekasse zu entlasten dürfen wir zu viert in einem Zimmer übernachten und müssen nur den Preis für den Raum bezahlen - egal wieviel Leute darin hausen. Da sind 55 Dollar für die Zimmermiete pro Tag wirklich nicht zu viel. Ich wüßte keinen besseren Platz, um die verbleibende Zeit vor dem Rennen zu überbrücken.

Gleich um 8.00 Uhr rufe ich bei meinem Tierarzt Dr. Mark May an, um ihm den Grund meiner Verspätung zu erklären. Außerdem muß ich unbedingt einen neuen Termin vereinbaren. Hoffentlich ist er noch im

Dienst. Auch er will in diesem Jahr wieder am Yukon-Quest teilnehmen.
Eigentlich braucht er die ihm noch verbleibende Zeit bis zum Start des Rennens dringend für sich selbst. Schließlich laufen auch bei ihm die letzten Vorbereitungen auf Hochtouren.
Wir haben Glück. Mark hat Verständnis für unsere Verspätung und erklärt sich sofort bereit, meine Huskies auf ihre Renntauglichkeit hin zu untersuchen.
Inge, Petra und ich verzichten wegen des Termins gerne auf unser Frühstück. In aller Eile verstauen wir die Huskies im Dogtruck, und ab geht's nach North Pole.

North Pole ist eine kleine Stadt in der Nähe von Fairbanks. Dort betreibt Mark eine Tierklinik. Wenn ich von einer kleinen Stadt spreche, dann entspricht diese etwa einem Dorf in Deutschland. Man muß sich vor Augen halten, daß in ganz Alaska, welches flächenmäßig immerhin ein Fünftel der USA einnimmt, nur etwa 250.000 Menschen leben. Ein geflügeltes Wort in Alaska ist deshalb: Anchorage mit seiner „Übervölkerung" - immerhin zählt es über 50.000 Einwohner - liegt eine halbe Flugstunde vor Alaska. Diesen Gedanken kann man weiter verfolgen. Wir leben während der Wintermonate in Tanana.

Der City District of Tanana zählt 300 Einwohner und ungefähr 1.500 Hunde. Wenn ich lange genug in Tanana gelebt habe und dann für einige Tage nach Fairbanks fahren muß, habe ich jedesmal den Eindruck, Alaska mit seiner beispiellosen Einsamkeit zu verlassen und in eine X-beliebige Stadt der Vereinigten Staaten von Amerika zu kommen. Demzufolge fällt es uns in North-Pole, dem Heimatort vieler bekannter Musher, nicht schwer, Marks Tierklinik ausfindig zu machen. Sie liegt direkt am Richardson-Highway , gleich neben dem Santa Claus Museum.

North-Pole bezeichnet sich selbst als die Heimatstadt des Weihnachtsmannes. Dies zeigt sie das ganze Jahr über und besonders zur Weihnachtszeit recht deutlich. An jeder Straßenecke stehen beleuchtete Figuren, die Santa Claus einmal mit Schlitten und Rentieren und dann wieder ohne zeigen. Nirgendwo auf der Welt habe ich so viele Geschäfte gesehen, die ausschließlich Weihnachtsschmuck verkaufen. Fast jeder

Geschäftsmann in North-Pole wirbt in irgendeiner Form mit dem Weihnachtsmann.
In der Tierklinik wartet Mark schon ungeduldig auf uns. Ihm brennt genau wie mir die Zeit unter den Nägeln. Nur weil ich durch widrige Umstände aufgehalten wurde, hat er seinen eigenen Terminplan fürs bevorstehende Yukon-Quest zurückgestellt und untersucht meine Hunde. Außer Sunny-Boy und Clancy erhalten alle meine Huskies das Prädikat „ausgezeichnet".
Sunny und Clancy haben sich auf dem Weg nach Manley im hohen Schnee, der bei Temperaturen von minus 30 bis 40 Grad wie Schmirgelpapier wirkt, die Haare an den Vorderpfoten abgescheuert. Dies ist jedoch kein wirkliches Problem, denn während des Rennens werden meine Hunde, fast jede Meile, mit Booties an den Pfoten laufen.

Booties sind Schühchen, aus Leder oder Polarfleece. Während des Yukon-Quests werden sie von allen Hunden getragen. Diese Schühchen gehören zur vorgeschriebenen Standardausrüstung. Booties sollen die hart strapazierten Pfoten der Hunde vor dem Wundlaufen schützen. Immerhin erstreckt sich das Rennen über eine Strecke von 1.000 Meilen (etwa 1.700 km). Das entspricht etwa der Luftlinie Oslo - Barcelona.
Für das Rennen habe ich 1.700 dieser Booties als Verbrauch kalkuliert. Spätestens alle 50 Meilen (ca. 83 km) müssen diese Schühchen gewechselt werden. Dann sind sie entweder durchgelaufen oder steifgefroren. Wenn man bedenkt, daß einer dieser Booties 80 Cent kostet, stellen diese Dinger einen gewaltigen Posten auf meiner Ausgabenliste dar. Für mich müssen als Schuhwerk meine alten Bunny Boots und ein Paar Mukluks, spezielle Mokassins, reichen.

Nach erfolgter Untersuchung durch den Tierarzt wird jedem meiner Huskies noch ein Microchip unter die Haut gespritzt. Durch diesen Chip soll verhindert werden, daß Hunde während des Rennens ausgetauscht werden. Das Reglement besagt, daß das Rennen mit maximal 14 Hunden begonnen werden darf und mit mindestens 6 Hunden vor dem Schlitten die Ziellinie überquert werden muß. Sollte unterwegs einer der Hunde erkranken oder sich verletzen, muß dieser im nächsten Checkpoint in tierärztlicher Obhut zurückgelassen werden. Selbstverständlich scheidet das betroffene Tier für den weiteren Verlauf des Rennens aus.

Nachdem alle Formalitäten erledigt sind, plaudern Mark und ich noch über das bevorstehende Abenteuer. Warum haben trotz des verlockenden Preisgeldes nur 21 Gespanne gemeldet?

Ist das Yukon-Quest zu hart für Mensch und Tier? Wieviel der 21 gemeldeten Teams werden in diesem Jahr vorzeitig aufgeben müssen? Im letzten Jahr mußten von 22 gestarteten Teilnehmern neun die Segel vor Erreichen der Ziellinie streichen. Werden der Eagle-Summit und der American-Summit überhaupt passierbar sein? Oder werden wir uns um diese beiden Bergrücken herum einen Weg suchen müssen? Wird es auf dem Yukon viel offenes Wasser und Overflows geben?
Bei diesen Spekulationen verstreicht die Zeit wie im Fluge. Dabei haben wir beide bis zum Start des Rennens noch soviel zu erledigen.

Nachdem ich mich von Mark verabschiedet habe, fahren meine beiden Doghandler und ich, so schnell es der alte Wagen zuläßt, nach Fairbanks zurück. Die verbleibende Zeit reicht gerade noch, um ein paar kleinere Besorgungen zu machen, die Hunde ein zweites Mal zu füttern und um selbst - sozusagen als Frühstück, Mittag und Abendbrot in einem - ein paar Hamburger zu essen. Dann wird es höchste Zeit, sich schlafen zu legen. Denn für den morgigen und übermorgigen Tag sind die beiden letzten Trainingsfahrten vor dem großen Rennen vorgesehen.

Fairbanks

Mittwoch: 07. Februar

Nur noch drei Tage bis zum Start des Yukon-Quest. Die Hunde verhalten sich so abgeklärt, als würden wir nur einen kleinen Ausflug machen. Dafür wächst in mir die Anspannung und Nervosität stündlich. Seit gestern Abend überlege ich krampfhaft, welche Strecke ich für den ersten von zwei geplanten Trainingsläufen wählen soll. Soll ich mich für das gepflegte und gut ausgebaute Trailnetz um Fairbanks entscheiden? Oder soll ich ein Stück auf dem Chena-River, der uns am Samstag aus Fairbanks heraus führen wird, fahren? Oder soll ich ....? Schließlich beschließt der Familienrat, die Hunde in den Chevi zu laden und die zweite Hälfte der ersten Etappe Fairbanks - Angle Creek zu erkunden. Auf einem Parkplatz vor einer Tankstelle in Valley-Center spannen wir 14 wieder erstarkte Hunde vor den Schlitten.

Gegen 10.00 Uhr nehmen wir die von hier aus noch verbleibenden 35 Meilen nach Angle Creek, dem ersten Checkpoint des Yukon Quest, in Angriff. Heute läuft Sister im Team. Morgen soll sie gegen Clancy, der noch immer einen recht lustlosen Eindruck macht, ausgewechselt werden.
Gerade wollen wir den großen, freien Platz vor den Blockhäusern des Valley-Centers verlassen und in den an dieser Stelle parallel zum Highway verlaufenden Trail einbiegen. Da kommt uns unversehens ein Hundeteam mit sibirischen Huskies entgegen. Es ist mein Landsmann, Dieter Dolif. Er scheint gerade eine Nachtfahrt hinter sich gebracht zu haben.

Ein Kamerateam der ARD begleitet ihn mit einem Pickup-Truck. Es ist ein erhebender Anblick, sein Team durch den aufstiebenden Schnee galoppieren zu sehen. Weiße Wolken gefrorenen Atems hängen über wie mit Puderzucker bestäubten Huskyköpfen. Sein Gespann frißt den Trail regelrecht in sich hinein. Meine Hunde sind noch an keine ihnen entgegen kommenden Autos gewöhnt und scheuen.

Kein Wunder, denn bei uns in Tanana gibt es nur zwei Autos - den Schulbus und den Wagen des Sheriffs.

Voll Panik versuchen meine Hunde sich im nahe gelegenen Unterholz zu verdrücken.
Nur mit beruhigenden „Whow"-Rufen und einem energischen Tritt auf die Schlittenbremse gelingt es mir, meine Freunde wenigstens am Rande des schmalen Trails zu halten. Rhonda, die kleinste im Team, unser Sensibelchen, ist so erschrocken, daß sie sich flach in den Schnee preßt. Erst durch viel gutes Zureden und einige Streicheleinheiten ist sie zum Weiterlaufen zu bewegen.

Dieter Dolif, der seine Hunde aus Deutschland mitgebracht hat und diese Probleme nicht kennt, lacht, winkt und entschwindet mit seinem Begleitfahrzeug in Richtung Fairbanks. Endlich können auch wir unseren Trainingslauf unter die Schlittenkufen nehmen. Gott sei Dank verläßt der Trail nach kurzer Zeit den Highway und biegt in ein Waldstück ein. Hier fühlen sich meine Hunde wieder heimisch. In engen Kurven windet sich der Trail vor meinen Leithunden durch einen mit dicken Schneehauben bedeckten Tannenwald.

Hier in der Nähe von Fairbanks macht die Landschaft auf mich einen gestylten und gepflegten Eindruck. Dieses Empfinden hatte ich nicht immer. Bei meinem ersten Aufenthalt in Alaska erschien mir genau diese Gegend wie der Inbegriff des Abenteuers schlechthin. Doch nachdem ich drei Winter weitab jeglicher Zivilisation in der weiten Einsamkeit der Berge und am schier endlosen Yukon River verbracht habe, macht diese Landschaft um Fairbanks auf mich irgendwie den Eindruck von Disneyland. Während ich diese Zeilen schreibe, sitze ich in meiner kleinen Holzhütte vor einer Petroleumlampe und im Yukonstove knistern die brennenden Holzscheite.

Bei mir gibt es weder Strom, noch fließendes Wasser. Die Toilette ist ein Loch im ewig gefrorenen Boden mit einem kleinen Dach als Wetterschutz. Das wichtigste Utensil ist eine selbstgebastelte Klobrille aus Styropor. Sie soll verhindern, daß der Hintern am Holz festfriert. Selbst diese primitiven Einrichtungen werden für mich zum Inbegriff des Luxus und der Bequemlichkeit, wenn ich von meinen Trainingsfahrten im Busch zurückkehre. Dort gibt es weder Toiletten noch Unterkünfte. Während derartiger Touren muß ich oft mehrere Nächte bei barbarischer

Kälte im Schlittensack verbringen. Damit ich bei diesen Temperaturen überhaupt schlafen kann, bleibt mir nichts andres übrig als einen meiner treuen Hunde als lebendige Wärmflasche zu benutzen.
Der Trail stellt im Augenblick keine großen Anforderungen an mein fahrerisches Können. Ich habe also genug Zeit, mir meine Gedanken über Dieter Dolif zu machen.
Ob er wohl nur hier in der Umgebung von Fairbanks trainiert hat? Er ist zwar zweimal das Alpirod gefahren. Dieses Rennen ist jedoch meiner Meinung nach nur ein Versuch, in Europa ein Langstreckenrennen wie das Yukon-Quest nachzustellen.
Weiß er, was uns Musher auf dem Rennen alles erwarten wird? Ahnt er welche Strapazen auf uns zukommen werden? Kann er sich vorstellen, was es heißt, die ganze Nacht gegen durch Übermüdung ausgelöste Halluzinationen ankämpfen zu müssen? Natürlich lassen sich diese Fragen nicht im Vornherein beantworten. Keiner der Teilnehmer am Yukon-Quest weiß, wie er mit den kommenden Schwierigkeiten fertig wird. Mir jedoch macht es großen Spaß, auf einfachem Trail meinen Tagträumen nachzuhängen oder mir bestimmte Situationen auszumalen.

Nachdem mich meine Grübelei über eventuell auftretende Schwierigkeiten nicht mehr weiter interessiert, lasse ich das Rennen vom letzten Jahr Revue passieren. Damals verlief die Strecke in der entgegengesetzten Richtung, also von Whitehorse nach Fairbanks. Je näher ich auf dieser damals letzten Etappe an Fairbanks heran kam, um so leichter und langweiliger wurde der Trail. Hätte ich nur unter solchen Idealbedingungen trainiert, wäre ich kaum in der Lage gewesen, das letztjährige Rennen erfolgreich zu beenden.

Während ich meinen Gedanken über das vergangene und das zukünftige Rennen nachhänge - wir sind nun schon seit mehr als zwei Stunden unterwegs - taucht vor meinen heutigen Leithunden Ickey und Rhonda ein Wasserloch auf. Offenes, warmes braunes Wasser. Nicht warm genug um darin zu baden. Aber auch nicht kalt genug, um trotz des harten Winters zuzufrieren. Eigentlich sollte ich anhalten und versuchen, einen neuen Trail um das Wasserloch herum anzulegen. Bevor ich jedoch einen Entschluß fassen kann, sind Ickey und Rhonda ohne zu zögern in die braune Brühe gesprungen. Die Beiden führen das ganze Team einschließlich

Schlitten quer durch den doch sehr feuchten Teil des Trails.

Na Bravo! Einerseits ist es ein gutes Zeichen, daß meine beiden Leader nicht vor dem offenen Wasser gescheut haben. Sie hätten damit eine Verwicklung aus Hundeleibern und Leinen ausgelöst.
Andererseits sind durch ihr mutiges Verhalten alle 56 Booties an den Füßen meiner 14 Huskies naß geworden. Wenn ich ihnen diese nassen Booties nicht bald abnehme, werden sie in kürzester Zeit an den Pfoten festfrieren. Auch ich habe nasse Füße bekommen. Doch das ist das kleinere Übel. Schließlich müßten wir kurz vor Angle-Creek sein. Bis dorthin werden meine Füße wohl warm bleiben. Wenn nicht, dann werde ich einfach des öfteren mitlaufen. Ich glaube es lohnt sich für mich nicht die nassen Socken zu wechseln. Aber um Verletzungen an den Pfoten meiner vierbeinigen Laufmaschinen zu vermeiden, müssen die nassen Booties ausgezogen werden. Am Besten, solange sie noch nicht gefroren sind!
14 Hunde mal 4 Pfoten ergibt 56 Booties, die ich jetzt bei eisiger Kälte wechseln muß. Jeder meiner Hunde verhält sich bei dieser Prozedur anders. Bei den meisten geht alles schnell und reibungslos. Bei einigen Sorgenkindern, zum Beispiel Sunny Boy, der mir immer durch äußerst körperbetontes Schmusen seine Zuneigung beweisen will, dauert es eine Ewigkeit und bringt mich an den Rand der Verzweiflung. Es ist mir unmöglich, Booties mit Handschuhen an den Händen zu wechseln.
Ich muß deshalb diese von mir ungeliebten Dinger bei Temperaturen, die weit unter dem Gefrierpunkt liegen, mit bloßen Händen jeweils 56 mal an- und ausziehen. Die Finger werden bei dieser Strafarbeit schnell gefühllos, steif und damit nutzlos. In dieser unangenehmen Situation hilft ein Trick, den mir Roy Folger, ein achtzigjähriger, immer noch als Fallensteller tätiger Indianer, verraten hat: „Nachdem Du jeweils vier Pfoten gebootet hast, lege deine klammen Finger um die Hoden des Hundes. Das wird deine Hände schnell aufwärmen. Die Hunde empfinden diese Berührung als angenehm und lassen sich dadurch viel lieber booten.“

90 Minuten nach dieser Zwangspause sind meine Füße doch sehr kalt geworden. Vielleicht hätte ich mir doch die Mühe machen und die nassen Socken wechseln sollen? Endlich führt der Trail aus dem Wald heraus, und vor mir liegen die Blockhäuser der Angle-Creek-Lodge. Am

Samstag wird Angle-Creek nach 75 Rennmeilen der erste Checkpoint auf unserem Weg nach Whitehorse sein.
Inge und Petra haben mich eigentlich schon früher in Angle-Creek erwartet. Deshalb sind sie einige Zeit frierend an der Einmündung des Trails in Richtung Lodge gestanden.
Doch das Wechseln der Booties, das Umspannen einiger Hunde und andere unbedeutende Zwischenfälle haben uns verspätet ankommen lassen.

Des Wartens und Frierens müde, sind meine beiden Doghandler kurz vor meiner Ankunft in die Lodge gegangen und haben sich einen Burger mit Kaffee bestellt. Kaum wurde ihnen das Essen serviert - die beiden konnten noch keinen Bissen zu sich nehmen - kam ich mit meinem Gespann in Angle-Creek an. Schon war es mit ihrer Gemütlichkeit vorbei. „Murpheys law!“
Bevor wir an uns denken dürfen, müssen die Hunde ausgespannt, gefüttert und getränkt werden. Anschließend werden sie zu zweit oder alleine, je nach ihrer Aggressivität, in die warmen, mit Stroh ausgelegten Boxen des Trucks verfrachtet. Leider hat unser Truck nur zehn Boxen. Wir müssen jedoch 15 Hunde so unterbringen, daß es möglichst zu keiner Rauferei kommt. Also wirft sich die Frage auf: “Wer verträgt sich mit wem, und wer braucht ein “Einzelzimmer”?

Bei Blanco und Ickey ist es sehr einfach. Blanco ist eine Führungspersönlichkeit, die nichts mit dem gemeinen Volk im Team zu tun haben will. Er kann sich nur entspannen wenn er alleine ist. Auch während des Rennens, wenn wir kurz anhalten und ich die Hunde mit einer kleinen Zwischenmahlzeit stärke, muß er alleine für sich sein. Sonst frißt er nicht.

Ickey hingegen, genannt „Piraten-Ickey“, weil er nach einer Auseinandersetzung mit einem Stachelschwein ein Auge verloren hat, ist auch ein Leithund. Er hat jedoch nicht dieselben Führungsqualitäten wie Blanco. Ickey unterstreicht seine Autorität dadurch, daß er mit jedem anderen Hund im Team ohne einen ersichtlichen Grund eine Beißerei anfängt. Obwohl Ickey verhältnismäßig klein ist, sorgt seine Kampfeslust dafür, daß ihn jeder seiner Teamkameraden fürchtet und respektiert. Seine Aggressivität geht sogar so weit, daß ich ihn, wenn möglich, allei-

ne einspanne. Doch dazu bin ich aus Platzgründen nicht immer in der Lage.
Wenn's nicht anders geht, spanne ich den armen Artgenossen, der neben Ickey laufen muß, auf die Seite, auf der Ickey nach seiner Bekanntschaft mit einem Stachelschwein, blind ist. Selbst wenn ich irgendwo raste und dem Team für längere Zeit den Rücken kehren will, muß ich Ickey ausspannen und alleine an einem Baum oder hinter dem Schlitten anbinden. Sonst kann es mir passieren, daß ich nach einer Tasse Kaffe zu meinen Hunden zurückkomme und das halbe Team durch Bißverletzungen verloren habe. Wegen seiner Rauflust muß ich immer damit rechnen, daß mein Freund Ickey aus purem Übermut eine blutige Keilerei im Team auslöst. Leider haben Huskies die unangenehme Angewohnheit, sich an jeder Rauferei zu beteiligen. Oft ohne zu wissen, worum es überhaupt geht.
Nachdem nun alle Hunde sicher im Hundetransporter untergebracht sind, kehren Inge, Petra und ich zu kaltem Kaffee und ebensolchen Burgern in die Lodge zurück. Der Wirt der Angle-Creek Lodge fasziniert mich durch seine rabenschwarzen, verdreckten Hände. Mit Händen, für die sich ein Automechaniker entschuldigen würde, serviert er ungeniert das Essen. Neugierig erkundige ich mich nach den weiteren Trailbedingungen. Mich interessiert es sehr, was uns von hier aus in Richtung Rosebud, dem ersten größeren Berg auf dieser Strecke, erwartet. Der Wirt, der auch für die Markierung des Trails bis zum Rosebud verantwortlich ist, sagt mir, daß es auf dem Weg bis zum Fuße des Berges einige große Overflows und offenes Wasser gibt. Also entschließe ich mich, meine morgige Trainingsfahrt zur North-Fork des Chena Rivers zu machen. Es ist besser, ich nutze die Gelegenheit und schaue mir die nun kommenden Hindernisse in Ruhe vor dem Rennen an. Morgen erwartet uns deshalb nur ein kurzer Lauf. Das ist gut so, denn meine Jungs sollen sich zwei Tage vor dem großen Rennen nicht noch verausgaben. Außerdem haben wir morgen nicht allzuviel Zeit. Am Abend findet die PR-Veranstaltung „Meet the Mushers“ statt. Auf dieser Presseparty werden alle Teilnehmer des Yukon-Quest den Medien vorgestellt. Sie erhalten dabei die Gelegenheit, sich mit den Reportern ein wenig auf privater Ebene zu unterhalten.

Fairbanks

Donnerstag: 08. Februar

Die Zeit drängt! Den zweiten Trainingslauf will ich noch absolvieren und dabei die tückischen Overflows auf dem Chena River hinter Angle-Creek auskundschaften. Die morgendliche Suppe für meine vierbeinigen Freunde haben wir noch gestern in der Dusche unseres Motels vorbereitet. Morgens um 6.00 Uhr wecken wir die Hunde und heben sie aus ihren kuscheligen Boxen, um sie rund um den Truck anzuketten. Erst müssen meine Huskies ihr morgendliches Geschäft erledigen, dann gibt es für sie Frühstück.

Über Nacht hat mein Doghandler-Team Verstärkung bekommen. Philo, ein Freund meiner Tochter Petra, ist aus Deutschland zu uns gestoßen. Der junge Mann wird den Dogtruck von Checkpoint zu Checkpoint fahren. Außerdem wird er meinen beiden Frauen bei schweren Arbeiten während des Rennens helfen. In der Fahrerkabine des Trucks wird es jetzt sehr eng werden. Doch das macht nichts, denn jede helfende Hand ist uns mehr als willkommen.

Nachdem alle meine Hunde, die einen gierig, die anderen erst nach viel gutem Zureden, ihre morgendliche Suppe zu sich genommen haben, geht es zurück in die Boxen. Die Hunde können nun auf der einstündigen Fahrt über den vereisten Highway ihre Suppe in Ruhe verdauen.
Wir hingegen müssen unser Frühstück im Auto in uns hinein stopfen. Auf beiden Backen kauend, besprechen wir die Strecke, die meine Doghandler fahren sollen. Ich möchte, daß sie die Hunde und mich an der North-Fork nach dem Training wieder aufnehmen.

Beim Einspannen verhalten sich meine Huskies äußerst diszipliniert, was mich unter den kritischen Augen einiger Zuschauer mit Stolz erfüllt. Der Betreiber der Lodge beobachtet unsere Vorbereitungen und warnt mich vor den kurz hinter Angle-Creek beginnenden Overflows. Freundlicherweise bietet er sich sogar an, mit seinem Schneemobil ein Stück vor uns herzufahren. Er will für uns herausfinden, ob die Overflows und die offenen Stellen im Chena River überhaupt passierbar sind. Das An-

gebot ist zwar nett, aber was soll's?
Übermorgen wollen wir die Strecke von Fairbanks bis nach Whitehorse in Angriff nehmen. Dann werden wir alle Overflows dieser Welt alleine überwinden müssen.
Dankend lehne ich seine Unterstützung ab, ziehe den Schneeanker aus dem Boden, und nach einem kurzen:"OK boys" verlassen wir im gestreckten Galopp Angle-Creek.

Aus Gründen der Sicherheit, Blanco soll sich ausschließlich auf meine Kommandos konzentrieren können, habe ich ihn alleine, also in Single-lead gespannt. Auch Clancy, der seit unserem Abenteuer auf dem Fish Lake einen ziemlich lustlosen Eindruck macht, ist diesmal mit von der Partie. Schon eine halbe Meile hinter Angle-Creek stellt sich uns in einem kleinen Waldstück, direkt neben dem zugefrorenen Flußbett des China Rivers der erste große Overflow in den Weg. Die eisbedeckte Fläche mit dem Ausmaß von zwei Fußballfeldern ist mit Wasser aus dem nahen Fluß überschwemmt. Wie tief ist das Wasser? Hält das darunter liegende Eis? Ist unter dem Eis fester Waldboden oder ein Flußlauf? Lauter Fragen, die sich gleich von selbst beantworten werden.

Das Vernünftigste wäre, das überflutete Gelände zunächst zu Fuß zuerkunden. Leider gibt es nirgendwo eine Möglichkeit, den Schlitten verläßlich zu sichern. Also bleibt nur eines: "Augen zu und durch!" Angesichts des vor ihm liegenden Wassers hält Blanco für den Bruchteil einer Sekunde inne. Er hofft wohl in dieser Kälte nicht durch das offene Wasser laufen zu müssen. Aber ein scharfes:"Go ahead!" läßt seine Träume wie eine Seifenblase platzen. Eine riesige Bugwelle vor sich herschiebend, gleitet der Schlitten durch die glücklicherweise nur etwa zehn Zentimeter tiefe Brühe. Bisher scheint uns die vom Wasser verborgene Eisdecke zu tragen. Da ich heute mit "feuchtem Untergrund" gerechnet habe, trage ich meine Bunny-Boots.

Bunny-Boots sind extrem stark isolierte Gummischuhe. Selbst wenn sie voll Wasser gelaufen sind, halten sie meine Füße noch bei Temperaturen von minus 50 Grad angenehm warm. Leider zeichnen sich diese Schuhe durch ihr extrem hohes Gewicht aus. Außerdem haben sie die unangenehme Eigenschaft meine Füße zum Schwitzen zu bringen. Das ganze

Rennen nur in Bunny-Boots zu bestreiten ist für mich unmöglich. Da man während der Zeit des Rennens seine Schuhe höchstens wechseln, aber so gut wie nie länger ausziehen kann, würden die Füße in den Schuhen in kurzer Zeit regelrecht verrotten.

Gott sei Dank haben wir bald das offene Wasser des Overflows passiert und wieder den sicheren, mit griffigem Schnee bedeckten Teil des Trails erreicht.
Wir halten kurz an, um den Hunden Gelegenheit zu geben, ihre nassen Pfoten trocken zu lecken. Ich nutze die kurze Unterbrechung, um den nassgewordenen Schlitten so gut es geht vom Eis zu befreien, damit ich wieder einigermaßen sicher auf den Kufen stehen kann. Würde ich das Eis am Schlitten lassen, hätten meine Hunde wegen des Gewichtes und der erhöhten Reibung in kürzester Zeit große Mühe, ihn überhaupt noch vorwärts bewegen zu können. Es ist eine ungeheure Leistung, die diese vierbeinigen Athleten vollbringen. Sie zeigen Höchstleistungen an Schnelligkeit und Ausdauer. Gleichzeitig ziehen sie Lasten, die jedem Gewichtheber zu Ehren gereichen würden. Meinen Gästen, die ihren Winterurlaub bei Bill und mir in Tanana verbringen, empfehle ich vor ihrer ersten Ausfahrt, den mit Gepäck beladenen Schlitten kurz einmal selbst zu ziehen. Auf diese Weise können sie sich eine Vorstellung davon machen, welch ungeheure Kraft ihre Hunde entwickeln müssen.

Nachdem wir noch etliche Overflows und ungezählte blanke Eisflächen überquert haben, erreichen wir an der North-Fork des Chena Rivers die Stelle, an der der Trail relativ nahe an den Highway heran kommt. Unter Blancos Führung genügt ein kurzes “Gee”, und meine Hunde biegen nach rechts vom Trail in den Wald hinein ab. Wir schlagen uns nun querfeldein, durch manchmal hüfttiefen Schnee, zum Highway durch. Gott sei Dank hat Petra meine Wegbeschreibung gut umgesetzt. Sie wartet bereits mit laufendem Motor ganz in der Nähe der Stelle, an der wir aus dem Wald kommen.

Den Wagen mit laufendem Motor stehen zu lassen, in Europa eine undenkbare Unweltsünde, ist im Winter in Alaska lebensnotwendig. Bei den hier herrschenden Minusgraden würde kein Motor mehr anspringen, wenn er mehr als maximal zehn Minuten, abgeschaltet bleiben wür-

de. Es sei denn, der Motor ist an eine Heizvorrichtung angeschlossen worden.
Aus diesem Grund gibt es in den größeren Städten Alaskas vor jedem Supermarkt und auf jedem Parkplatz Steckdosen, mit denen ein im Motor eingebauter Tauchsieder betrieben werden kann.

Obwohl wir auf diesem Wegstück noch nie waren, haben wir den Truck nur um knapp 200 Meter verfehlt.
Da die Straßen in Alaska außerhalb der Städte nur sehr spärlich befahren werden, wage ich es mit meinem Gespann auf dem Highway zum wartenden Dogtruck zu fahren. Hierbei gefährde ich mit Sicherheit niemanden. Ein Verkehrsaufkommen von einem Auto pro Stunde kann man in dieser Gegend durchaus als Rushhour bezeichnen. Leider gibt es in der Nähe keinen Parkplatz, aber auch kein nahendes Auto kommt in Sicht. Also verladen wir die Hunde und den Schlitten in aller Ruhe, in den mitten auf dem Highway stehenden Wagen. Bei meiner Ankunft am Truck fragt mich Inge besorgt ob es sehr schwierig war, all'die Overflows zu durchfahren. Als treu liebende Ehefrau macht sie sich natürlich die größten Sorgen, wenn ich draußen alleine in der Wildnis bin.
Großspurig erkläre ich ihr, daß diese Overflows verglichen mit denen, der bei uns zu Hause am Yukon auftretenden Überschwemmungen nur kleine Pfützen sind und daß meine Hunde diese zur Not leertrinken würden. Tja, einen harten Bewohner des Landes knapp unter dem Polarkreis, können solche Kleinigkeiten, die auch noch recht nahe an bewohnten Plätzen liegen, nicht schrecken. Doch Hochmut kommt garantiert noch vor den Fall.

Meine erste unfreiwillige Bekanntschaft mit einem Overflow liegt noch nicht einmal zweieinhalb Jahre hinter mir.
Vor unserer ersten Teilnahme am Yukon-Quest versuchte ich krampfhaft meine “Seebeine” in Arktis taugliche Musherbeine umzuwandeln. Da geriet ich mit meinen Hunden, als Team konnte man diesen bunt zusammengewürfelten Haufen noch nicht bezeichnen, auf einem verwundenen Waldweg in ein offenes Wasserloch. Meine damaligen Leithunde verweigerten mitten im Wasser jede weitere Zusammenarbeit mit mir dem Neuling. Ich, durch verschneite Tannen in der Sicht behindert, fuhr ungebremst auf das vor uns liegende Wasserloch zu. Nur knapp bevor

auch der Schlitten im Wasser gelandet wäre, bemerkte ich das Hindernis.
Mit mehr Glück als Verstand vermied ich es in letzter Minute auch noch mit meinem Gefährt ein Vollbad nehmen zu müssen. Alle meine Hunde standen hoffnungslos in ihren Leinen verwurstelt bis zum Bauch in einer schmutzigen, braunen Brühe. Weit über dreißig Meilen lagen bis zu unserer heimatlichen Unterkunft noch vor uns. Also versuchte ich, ohne selbst naß zu werden, mein Team aus dem Wasserloch zu ziehen. Ein Unterfangen, daß sich recht schnell als aussichtslos erwies. Nach ich weiß nicht mehr wie vielen Versuchen blieb mir nichts anderes übrig, als fluchend zu meinen Hunden in den Tümpel zu steigen.
Jeden meiner Hunde mußte ich einzeln aus dem Wirrwarr von Leinen befreien und ans trockene Ufer tragen. Nach getaner Arbeit waren meine Mukluks sowie meine Hosenbeine mit dieser gelblich braunen Brühe vollgesogen. Dabei lag noch eine mehrstündige Heimfahrt bei mindestens zwanzig Grad unter Null und eisigem Wind vor mir. In meinem Kopf hatte nur noch ein Gedanke Platz: "Bis du nach Tanana zurück kommst, hast du dir beide Beine erfroren!" Von der panischen Angst getrieben meine Beine, oder zumindest meine Füße zu verlieren, versuchte ich durch laufen die Blutzirkulation in den Beinen zu erhalten. Auf die einfachste Lösung, ein Feuer zu entfachen und meine Klamotten zu trocknen, bin ich in meiner Panik überhaupt nicht gekommen. Ein paar Wegbiegungen weiter kam was kommen mußte: Ich stolperte über eine Wurzel, verlor den Halt am Handlebar und bevor ich irgend etwas dagegen tun konnte, entschwand mein Team in Richtung Heimat. Und zwar ohne mich! “Whow” brüllend raste ich meinen Huskies hinterher. Doch die Rennerei hatte bald ein Ende. Die klirrende Kälte verätzte meine Atemwege derart, daß mich bald ein Hustenanfall stoppte. Meine Bronchien waren so stark erfroren, daß ich nur noch ganz vorsichtig durch schützend vor den Mund gehaltene Handschuhe atmen konnte. Um mein Elend perfekt zu machen wurden meine durchweichten Hosenbeine von Sekunde zu Sekunde steifer. Handicaps dieser Art beenden schnelles Laufen umgehend. Mühsam stakste ich mit steifen Beinen hinter meinem verlorenen Team her. Hatte ich überhaupt eine Chance ohne meine Hunde nach Tanana zurück zu kommen? Doch wie sagte schon mein Professor für Navigation wenn er während seiner Vorlesungen widererwartend eine richtige Antwort erhielt?: “Dat Jglück is mit die Doofen!”

Der Mann hat recht! Der vom Schlitten gefallene Schneeanker hatte sich in einem Weidengestrüpp verfangen und den schon verloren geglaubten Schlitten zum Stehen gebracht. Wenn das kein Glück ist, was dann? Sogar meine Hunde lagen ordentlich ausgerichtet im Schnee und warteten gezwungenermaßen auf mich, den Musher. Oder genauer gesagt, auf die traurig daher schlurfende Gestalt, die gerne ein Musher wäre. Mir war es gleichgültig welches Bild ich abgegeben habe. Die Hauptsache war, daß ich die Heimreise nicht zu Fuß bewältigen mußte. Durch die ganze Aufregung hatte ich die Angst um meine nassen Beine restlos vergessen. Erst nach geraumer Zeit stellte ich verwundert fest, daß mich der Eispanzer um die Mukluks und Hosenbeine sogar gewärmt hatte. Die Feuchtigkeit in meiner Kleidung war schneller gefroren, als sie meine Haut nicht erreichen konnte.

Um diese Erfahrung zu begreifen brauchte ich einige Tage. Doch seitdem haben Nässe und Overflows etwas von ihrem Schrecken verloren. Merke: So schnell, wie man als zivilisationsgeschädigter Stadtmensch glaubt, erfriert man nicht!

Wieder im "Golden-North Motel" angekommen, werden die Hunde als Erstes ordentlich gefüttert. Der Schlitten, der trotz meiner eifrigen Enteisungsversuche mit einem dicken Eispanzer ummantelt ist, wird vom Dach des Chevis ins Hotelzimmer verfrachtet. Dort kann er in Ruhe abtauen. Jetzt wird es Zeit, den Truck für die Fahrt von Fairbanks über Angle-Creek nach Central und Circle neu zu beladen.

Während des Rennens müssen meine drei Doghandler von Circle aus wieder zurück nach Fairbanks reisen. Nur von dort führt ein Weg über Whitehorse nach Dawson. Nach Circle ist Dawson der nächste per Auto erreichbare Checkpoint. Dies bedeutet für meine Helfer, daß sie einen Umweg von etwa 500 bis 600 Kilometer fahren müssen, um mich von Checkpoint zu Checkpoint begleiten zu können. Das Rennen selbst verläuft in direkter Linie von Fairbanks über Dawson nach Whitehorse. Eine Route, die im Winter per Auto nicht befahrbar ist. Der auf dieser vom Yukon-Quest benutzten Strecke liegende Stützpunkt Eagle, eine ungefähr 120 Einwohner zählende Stadt direkt am Polarkreis, ist im Winter nur auf dem Luftweg oder per Hundeschlitten erreichbar.

Glücklicherweise nehmen mir Petra und Philo das lästige Umstauen der Ladung auf der niedrigen Ladefläche ab. Wie eine Schlange kriecht Philo zwischen den vielen auf der Ladefläche stehenden Säcken herum. Sorgfältig verkeilt er jedes Stück, damit nichts auf der langen Fahrt verrutschen kann. Während der Schlitten im Hotelzimmer auf darunter gelegte Zeitungen vor sich hintropft, kann ich ein heißes Vollbad nehmen. Das letzte für mindestens zehn Tage! Anschließend vertrödeln Inge und ich die Zeit mit kleinen, aber wichtigen Arbeiten. Zum Beispiel mit dem Auffüllen der Batteriekästen für meine Stirnlampe. Da meistens in der Dunkelheit gefahren werden muß, werde ich diese Stirnlampe während des Rennens dringend benötigen.
Es mag zwar unglaubwürdig klingen, aber der Verbrauch an Batterien in der Vorbereitungsphase und während des Rennens, nimmt einen der größten Posten in meinem Budget für das Rennen ein. Nachdem fast alles erledigt ist, ist auch der Schlitten im Hotelzimmer abgetaut. Als letzte Arbeit wechsle ich die alten Kufenbeläge gegen neue aus. Das glatte "Runnerplastik" wird viel leichter als das alte, verkratzte durch den Schnee gleiten. Das wechseln der Kufenbeläge ist eine Prozedur, die sich in jedem Checkpoint wiederholen wird. Nur mit dem Unterschied, daß ich während des Rennens nicht die Möglichkeit haben werde, den Schlitten in warmen Räumen abtauen zu können. Inge und ich entschließen uns, mein Reisegefährt im ohnehin viel zu engem Zimmer über Nacht restlos austrocknen zu lassen. Morgen werde ich den Schlitten für die erste Etappe des großen Rennens beladen. Doch jetzt wird es langsam Zeit, die am Truck angeketteten Hunde wieder zurück in ihre Boxen zu verfrachten. Dann fahren wir zu viert in der nur für zwei Personen ausgelegten Fahrerkabine zur Veranstaltung: "Meet the mushers!"

Zusammengequetscht wie die Ölsardinen sitzen wir im Führerhaus. Über vereiste Straßen steuern wir dem, in der City von Fairbanks liegenden Hotel "Captain Cook" zu. Die Hunde haben es in ihren Boxen weit bequemer als wir. Ich bin heilfroh, das Yukon-Quest alleine auf meinem Schlitten und nicht in der Enge des Führerhauses erleben zu dürfen. Nach dem wir uns ein paarmal verfahren haben, treffen wir ein bißchen verspätet im Konferenzsaal des Captain Cook-Hotels ein. Fast alle meine Mitkonkurrenten und die Vertreter der internationalen Presse sind schon im Saal anwesend. Voll Stolz präsentiert das Yukon-Quest-Komitee den diesjährigen Ehrenpreis für den Sieger des Rennens: Eine goldene, mit Diamanten und anderen Edelsteinen besetzte Gürtelschnalle.

In den meisten Sportarten gibt es neben dem Preisgeld noch einen Pokal zu gewinnen. Im American Football werden den Gewinnern des "Super-Bowls" Ehrenringe verliehen. Im Schlittenhundesport und beim Rodeo ist es üblich, daß Western-Gürtelschnallen, sogenannte Beltbuckles an die Finisher vergeben werden. Nachdem ich im letzten Jahr von meiner ersten Yukon-Quest-Teilnahme nach München zurückgekehrt war, zeigte ich meinem Freund und Geschäftspartner Alex Durek stolz meinen Finisher-Buckle.

Etwas enttäuscht begutachtete er meine Trophäe und meinte trocken: "Bei solchen Strapazen hat zumindest der Sieger mehr verdient als eine einfache Silberplatte."

In wochenlangen Gesprächen, bei denen ich ihn immer mehr für das Yukon-Quest begeistern konnte, reifte in ihm der Entschluß, selbst etwas dazu beizutragen, um die Teilnahme am Rennen noch attraktiver zu machen. Alex war früher selbst ein sehr erfolgreicher Leistungssportler und ist jetzt ein bekannter Designer im Edelmetallbereich. Da er aus eigener Erfahrung weiß, welche Entbehrungen Sportler auf sich nehmen müssen, ist er geradezu prädestiniert, etwas zu schaffen, das den Leistungen eines Yukon-Quest-Champions gerecht wird.

In filigraner Kleinarbeit entstand eine handtellergroße, goldene Gürtelschnalle, die das Emblem des Yukon-Quest zeigt. Dieser Beltbuckle, deren Wert von einem unabhängigen Schätzer auf 60.000 Dollar festgelegt wurde, wird zusätzlich als Ehrenpreis zu den 25.000 Dollar Preisgeld an den Sieger vergeben. Ich selbst habe diese Trophäe von Deutschland nach Amerika gebracht und sie sofort nach meiner Ankunft in Fairbanks dem Yukon-Quest-Komitee übergeben. Da ich miterleben durfte, wie diese Gürtelschnalle regelrecht gewachsen ist, ist es kein Wunder, daß ich mich gleich nach ihrer Fertigstellung in sie verliebt habe. Bei der Übergabe in Fairbanks mußte ich mir dieses wunderbare Stück regelrecht aus dem Herzen reißen. Ob ich es schaffen werde, diese Trophäe zu gewinnen, wissen nur die Götter. Doch ich werde alles tun, um wieder in den Besitz dieser einmaligen Arbeit zu kommen.

Preisgeld gibt es bei diesem Rennen bis zum 15. Rang.
Außerdem erhält jeder Finisher, also jeder Teilnehmer, der die Ziellinie in Whitehorse mit mehr als fünf Hunden vor dem Schlitten überquert, einen Finisher Patch und eine silberne Gürtelschnalle. Diese Trophäen weisen den Träger als Angehörigen eines illustren Clubs aus, der selbst nach 14 jährigem Rennbestehen noch immer keine 300 Mitglieder zählt. Außerdem gibt es für den Letzten des jeweiligen Rennens eine rote Petroleumlaterne. "The lost mans lantern!" Ich habe diese Auszeichnung im letzten Jahr erhalten und bin stolz darauf.
Allerdings wehre ich mich gegen die Bezeichnung "Letzter" für den Träger der roten Laterne.
Denn Letzter wurde nach meinem Verständnis derjenige, der als erster aufgegeben hat. Beim letztjährigen Yukon-Quest mußten von 22 Startern neun die Segel vorzeitig streichen. Aus diesem Grunde belegte ich den13. und damit letzten Platz.
Die sehr hohe Ausfallquote beim Yukon-Quest, für das man sich durch die erfolgreiche Teilnahme an einem mindestens 500 Meilen langen Rennen qualifizieren muß, dokumentiert die ungeheure Härte dieser Veranstaltung. Ich glaube, das Yukon-Quest trägt den Titel "Härtestes Rennen der Welt" wirklich zu recht. Deshalb bin ich sehr stolz darauf, diesen Test bereits einmal bestanden zu haben.

Jedenfalls hat dieser von meinem Freund Alex gestiftete Ehrenpreis, alle namhaften Musher, die einen besonders guten Klang in der Long-Distance-Szene haben, dazu gebracht, sich der Herausforderung dieses Rennens zu stellen. Das diesjährige Teilnehmerfeld des Yukon-Quest wird von folgenden Mushern gebildet:

SUSAN AMUNDSON: Die 47jährige Großnichte des berühmten Polarforschers Roald Amundson stammt aus Two Rivers in Alaska. Sie hat in den Jahren 1994 und 1995 bereits am Yukon-Quest teilgenommen, wobei sie 1995 in Central aufgeben mußte. Als Grund ihrer Teilnahme gibt Susan die Lust am unverfälschten Abenteuer an.

PETER BUTTERIE: Der 34jährige Berufsmusher lebt in Tok/Alaska.

Er hat in den Jahren 1989, 1991, 1992, 1993 und 1994 bereits am Yukon-Quest teilgenommen, wobei er 1993 nicht im Ziel ankam. Als Teilnahmegrund witzelt Peter:
"Ich hoffe, wie meine Huskies einen Mikrochip eingepflanzt zu bekommen, der meinen IQ auf einen meßbaren Level bringt."

JENINNE CATHERS: Die erst 25jährige, bildhübsche Frau aus Whitehorse/Kanada hat von 1989 bis 1993 jedes Yukon-Quest erfolgreich beendet. Sie arbeitet im Yukon-Territorium als Wilderness-Guide und nennt als Grund ihrer diesjährigen Teilnahme, daß sie im Moment nichts besseres zu tun habe.

DAVE DALTON: Der 38jährige betreibt in Fairbanks mit seiner Familie den "Dalton Gang Kennel". Er hat in den Jahren 1988, 1990, 1991 und 1994 das Yukon-Quest erfolgreich bestritten. Für ihn hat die Teilnahme am Rennen nur einen Grund: "To win!"

DIETER DOLIF: Der 56jährige Internist aus Deutschland nimmt in diesem Jahr erstmals am Yukon-Quest teil und wird deshalb als "Rookie" bezeichnet. Als Grund gibt mein Landsmann an: "Seit ich 1984 zum ersten Mal mit Huskies gearbeitet habe, träume ich von einem Start bei diesem Rennen."

DOUGH HARRIS: Der 41jährige Kanadier ist seit seiner Jugend angehöriger der "Royal Canadian Mounted Police." Da er dieses Rennen noch nie gefahren ist, ist auch er trotz seiner Erfahrung ein Rookie. Sein Beweggrund: "Ich liebe es, mit Hunden durch die Arktis zu reisen!"

ALAIN HERCSHER: Alan ist ein 28jähriger Franzose. Auch er ist ein Rookie und hat nur einen Wunsch: "Ich möchte mir den Traum meines Lebens erfüllen!"

MICHAEL KING: Der 35jährige Rookie ist Berufsmusher und Schlittenbauer. Er stammt aus Salcha/Alaska und nennt als Motivation: "Ich möchte heraus finden, ob ich hart genug bin, das "Härteste Rennen der Welt" erfolgreich zu beenden.

RICK MACKEY: Der 42jährige Iditarod-Champion ist einer der großen Stars dieses Feldes. Er lebt in Nenana/Alaska, wo er eine Hundezucht betreibt. Rick stammt aus einer alten Musher-Dynastie und gehört zu den berühmtesten Schlittenführern dieser Welt.
Es gibt kaum ein bedeutendes Rennen, das er nicht schon gefahren ist. Trotzdem zählt auch er, da dies sein erster Auftritt beim Yukon-Quest ist, zu den Rookies. Auf die Frage, warum er an diesem Rennen teilnimmt, antwortet er: "Nach 18 Teilnahmen am Iditarod will ich einen anderen Trail sehen und von mir behaupten können, das kälteste und härteste Rennen der Welt erfolgreich gefahren zu sein."

MARK MAY: Mark ist 39 Jahre alt und hat bereits 1994 das Yukon-Quest gefahren. Sein Grund für die diesjährige Teilnahme ist sehr simpel: "Weil´s mir Spaß macht!"

STANLEY NJOOTLI: Der 42jährige Indianer vom Stamme der Old Crow hat 1995 am Yukon-Quest teilgenommen, mußte aber leider in Dawson aufgeben. Seine Teilnahme hat nur einen Grund: "In diesem Jahr möchte ich die Ziellinie überqueren!"

PADDY SANTUCCI: Der ehemalige Freeclimber und Rodeoreiter ist 35 Jahre alt und lebt in Lincoln-Creek/Alaska. 1994 hat er das Yukon-Quest bereits gefahren und tönt diesmal: "I want to win!"

JOHN SCHANDLEMEIER: Der 43jährige Trapper aus Paxson/Alaska hat bereits sieben Mal am Yukon-Quest teilgenommen und war 1992 sogar Champion. Nach dem Grund seiner Teilnahme gefragt, antwortet er mit einer Gegenfrage: "Warum nach dem Warum fragen?"

KURT SMITH: Der 37jährige Parkranger aus Fairbanks hat 1995 erstmals am Yukon-Quest teilgenommen. Leider mußte er damals kurz vor dem Ziel aufgeben. Sein Antrieb diesmal: "Spaß haben und mein Land bereisen."

BILL STEWARD: Bill arbeitet als Psychologe in Whitehorse. 1995 wurde er als 40jähriger bei seiner ersten Teilnahme am Yukon-Quest "Bester Rookie des Jahres" Der Grund seiner Teilnahme lautet: "Das Rennen!

Das Abenteuer! Die Menschen am Rande des Trails! Die Kälte! Die Geschichte des Rennens! Die Hunde! Es gibt nichts, daß einem Vergleich stand halten würde!"

KRIS SWANGUARIN: Der 42jährige, krebskranke Journalist lebt in Healey/Alaska. Da er noch nie am Yukon-Quest teilgenommen hat, ist auch er ein Rookie. Warum er diese Strapazen auf sich nimmt, erklärt er mit den Worten: "Ich möchte beweisen, daß Menschen die an Krebs erkrankt sind, nicht nur überleben, sondern ein mit Herausforderungen und Abenteuern angefülltes Leben führen können."

ALISTAIR TAYLOR: Alistair lebt im schottischen Hochland bei Elgin. Dort verdient der 42jährige sein Brot als Bergführer. Seit über zwei Jahren lebt und arbeitet er beim zweimaligen Yukon-Quest-Champion Charlie Boulding als Doghandler und Trapper. Der Wunsch nach besonderen Erfahrungen hat ihn zum diesjährigen Start bewogen.

DAN TURNER: Der 43 jährige lebt als Geologe und Goldgräber in der Umgebung von Haines/Alaska. Er gibt keinen besonderen Grund für seine Teilnahme an, hat aber das Ziel, vor dem Einsetzen der Schneeschmelze in Whitehorse einzutreffen.

FRANK TURNER: Frank ist der einzige Musher, der seit Bestehen des Yukon-Quest bei jedem Rennen am Start war. Im letzten Jahr konnte er diesen wichtigen Bestandteil seines Lebens sogar gewinnen. Auf die Frage warum er auch in diesem Jahr wieder dabei ist, entgegnet Frank: "Es scheint eine Gewohnheit von mir zu sein, aber ich befinde mich gerade in psychiatrischer Behandlung, um herauszufinden, warum ich von dieser Veranstaltung nicht loskomme!"

THOMAS WIGET: Der 34jährige Schweizer lebt, seit er vom Bazillus der Arktis befallen wurde, in Whitehorse. Dreimal hat er das Rennen schon als Doghandler begleitet. In diesem Jahr will Thomas als Rookie selbst mitfahren, um - wie er sagt - den "Norden" zu erforschen und um die wundervolle Landschaft selbst vom Schlitten aus erleben zu können.

DIETER ZIRNGIBL: Ich war Kapitän auf "Großer Fahrt" und habe über

zehn Jahre Tanker um die Welt navigiert. Seit ich vor sieben Jahren die Seefahrt an den Nagel gehängt habe, betreibe ich in München einen Sport- und Gesundheitspark. Die Abstinenz von Freiheit und Abenteuer sowie meine Freundschaft zu Blanco haben mich in die suchtartigen Fänge des Dogmushings getrieben.
Um nicht als Großmaul zu erscheinen, gebe ich als offiziellen Grund für meine diesjährige Teilnahme den Wunsch an, nochmals die gleichen, traumhaft schönen Dinge erleben zu dürfen wie im Vorjahr. Die Wahrheit aber lautet: "Ich möchte diese Gürtelschnalle gewinnen!"

Seit Bestehen des Yukon-Quest hat es ein solch hochkarätiges Teilnehmerfeld nicht gegeben. Selbst ich bin diesmal mit dem Ziel angetreten: Gewinnen und sonst nichts! Die Gürtelschnalle für den Sieger hat meinen Ehrgeiz angestachelt und würde mir auch wirklich gut zu Gesicht, bzw. gut zu Bauch stehen.
In der über dreimonatigen Vorbereitungsphase habe ich, haben meine Hunde und ich alles, wirklich alles getan, um eine reelle Chance auf den Sieg zu haben. Bereits ein halbes Jahr vor der Trainingsarbeit mit meinen Huskies, habe ich mich in meinem Münchner Sport und Gesundheitspark mit täglichen Bergläufen, Treppensteigen und eigens für die Vorbereitung auf dieses Rennen entwickelten Übungen in eine absolute Topform gebracht.
Trotz meiner ausgezeichneten körperlichen Verfassung, mit der ich nach Alaska angereist bin, habe ich beim Training mit meinen Hunden nochmals etwa 20 kg an Körpergewicht verloren. Leider werden meine Chancen auf einen Sieg durch die Teilnahme der drei Topstars Rick Mackey, John Schandlemeier und Frank Turner gewaltig geschmälert. Das Trio hat schon früher das Yukon-Quest oder das Iditarod gewonnen. Die drei betreiben Dogmushing professionell und haben mir außerdem einiges an Erfahrungen voraus. Trotzdem werde ich alles versuchen, daß Rennen und damit auch die Gürtelschnalle zu gewinnen.

Doch wieviel Unwägbarkeiten liegen vor allen Teilnehmern? Jedem kann auf dieser langen vor uns liegenden Fahrt soviel passieren, daß Sieg und vorzeitige Aufgabe sehr nahe beieinander liegen. Frank Turner beispielsweise mußte in dem Jahr vor seinem grandiosen Triumph bereits nach einem Drittel der Strecke aufgeben: Die Hunde waren von einem Virus befallen und konnten plötzlich keinen Schritt mehr tun.

Beim Life-Interview vor den laufenden TV-Kameras des US-Fernsehens präsentiere ich mich allerdings weit bescheidener und gebe einen Mittelplatz als mein Ziel bei diesem Rennen an.
Auf die neugierige Frage der Reporterin, was ich bei einem Sieg mit der gewonnenen Gürtelschnalle machen würde, antworte ich jedoch wie aus der Pistole geschossen: “Tag und Nacht tragen!” Sobald der Medienrummel etwas abebbt, verdrücke ich mich still und heimlich von der PR-Veranstaltung. Ich möchte möglichst viel Schlaf tanken, denn während des Rennens wird es kaum mehr als zwei Stunden Schlaf pro Tag für mich geben.
Selbst diesen Schlaf werde ich mir oft in unbequemer Haltung auf dem Schlittensack liegend, gegen die brutale Kälte ankämpfend, ertrotzen müssen.

Ein paar Worte habe ich noch mit Dieter Dolif wechseln können. Er scheint mir ein äußerst sensibler Mann zu sein, dem das Wohl seiner Hunde über alles geht. Er hat sich durch seine zweimalige Teilnahme am Alpirod, einem Langstreckenrennen in den europäischen Alpen, bei dem die Musher jede Nacht in einem warmen Hotelbett verbringen dürfen, für das Yukon-Quest qualifiziert. Da seine Hunde nicht sehr viel Zeit hatten sich an das rauhe Klima Alaskas zu gewöhnen und er nur in der relativen Geborgenheit von Fairbanks trainieren konnte hege ich Zweifel, ob seine Vorbereitung für das bevorstehende Abenteuer ausreicht. Um Dieter nicht zu verunsichern behalte ich ihm Gegenüber meine Meinung lieber für mich.

Obwohl ich mich nach meiner letztjährigen Teilnahme am Quest und den mehr als 2.000 zurückgelegten Trainingsmeilen in der rauhen, ja brutalen Wildnis der Ray Mountains für einigermaßen erfahren halte, kann viel Unvorhersehbares passieren. Ohne jedoch Dieter Dolifs Fähigkeiten als Musher in Zweifel ziehen zu wollen, bin gespannt, wie er mit der eisigen Kälte, der Einsamkeit, den Schneestürmen und dem offenen Wasser am Yukon, dessen Lauf wir immerhin 400 Meilen lang folgen werden, fertig werden wird. Nur zu gut erinnere ich mich daran, daß ich zu Beginn des ersten Rennens von den übrigen Teilnehmern als

Exote, wie ein "Afrikaner bei der Vier-Schanzen-Tournee" betrachtet wurde.
Erst nachdem ich Dawson erreicht hatte, wurde mir im vergangenen Jahr von den Fachleuten eine winzige Chance auf das Erreichen des Ziels eingeräumt.

Fairbanks

Freitag: 09. Februar

Dieser Tag, der letzte vor dem großen Rennen, ist ausgefüllt mit dem Packen des Schlittensackes, dem Mushermeeting und einem Festessen. Beim Packen muß ich mich ganz schön beeilen. Denn um 10 Uhr beginnt im Hotel Captain Cook das Mushermeeting. Bei dieser Pflichtveranstaltung werden vom Race Marshal, dem ranghöchsten Schiedsrichter, die Rennregeln und die ungefähre Streckenführung durchgesprochen. Später am Abend findet dann traditionell das Musher Banquet statt. Dabei handelt es sich um ein Festessen zu Ehren der am Yukon-Quest teilnehmenden Hundeschlittenführer. Das wichtigste am Musher-Banquet ist für mich, daß nach dem Essen die Startreihenfolge ausgelost wird.

Eigentlich wollte ich ja noch einmal richtig ausschlafen. Doch je näher der Tag des Starts rückt, desto mehr steigt meine nervliche Anspannung. Jede Stunde bin ich mit einem Blick zur Armbanduhr aufgewacht. Jetzt, morgens um 5.00 Uhr, hält mich nichts mehr in den Federn. Ohne auf das Schlafbedürfnis meiner Zimmergenossen Rücksicht zu nehmen, ziehe ich mich an und lasse die Hunde aus ihren Boxen. Es ist wichtig, daß sie in Ruhe ihr morgendliches Geschäft erledigen können. Ickey, der bei mir im Bett schläft, ist wie Petra und Philo von der frühen Unruhe nicht besonders begeistert. Besonders als er merkt, daß er sein warmes Lager neben mir aufgeben und zu seinen Artgenossen hinaus ins Freie muß. Beim Verlassen des warmen Raumes spricht sein Blick mehr als 1.000 Bände und einer dieser Bände heißt: "Eine weitere Stunde im warmen Bett hätte ich durchaus noch ertragen können."

Die ganze Nacht über hat es - für Alaska untypisch - dicke, große Flokken geschneit. Auf dem Parkplatz vor unserem Motel liegen mindestens 30 Zentimeter Neuschnee. Seit November habe ich jede Schneeflocke herbeigesehnt. Eine dünne Lage Neuschnee hätte die Trainingsbedingungen auf den hartgefrorenen Trails für meine Huskies ungemein verbessert. Doch Petrus hat mein Flehen leider nicht erhört. Jetzt, kurz vor dem Rennen, schneit es seit knapp einer Woche ohne Unterlaß.
Bis gestern war es noch zuckerkristallgroßer, kaum Flocke zu nennen-

der Schnee. Vom Wind verblasen, kann er sich in kürzester Zeit zu meterhohen Verwehungen auftürmen.
In dieser Nacht ist jedoch auch die Temperatur auf “nur” noch minus acht Grad angestiegen. Diese Warmfront hat dafür gesorgt, daß der Schneefall heute Nacht fast europäisch zu nennen ist. Soll ich mich über diesen Wetterumschwung freuen oder ärgern? Das Gute an den veränderten Bedingungen ist, daß der vor uns liegende Trail leichter zu befahren sein dürfte. Die Schultergelenke der Hunde werden durch das weiche Kissen aus frischem Schnee geschont. Auch Steinbrocken, Baumstämme und ähnliche Hindernisse werden von dieser dicken Lage Neuschnee entschärft. Der Nachteil für mich ist, daß meine Hunde fast ausschließlich auf glasharten Trails trainiert haben. Sie müssen erst mit den neuen, für sie ungewohnten Bedingungen zurechtkommen.

Ich habe mein Team im Laufe der letzten drei Monate nach dem Motto: “Dynamit kommt in kleinen Päckchen !” ausgewählt.
Die kleinsten und schnellsten Hunde aus meinem Zwinger haben den Vorzug vor den zugstärkeren aber auch schwereren und damit langsameren Kollegen erhalten. Ein durch Schneemangel unwegsamerer Trail würde mich nicht so stark behindern wie meine Konkurrenten. Da meine Huskies fast wie Haushunde gehalten werden, kann ich sie vor einem größeren Hindernis jederzeit aus dem Gespann nehmen. Dabei brauche ich keine Angst zu haben, daß mir einer meiner Hunde stiften geht. Unter‘m Strich bin ich davon überzeugt, daß die neue weiße Pracht nur Nachteile für mich birgt. Doch Jammern und Lamentieren bringt mich nicht weiter. Der Schnee liegt nun einmal so, wie er gefallen ist. Meine Hunde und ich müssen nur das Beste daraus machen. Außerdem müssen alle Teilnehmer unter diesen veränderten Bedingungen genauso wie ich leiden.

Meine Huskies haben ihre Frühstückssuppe und eine extra Ration Biberfett mit großem Appetit verschlungen Sie scheinen bestens in Form zu sein. Damit meine Sachen während des starken Schneefalls so lange wie möglich trocken bleiben, beladen Inge und ich den Schlitten im Hotelzimmer. Unterdessen führt Philo die Hunde einzeln ins Badezimmer, wo Petra sorgfältig ihre Pfoten mit “Trusty Husky-Creme” salbt.
Anhand einer bis ins kleinste Detail ausgearbeiteten Checkliste ist der

Schlitten bis auf das Futter und den Proviant, das Zeug kommt erst kurz vor dem Start in den Schlittensack, schnell gepackt. Petra cremt nicht nur jedem meiner Freunde die Pfoten ein. Sie untersucht diese auch auf eventuelle kleine Verletzungen. Selbst kleinste Hautrisse zwischen den Zehen können fatale Folgen haben.

Immerhin liegen endlos lange, 1000 Meilen vor uns. Nachdem alle Hunde versorgt sind, spanne ich meine Picketline zwischen zwei Bäume, die hinter dem Motel stehen und hänge meine Hunde dort an. Ich will ihnen nicht zumuten, daß sie den ganzen Tag im Truck verbringen müssen.

Verdammt, jetzt ist es schon 9.40 Uhr! Ich habe überhaupt nicht gemerkt, wie die Zeit verflogen ist. Um 10.00 Uhr muß ich in der Stadt beim Mushermeeting sein. In größter Eile packen Petra, Philo und ich etwas zum Mitschreiben ein. Inge bleibt bei den Hunden im Motel, und ab geht es in rasender Fahrt durch die Stadt zum Hotel "Captain Cook" Die Teilnahme am Mushermeeting ist Pflicht. Wer dort mit Abwesenheit glänzt muß schon vor dem Start mit seiner Disqualifikation rechnen. Zuspätkommende werden zwar nicht vom Rennen ausgeschlossen, aber mit 200 Dollar zur Kasse gebeten.

Um fünf Minuten nach 10 Uhr hechte ich förmlich in den Versammlungsraum. Als Letzter habe ich mich noch schnell auf einen freien Stuhl fallen lassen. Erst jetzt beginnt Dave Rich, der Race-Marshal, damit, die Anwesenheitsliste zu überprüfen. Mann o Mann war das knapp! Dave scheint meine leichte Verspätung nicht bemerkt zu haben. Hoffentlich bleibt mir dieses Glück auch während des Rennens treu.

Auf ein richtiges Frühstück habe ich wieder einmal verzichten müssen. Aber zur Not reicht auch eine Tasse Kaffee mit viel Zucker, um über die Runden zu kommen. Zwei endlos lange Stunden quälen wir uns nun durch die einzelnen Paragraphen des doch sehr umfangreichen Regelwerkes. Die trockene Sprache der Juristen langweilt mich schier zu Tode. Zu meiner Schande muß ich gestehen, daß mich Regeln und Strategien noch nie sonderlich interessiert haben. Weil in diesem Jahr so viele Rookies am Rennen teilnehmen ist es wichtig die einzelnen Bestimmungen des Regelwerkes genauestens zu erläutern.

Schon während meiner Zeit als Spieler einer American-Football-Mannschaft hatte ich bei den täglichen Teambesprechungen große Mühe, wach zu bleiben. Ich glaube es ist mir nie gelungen auch noch einen halbwegs interessierten Eindruck auf meine Trainer zu machen.
Damit ich heute meinen schläfrigen Blick einigermaßen verbergen kann, habe ich mir meine Baseballmütze tief ins Gesicht gezogen.
Ungeduldig warte ich auf das Ende der Sitzung. Erst als Dave Rich bekannt gibt, daß sich die Rennleitung auf Grund der verbesserten Schneeverhältnisse dazu entschlossen hat, die Rennstrecke zwischen Eagle und Dawson nicht 150 öde Meilen auf dem Yukon, sondern über den American-Summit zu führen, erwacht wieder mein Interesse. An diesen Berg knüpfen sich für mich einige unvergeßliche Erinnerungen. Nachdem auch noch eine heftige Diskussion über die Frage, ob morgen mit zehn oder 14 Hunden vor dem Schlitten gestartet werden soll, zugunsten der 14-Hunde-Lobby beendet ist, werden alle Musher bis zum abendlichen Banquet entlassen.

Mittlerweile ist es 14.oo Uhr geworden. Der arktische Tag neigt sich dem Ende zu. Kurz vor Einbruch der frühen Dunkelheit erreichen wir unser Domizil. Da es den ganzen Tag ohne Unterlaß geschneit hat, finde ich bei meiner Ankunft 15 überdimensionale, verschneite Maulwurfshügel an der Picket Line vor - meine Huskies. Im Gegensatz zu mir haben sie den letzten Tag vor dem Rennen zum Ausruhen genutzt. Erst als ich sie einzeln beim Namen rufe, schälen sie sich müde gähnend und reckend aus ihren natürlichen Iglus. Der Reihe nach lassen sie sich von mir schwanzwedelnd das immer noch verschneite Fell zwischen den Ohren kraulen. Inge hat ihre Wartezeit im "Golden-North" genutzt und ein gutes Fressen für meine Vierbeiner vorbereitet.

Meine Hunde verschlingen ihre Mahlzeit als hätten sie seit Tagen nichts mehr zum Fressen bekommen. Es ist das reinste Vergnügen ihnen beim Essen zu zuschauen. Ein Team, daß gut frißt läuft auch gut! In bester Stimmung machen wir Menschen uns für die Abendveranstaltung fertig. Da ich zu den Aktiven zähle, die ab morgen 14 Tage lang in denselben Klamotten zubringen werden, erwartet glücklicherweise niemand, daß ich in festlicher Kleidung erscheine. Außer meiner Finisherjacke, die ich im letzten Jahr verliehen bekam, trage ich die selbe Kleidung, die

ich morgen unter meiner Thermohose und der Parka anhaben werde. Nämlich meine gefütterten Jeans, das rot-schwarzkarrierte Holzfällerhemd, die Mukluks und voll Stolz mein neues Messer am Gürtel mit dem Finisherbuckle. Dieses Messer hat mein Freund Pete, ein in Tanana lebender Vietnam-Veteran, gefertigt. Die Klinge hat er aus Nägeln geschmiedet und den Griff aus Elchhorn geschnitzt. Das Messer liegt mir wie maßgeschneidert in der Hand.
Mir scheint, der Elch, der meinen Messergriff als Geweih durch die Gegend getragen hat, hat sich seine Schaufeln genau nach der Größe meiner Hand wachsen lassen. Während des Rennens wird es mir sicher sehr nützlich sein. Zumindest wird mir dieses Messer für die nächsten zwei Wochen das Eßbesteck ersetzen oder als Kletterhilfe an steilen Hängen dienen. Wegen der kanadischen Waffengesetze und um Gewicht zu sparen, werde ich weder ein Gewehr noch eine Pistole mit mir führen. Obwohl ich wegen eventueller Elchattacken lieber bewaffnet wäre, müssen mir mein Messer und eine Axt genügen.

Leider findet das Musherbanquet nicht im Captain Hook sondern in einem anderen Hotel statt. Im dichten Schneetreiben müssen wir lange danach suchen. Kurz bevor die Ziehung der Startnummern beginnt nehmen Inge, Petra, Philo und ich im festlich geschmückten Saal Platz. Glücklicherweise sind für die Teilnehmer am Yukon-Quest Tische reserviert worden, sonst wären für uns Nachzügler nur noch Stehplätze übrig gewesen. Ich habe den Eindruck, ganz Alaska, oder zumindest alle Bewohner von Fairbanks sind bei dieser Galaveranstaltung versammelt. Jeder Tisch im Saal ist voll besetzt. Trauben von interessierten Schlachtenbummlern schieben sich zwischen den Tischreihen hindurch. Fast jeder der Besucher versucht mit den Mushern ins Gespräch zu kommen. Selbst aus Deutschland und Österreich sind Fans des Yukon-Quest angereist. Es ist mir eine besondere Ehre und Freude, meinen Landsleuten Rede und Antwort stehen zu dürfen.

Überall im Saal sind Fernsehkameras verteilt. Pressefotografen schießen ein Foto nach dem anderen von uns Mushern. Zuvorkommende Kellner servieren Elchsteaks mit gebackenen Kartoffeln. Wegen der Kohlehydrate, die mir Energie liefern sollen, stopfe ich mich regelrecht mit Kartoffeln voll. Wenn das kein perfektes “timing”ist. Kaum habe ich

meinen letzten Bissen hinunter geschluckt, beginnt die Ziehung der Startnummern.
Alle Teilnehmer am Yukon-Quest werden in der Reihenfolge ihrer Anmeldung zum Ziehen der Startnummer aufgerufen. Ich habe schon im August für das Quest gemeldet und komme deshalb als Zweiter von 21 Startern an die Reihe. Blind greife ich in den mir hingehaltenen Zylinder und ziehe die Nummer 19. Im letzten Jahr habe ich die Startnummer 2 gezogen und wurde Letzter. Heuer habe ich die Nummer 19, also die vorvorletzte der möglichen Nummern erwischt. Welchen Platz werde ich diesmal belegen?
Ist diese Nummer ein gutes Omen oder nicht? Abergläubisch wie die meisten Seeleute versuche ich aus jeder Begebenheit ein Zeichen über den Ausgang des Rennens abzuleiten.

Es ist üblich, daß jeder Musher nach dem er seine Startnummer gezogen hat eine kurze Rede hält. Im Verlauf dieser Ansprache bedankt man sich bei all'denen, die einem bei der Vorbereitung des Rennens unterstützt haben. Jede dieser Reden wird in voller Länge über TV und Hörfunk im ganzen Land übertragen. Wehe dem Musher, der in der Aufregung vergißt, einen seiner Sponsoren zu erwähnen. Die meisten Menschen, bei denen ich mich bedanken müßte, leben in Europa und können die Übertragung dieses Abends nicht miterleben. Dementsprechend kurz ist meine Festrede. Ich bedanke mich nur bei Bill Fliris und seiner Frau Cathy für deren große Unterstützung. Immerhin hat mir Bill vor Jahren nicht nur beigebracht wie man mit Schlittenhunden umgeht, wie man diese draußen in eisiger Kälte pflegt und wie man einen etwa 500 Pfund schweren Schlitten in unwegsamen Gelände beherrscht. Er hat mich auch in vielen knochenharten Trainingseinheiten, bei denen ich Bill wohl mehr als 1.000 mal verflucht habe, erfahren lassen, wie man in der gnadenlosen, eisigen Wildnis selbst im fürchterlichsten Blizzard eine Chance aufs Überleben behält. Bill, wie ich ein ehemaliger Seemann, hat nach seiner Zeit auf See über 15 Jahre als Trapper in der Einsamkeit Alaskas verbracht. Dabei hat er jeden Kniff, der einem hier zum Überleben verhilft, gelernt und an mich weiter gegeben.
Heute betreiben wir zusammen ein kleines Touristikunternehmen. Netten Leuten aus ganz Europa bringen wir den Umgang mit Schlittenhunden und das Überleben in diesen unwirtlichen Breiten bei. Als Abschluß

einer solchen Ausbildung nehmen wir unsere Gäste mit zu einer Tour in die herrlichen Ray-Mountains. Dort haben sie dann Gelegenheit, ihr Können unter Beweis zu stellen.
Natürlich bedanke ich mich auch bei meiner Frau, die mit ihrer schier endlosen Geduld jede meiner Eskapaden und jedes meiner Abenteuer aufs Neue erträgt und unterstützt. Eigentlich sind, was den Dank an meine Frau angeht, Worte unzureichend. Denn das, was ich Inge schulde, läßt sich nicht in Worte fassen.
Auch bei all den vielen Menschen in Deutschland die meine Unternehmungen nun schon ein zweites Mal unterstützen, hätte ich mich noch gerne bedankt. Doch ich will die anwesenden Gäste nicht mit einer langen Ansprache langweilen. Vor allem da ich erst der Zweite in einer Reihe von 21 Rednern bin.
Ich warte noch, bis die nächsten zwei Musher ihre Nummer gezogen haben, dann verlassen wir das lustige Treiben. Müde kehren wir zu den Hunden ins Hotel zurück und geben ihnen am Abend vor dem Start noch eine extra Ration Fett zu fressen.

Morgen um 13.00 Uhr wird der Startschuß zum Yukon-Quest fallen. Vorher gibt es noch jede Menge zu tun. Es bleibt uns nur noch sehr wenig Zeit. Laut Reglement müssen alle Musher bis 11.00 Uhr mit ihren Trucks am Startplatz eingetroffen sein. Außerdem könnte ich jetzt auch keine Feier ertragen. Dazu stehe ich schon viel zu sehr unter Anspannung. Das Feiern und das Fröhlichsein verschiebe ich auf das Finisher-Banquet in Whitehorse. Das heißt, sofern es den Hunden und mir gelingt die Ziellinie rechtzeitig zu überqueren. Nur bis dahin liegt noch sehr viel vor den Hunden, meinen Doghandlern und vor mir.

Design

Produktions- und Vertriebs-GmbH

Alexander Durek

Art Director

Zentrale:

Dachauer Straße 124a
80637 München

Telefon 089 / 159 67 61
Telefax 089 / 159 68 20

ANGLE CREEK
LODGE
VALLEY CENTER
HIGHWAY
HIGHWAY
CHENA RIVER
START
FAIRBANKS

Fairbanks

Samstag: 10. Februar

Der Tag des Rennens bricht an.
Den telefonischen Weckdienst des Motels habe ich für 6.00 Uhr bestellt. Doch auch heute hält mich seit 5.00 Uhr nichts mehr im Bett. Es gibt einfach noch zu viele kleine Dinge die vor dem Start erledigt werden müssen. Alles, was ich bisher fürs Rennen eingepackt oder mir zurechtgelegt habe, muß noch einmal überprüft werden. Zum Beispiel Ersatzteile oder Medikamente. Dinge, die ich bis zum Start des Yukon-Quest nicht in den Schlitten gepackt habe, darf ich laut Reglement erst in Dawson ersetzen. Während des Rennens dürfen nur Sachen verwendet werden, die entweder schon beim Start im Schlitten waren, oder die von mir vor Beginn des Quests als Teil der Fooddrops zu dem jeweiligen Checkpoint geschickt wurden.

Die letzte Nacht vor dem Start habe ich, wenn auch ungern ,ohne einen meiner treuen vierbeinigen Freunde sehr unruhig verbracht. In dieser Nacht hätte ich am liebsten Blanco bei mir gehabt.
Auf ihn stützt sich ein Großteil meiner Hoffnungen. Nur mit ihm kann ich beim Yukon-Quest gut abschneiden.
Hätte ich Blanco bei mir im Bett gehabt, dann müßte ich ihn jetzt überhitzt in den Schnee hinaus schicken. Er hätte keine Gelegenheit mehr, den im warmen Fell geschmolzenen Schnee wieder aus dem Unterfell zu bringen.

Nur mit meiner Jeans, einem T-Shirt und den Mukluks bekleidet, öffne ich unsere Zimmertüre. Beim Anblick der weißen Pracht fange ich an zu fluchen. Meine Hoffnung, daß der Schneefall über Nacht aufhören würde, hat sich leider nicht erfüllt. Dick mit Schnee bedeckt steht der Dogtruck vor dem Motel. Außerdem ist es so warm, daß ich ohne zu frieren und nur mit dem T-Shirt bekleidet, alle 15 Huskies aus ihren Boxen holen und rund um den Truck anbinden kann. Die Temperatur ist in der Nacht fast auf Null Grad geklettert. Es ist viel zu warm um von den Hunden gute, ausdauernde Leistungen verlangen zu können. Auch für mich ist es zu warm. Ich kann bei diesem Wetter nicht neben dem

Schlitten herlaufen, ohne sofort ins Schwitzen zu geraten.
Es ist aber trotzdem zu kalt, um nur mit einem dicken Holzfällerhemd bekleidet, stundenlang im Fahrtwind, fast regungslos auf dem Schlitten zu stehen. Ob man es glaubt oder nicht, die beste Temperatur zum Dogmushen liegt bei etwa 20 Grad unter Null.
Die Kleidung schützt dann noch angenehm vor der Kälte, die Hunde sind bei diesen Temperaturen zu Höchstleistungen fähig. Der Schnee hat noch eine Gleitfähigkeit, die den Tieren vor dem Schlitten nicht zuviel abverlangt. Nur wann herrschen schon einmal solche idealen Bedingungen? Entweder ist es zu kalt, zu warm, oder es liegt zuviel oder zuwenig Schnee. Die Hauptsache ist doch, daß man irgendeinen Grund findet, mit dem man seine nicht optimale Leistung entschuldigen kann.

Es ist noch zu früh, um die Hunde zu füttern. Der beste Zeitpunkt dafür ist etwa bei drei Stunden vor dem Start. Dann haben meine Hunde noch genügend Zeit um ihr Fressen zu verdauen und ihr Energievorrat reicht lange genug, um den schweren Schlitten einige Stunden ziehen zu können.
Deshalb nutzen Petra und Philo die Zeit, um nochmals alle Hundepfoten zu salben. Im warmen Zimmer bleibt die Creme geschmeidig und läßt sich gut in die Ballen einmassieren. Später, draußen bei Eis und Schnee, wird das sich alle sechs Stunden wiederholende Ritual zu einer echten Quälerei für mich werden. Leider hält sich da draußen der Erfolg meiner Bemühungen wegen der hart gefrorenen Salbe in engen Grenzen. Es ist aber äußerst wichtig, daß die Fußballen der Hunde weich und geschmeidig bleiben. Immerhin sollen auf ihnen über 1.000 Meilen zurückgelegt werden. Ob es mir gefällt oder nicht, es wird mir nichts anderes übrig bleiben, als die Pfoten bei jedem Halt mit froststarrer Creme zu behandeln.

Noch immer habe ich mich nicht entschieden, ob ich Clancy oder Sister ins Team nehmen soll. Clancy macht einen traurigen, lustlosen Eindruck, hat aber auf unserem letzten Trainingslauf sehr gut gearbeitet. Es kann durchaus sein, daß sein trauriger Gesichtsausdruck an seiner Huskymaske, der Fellzeichnung im Gesicht, liegt. Sister hingegen scheint von einem für mich geheimnisvollen Virus befallen zu sein, der den Hunden die Ausdauer nimmt. Dieser Virus geht schon während des ganzen Winters

in Tanana um. Er ist aber nicht zu lokalisieren. Schon mehrere Antibiotika-Kuren habe ich ausprobiert. Leider brachte keine den gewünschten Erfolg!
Diese rätselhafte Krankheit ist schwer zu beschreiben: Die Hunde fressen normal, verhalten sich normal und zeigen Lust, vor den Schlitten gespannt zu werden. Doch plötzlich verläßt die erkrankten Tiere die Kraft. Gegen ihre sonstige Gewohnheit müssen sie sich für einige Zeit in den Schnee legen, um sich zu erholen.
Die diesjährige Trainingssaison habe ich mit 28 Hunden begonnen. Durch diese geheimnisvolle Krankheit wurde mir das Auswahlverfahren äußerst leicht gemacht. Jedesmal zwang mich dieser verfluchte, unbekannte Virus dazu, einen weiteren mir ans Herz gewachsenen Husky aus dem Rennkader zu nehmen. Unzählige Dollar habe ich in diesem verkorksten Winter für tierärztliche Behandlungen ausgegeben - ohne den geringsten Erfolg! Immer verliefen die gemachten Untersuchungen negativ! Eine behandlungsfähige Krankheit konnte nie ausfindig gemacht werden.

Ich berufe einmal mehr den Familienrat ein. Meine Tochter glaubt, daß Clancy nicht krank, sondern nur äußerst introvertiert ist. Anfangs wehre ich mich dagegen, den lustlos wirkenden Clancy mit auf die lange Tour zu nehmen. Schließlich überzeugt mich Petra mit dem Argument, daß Clancy auch als Leader eingesetzt werden kann. Nach dem ich überzeugt bin, werde ich ihn statt Sister für das Rennen nominieren. Sister wird morgen früh nach Tanana zurückfliegen und dort bis zu unserer Rückkehr auf uns warten. Dieser letzte, endgültige Schnitt auf 14 Hunde fällt mir unheimlich schwer. Sister, der letzte aus der Mannschaft genommene Husky steht stellvertretend für all´ die Hunde, die es nicht geschafft haben, sich einen Platz im Team zu erobern. Es ist hart, denn wer jemals erlebt hat, wie sehr es Huskies lieben, ins Geschirr eingespannt zu werden und den Schlitten durch ihre verschneite, im Frost erstarrte Heimat zu ziehen, wird meine augenblicklichen Gefühle nachempfinden können. Im Geiste höre ich das enttäuschte Geheul der im Kennel zurückgelassenen Huskies.
Immer wenn ein Schlitten in voller Fahrt, mit einer Meute ausgelassen bellender Hunde den Zwinger durch den tiefen, aufstiebenden Schnee verläßt, heulen die übrigen Hunde zum Steinerweichen.

Die Pfoten meiner mir noch verbliebenen Huskies sind gesalbt und ihre Muskeln ein letztes Mal vor dem Start massiert worden. Jetzt gibt es für jeden eine mit Mineralstoffen angereicherte Fleischbrühe und ein ordentliches Stück Fett.
Bis zum Beginn des Rennens haben meine Athleten noch genügend Zeit, alles zu verdauen. Jetzt schnell die Hunde in die Boxen des Trucks verladen. Dann geht's ab zu "Sam´s Sourdough Café". Ein gewaltiges Frühstück ist jetzt das Wichtigste. Denn die nächste Mahlzeit wird es für mich erst irgendwann in der Nacht, oder morgen in der Frühe geben. Da ist eines von Sams riesigen Omeletten mit Bratkartoffeln und Speck genau das richtige.

Obwohl wir uns nur sehr kurz in Sams Frühstückslokal aufgehalten haben, ist der Wagen nach dem Verlassen des Lokals schon wieder dick eingeschneit. Zu Viert brauchen wir eine ganze Weile, um die Windschutzscheibe und die Motorhaube einigermaßen vom Schnee zu befreien. Nun können wir unseren Weg zum Startplatz ohne Gefährdung des Verkehrs fortsetzen. Da ich so spät wie möglich frühstücken wollte, wird die Zeit jetzt knapp. In abenteuerlicher Fahrt geht es über verschneite, glatte Straßen. Unser Weg führt quer durch die glücklicher Weise fast menschenleere Downtown von Fairbanks.

Diesmal gut in der Zeit erreichen wir den Startplatz am Chenariver! Einer der vielen ehrenamtlichen Helfer, die mit ihrem unermüdlichen Einsatz für einen reibungslosen Ablauf des Yukon-Quest sorgen, weist uns einen Parkplatz für den Dogtruck zu. Leider liegt unser Standplatz wegen meiner hohen Startnummer weit ab vom Schuß. Es wird nicht einfach werden mit 14 ungeduldigen Hunden bis zur Startlinie vorzufahren. Meine Hunde sind durch die Rennatmosphäre noch zusätzlich aufgestachelt. Mir graut, wenn ich daran denke wie sie voller Vorfreude ungestüm an ihren Leinen zerren werden. Damit unsere Anfahrt zum Start nicht zu einfach wird, müssen wir durch ein Wirrwarr aus Zuschauern und herumstehenden Autos kurven. Hoffentlich kann ich auf diesem Stück meine Mannschaft im Zaum halten. Es wäre zu schön, wenn wir das Rennen aufnehmen könnten, ohne uns zu blamieren. Vor den ersten fünf Meilen, die mit zahlreichen Zuschauern gesäumt sind, habe ich mehr Bammel als vor den restlichen 995.

Wieder beginnt das gewohnte Ritual. Die Hunde werden aus ihren Boxen gelassen und an kurzen Ketten um den Truck herum angehängt. Der schwer beladene Schlitten muß vorsichtig vom Dach des Pickups gehoben, die Zugleinen gerade ausgelegt und 56 Booties abgezählt werden. Zum hundertsten male schaue ich in den Schlittensack und überprüfe meine Pflichtausrüstung. Booties, Schlafsack, Axt, Kocher, Schneeschuhe und das Postpaket, welches jeder Musher nach Whitehorse bringen muß: "Alles ist da!" Sollte mir unterwegs eines dieser Teile verloren gehen, werden mir pro abhanden gekommenen Gegenstand acht Strafstunden zur eigentlichen Laufzeit addiert.

11.30 Uhr. Der Startschuß für den ersten Musher fällt in 90 Minuten. Von da ab werden die nachfolgenden Teilnehmer in zweiminütigem Abstand auf die Reise geschickt.
Wenn es keine Verzögerung gibt, werde ich um 13.38 Uhr die Startlinie in Fairbanks verlassen. Es bleibt mir noch viel Zeit, bis ich meine Hunde booten und einschirren muß. Damit mich die Nervosität nicht noch mehr übermannt, beschließe ich auf dem Startplatz herumzustrolchen. Ein bißchen Spionage kann nicht schaden. Es ist gut zu wissen, was meine Konkurrenz in den letzten Minuten so macht. Noch immer fällt der Schnee in dicken, nassen Flocken vom Himmel. Um nicht ins Schwitzen zu geraten, habe ich meinen Parka noch nicht übergezogen.
Eine dicke Schneeschicht legt sich auf mein Holzfällerhemd und beginnt es zu durchnässen. Aber was soll ich machen? Ich werde während des Rennens sowieso das eine oder andere Mal naß werden. So wie ich bin, mache ich meinen Rundgang. Gerade habe ich mit Inge den Truck verlassen - Philo und Petra bleiben bei den Hunden, damit diese nichts anstellen - da tritt eine ältere Dame an mich heran. Sie möchte mich dem Generalkonsul von Deutschland vorstellen.

Der Herr Konsul ist extra aus Seattle angereist, um mir für das Rennen alles Gute zu wünschen. Er stammt wie ich aus München. Es ist sehr schön sich für einige Zeit in heimischem Dialekt zu unterhalten. Selbstverständlich dreht sich unsere Unterhaltung ausschließlich um das Yukon-Quest. Er erzählt mir, daß er im Fernsehen einen Film über meine letztjährige Teilnahme am Quest gesehen hat. Seitdem ist er ein Fan des Schlittenhundesports. Bei unserer angeregten Plauderei vergeht die Zeit

wie im Fluge. Mein Rundgang entfällt. Mein hoher Besuch ist das beste Mittel gegen aufkommendes Lampenfieber.
Ich schaue auf die Uhr. Es ist mittlerweile 12.20 Uhr. Wenn ich nicht unter Zeitdruck geraten will wird es langsam Zeit, meinen Huskies die Booties anzuziehen und sie vor dem Schlitten einzuspannen.
Ich entschuldige mich beim Konsul und mache mich an die Arbeit. Ab jetzt gibt es für mich nur noch das Eine: Ab nach Whitehorse, und zwar so schnell wie möglich. Ich will diese Gürtelschnalle haben!

Es scheint wieder etwas kälter geworden zu sein. Beim Booten meiner Hunde bekomme ich ganz schön kalte Finger. Bevor ich die Booties über die laufbereiten Huskypfoten streife, muß ich den Schnee zwischen den Fußballen und unter den Krallen sorgfältig entfernen. Er würde sonst zwischen den Zehen Klümpchen bilden und für ein schnelles Wundlaufen sorgen.
Als ersten mache ich Blanco für das Rennen fertig. Eigentlich soll er nur in schwierigen Situationen als Leithund eingesetzt werden. Aber ich möchte ihm die Ehre antun, als Single-Leader die Startlinie unter den kritischen Augen von mehreren tausend Zuschauern zu überqueren. Außerdem bietet sein Einsatz als alleiniger Leithund die größtmögliche Gewähr, elegant und ohne Schwierigkeiten zwischen den vielen Zuschauern hindurch zu kommen.

Blanco das Zuggeschirr und die Booties anzuziehen, ist das reinste Vergnügen. Er bleibt trotz der immer größer werdenden Anspannung, welche die Hunde und mich befällt, ruhig und gelassen. Durch sein selbständiges Anheben der jeweiligen Pfoten ist es eine Leichtigkeit, ihn für das Rennen auszustaffieren.
Ich spanne Blanco ganz vorne an der etwa 16 Meter langen Gangline ein. Ihm genügt das kurze Kommando: “Line out!” - schon strafft sich unter seinem Zug die Leine. An dieser Gangline müssen noch 13 weitere Laufmaschinen befestigen werden.

Plötzlich fährt mir der Schreck in alle Glieder. In der Aufregung habe ich vergessen, den Schlitten mit einem Seil an der Anhängerkupplung des Trucks zu sichern. Der Schneeanker allein würde nicht ausreichen, 14 Huskies im Zaum zu halten. Besonders deshalb, weil die Hunde ihre

Vorfreude auf die bevorstehende Ausfahrt kaum noch unter Kontrolle halten können.

Gerade noch rechtzeitig habe ich dieses Versäumnis bemerkt. Es wäre ein Bild für Götter wenn der führerlose Schlitten von einem gerade gestarteten Team angestachelt, das Rennen aufgenommen hätte.
Das Yukon-Quest bestreiten in erster Linie Indianer, Trapper und Eskimos. Also Menschen, die den Umgang mit Schlittenhunden und die Herausforderung dieses Landes von Kindesbeinen an kennen. Europäer stellen die exotische Besetzung des Rennens. Deshalb werden sie besonders kritisch beobachtet. Ein mißglückter Start würde bestimmt für einige Schlagzeilen sorgen.

Hinter Blanco schirre ich Ickey und Rhonda ein. Sie sollen nach unserer ersten Verschnaufpause die Führung des Teams übernehmen. Blanco soll sich dann als Teamhund entspannen können, um für schwierige Aufgaben, geistig frisch zu sein. Ich spanne Ickey neben Rhonda, weil ich hoffe, daß er Gentleman genug ist, sich nicht an einem Mädchen zu vergreifen.
Sicherheitshalber ermahne ich ihn mit erhobenem Zeigefinger friedlich zu bleiben. Doppelt genäht hält besser. Für den Fall der Fälle drohe ich ihm noch ein paar kräftige Ohrfeigen an. Während dieser mahnenden Worte schaut mich Ickey mit seinem einen Auge treuherzig an. Es scheint, als wolle er mir mit seinem "Dackelblick" mitteilen: "Ich weiß Chef, aber was soll ich machen, wenn's mich überkommt?"

Hinter Ickey und Rhonda kommen Guitary und Clancy in die Mannschaft. Damit hätte ich alle Hunde eingeschirrt die als Leithunde arbeiten können. Nun sind Salz und Gobbles an der Reihe. Diese beiden sind wahre Konditionswunder. Selbst nach Touren von mehr als 100 Meilen, wenn andere Hunde sich erschöpft in ihren Hütten verkriechen, laufen sie noch frisch und munter an ihren Ketten im Kreis herum. Die nächsten sind Sunny-Boy und Nordic. Auch sie sind unermüdliche Läufer. Leider machen sie mir beim Anziehen der Schühchen große Schwierigkeiten. Immer wieder versuchen sie, die bereits übergestreiften Booties mit den Zähnen von den Füßen zu reißen. Mit dieser schlechten Angewohnheit bringen sie mich an den Rand der Verzweiflung. Hoffentlich legen sie diese Unart im Laufe des Rennens ab.

Als Wheeldogs, also direkt vor dem Schlitten, spanne ich Trouble und Chew ein, obwohl Lard und Sunny-Boy die besseren Wheeldogs sind. Diese Position im Team ist nach der des Leithundes die schwierigste und anstrengendste. Wheeldogs müssen den Schlitten von vorne steuern.
An schrägen Hanglagen sorgen sie dafür, daß der Bug des Schlittens nicht der Schwerkraft folgend den Abhang hinunter driftet. Bis sich alles bei uns eingespielt hat, nehme ich aufgrund taktischer Überlegungen am Anfang des Rennens Trouble und Chew ins Wheel.
Beide Hundedamen sind sehr in mich verliebt und deshalb höllisch eifersüchtig aufeinander. Wegen ihrer grenzenlosen Eifersucht nützen sie jede Möglichkeit, um sich gegenseitig an die Kehle zu gehen. Außerdem hat Chew die schlechte Angewohnheit, jede erreichbare Nylonleine in Sekundenschnelle durchzubeißen.

Chew heißt auf deutsch kauen, und Trouble bedeutet soviel wie Schwierigkeiten. Beide Hunde werden ihrem Namen mehr als gerecht.
Am Anfang des Rennens ist es besser wenn sie in meiner unmittelbaren Nähe bleiben. Die Position, gleich vor dem Schlitten, gibt ihnen das Gefühl, absolut unter meiner Kontrolle zu sein.
Auf versierte Wheeldogs kann ich zu Beginn des Rennens verzichten. Bis Angle-Creek weist der Trail sowieso keine allzu großen Schwierigkeiten auf.

Endlich sind alle Hunde sicher an ihren Positionen über die Gangleine mit dem Schlitten verbunden. Auf mich kommt, wenn sich nichts unerwartetes ereignet, keine schweißtreibende Arbeit mehr zu. Also schlüpfe ich in die Parka und streife meine Startnummer über. Dann hänge ich mir die überdimensionalen Overmitts an den Idiotenschnüren um den Nacken. Da man über den Kopf fast 70 Prozent seiner Körperwärme abgibt, stülpe ich mir noch meine Fellmütze über. Ohne diese Ausrüstungsgegenstände kann man in der Arktis nicht überleben. Überhaupt ist es wichtig, sich möglichst viele dünne Schichten übereinander anzuziehen. Nur so kann man den Bedarf an Bekleidung gut regulieren. Außerdem haben viele Bekleidungslagen bei Stürzen ins Wasser den Vorteil, daß die inneren Lagen trocken bleiben, weil die nassen, äußeren Schichten schnell gefrieren.

Ich bevorzuge während meiner Expeditionen und beim Rennen folgende Ausrüstungsgegenstände: Direkt am Körper trage ich einen "Long-John", einen einteiligen roten Overall mit einer Klappe am Hintern. Diese Klappe ist äußerst wichtig.
Man braucht sie, um größere Geschäfte schnell abwickeln zu können. Über den Long-John ziehe ich gefütterte Jeans aus dickem Segeltuch und ein aus Indianerdecken geschneidertes Holzfällerhemd. Der Schweiß wird über diese beiden Lagen aus Baumwolle und Wolle vom Körper weg transportiert. Auf dem Holzfällerhemd gefriert die Feuchtigkeit zu einer Schicht aus Rauhreif, die man dann nur noch vom Hemd abzuklopfen braucht. Um den Wind von meinem Oberkörper abzuhalten, ziehe ich über das Hemd noch eine gefütterte Weste aus Segeltuch. Diese Weste ermöglicht es mir, bei wärmeren Temperaturen oder wenn ich den Schlitten in schweißtreibender Arbeit bergauf schieben muß, auf den Parka zu verzichten. Der Parka, der den Oberkörper wie ein Zelt bis fast zu den Kniekehlen hinunter bedeckt, soll in erster Linie eine isolierende Luftschicht um den Körper aufbauen. Um den Hals streife ich mir einen Neckring. Dies ist ein endloser Schal aus Polarfleece.
So ein Ding hält den Nacken angenehm warm. Im Bedarfsfall kann man den Neckring als Schutz vor dem beißenden Fahrtwind über Mund und Nase ziehen. Die Hände stecken in normalen Skihandschuhen, die jedoch bei Temperaturen von oft minus 50 Grad und mehr keinen dauerhaften Schutz bieten. Deshalb trägt man, wenn keine feinmotorischen Arbeiten erledigt werden müssen, über den Skihandschuhen Overmitts. Dies sind überdimensionale Fäustlinge aus Biberfell. Leider kann man mit diesen einhändigen Muffs nur sehr schwer greifen. Um im Notfall sofort zupacken zu können, muß man deshalb in der Lage sein, die Overmitts sofort abzuwerfen.
Damit diese überaus wichtigen Handschuhe dann nicht vom Sturm weggeblasen werden, oder sonstwie verloren gehen, sind beide Overmitts mit einer festen Schnur, den "idiotstrings" verbunden. Wie ein Kleinkind hängt man sich die Overmitts an diesen Schnüren um den Hals. Meine Polarausrüstung wird durch die bereits eingangs beschriebenen Mukluks oder Bunny-Boots und eine Fellmütze mit riesengroßen Oh-

renklappen komplettiert.

Mütze, Parka, Overmitts und Mukluks hat mir Cathy, Bills Frau, in Handarbeit nach Eskimovorbild auf den Leib geschneidert.
Mit dieser Ausstattung bin ich jederzeit in der Lage, mehrere Nächte bei Temperaturen von bis zu minus 50 Grad, ohne den Schutz eines Zeltes zu überleben. Wobei die Betonung auf dem Wort überleben liegt Kuschelig und angenehm ist solch ein Biwak auf keinen Fall.
Auf alle Fälle ist es gut zu wissen, für die in Alaska herrschenden Wetterverhältnisse richtig gekleidet zu sein. Meine Ausrüstung gibt mir zum Beispiel während eines Blizzards die innere Sicherheit, trotz manchmal ausweglos erscheinender Umstände, relativ ruhig und überlegt handeln zu können.

Das hektische Treiben auf dem Startplatz und meine Uhr sagen mir, daß der Yukon-Quest für die ersten Musher bereits begonnen haben muß. Von Sekunde zu Sekunde werde ich immer nervöser. Alle möglichen Gedanken schießen mir durch den Kopf.
Wann geht es endlich los? Mein Mund ist vor Aufregung strohtrocken. Inge, die neben mir am Schlitten steht, zaubert eine Dose Cola aus den unergründlichen Taschen ihrer Parka. Dankbar trinke ich das halbgefrorene Zeug. Doch der schale Geschmack in meinem Mund bleibt. Endlich kommt einer der Helfer zu mir und sagt: “Startnummer 11 ist soeben rausgegangen. Zieh‘ jetzt langsam mit deinem Team in Richtung Startlinie vor!”
Eben noch lagen meine Huskies unbeeindruckt von der Hektik und dem Trubel um uns herum im Schnee. Auf das vertraute Kommando: ”OK boys!” ,springen sie auf. Wie Ziegenböcke springen sie auf und ab und zerren an ihren Zugleinen. Mehrere Helfer müssen die auf einmal wie irr‘ bellende und hüpfende Meute zurück halten. Allein mit der Klauenbremse und dem Snowhook könnte ich das Gespann nicht mehr kontrollieren. Meine Hunde können nur zwischen Laufen und Warten unterscheiden. Sich langsam und gesittet über den Platz zum Start vorzuarbeiten geht anscheinend über ihr Begriffsvermögen.

Um meine Meute im Zaum halten zu können, müssen sich meine Helfer mit beiden Beinen in den Schnee stemmen. Auf diese Weise gelangen

wir in einer Art Stop and Go-Verkehr durch die vielen Zuschauer hinunter zum Chenariver. Etwa 300 Meter vor mir steht Curt Smith. Mein Freund und Weggefährte des letztjährigen Yukon-Quest steht bereits unter dem Startbogen. Er hat gestern beim Musherbanquet die Startnummer 17 gezogen und wartet die letzten zehn Sekunden auf seine Abfahrt.
Eine junge Frau mit einem kleinen Jungen an der Hand fragt mich, ob ich es ihrem Sohn erlauben würde, bis zur Startlinie auf dem Schlittensack mitzufahren. Na klar. Den Kleinen, er heißt Ryan Blair, ernenne ich spontan zu meinem persönlichen Maskottchen.
Relativ zügig , die ausgelassenen Hunde vor dem Schlitten so weit wie möglich unter Kontrolle haltend, nähern wir uns der Linie, die den Anfang der 1.000 Meilen langen Strecke markiert.
Dort angekommen, warten wir die letzten Sekunden ab, bis es endlich losgeht. Nummer 18, Doug Harris, der Mounty aus Kanada, hat soeben das Rennen aufgenommen. Eine helfende Hand hebt den kleinen Jungen vom Schlitten. Ein Fernsehreporter der ARD hält mir sein Mikrofon vors Gesicht und stellt mir einige Fragen. Doch ich bin so aufgeregt, daß ich überhaupt nicht wahrnehme, was ich auf die Fragen des Reporters antworte.

Inge gibt mir einen letzten Kuß.
Überall flammen Blitzlichter auf. 5, 4, 3, 2, 1 - los geht's. Endlich!

Wie von einer Bogensehne geschnellt, schießen meine Hunde auf das Kommando "Go" durch das Startportal.
Links und rechts des Trails stehen dick vermummte Menschen. Sie winken uns zu und wünschen uns alles Gute für die lange Reise. Eine derart herzliche und wie mir scheint ehrliche Anteilnahme an einem sportlichen Ereignis, habe ich in meinem ganzen Leben noch nicht erlebt.

So lässig wie möglich stehe ich auf den Schlittenkufen und versuche meine Hunde durch die Menschenmenge zu dirigieren. Glücklicherweise scheut keiner meiner Vierbeiner. Wir verlassen Fairbanks in geordneter Manier in Richtung Angle-Creek, dem Ziel unserer ersten Etappe. Je weiter wir den Stadtkern von Fairbanks hinter uns lassen, um so spärlicher werden die Zuschauer. Nur noch vereinzelte Gruppen, die sich wegen der Kälte um große Lagerfeuer geschart haben, grüßen am Wegesrand. Sie rufen uns Glückwünsche zu.

Den in meinen Augen wohl treffendsten Segenswunsch gibt mir eine junge, in dicken Wintersachen eingepackte Frau mit auf den Weg: "Stay warm!" (Halte dich warm!) Mich nicht von der Kälte zermürben zu lassen, wird wohl neben der Fürsorge für meine Hunde, das wichtigste sein. Wenn mir dies gelingt, habe ich den größten Teil der vor mir liegenden Schwierigkeiten bereits gemeistert.

In nahezu gestrecktem Galopp fliegen meine Huskies über den Trail. Selbst der tiefe, weiche Schnee auf dem Chena River kann ihren Vorwärtsdrang nicht bremsen. Das leichte Training der letzten Tage und die Ruhepausen haben ihnen anscheinend gut getan. Wenn es jetzt noch ein bißchen kälter wird und nicht diese rätselhafte Krankheit auftritt, können wir mit einem der vorderen Plätze rechnen. Ich versuche, mir wenigstens für den ersten Teil des Rennens, eine den veränderten Witterungsbedingungen angepaßte Strategie zurechtzulegen. Aber noch bin ich durch die Aufregung vor dem Start zu sehr verwirrt. Meine Gedanken lassen sich noch nicht in geordnete Bahnen lenken. Nach zwei oder drei Biegungen des Flusses, die Zuschauer werden jetzt immer weniger, taucht vor mir im Schneegestöber das erste der vor mir gestarteten Teams auf. Unsere augenblickliche Reisegeschwindigkeit scheint beachtlich zu sein. Wenn es in diesem Tempo weitergeht, dann werden wir in Whitehorse mit Sicherheit auf den vordersten Plätzen zu finden sein. Doch bis dorthin wird es, gleichgültig wie gut meine Huskies im Moment laufen, noch eine Weile dauern. Nach kurzer Zeit haben wir das Gespann vor uns eingeholt.
Blanco beginnt bereits interessiert am Hosenboden des vor mir fahrenden Mushers zu schnüffeln. Ich rufe laut: "Trail!".
Dieses unter Mushern übliche Signal zeigt an, daß man überholen will. Gleichzeitig ist es für das vor einem liegende Team der Befehl, den Weg frei zu machen. Blanco, der die Ehre hatte uns beim Start des Yukon-Quest anzuführen, verhält sich vorbildlich. Ohne sich um das langsamere Hundegespann zu kümmern, zieht er mit straff gespannter Gangline vorbei. Durch seine außerordentliche Disziplin gibt er keinem seiner Mannschaftskameraden die Chance, schnuppernd im gegnerischen Team unterzutauchen. Wir haben ausschließlich alleine in der endlosen Ein-

samkeit um Tanana trainiert. Deshalb hatten wir nie die Gelegenheit, die für die Hunde äußerst interessante und für den Musher knifflige Situation, die ein Überholmanöver hervorrufen kann, zu üben. Dank Blanco haben wir Dough Harris problemlos passiert, ohne daß sich Hundeleiber ineinander verwickelt haben. Vor uns müßte nun Curt Smith liegen. Curt hatte im letzten Jahr ungeheures Pech mit seinen Leithunden. Knapp 150 Meilen vor dem Ziel mußte er aufgeben. Deshalb wünsche ich es ihm sehr, daß er in diesem Jahr durchkommt. Über 500 Meilen haben wir im Vorjahr zusammen auf dem Trail verbracht.

Gemeinsam sind wir vor unseren Hunden im eisigen Blizzard über einen der höchsten Berge zwischen Fairbanks und Whitehorse, dem American-Summit, hergekrochen. Einige Tage später, auf dem Birch-Creek, einem Fluß, der die beiden Siedlungen Circle und Central miteinander verbindet, haben sich seine Leithunde nachts in den Schnee gelegt. Total ausgepowert haben sie jede Weiterarbeit verweigert. Nachdem Curt über 12 Stunden auf dem Birch-Creek gecampt hatte, gelang es ihm endlich, seine Hunde mit dem Geklapper von Futternäpfen bis Central zu locken. Nach langem Fußmarsch im Checkpoint angekommen, mußte er dann einsehen, daß seine Tiere für die restliche Wegstrecke zu erschöpft

waren. Völlig niedergeschlagen mußte er in Central aufgeben. Er tat mir damals schrecklich leid. Curt fuhr in dieser Nacht außer Sichtweite hinter mir her. In der Dunkelheit habe ich von seinen Schwierigkeiten nichts bemerkt und bin ohne ihm zu helfen zu können weiter gefahren

Im immer dichter werdenden Schneetreiben glaube ich Curts Parka zu sehen. Er wäre der Zweite innerhalb einer halben Stunde, den wir überholen.

Damit wir uns auf den ersten Meilen nicht zu sehr verausgaben, beschließe ich mein Gespann etwas abzubremsen. Gerade habe ich Blanco das Kommando:"Easy!" zugerufen. Sofort hat er sein Tempo reduziert und ist mit seiner Mannschaft in einen moderaten Trab gefallen. Unvermutet höre ich hinter mir den Ruf: "Trail!" Für meine Begriffe laufen meine Hunde als hätten sie statt Fett pures Dynamit gefressen. Wer kann uns bei diesem Tempo überholen? Ich drehe mich um und sehe, wie eine Meute hechelnder Huskies mit ungeheurer Geschwindigkeit zu uns aufschließt. Mit einem knappen "Gee" lenke ich Blanco an den rechten Rand des Trails, und schon fliegt John Schandlemeier an uns vorbei. Er passiert uns mit einem Tempo, daß ich den Eindruck habe, wir würden stehen. Johns Hunde scheinen in einer anderen Liga als die meinen zu spielen. Er ist ein sehr erfahrener Musher. Das Yukon-Quest hat er bereits einmal gewonnen und weiß genau was er tut. Er würde seine Hunde niemals überfordern.
Wenn er diesen Speed beibehalten kann, dürfte es für jeden anderen Musher schwer werden, ihm den Sieg streitig zu machen.

Rick Mackey, der Iditarod-Champion und für die Medien der Favorit dieses Rennens - auch ich schätze ihn höher als Schandlemeier ein - ist nirgends zu sehen. Und das, obwohl er mit der Startnummer 20 nur zwei Minuten nach mir ins Rennen gegangen ist. Sind seine Hunde nicht so schnell wie die von Schandlemeier, oder verfolgt er eine andere Strategie? Mir können diese Fragen im Moment egal sein. In den kommenden zwei Wochen habe ich mit Sicherheit genug Zeit, dieses herauszufinden. Durch Johns frühes Überholmanöver werde ich mich nicht aus der Ruhe bringen lassen. Gerade zu Beginn des Rennens ist es äußerst wichtig, daß ich mein Generalkonzept, es anfänglich ruhig angehen zu lassen, eisern einhalte.

Vor mir taucht aus dicken Schneeflocken heraus ein Lagerfeuer auf. Um das Feuer herum steht eine Gruppe schaulustiger Fans, die mit ihren Snowgos die Rennstrecke ein kleines Stück entlanggefahren sind.
Sie nutzen dieses Ereignis für einen gemütlichen Wintergrillnachmittag. Alaska hat eben seine eigenen Gesetze und Spielregeln. Winkend ziehe ich an den Leuten vorbei, die mir anfeuernde Worte zurufen. Sie können als Bewohner dieses kalten Landes nachempfinden, was es bedeutet, 1.000 Meilen über fast menschenleeres Gebiet zu fahren..

Plötzlich löst sich ein Mann aus der Gruppe und läuft mir auf dem Trail entgegen. Er bringt mir einen frisch gegrillten, noch heißen Hamburger. Ein kleiner Imbiß ist genau das, was ich jetzt brauche. Längst ist die Nervosität verschwunden, und ich lasse mir den Burger schmecken. Bis zu meiner ersten geplanten Raststation in der Nähe des Valley-Centers liegen noch zwei bis drei Stunden Fahrt vor mir. “Danke, du unbekannter Spender!”

Mit einer Hand halte ich mich an der Handle-Bar, so nennt man den Haltegriff am Schlitten, fest. Mit der anderen Hand versuche ich, mir den Burger in den Mund zu stopfen. Wenn machbar, möchte ich nicht allzuviel Ketchup auf meine Parka kleckern. Gerade habe ich diese unerwartete Brotzeit vertilgt, da taucht in der langsam hereinbrechenden Dunkelheit schemenhaft eine Highway-Brücke vor uns auf. Wir nähern uns der Stelle, wo der Trail den Chenariver verläßt.
Von hier aus führt unser Weg einige Meilen parallel zum Highway in Richtung Chena-Hotsprings. Diese Stelle ist höllisch steil. Der Trail steigt

hier fast senkrecht die Uferböschung hinauf. Ich werde den Schlitten tüchtig schieben müssen, damit meine Huskies und ich diesen, zu allem Überfluß noch vereisten, Übergang bewältigen können. Im Näherkommen erkenne ich auf der Brücke eine Menge Schaulustiger. Ob Inge auch unter ihnen ist? Ich will gerade nach ihr Ausschau halten, da bemerke ich, daß das Team vor mir Schwierigkeiten hat. Es kann den kurzen aber furchtbar steilen Anstieg nicht erklimmen. Es ist Curt. Verflucht, das fängt ja schon wieder gut für ihn an. Statt zu ziehen und damit ihre Mannschaft in Bewegung zu halten, schauen sich Curts Leithunde nur nach uns um.

Der Weg, der die Uferböschung hinauf führt, ist extrem steil und vereist. Frisch gefallener Schnee liegt nur locker auf dem spiegelglatten Untergrund. Noch nicht festgetreten bietet er den Hunden kaum Halt. Es ist nicht einfach, dort hinaufzukommen, aber seine beiden Leader versuchen es nicht einmal. “Whow!” Ich bringe mein Team zum Stehen und trete den Anker fest in den Schnee.
Er scheint einigermaßen zu halten. Ich laufe nach vorne zu Curt. Im Vorbeilaufen gibt es für jeden meiner Freunde eine kleine, kurze Streicheleinheit. Dann schiebe ich Curts Schlitten von hinten an. Er kann inzwischen über das Eis zu seinen Leithunden krabbeln und diese den Hang hinauf ziehen. Schon einmal, beim letzten Quest haben wir uns gegenseitig geholfen. Ich wäre damals ohne seine Hilfe nie bis Eagle gekommen und umgekehrt! Diese kleine Gefälligkeit ist daher selbstverständlich.

Gemeinsam gelingt es uns, sein Gespann wieder in Schwung und damit den Anstieg hinauf zu bringen. Auf dem Hosenboden rutsche ich zu meinen wartenden Hunden zurück. Der Schneeanker wird aus dem Grund gezogen. “OK boys.” Jetzt machen wir unseren ersten Versuch um das Flußbett zu verlassen. Wie “ein Hund” werfen sich meine Huskies mit aller Macht ins Geschirr.
Während sich meine Jungs regelrecht im Trail verbeißen, bringe ich durch Schieben den Schlitten in Fahrt. “Hop hop, boys! Digg in! Come on!” Immer wieder brülle ich die gleichen Kommandos. Trotz der Booties an den Füßen erklimmen meine Jungs die steile Uferböschung ohne anhalten zu müssen.

Blanco, sowie die beiden Swingdogs Rhonda und Ickey haben bereits den Scheitelpunkt dieses Anstieges überwunden. Um die Hunde in Bewegung zuhalten, rufe ich unablässig meine Kommandos. Gleichzeitig schiebe ich den Schlitten mit aller Kraft bergan. Plötzlich rutsche ich auf dem glatten Untergrund aus. Nur jetzt nicht hängen bleiben! Doch meine Jungs sind Gott sei Dank von Natur aus mit “Vierradantrieb” ausgestattet. Den Anschluß an mein Team darf ich auf keinen Fall verlieren. Mir bleibt nichts anderes übrig als mich an der Handlebar hängend, mitschleifen zu lassen. Obwohl ich wie ein nasser Sack am Schlitten baumle, bewältigen meine Hunde die erste Schikane mit Bravour.

Bei unserem Aufstieg habe ich den auf der Brücke stehenden Zuschauern kein sehr gutes Bild geboten Ich schaue mich erst gar nicht nach Inge um. Lieber kehre ich dem Ort, an dem ich die Beobachter des Rennens mit meinen verzweifelten Bemühungen, den Schlitten nicht zu verlieren, erheitert habe, so schnell wie möglich den Rücken. Diese Highway-Brücke ist bei den Zuschauern wegen ihrer Schikane sehr beliebt. Mir soll‘s gleichgültig sein. Die Hauptsache ist, wir haben das Hindernis überwunden. Im Weiterfahren meine ich plötzlich auch, Inges Stimme zu hören. Sie hat meine Hunde und mich anscheinend kräftig angefeuert.

Nun verläuft der Trail zehn Meilen schnurgerade und parallel zum Highway. Auf diesem ebenen Trail besteht kaum die Gefahr, daß ich den Schlitten umkippen muß, oder daß mir irgend ein anderes Mißgeschick passieren könnte. Ich habe also genügend Zeit und Gelegenheit, mich nach meinen Doghandlern und dem Chevi umzusehen. Viele Wagen fahren langsam neben uns Mushern her. Die Insassen schießen aus ihren warmen Autos heraus malerische Photos von den mit dicken Schneehauben bedeckten Schlittengespannen. So sehr ich mich auch umschaue, nirgendwo kann ich meinen Dogtruck entdecken. Dabei wäre die alte Karre doch so leicht zu erkennen. Von allen der das Rennen begleitenden Wagen ist unser Truck mit Abstand der älteste und rostigste. Er ist mit auffälligen Schriftzügen der Firma “Life-Fitness” versehen. Mit ihrer Spende hat “Life-Fitness” erst den Kauf dieses Fahrzeuges ermöglicht. Leider bekommt man für 10.000 Dollar keinen besseren Wagen. Wenn man berücksichtigt, daß der hölzerne Aufbau für die Hundeboxen schon mit 6.000 “Bucks” zu Buche schlägt, habe ich eigentlich gut eingekauft. Außerdem verdecken die schönen großen Werbeaufkleber meines Sponsors viel vom Rost. Die Hauptsache ist, daß das Auto fährt!

Zwischen dem Highway und dem Trail erkenne ich einen mir bekannten Fotoreporter. Er steht bis zum Bauch im Schnee und versucht, eindrucksvolle Fotos vom Rennen zu machen. Sicher war er auch bei den vielen Zuschauern auf der Brücke. Ich mache ihn winkend auf mich aufmerksam. Von weitem rufe ich ihm die Frage zu: “Hast du irgendwo meine Frau gesehen?” Scheinbar ist die Entfernung zwischen uns zu groß. Er kann mich nicht richtig verstehen und schreit mir irgend etwas von einer Kollision zu.

Hoffentlich hat Inge keinen Unfall gebaut!

Wegen dieser nur halb verstandenen Nachricht mache ich mir bis Angle-Creek ernsthafte Sorgen um meine Doghandler. Bei meiner Ankunft in Angle-Creek stelle ich erleichtert fest, daß alles in Ordnung ist.
Philo, Inge und Petra sind wohlbehalten, ohne mit irgend jemanden zusammen gestoßen zu sein, am Checkpoint angekommen In Angle-Creek erfahre ich auch, was der Reporter mir sagen wollte. Drei andere Teams waren an dem zurückliegenden Anstieg zusammengestoßen und hatten sich ineinander verhakt. Das Team von Jeninne Cathers hatte beim Verlassen des Chenariver die gleichen Schwierigkeiten wie Curt. Statt ihr behilflich zu sein, haben die beiden nachfolgenden Gespanne versucht sie zu überholen. Glücklicherweise ist weder den Hunden, noch den Mushern etwas bei diesem Zusammenstoß passiert.

Bald haben meine Hunde und ich wieder zu Curt Smith aufgeschlossen. Hoffentlich kann sein Team in Kürze einen Zahn zulegen. Wir haben geplant bis Dawson zusammen zu bleiben. Auf diese Weise können wir uns gegenseitig in schwierigen Situationen helfen. Aber wenn seine Hunde nicht besser spuren, wird aus unserem Vorhaben wohl nichts werden. Da sich an dieser Stelle der Trail ziemlich eng zwischen spalierstehenden Schwarztannen hindurch windet, verzichte ich lieber auf ein Überholmanöver. Einen Tangle oder eine Beißerei zwischen unseren Hunden wäre das letzte, was ich brauchen könnte. Es macht meinen

Hunden Spaß das vor ihnen laufende Gespann zu hetzen. Jetzt muß sich meine Bremse zum erstenmal beweisen.
Es ist nicht einfach so langsam hinter Curt herzuzuckeln Endlich mündet der enge Trail in einen etwas breiteren Waldweg. Hier wage ich das längst fällige Überholmanöver. Ohne daß es zu einer Verwicklung kommt schafft es Blanco seine Mannschaft an Curts Hunden vorbeizuführen. Für mich ist er der beste Leithund den es gibt. Das Überholmanöver hätte ich mir sparen können. Etwa eine halbe Meile vor uns tauchen die schwarzen Blockhäuser von Valley-Center aus der weißen Weite auf.

Ich dirigiere Blanco in den rechts vom Trail tiefer werdenden Schnee und ramme den Schneeanker in den Boden. Hier werden wir mindestens zwei Stunden rasten. Die Hunde müssen mit gefrorenen Lachssteaks und großen Fettstücken gestärkt werden, damit sie den Rest der ersten Etappe durchhalten. Auch Curt beschließt hier, ungefähr auf der Hälfte der Strecke zwischen Fairbanks und Angle-Creek, mit seinen Tieren zu pausieren. Nachdem jeder von uns seine Huskies versorgt hat, setzen wir uns gemeinsam auf meinen Schlitten. So können wir auch sein Team im Auge behalten, das hinter dem meinigen einen Rastplatz gefunden hat. An einem Stück Trockenfisch und Zwieback kauend, plaudern wir über alte Zeiten.
Auch Curt wurde von der grillenden Zuschauergruppe auf dem Chenariver mit einem frischen Hamburger bedacht. In der Stadt ist so ein Burger für 99 Cent an jeder Imbißbude erhältlich. Doch jetzt, während des Yukon-Quest, freuen wir uns wie die Kinder über dieses Geschenk. Ausgelöst durch den geschenkten Hamburger, werden Erinnerungen an unser letztes Quest wach. Wir freuen uns schon jetzt auf die Gastfreundschaft von Dave Likens. Er lebt als Goldgräber am “Forty-Mile River”. Seine Blockhütte schaut einem Hexenhaus zum Verwechseln ähnlich. Doch bis dahin liegen noch über 400 Meilen (660 km) vor uns. Bekanntlich ist Vorfreude die schönste Freude. Die Frage, wie wir es anstellen können, wenigstens bis Dawson zusammen zu reisen, beschäftigt uns eine gute Weile. Leider finden wir keine Lösung. Schließlich handelt es sich beim Yukon-Quest um ein Rennen und nicht um eine Campingtour. Ich rechne mir gute Chancen auf einen der vorderen Plätze aus. Wenn ich diese Chance wahrnehmen möchte, kann ich es mir nicht erlauben, auf Curt und seine langsameren Hunde zu warten.

Auch wenn ich ihm gerne helfen und sicherstellen würde, daß er diesmal das Rennen erfolgreich beenden kann, muß ich zuerst an meinen Traum vom Sieg denken.
Wir einigen uns darauf, daß jeder so schnell fährt, wie es seine Hunde erlauben. Sollten wir annähernd die gleiche Reisegeschwindigkeit haben, dann bleiben wir automatisch beisammen, können den Vorteil unserer Freundschaft nutzen und uns gegenseitig behilflich sein.

Nach dem Essen beschließe ich, es meinen im tiefen Schnee liegenden Hunden gleichzutun und vor der Weiterfahrt noch ein kleines Nickerchen zu machen. Rücklings strecke ich mich auf dem Schlittensack aus und bin trotz der auf meinem Gesicht schmelzenden Schneeflocken in Sekundenschnelle eingeschlafen. Diese, während einer derartigen Unternehmung sehr nützliche Fähigkeit, habe ich in all'den Jahren erworben, die ich auf See zugebracht habe. Niemand kann einen Lichtschalter schneller umlegen als ich einschlafen kann. Außerdem wache ich selbständig nach einer Stunde wieder auf und kann ohne Übergang jede Tätigkeit sofort aufnehmen. Viele meiner Musher-Kollegen beneiden mich um diese Fähigkeit.

Nach nicht einmal einer Stunde bin ich wieder wach und ausgeruht. Curt kann es nicht fassen. Er hat bis jetzt nicht eine Sekunde schlafen können. Langsam wird es Zeit an die Weiterreise zu denken.
Behutsam wecke ich mit leichten Massagen meine vor dem Schlitten schlafenden Kameraden. Ich kontrolliere ihre Pfoten und versuche sie durch aufmunternde Worte, gepaart mit verlockenden Versprechungen, welche Annehmlichkeiten in Angle-Creek auf uns warten, zum Weiterlaufen zu bewegen. Dieser Trick wirkt bei meinen Huskies immer. Ich bin fest davon überzeugt, daß sie jedes meiner Worte und nicht nur die Kommandos verstehen. Vor Curt ziehen wir wieder zurück auf den Trail. Es ist nahezu an derselben Stelle, an der ich am Mittwoch meine erste Trainingsfahrt seit unserer Ankunft in Fairbanks begonnen habe. Nach etwa zwei Meilen kreuzt der Trail den Highway. Diese Kreuzung ist mit einem “Vorfahrt achten! Dogteam crossing!” Schild gesichert. Für Europäer mag an einer Autobahn solch ein Verkehrsschild ungewöhnlich sein, in Alaska jedoch gehört so etwas zum alltäglichen Straßenbild. An dieser Passage treffe ich auf Inge, Petra, Philo und Bill.

Bill, mein Freund, Lehrer und Partner, kann mich während des diesjährigem Yukon-Quest nicht als Doghandler begleiten. Er muß sich um unsere Feriengäste aus Deutschland kümmern.
Einer unserer Touristen hat den im Dezember ausgestrahlten Fernsehfilm über meine erste Teilnahme am Yukon-Quest vor seiner Reise nach Alaska gesehen. Statt in Tanana zu mushen, hat er sich entschlossen, einen Teil des Rennens unter Bills Führung zu begleiten. Das ist ein echter Vorteil für mich. Dadurch steht mir Bill bis Circle als Ratgeber zur Seite. Außerdem sind meine Doghandler zumindest auf dem ersten Stück des Rennens, auf dem um diese Jahreszeit nicht ganz ungefährlichen Highway, nicht völlig auf sich alleine gestellt.

Am Highway-Übergang, nicht einmal vier Kilometer nachdem Curt Smith und ich unseren gemeinsamen Rastplatz verlassen haben, halte ich kurz an. Ich wechsle ein paar Worte mit Inge und halte nach Curt Ausschau. Nirgends kann ich seine Kopflampe im Dunkeln aufblitzen sehen. Wo er wohl bleibt? Ein paar Minuten warte ich auf meinen Freund, doch lange kann ich meine ausgeruhten und wieder laufhungrigen Vierbeiner nicht zurückhalten.
Sie wollen weiter in Richtung Angle-Creek zu dem versprochenen Lager aus Stroh und zu der warmen Mahlzeit, die ich ihnen dort auf meinem Methanolkocher zubereiten werde.
Den gemeinsamen Trip nach Dawson werden Curt und ich uns wohl abschminken müssen. Der Unterschied in der Leistungsfähigkeit unserer Hunde ist einfach zu groß.

Von Inge und Bill eskortiert, überqueren meine Jungs den Highway, ohne daß sie -wie von mir befürchtet- die weit bequemere Straße statt des Trails als neue Reiseroute wählen. Dank der Unterstützung meiner Doghandler tauchen wir ohne Probleme in den Tannenwald ein, der uns bis Angle-Creek umgeben wird. Meine Sorge ist nicht ganz unbegründet, denn seit Valley-Center führen Ickey und Rhonda das Gespann an. Die beiden haben mich schon bei unserer ersten Ausfahrt nach Angle-Creek geführt. Auch damals hatte ich meine liebe Mühe, sie davon zu überzeugen, nicht den wenn auch wenig befahrenen Highway, sondern dem für Hundegespanne bestimmten Trail zu folgen. Ickey und Rhonda leiten das Team in nahezu gestreckten Galopp über den sich zwischen

den Bäumen hindurch windenden Weg.
Oft kann ich erst im letzten Augenblick tiefhängende Zweige und Bodenwellen in der Dunkelheit erkennen.

Ich bin gespannt, wie sich Rhonda entwickeln wird. Eigentlich hat sie in meiner Yukon-Quest-Mannschaft nur deshalb einen Platz bekommen, weil sie bisher als einzige von dieser rätselhaften Krankheit, die wie ein Fluch auf meinem Kennel lastet, verschont geblieben ist. Ob sie wohl das gesamte Rennen durchhält? Sie ist so klein, und zierlich. Mit ihrem roten Fell schaut sie eher wie ein Fuchs als wie ein Husky aus. Ich mag sie!

Rhonda ist die Leihgabe von Barbara Martin, einer Indianerin aus Tanana. Sie muß in diesem Winter aus gesundheitlichen Gründen in Fairbanks leben und kann sich deshalb nicht um ihre Hunde kümmern. Als meine kleine Rhonda gegen Ende des letzten Sommers in meinen Zwinger kam, war sie mir gegenüber so scheu, daß es schier unmöglich war, sie ins Zuggeschirr zu nehmen. Um diese Scheu abzubauen, habe ich Rhonda während des Winters, so oft es die anderen Hunde zuließen, mit in meine Hütte genommen. Anfänglich lag sie, ängstlich um sich blickend, in der dunkelsten Ecke des Blockhauses. Doch nach zwei oder drei Tagen lag die kleine Maus eines Morgens, selbstbewußt mit dem Schwanz wedelnd, neben mir auf dem Kopfkissen.
Seither sind wir beide, so glaube ich wenigstens, dicke Freunde. Statt Rhonda, sage ich lieber "Zwergerl" zu ihr. Rhonda hört gerne auf ihren Kosenamen.

Meine Art und Weise, mit Hunden zusammen zuleben, hat schon während des letztjährigen Yukon-Quest für Schlagzeilen in den Medien gesorgt. Eine Zeitung aus Fairbanks, der "Daily News Miner", brachte eine Karikatur, die mich mit zwei Hunden im Schlafsack zeigte. Der Titel: "A three dogs night!" Musher in Alaska haben vielleicht wegen der recht großen Zahl ihrer Hunde ein aus meiner Sicht zu distanziertes Verhältnis zu ihren Tieren. Diese Leute lieben und pflegen ihre Hunde mindestens genauso gut wie ich. Nur gehört ein Hund für sie entweder in die Hundehütte oder vor den Schlitten. Ich hingegen liebe es, mit meinen Huskies so eng wie möglich zusammenzuleben. Täglich haben bis zu

sechs Hunde das Privileg, die Nacht mit mir in unserer kleinen Blockhütte verbringen zu dürfen.
Vielleicht bilde ich es mir nur ein, jedenfalls habe ich das Gefühl, daß die jeweils Auserwählten am nächsten Morgen mit besonderem Stolz und gestärktem Selbstbewußtsein zu ihren Hütten zurückkehren.
Jeden Abend, wenn ich ein paar meiner vierbeinigen Freunde zu mir in die Cabin einlade, bricht ein ohrenbetäubendes, eifersüchtiges Geheul im Kennel aus. Deshalb bin ich mir sicher, daß jeder meiner Hunde diese bevorzugte Behandlung zu schätzen weiß. Ich sehe in meiner Art der Hundehaltung nur Vorteile. Die Bindung zwischen Mensch und Tier wird meines Erachtens auf diese Weise um vieles enger und persönlicher. Auf die mir oft gestellte Frage, ob es in der kleinen Hütte wegen der vielen Bewohner nicht stinkt kann ich nur antworten: "Daran müssen sich die Hunde gewöhnen."

Rhonda und Ickey führen unser Team mit schlafwandlerischer Sicherheit durch den verschneiten Wald. Abseits des Trails flackern vereinzelt Lagerfeuer. Dort rasten andere Musher, die sich erst jetzt, einige Meilen nach Valley-Center, zu einer längeren Rast entschlossen haben. Die Strekke von Fairbanks nach Angle-Creek mißt ungefähr 75 Meilen (125 km) und ist damit einfach zu lange, um sie ohne eine größere Pause durchfahren zu können .Mir erschien Valley-Center, das etwa in der Mitte zwischen Fairbanks und dem ersten Checkpoint liegt, als der ideale Rastplatz. In der Dunkelheit kann ich nicht erkennen an wem wir gerade vorbei ziehen.
Der Lichtkegel meiner Kopflampe reicht gerade bis zu meinen Leithunden und nicht bis zu den abseits vom Trail liegenden Lagerplätzen. Die Gestalten, die sich abseits des Trails im Schutz der dichten Tannen an schnell entfachten Lagerfeuern wärmen, sind dick vermummt. Auch bei Tageslicht hätte ich nicht erkennen können, wer sich dort drüben gerade eine Pause gönnt. Dummerweise habe ich nicht daran gedacht, die einzelnen Feuer zu zählen. Ich kann deshalb nicht sagen, wieviele Teams wir schon überholt haben. Nach meiner vorsichtigen Schätzung müßten wir auf alle Fälle vom Neunzehnten auf einen der ersten zehn Plätze vorgestoßen sein.

Durch das relativ warme Wetter habe ich darauf verzichtet, meine

Overmitts über die Skihandschuhe zu ziehen. Ohne diese unförmigen Handschuhe kann ich den Handlebar besser umfassen und den Schlitten leichter um die dicht am Wegesrand stehenden Baumstämme lenken. Doch jetzt sind meine Hände ausgekühlt, und die Fingerspitzen beginnen furchtbar zu schmerzen. Besonders der Schmerz im rechten Daumen ist unerträglich.
Diesen Daumen habe ich mir im letzten Winter so stark erfroren, daß sich seine Spitze bereits schwarz verfärbt hat. Die Finger sind mein Schwachpunkt, und der Daumen wird mir wohl im Verlauf des Rennens noch viel Kummer bereiten. Ein bereits durch Frost geschädigtes Körperteil reagiert eben viel empfindlicher auf Kälte als ein gesundes.

Doch wie bekomme ich wieder Leben in meine verdammten Hände? Ich schlüpfe in die Overmitts und versuche, durch Bewegen der Finger die Blutzirkulation wieder anzuregen. Ich kann anstellen was ich will, meine Hände bleiben eiskalt. Ich habe einfach den richtigen Zeitpunkt vor dem Auskühlen verpaßt. Die einzige Möglichkeit, wieder warm zu werden, ist hinter dem Schlitten herzulaufen. Doch meine vierbeinigen Rennmaschinen laufen so schnell, daß ich keine Chance habe, ihnen länger als ein paar Meter folgen zu können. Die Hunde zu bremsen wäre auch nicht richtig. Sie können im Augenblick am besten selbst entscheiden, welche Gangart ideal für sie ist.
Außerdem kann es nicht mehr allzu weit bis Angle-Creek sein. Es besteht somit keine große Gefahr, daß sich meine Huskies übermäßig verausgaben. Aber was mache ich mit meinen fast leblosen Händen? Als einzige Möglichkeit bleibt mir das Pedalen.

Pedalen ist eine Schlittenfahrtechnik, bei der der Musher mit einem Bein auf einer Kufe steht und mit dem anderen Bein den Schlitten wie einen Tretroller antreibt. Eine ziemlich anstrengende, aber effektive Technik. Die Hunde werden dabei entlastet und der Schlitten wird noch schneller über den Trail getrieben. Das Pedalen scheint die richtige Lösung zu sein. Langsam werde ich wieder warm und das Blut beginnt in meinen Händen zu pulsieren.

Jetzt wäre ich beinahe mit dem Schlitten gegen einen Baum geknallt. Durch die blöde Pedalerei stehe ich so ungünstig auf den Kufen, daß ich mein Gefährt nicht richtig lenken kann. Sicherheitshalber verzichte ich auf diese Aufwärmmethode und konzentriere mich wieder voll und ganz auf den vor mir liegenden Weg.

Angestrengt halte ich nach der Stelle mit dem offenen Wasser Ausschau. Nichts ist zu sehen. Vielleicht ist das Wasserloch mittlerweile wieder zugefroren, oder jemand hat den Trail darum herum gelegt.
Vielleicht haben wir diese nicht ganz ungefährliche Stelle auch noch gar nicht erreicht. So sehr ich mich auch anstrenge, das Wasserloch kann ich nirgends entdecken. In dieser Finsternis und bei dem starken Schneetreiben kann ich mich kaum orientieren. Ich weiß zwar, daß ich auf dem richtigen Weg bin. Wo ich mich gerade befinde, kann ich nicht sagen. Plötzlich biegt der Trail scharf nach rechts ab und führt wieder steil nach unten auf den Chena River. Jetzt kenne ich mich wieder aus! Wir befinden uns kurz vor Angle-Creek. Das besonders in der Dunkelheit gefährliche Wasserloch liegt also schon weit hinter uns. Super! Wir haben diese Gefahrenstelle passiert, ohne daß wir naß geworden sind.

Vor mir taucht eine niedrige Highwaybrücke auf, die über den Chenariver führt Die Eisdecke auf dem Fluß ist unter der Brücke durch immer wieder gefrorene Overflows so hoch angewachsen, daß der Freiraum unter der Brücke kaum mehr als einen Meter beträgt. Als ich letzten Mittwoch die selbe Stelle befahren habe, war unter dieser Brücke noch genügend Platz. Ich wäre niemals auf die Idee gekommen, daß ich dort heute auf Schwierigkeiten stoßen würde.

In der Arktis ändert sich im Winter die Beschaffenheit der Wege fast täglich. Wo gestern noch offenes Wasser war, liegt vielleicht morgen festes Eis unter einer tiefen Schneedecke oder umgekehrt.
Wahrscheinlich ist in ein bis zwei Tagen die Brückendurchfahrt wegen nochmals überfrorener Overflows so dick mit Eis bedeckt, daß dieser Weg unpassierbar sein wird.
Auf den Knien rutsche ich hinter dem Schlitten her und lasse mich so von meinen Hunden unter dem Brückenbogen hindurch ziehen. Wäre ich aufrecht auf dem Schlitten stehengeblieben, hätte mein Kopf wohl schmerzhafte Bekanntschaft mit dem unteren Teil der Brücke gemacht. Nachdem wir dieses Hindernis passiert haben und ich mich wieder nor-

mal auf die Schlittenkufen stellen kann, sehe ich zwischen den am Flußufer stehenden Tannen die Lichter der Angle-Creek Lodge aufblitzen. Den ersten Checkpoint auf unserer langen Reise haben wir ohne größere Schwierigkeiten erreicht. Hoffentlich hält mein Glück weiterhin an!
Mit einem eleganten Schwung biegen meine Huskies vom Trail ab und auf den für die Yukon-Questteilnehmer reservierten Lagerplatz ein. Diese Konditionswunder sind fast noch so frisch und laufhungrig wie beim Start.
Mit aller Kraft muß ich vor der alten, historischen Hütte, die seit bestehen des Rennens als Checkpoint dient, auf die Bremse treten. Langsam kommt der Schlitten vor den im dichten Schneetreiben wartenden "Checkern" zum Stehen. "Whow boys wir sind da! Schön ruhig bleiben! Gleich gibt's was gutes zum Fressen!"

Beruhigend rede ich auf meine Hunde ein. Jetzt können die Rennoffiziellen, die Checker, meine vom Reglement vorgeschriebene Ausrüstung auf ihre Vollständigkeit überprüfen. Schlafsack, Axt, Schneeschuhe, Kocher und das Postpäckchen - alles ist da. Um 22.45 Uhr haben wir nach neun Stunden und sieben Minuten offiziell in Angle-Creek eingecheckt.

Wir haben etwas länger als zwei Stunden in Valley-Center pausiert. Folglich haben diese Athleten auf vier Beinen in nur sieben Stunden eine Strecke von knapp125 Kilometern durch teilweise tiefen Schnee, über blankes Eis und hügeligen Waldboden zurückgelegt. Keine schlechte Leistung!

Inge, die schon am Ende des Trails in ihrem dicken Parka auf mich gewartet hat, läuft vor den beiden Leithunden zu dem für uns vorgesehenen Ruheplatz her.
Dort liegen schon die Fooddrops bereit. Zwei Ballen Stroh, und die Säkke mit dem Futter. Als erstes löse ich die Zugleinen meiner Hunde. Nur so können sie sich ohne Schwierigkeiten zusammenrollen und erholsam schlafen. Beim Losbinden streichle ich jeden meiner Freunde und bedanke mich für die gute Arbeit, die sie geleistet haben. Schließlich waren sie es, die die ganze Strecke gelaufen sind und den schweren Schlitten durch den tiefen Schnee gezogen haben. Mit freudigem Schwanz-

wedeln zeigen mir meine Hunde, daß sie meinen Dank zu schätzen wissen. Anschließend nehme ich ihnen die Booties ab. Teilweise sind diese an ihrem oberen Rand mit Schnee und Eis verkrustet und können dadurch die Läufe wund scheuern. Für die Zukunft nehme ich mir vor, die Booties öfter, etwa alle 50 Meilen, zu wechseln.

Nach unserer wohl verdienten Rast werden wir morgen wegen der zu erwartenden Overflows ohne die lästigen Booties Angle-Creek verlassen. So ist es einfach schonender für die empfindlichen Füße meiner Huskies. Die Booties würden im ersten Overflow naß werden und an den Pfoten vereisen.
Abschließend bereite ich meinen vierbeinigen Freunden ein bequemes Bettchen aus Stroh. 14 Huskies auf Stroh zu betten bedeutet ziemlich viel Arbeit und Lauferei. Aber die Hunde haben sich diesen Luxus mehr als verdient. Außerdem können sich die Tiere auf dem isolierenden Stroh viel besser erholen. Sie müssen sich so ihren Schlaf nicht gegen die von unten aufsteigende Kälte ertrotzen. Für Ickey suche ich abseits des restlichen Teams einen Baum. Dort binde ich ihn aus den bereits erwähnten Gründen separat an. Natürlich baue ich auch ihm ein warmes Nestchen aus Stroh.

Beim Errichten eines gemütlichen Schlafplatzes für meinen einäugigen Freund Ickey stelle ich mich jedoch recht tölpelhaft an.
Während ich den Schnee mit den Knien niederdrücke, weil ich zu faul bin, mir die Schneeschuhe anzuziehen, prelle ich mir das rechte Knie an einem unter der Schneedecke verborgenen Baumstumpf. Grinsend hat Henry Hahn III, der mich vor einigen Minuten am Checkpoint begrüßt hat, diese Szene beobachtet. Fluchend hinke ich zu meinem Freund, der im vergangene Jahr wegen Durchfalls bereits nach 30 Meilen aufgeben mußte. Henry hat seinen Spaß und meint trocken: “He German! Hast du es gesehen? In Alaska mußt du dich sogar vor bereits gefallenem Schnee in Acht nehmen.” In der Lodge steht Wasser für uns Musher bereit. Um das Fressen für meine Huskies zubereiten zu können, brauche ich deshalb keinen Schnee auf dem Alkoholkocher zu schmelzen. Diese zeitraubende Arbeit kann ich mir sparen. Ich muß nur das Wasser aus der Lodge zu unserem Lagerplatz schleppen, es auf dem Kocher erhitzen und über die gefrorenen Fleischstücke und das Trockenfutter im Cooler

gießen. Im Nu ist auf diese Weise ein für Huskies schmackhafter Eintopf fertig. Um sicher zu gehen, daß sich keiner meiner Hunde vor dem großen Füttern zum Schlafen hinlegt, verteile ich Riegel aus gefrorener Truthahnhaut. Genüßlich kauen meine Huskies auf diesen Energieriegeln herum. Auch bei mir machen sich jetzt Müdigkeit und Hunger bemerkbar.

Inge begleitet mich zwar bei meinem Tun auf Schritt und Tritt, darf mir aber laut Reglement nicht helfen.
Ihre Hauptaufgabe in den Checkpoints besteht darin, mich moralisch zu unterstützen und das Chaos zu beseitigen, das wir dort hinterlassen.
Mein Magen knurrt. Mann, bin ich jetzt hungrig! Die Beine schmerzen nach der stundenlangen Steherei ebenfalls höllisch.
Es gibt jedoch eine eiserne Musherregel: Zuerst werden die Hunde versorgt, erst dann darf der Musher an sich denken. Schließlich waren es die Hunde, die mich bis hierher gebracht haben. Ihnen hat jede nur erdenkliche Aufmerksamkeit zu gelten! Kein Musher würde es wagen, diese eherne Regel zu brechen. Er würde für immer aus unserer Gemeinschaft ausgestoßen werden.

Nachdem ich die Suppe, bestehend aus Fischmehl, Fleisch und Trockenfutter, im Cooler eingeweicht, die Pfoten eingecremt, und alle Hunde nochmals gestreichelt habe, ist alles für die Weiterfahrt vorbereitet. Endlich darf ich auf müden Beinen zum Gastraum der Lodge schlurfen. Ich stemme die schwere Eingangstüre des großen Blockhauses auf und stehe im Inneren der Gaststube. Unversehens befinde ich mich mitten in einer wilden Party. In dem überfüllten Raum herrscht eine Bombenstimmung. Rauchgeschwängerte Luft, Musik und lautes Stimmengewirr schlägt mir beim Öffnen der Türe entgegen. Das Blockhaus ist aus dikken, geschälten Tannenstämmen gezimmert.
Es entspricht in jeder Hinsicht den Vorstellungen, die sich ein Greenhorn von Bauten im arktischen Busch macht.
In Alaska nennt man Greenhorns, also Leute die aus der zivilisierten Welt kommen, Cheechakos.
Dabei liegt die Angle-Creek Lodge im Einzugsbereich von Fairbanks. Sie dient im Sommer Touristen, die zum Angeln an den Chenariver kommen, als Unterkunft. Das Publikum im Inneren der Lodge würde ohne Probleme in die Kulisse eines Wild-West-Filmes passen. Abenteuerlich gekleidete Gestalten, mit teilweise wilden, zottligen Bärten, sowie einige hübsche Mädchen, auch sie im Trapperoutfit, bevölkern den Gastraum und feiern ausgelassen den Beginn des Yukon-Quest.

Im Vergleich zu diesen Fans sind wir Musher richtig zivilisiert und bieder angezogen. Wir wollen mit unserer Kleidung nur warm der Witterung trotzen können und kein Wild-West-Klischee verkörpern. Bezeichnenderweise habe ich von den hier anwesenden “Trappern” und “Waldläufern” keinen draußen im Schneegestöber bei den Hunden gesehen. Durch die große Anzahl von Pkws vor der Lodge drängt sich in mir der Verdacht auf, daß es sich hier mehr um Wochenendtrapper handelt. Doch eines verbindet uns auf alle Fälle, die Begeisterung für das große Abenteuer: Yukon-Quest.
Nur lebt jeder diese Begeisterung auf seine eigene Weise aus. Und das ist gut so. Sonst wäre auf dem Trail nach Whitehorse genausoviel Betrieb wie hier in der Gaststube.
Niemand beachtet mich, als ich den von Stimmengewirr erfüllten Raum betrete. Ich bin ohnehin viel zu müde und abgespannt, um auf irgendwelche banalen, eigentlich nicht ernst gemeinten Fragen oder auf

Schulterklopfen freundlich reagieren zu können.
Am äußersten Ende des übervölkerten Tresen finde ich einen freien Platz und warte, bis sich eine der Bedienungen um mich kümmert. Ich gebe dem freundlichen Mädchen meine "Bib," das Leibchen mit der Startnummer. Dafür bekomme ich im Austausch eine große Tasse heißen, schwarzen Kaffee und einen Burger von gigantischem Ausmaß.

Inge, Petra und Philo sind draußen bei den Hunden geblieben. Sie passen auf, daß alle ruhig und friedlich schlafen. Vor allem achten sie darauf, daß keiner auf die Idee kommt, mit seinem Nebenhund Streit anzufangen.
Nach diesen ersten 75 Meilen ist niemand in der Mannschaft so müde wie ich. Um keine unliebsame Überraschung zu erleben, ist es deshalb besser, daß meine Doghandler den Schlaf meiner Huskies bewachen.

Heißhungrig vertilge ich den Hamburger und spüle ihn mit süßem, schwarzen Kaffee hinunter. Dann schaue ich mich suchend im Raum um. Keiner der vor mir angekommenen Musher nimmt an dem bunten Treiben teil. Sie haben sich alle in eine für uns bereitgehaltene kleine Blockhütte zurückgezogen. Dort versuchen sie wenigstens zwei bis drei Stunden Schlaf zu ergattern. Denn vor uns liegt eine äußerst schwierige und anstrengende Etappe. Halt, drüben am Fenster hat sich Patty Santoucci auf eine schmale Bank gekauert und döst vor sich hin. Er hat wohl Angst, in der mit Sicherheit überheizten und dunklen Cabin zu verschlafen. Patty kann wirklich überall schlafen. Vor einem Jahr sind wir gemeinsam das berühmte Serum-Rennen "Nenana to Nome" gefahren. Dort hat er auf einer nicht einmal 30 Zentimeter breiten Fensterbank die ganze Nacht, im Schlafsack steckend, tief und fest gepennt. Eine wahrlich zirkusreife Leistung.

Als Abschluß meines Festmahles gönne ich mir eine eiskalte Cola. Dann schaue ich nochmals bei meinen Hunden vorbei.
Von meinen drei Helfern bestens behütet, schnarchen meine Hunde bereits tief und fest. Jetzt kann auch ich mich in die Logcabin zu einem kurzen und schnellen Schlaf hinlegen
Seit über drei Stunden bin ich schon im Checkpoint. Erst jetzt zieht Curt Smith mit seinem Gespann vor die alte Hütte und läßt sich einchecken.

Drei Stunden hat er auf einer Strecke von 35 Meilen gegen mich verloren. Er muß ernste Probleme mit seinen Hunden gehabt haben. Ich frage ihn jetzt lieber nicht, was unterwegs los war.
Außerdem könnte ich ihm sowieso nicht helfen. Während ich hundemüde zur Musherunterkunft schlurfe, schlafe ich trotz des Kaffees und der Cola fast im Gehen ein.

Der Schneefall, der für einige Zeit nachzulassen schien, wird immer heftiger. In der Cabin sieht es genau so aus, wie es meines Erachtens bei einer derartigen Unternehmung auszusehen hat. Nichts erinnert an das fröhliche Treiben in der Lodge. Ich muß als Zehnter in Angle-Creek angekommen sein. Acht Musher, Patty liegt drüben in der Lodge, teilen sich einen Raum, der maximal für zwei Personen ausgelegt ist.
Überall, wo nur die geringste Möglichkeit besteht etwas zu trocknen, hängen Socken, Fellmützen, Parkas, Neckwarmer und Handschuhe. Gänzlich trocken werden die Dinge in der kurzen Zeit allerdings nicht. Aber das Zeug taut wenigstens auf und läßt sich damit wieder leichter anziehen.

In einem Doppelbett, das mitten im Raum steht, schnarchen vier Musher eng aneinander gepreßt vor sich hin. Unter dem Bett schauen nochmals vier Beine hervor. Um das Bett herum liegen dicht an die Wand gedrückt, die Beine am Bettgestell abgestützt zwei weitere Konkurrenten. Beine, Beine, Beine - überall, wo ich hinschaue - Beine. Wo kann ich bloß noch ein kleines Plätzchen für mich und meine nassen, bretthart gefrorenen Klamotten finden?

Den Reflektor meiner Headlamp mit der linken Hand abdeckend - schließlich will ich keinen der Schläfer mehr als nötig stören - suche ich nach einer Möglichkeit, meine Sachen zu trocknen. Die Biberfellmütze und die Handschuhe breite ich mangels anderer Möglichkeiten unter dem Ofen aus. Dort werden die Sachen zwar nicht trocken, aber sie werden wenigstens auftauen und vielleicht sogar ein bißchen warm werden. Nur: wohin mit dem Parka?
Nirgendwo ist ein Haken oder Nagel, um meine von Schweiß und geschmolzenem Schnee durchweichte Parka aufzuhängen. Schließlich bleibt mir nichts anderes übrig, als mein Messer aus der Scheide zu zie-

hen und es in der Nähe des Ofens zwischen zwei Balken des Blockhauses zu rammen. Hier wird zumindest die Parka schön austrocknen.

Natürlich hätte ich meine Ausrüstungsgegenstände auch in der Lodge lassen können. Aber meine Sorge, daß mir dort etwas abhanden kommen könnte, ist zu groß. Lieber mit feuchten Kleidern weiterreisen als das eine oder andere Stück verlieren. Den Cooler mit der Morgensuppe für meine Hunde habe ich zwar gut versteckt im Gastraum zurückgelassen, doch auch dabei habe ich kein sehr gutes Gefühl. Wer weiß, was einem der dort feiernden Gäste in alkoholisierter Laune einfällt.
Jetzt brauche ich nur noch ein kleines Plätzchen für mich. Am Kopfteil des Bettes ist zwischen Wand und Bettgestell ein schmaler Spalt. Er ist zu eng, um sich bequem auf den Rücken legen zu können.
Es müßte jedoch reichen, wenn ich mich seitwärts dort hinein zwänge. Um zu meinem Schlafspalt gelangen zu können, muß ich über zwei meiner Kollegen klettern. Sie teilen sich die vordere Hälfte des bequemen Bettes. Auf der weichen Matratze gerate ich etwas aus dem Gleichgewicht und trete - in der Dunkelheit glaube ich Frank Turner zu erkennen - auf seinen über den Bettrand hängenden Arm. Kein Aufschrei und kein Schimpfen ist zu hören. Die einzige Reaktion auf mein Ungeschick ist ein unwilliges Grunzen. Frank muß ganz schön erschöpft sein.
Vorsichtig lasse ich mich in den engen Spalt gleiten und bin - bevor ich noch den Boden der Hütte berührt habe - tief und fest eingeschlafen.

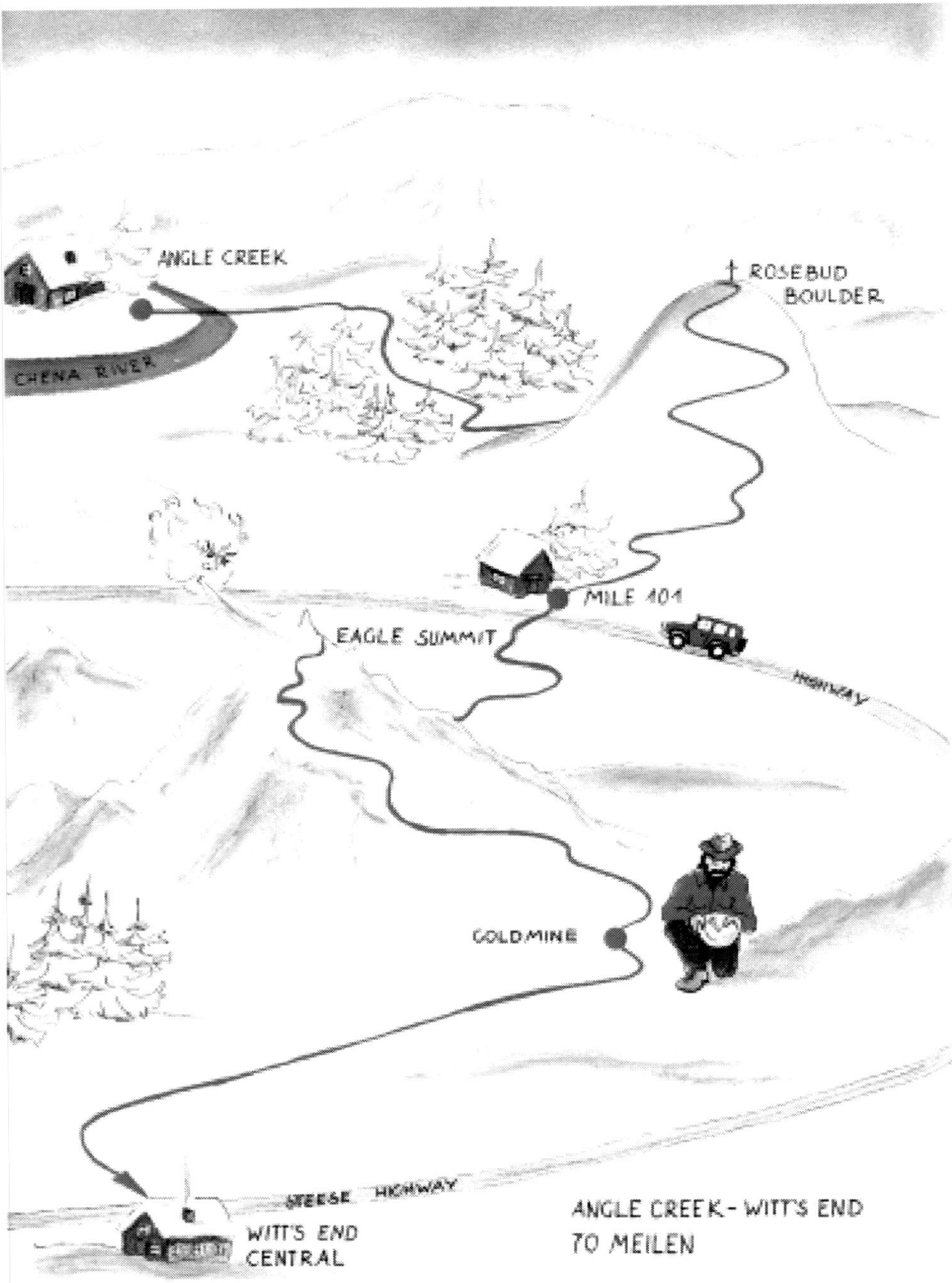
ANGLE CREEK
CHENA RIVER
ROSEBUD BOULDER
MILE 101
EAGLE SUMMIT
HIGHWAY
GOLDMINE
STEESE HIGHWAY
WITT'S END CENTRAL
ANGLE CREEK - WITT'S END
70 MEILEN

Auf dem Weg von Angle-Creek nach Central

Sonntag: 11. Februar (70 Meilen)

Glücklicherweise funktioniert meine innere Uhr hervorragend. Ich wache von selbst auf, knipse die Kopflampe an und schaue auf meine Armbanduhr. Es ist kurz nach Zwei und ich fühle mich frisch und ausgeruht. Fast zwei Stunden bin ich auf meinem linken Arm gelegen. Jetzt ist er wie abgestorben und beginnt furchtbar zu kribbeln. Außerdem fröstle ich ein wenig, doch das geht wieder vorbei. Zunächst muß ich mich behutsam aus der engen Schlafstelle winden. Bei dieser Befreiungsaktion komme ich mir wie ein Fünfmarkstück vor, das heimlich aus dem Schlitz eines Sparschweines bugsiert wird.

Im diffusen Schein meiner Headlamp beginne ich, meine Ausrüstungsgegenstände zusammen zu suchen. Trotz der Dunkelheit bemerke ich, daß einige meiner Mitschläfer, ohne daß ich aufgewacht bin, gewechselt haben. Wo vorhin Frank Turner lag, sägt nun Curt Smith einen mittleren Urwald in kleine handliche Stücke. Jeninne Cathers hat sich wie eine Katze vor den Ofen gerollt und benutzt meine Bunny-Boots als Kopfkissen. Hoffentlich übersteht sie deren Ausdünstungen ohne ernste gesundheitliche Schäden. Leider muß ich Jeninnes Schlaf stören, denn ohne meine Schuhe will ich nicht vor die Hütte treten. Vorsichtig ziehe ich ihr die dicken Gummischuhe unter dem Kopf weg. Auch Jennine scheint sehr erschöpft zu sein. Sie öffnet nur kurz die Augen, rollt sich noch enger zusammen und schläft weiter.

Um auch die anderen nicht mehr als nötig zu stören, schlüpfe ich nur in meine Bunny-Boots. Meine restlichen Habseligkeiten raffe ich nur notdürftig zusammen. Jede Minute, die meine Konkurrenten länger schlafen, kommt mir zugute. Gähnend und fröstelnd trete ich mit dem noch feuchten Kleiderbündel unter dem Arm vor die Türe. Es ist besser, wenn ich mich im Freien anziehe. Dort ist es zwar so lausig kalt, daß meine Zähne unkontrolliert zu klappern anfangen. Doch daß ist mir gleichgültig. Hier draußen habe ich wenigstens genügend Platz. Ohne Gefahr zu

laufen auf irgend jemanden zu treten, zwänge ich mich in meine noch immer recht klammen Klamotten.
Müde hocke ich auf einem Holzklotz und schnüre meine Schuhe. Da schlurft Dieter Dolif zur Cabin. Auch er scheint am Ende seiner Kräfte zu sein. Mein Landsmann öffnet die Tür des kleinen Blockhauses, verharrt kurz im Türrahmen und schaut sich im überfüllten Zimmer um. Anscheinend findet er keinen ausreichenden Ruheplatz. Enttäuscht macht er sich im dichten Schneegestöber wieder auf den Weg in Richtung der Angle-Creek Lodge. Dieter muß sich offenbar erst an die primitiven Behausungen entlang des Quest-Trails gewöhnen.

Auch ich hinke hinter Dieter zum Haupthaus hinüber. Meine Fußsohlen schmerzen nach der langen Steherei auf den schmalen Schlittenkufen. Dort angekommen schnappe ich mir meinen unter einem der Tische versteckten Cooler und schleppe diesen zu meinen Hunden. Während ich schlief, hat Inge die ganze Zeit bei den Huskies Wache gehalten. Sie schaut wie eine Schneemaus aus. Ihre Schultern und die Kapuze ihrer Parka sind mit mindestens 20 Zentimeter hohen Schneehauben bedeckt. Ihr kleines Näschen glüht, vom Wind gerötet, unter ihrer Biberfellmütze hervor. Sie hat sich, um die Nachtruhe meiner vierbeinigen Zugmaschinen nicht zu stören, kaum von der Stelle bewegt. Diese tapfere kleine Frau! Eigentlich sollte ich sie jetzt in den Arm nehmen, aber ich bin so sehr mit den unmittelbar vor mir liegenden Aufgaben beschäftigt, als daß ich diesen Gedanken in die Tat umsetzte.
Dabei hätte sie eine kleine Liebkosung mehr als verdient. Welche Strapazen, welche Entbehrungen hat Inge auf sich nehmen müssen, nur damit ich meinen Traum leben, und am Yukon-Quest teilnehmen kann? Falls ich gewinne, soll sie die Gürtelschnalle des Siegers tragen, falls ich “nur” ins Ziel komme dann widme ich ihr wenigstens die Finisherjacke. Ob Inge diese Ehrengabe begeistern wird, ist eine andere Frage, über die ich mir zumindest im Augenblick keine Gedanken mache. Dafür kommen Erinnerungen an einen gemeinsamen Ausflug in mir hoch:
Vor etwa vierzehn Monaten habe ich meine, erst vor ein paar Tagen aus Deutschland angereiste Frau auf eine Trainingsfahrt von Tanana nach Manley mitgenommen. Eigentlich war diese etwa 150 Meilen lange Tour als netter Abenteuertrip geplant. Doch ein Schneesturm, von ungeheurer Heftigkeit ließ unsere Reise schnell zu einer Apokalypse in Weiß

werden. Bei strahlendem Sonnenschein und blauem Himmel verließen Inge und ich am ersten Weihnachtsfeiertag gegen zehn Uhr morgens Tanana.
Mein Rennkader bestand damals nur aus 18 Huskies.
Um zusammen reisen zu können teilten wir diese in Teams a 10 Hunden für mich und acht Hunde für Inge auf. Schon die Überquerung des Yukon wurde für uns dank offener Löcher im Eis zu einem Nervenkitzel der höchsten Güteklasse. Sich in einem Overflow nasse Füße zu holen ist eine Sache. In den reißenden, mindestens drei Meter tiefen Yukon durch verborgene Löcher zu stürzen eine ganz andere. Denn wer in eines dieser sogenannten Potholes fällt, der erblickt, wenn überhaupt, das Tageslicht erst an der Stelle wieder, an der der Yukon ins Eismeer mündet. Unter derartigen Umständen können zwei läppische Meilen leicht zu einer Weltreise werden. Doch was blieb uns anderes übrig? Eine Brücke über den großen Fluß des Nordens gibt es leider nicht. Auf der anderen Seite, am Hayslough angekommen, kreuzte eine Elchkuh mit zwei Kälbern unmittelbar vor Inge den Trail. Ihre Huskies, eigentlich nur auf mich als Oberleithund fixiert, wurden sofort vom Jagdfieber übermannt. Ohne auch nur im Geringsten auf Inges Kommandos zu achten, schleifte die entfesselt Meute, meine verzweifelt schreiende Frau querfeldein durch dichtes Unterholz. Immer hinter den drei flüchtenden Elchen her. Erst ein kräftiger Weidenstrauch, der sich Inges Schlitten in den Weg stellte, konnte diese rasende Amokfahrt stoppen. Durch unsere vorsichtige Flußpassage und Inges "Jagdausflug" hatten wir uns gleich zu Beginn unserer Tour eine Verzögerung von über drei Stunden eingehandelt. Auch ein, von den flüchtenden Elchen abgeworfenes Geweih, konnte uns nur schwer über dieses Intermezzo hinwegtrösten. Vor allem, da Inges Hunde wegen der zurückliegenden Hetzjagd viel Kraft verloren hatten. Kraft, die wir bei der Überquerung der Goldfelder von Tofty und Woodchopper noch dringend benötigen würden.
Starker Schneefall, der vergangenen Tage hatte den Trail nach Manley tief und langsam gemacht. Statt der geplanten acht oder neun Stunden dauerte unsere Trainingsfahrt zu Joee Redington fast 16 lange, Hund und Mensch auslaugende Stunden. Da es sich wie gesagt um eine Traingsfahrt handelte, durften Inge und ich in Manley nicht länger als sechs Stunden bleiben. Etwa genauso lange, wie eine durchschnittliche Rast während des Yukon-Quest dauern würde. Völlig gerädert quälte

sich Inge im frühen Morgengrauen des nächsten Tages wieder auf die Schlittenkufen.
Eile war geboten, da der Wetterbericht den Durchzug eines Sturmtiefs von größerem Ausmaß ankündigte.

Auf dem vermeidlich sicheren Hayslough, schlug der Wettergott mit aller Macht zu. In Minutenschnelle, war die etwa 40 Zentimeter dicke Schneeschicht vom vereisten Flußlauf geweht. Glücklicherweise blies der aufkommende Sturm von hinten. Wie trockenes Herbstlaub trieb uns der Wind vor sich her. Eigentlich hätten wir für unsere Heimfahrt keine Hunde gebraucht. Bei diesem Orkan hätten wir auch zurück segeln können. Für den, der so etwas noch nie erlebt hat, mag es unproblematisch klingen. Doch in Wahrheit ist es schier unmöglich bei Windstärken um 12 Grad Beaufort den Schlitten auf blankem Eis soweit zu kontrollieren, daß die vorgespannten Hunde nicht überfahren werden. Einige Male wurde Inge vor ihr Team geweht. Obwohl sie wie eine Löwenmutter gegen den Sturm ankämpfte, blieb sie machtlos. Erschwerend kam für meine arme Frau hinzu, daß sie im Gegensatz zu mir nicht trainiert war. Außerdem machte eine alles verschlingende Finsternis unsere Unternehmung nicht gerade einfacher. Kurz bevor wir wieder den heimatlichen Yukon erreichten verweigerte Inges Kopflampe den Dienst. Eine Lampe bei Temperaturen um die 30 Grad minus mit blanken Händen zu reparieren ist ein Erlebnis der ganz besonderen Art. Allerdings nahm uns dieser letzte Zwischenfall die Entscheidung ab, ob wir den Yukon bei diesen Wetterverhältnissen überqueren oder ob wir campen und besseres Wetter abwarten sollten. Meine Hände waren derart steifgefroren, so daß ich niemals in der Lage gewesen wäre mit ihnen ein Feuer zu entfachen. Uns blieb keine andere Wahl, Augen zu und rüber über den tückischen Fluß. Mit der Hilfe unserer Leithunde und einer mehr als glücklichen Fügung schafften wir es, trotz Sichtweiten unter zwei Metern den teilweise offenen Yukon unbeschadet zu überqueren. Nach annähernd 48 Stunden, nur durch eine etwa sechsstündige Rast unterbrochen, stand Inge völlig entkräftet wieder vor unserer Hütte in Tanana. Niemand im Ort hatte bei diesem Wetter mit unserer Rückkehr gerechnet, deshalb hatte auch Bill kein Feuer im Ofen gemacht. Völlig durchfroren standen wir in einer Cabin, deren Innentemperatur den Außentemperaturen in nichts nachstanden. Unser sonst so behagliches Heim

strahlte bei dieser Kälte den Charme einer Aussegnungshalle aus. Trotzdem waren wir glücklich wieder ein Dach über dem Kopf zu haben.
Die Ehre, als bis dato einzige Frau aus Tanana diese Strecke in dieser Jahreszeit geschafft zu haben hat Inge nicht allzu sehr beeindruckt. Meine Frau war nur froh wieder sicher daheim zu sein und hat seither kein eigenes Hundegespann mehr gefahren.
Diese Konsequenz hat sie jedoch erst nach unserem Horrortrip gezogen. Während unserer Traingsfahrt ist nie ein Klagelaut über ihre Lippen gekommen. So ist sie. Wegen dieser und ähnlicher Erfahrungen weiß ich, daß ich in ihr den besten und zähesten Doghandler habe, den es gibt.

Petra und Philo sind in der Zwischenzeit zu Bekannten nach Two Rivers, einer etwa 40 Meilen von hier entfernten Ansiedlung gefahren. Sie wollen sich dort ungestört für die bevorstehende Autofahrt zum nächsten Checkpoint ausruhen.

Nachdem ich Angle-Creek verlassen habe, müssen meine Helfer zunächst das Stroh und die leeren Futtersäcke aufräumen. Dann mit dem Dogtruck nach Mile 101 und von dort weiter nach Central -dem nächsten Checkpoint - fahren. Eine ungefähr 200 Meilen lange Strecke liegt noch vor ihnen. Um nach Central zu kommen, müssen sie allerdings zuerst zurück nach Fairbanks fahren und somit einen gewaltigen Umweg in Kauf nehmen.

Ich werde mit meinem Gespann den direkten Weg über den Rosebud-Bolder nehmen. Auch die Postfahrer vergangener Jahre sind so gefahren. Nur meinen Begleitern bleibt mit dem Wagen nichts anderes übrig als die um 120 Meilen längere Strecke über Fairbanks zu wählen. Jedenfalls ist es eine sehr vernünftige Entscheidung, Inge bei den Hunden zu lassen, auch wenn sie mir hier wie ein Pinguin in der Kälte stehend leid tut. Denn so sind wenigstens die beiden Fahrer des Trucks ausgeruht, und Inge kann während der Fahrt nach Central im Wagen ein Nickerchen machen.

Mit Streicheln und aufmunternden Worten wecke ich meine Huskies und serviere ihnen das gute, im Cooler eingeweichte Fressen. Nachdem sich meine Freunde ausgiebig im Schnee gereckt und gestreckt haben, schlab-

bern alle mit sichtlichem Genuß die noch lauwarme Suppe. Ein gutes Zeichen, denn nur ein Hund der nicht krank oder überfordert ist, frißt mit einer derartigen Begeisterung, wie es meine Jungs und Mädchen gerade tun. Mir bleibt noch eine Stunde, um den Schlitten für die Fahrt nach Central zu packen. So lange brauchen auch meine Hunde, um die Suppe einigermaßen verdauen zu können.
Erfreulicherweise habe ich im Januar meine Hausaufgaben gut gemacht und die Fooddrops ordentlich in kleine Leinensäckchen abgepackt.
Aus den Fehlern des vergangenen Jahres habe ich gelernt. Den Proviant für Mensch und Tier habe ich diesmal besser sortiert. Unser Essen staue ich aus den nach Angle-Creek geschickten Kartoffelsäcken nur der Reihenfolge meiner geplanten Pausen folgend, in den Schlittensack um. Dieser Versuch, meine Fooddrops vorausschauend zu organisieren, spart mir hier im Checkpoint eine Menge Zeit. Zeit, die ich dringend zum Ausruhen benötige.

Die Distanz zwischen Angle-Creek und Central beträgt zwar nur 70 Meilen (115 km). Doch dafür werden wir wohl um einiges länger als für die erste Etappe brauchen. Wir müssen zwei hohe Berge überwinden, die sich uns wie Mauern in den Weg stellen werden. Die erste Etappe führte zum Eingewöhnen nur über relativ flaches Gelände. Da ich wegen der zu erwartenden Overflows den Hunden keine Booties anziehen muß, bleibt mir noch etwas Zeit, schnell eine Tasse Kaffee zu trinken. Im Gastraum der Lodge ist es sehr ruhig geworden. Nur ein paar Unentwegte hängen noch am Tresen und erzählen sich gegenseitig ihre Heldentaten aus vergangenen Zeiten.

Mein Namensvetter Dieter Dolif schläft unter dem in einer Ecke des Raumes stehenden Billardtisch den Schlaf des Gerechten. Patty Santoucci, Frank Turner und Rick Mackey sind nirgendwo zu sehen. Also haben sie, wie von mir erwartet, Angle-Creek bereits verlassen. Ich gehe zu einem der im Gastraum dösenden Checker und bitte ihn, zwecks Erledigung der nötigen Formalitäten, mich zum Schlitten zu begleiten. Dort überprüft er wieder meine Pflichtausrüstung auf ihre Vollständigkeit und hält mir ein Formblatt zur Unterschrift unter die Nase. Da ich meine Finger nicht aus den Handschuhen nehme, kritzle ich meine Unterschrift recht unleserlich auf das Papier. Damit habe ich offiziell

am Sonntag, den 11.02. um 4.31 Uhr mit 14 gesunden Hunden vor dem Schlitten ausgecheckt.
Sollte einer der Teilnehmer diese Formalität vergessen, muß er zum Checkpoint zurückkehren und dieses nachholen. Ansonsten droht die Disqualifikation.
Meine Huskies haben ihr Strohlager verlassen und zerren ungeduldig an ihren Leinen. Sie haben sich gut erholt und wollen wieder laufen. Ich spüre die zurückliegende Etappe noch in meinen Knochen. Die Hunde hingegen sind so fit als wären sie kurz vor dem Start in Fairbanks.
Gerade will ich den Snowhook aus dem Boden ziehen, da kommen Petra und Philo auf mich zugelaufen. Ein kurzer Kuß von meiner Tochter, von Inge habe ich mich bereits verabschiedet, und dann verlassen meine Hunde im gestreckten Galopp Angle-Creek. Ja, so mag ich es!

Rhonda und Ickey laufen wieder im Lead. Ich erwarte keine allzu großen Schwierigkeiten, denn immerhin habe ich einen Teil dieser Strecke vor zwei Tagen bereits abgefahren. Aus diesem Grund belasse ich auch meinen Hauptleader Blanco im Team. Er soll sich für wirklich schwierige Situationen schonen, wie zum Beispiel die auf dieser Etappe vor uns und mir schwer im Magen liegende Besteigung des "Eagle-Summit".

Trotz des Schneefalles ist es empfindlich kalt geworden. Ich schätze die Temperatur auf minus 25 Grad. Der dampfende Atem meiner vor Anstrengung keuchenden Huskies baut eine undurchdringliche Nebelwand vor mir auf. Der in großen Flocken vom Himmel fallende Schnee und der dampfende Atem meiner Hunde reflektiert den Lichtkegel meiner Kopflampe so stark, daß ich nicht bis zu meinen Leithunden sehen kann. Aber die Gangline, die uns alle zu einer Einheit verbindet, ist straff gespannt. Folglich scheint vorne, im für mich unsichtbaren Teil des Teams, alles in Ordnung zu sein.

Plötzlich läßt der Zug an der Gangline nach. Ich tippe mit meinem Fuß auf die von Bill speziell für Eisfahrten mit einem Dorn aus gehärtetem Stahl verstärkte Klauenbremse. Dadurch kann ich verhindern, daß die in zweier Reihen hintereinander ziehenden Hunde auf ihre Vorderleute auflaufen. Einen Tangle haben wir so in letzter Sekunde vermieden. Die Zacken der Bremse so tief als möglich in das Eis pressend, bringe ich

das Team zum Stehen. Der gefrorene Atem meiner hechelnden Vierbeiner lichtet sich. Vor uns liegt der erste große Overflow. Am Rande des Wassers fechten Ickey und Rhonda einen Machtkampf aus. Ickey will, so wie wir es am Yukon in vergleichbaren Situationen trainiert haben, gerade aus durch das offene Wasser. Doch Rhonda versucht, ihn seitlich weg vom vorbestimmten Weg um das Wasser herumzuziehen.
Auf trockenem Terrain gibt es leider kein Durchkommen. Dichtes Weidengestrüpp versperrt uns den Weg. Die Hunde würden sich dort innerhalb von Sekunden mit ihren Zugleinen heillos verheddern.
Auch der Schlitten würde sich in diesem undurchdringlichen Wirrwarr aus kleinen Bäumen und Ästen verfangen. Einen neuen Trail um das offene Wasser herum auszubrechen, würde mehrere Stunden dauern. Außerdem habe ich vor zwei Tagen, allerdings bei Tageslicht festgestellt, daß hier das Wasser nicht allzu tief ist.

In grollendem Kasernenhof-Ton, um so meinen Befehlen mehr Nachdruck zu verleihen, dirigiere ich meine beiden Leithunde mit einem ”Go ahead! On by!” geradewegs in den Overflow. Ergeben folgen Ickey und Rhonda meinem Kommando. Sie lotsen die gesamte Mannschaft auf kürzestem Wege in Richtung Ufer. Dort, ungefähr 200 Meter entfernt, müssen irgendwo die Schlittenspuren meiner Vorgänger aus dem wabbernden Nebel auftauchen. Etwa ein Drittel der kritischen Strecke haben wir bereits durch das nicht mehr als 20 Zentimeter tiefe Wasser pflügend zurückgelegt.
Urplötzlich neigt sich der schwerbeladene Schlitten, ohne Vorwarnung - kein Knacken des Eises oder ähnliches war zu hören - wie ein sinkendes Schiff auf die Seite. Verdammter Mist, das hat mir gerade noch gefehlt! Die Eisdecke auf der wir uns gerade fortbewegt haben, ist eingebrochen. Und ich habe nicht die leiseste Ahnung, wie tief das Wasser bis zur nächsten Eisschicht ist. Das Herz schlägt mir bis zum Hals, der Schweiß bricht mir aus allen Poren, und mein Kopf sucht fieberhaft nach einem Ausweg.

Diese Reaktion ist für mich normal. Immer wenn ich bei solcher Kälte ins Eis einbreche und manchmal bis zum Bauch im Wasser stehen muß, gerate ich etwas in Panik. Eigentlich sollte ich mich schon an solche Situationen gewöhnt haben. Bei uns auf dem Yukon, mit seinen vielen

durch Magma aufgeheizten Zuflüssen, passiert mir so etwas öfter. Mit beiden Beinen stelle ich mich, das Wasser reicht mir schon bis über die Knie und läuft mir in die Schuhe, auf die höher schwimmende Kufe um ein gänzliches Kippen des Schlittens zu verhindern. Der Schlitten richtet sich zwar nun wieder auf, sinkt dafür aber um so tiefer ein. Ich springe seitlich vom Schlitten auf die nicht gebrochene Eisdecke. Hier hält das Eis - noch!
Mittlerweile sind Schlitten und Gespann zum Stillstand gekommen. Ohne mein Körpergewicht sinkt der Schlitten nicht mehr tiefer. Wahrscheinlich schwimmt er auf dem Schlittensack auf. Was ist mit den Hunden? Ickey und Rhonda stehen nicht einmal bis zum Bauch im Wasser. Doch je näher die Hunde beim Schlitten sind, desto tiefer versinken sie. Guitary und Houdini stehen bereist bis zum Hals in den eisigen Fluten und blikken mich dennoch ergeben und kein bißchen vorwurfsvoll an. Wo sind Blanco und Sunny-Boy? Es dauert einige Sekunden bis ich in diesem Chaos das ganze Team überblicke. Die braune Brühe aus Eisstücken und Wasser reicht Blanco und Sunny-Boy fast bis an ihre Schnauzen. Die beiden zeigen keine Panik, obwohl sie beinahe untergehen.

Ich glaube, das Vertrauen meiner Hunde in mich ist schier grenzenlos. Sie sind fest davon überzeugt, daß ihnen, so lange sie in meiner Nähe sind, nichts passieren kann. Dieses Vertrauen beruht auf Gegenseitigkeit. Wie oft haben wir uns schon in einem undurchdringlichen Blizzard verirrt? Dann sind wir urplötzlich an einem Ort gelandet, an dem wir uns auskannten und wieder orientieren konnten. Aus der Sicht der Hunde bin ich es, der sie immer wieder an einen ihnen vertrauten Ort, zu Futter oder Schlafplatz geführt hat. Ich hingegen bin davon überzeugt, daß ich ohne den untrüglichen Orientierungssinn meiner Leithunde oft nicht in der Lage gewesen wäre, der weißen Hölle eines Blizzards zu entrinnen. Wahrscheinlich haben weder die Huskies noch ich recht. Unser gegenseitiges Vertrauen gibt uns zwar die nötige Sicherheit, in einer brenzligen Situation nicht zu verzweifeln, doch letztendlich ist es unser Schutzengel, der uns immer wieder sicher nach Hause bringt.

Es wird zwar äußerst unangenehm werden, doch bleibt mir keine andere Wahl. Mit den Beinen voraus springe ich zurück in das offene Wasser der Fahrrinne und hieve diese beiden armen Kreaturen als Erste auf die tragende Eisdecke. Jetzt schnell wieder raus aus der Brühe. Eine Thermohose aus Nylon ist schließlich kein Taucheranzug. Mein Leben lang werden mir die ergebenen Augen von Sunny Boy und Blanco in Erinnerung bleiben, als ich sie ans Ufer gehoben habe.

Nachdem auch ich wieder auf die tragende Eisfläche geklettert bin, ziehe ich meine übrigen vierbeinigen Freunde paarweise auf´s Trockene. Kälte und Nässe lassen mich wie einen Berserker arbeiten. Ich glaube nicht, daß Noah seine Arche in diesem Tempo beladen hat. Allerdings wiegen meine Hunde auch nicht sehr viel, und Noah hatte mit Sicherheit nicht soviel Angst vor der Sintflut wie ich vor dieser eisigen Brühe. Beim Schlitten ist die Sachlage schwieriger. Doch in meiner Verzweiflung werden ungeheure Kräfte frei. Wie, kann ich nicht sagen, aber auf einmal steht das schwere Gefährt wieder auf der rettenden Eisdecke. So gut es auf die Schnelle geht richte ich meine Huskies vor dem Schlitten aus. Bloß weg von hier, einen Tangle kann ich mir jetzt nicht leisten.! Raus aus dem Overflow und hin zur festen, sicheren Schneefläche vor uns.

Plötzlich taucht aus dem hinter uns wabbernden Nebel ein anderes Team auf. Es gehört Dough Harris. So laut ich kann, schreie ich ihm zu, er solle anhalten. Dann packe ich seine Leithunde an der Neckline und ziehe sie von der eingebrochenen Fahrrinne weg, direkt hinter meinen Schlitten. Durch Doughs Auftauchen wird die restliche Durchquerung des Overflows einfacher. Wir koppeln unsere Gespanne hintereinander. Jetzt kann Dough von seinem Schlitten aus beide Teams fahren. Ich wate vor diesem überlangen Gespann durchs Wasser, um eine halbwegs sichere Furt für uns zu suchen. Anscheinend gebe ich keinen schlechten Leithund ab. Denn ohne nochmals einzubrechen, erreichen beide Teams das sichere Ufer auf der anderen Seite des Overflows. Nachdem meine Huskies und ich wieder auf festem Trail stehen, ordne ich den traurigen Haufen aus Hunden und Leinen. Mit einem Gummihammer, den ich eigens für diesen Zweck gekauft habe, klopfe ich die teilweise zehn Zentimeter dicke Eisschicht vom Schlitten. Zwischen der Thermohose und der darunter getragenen Jeans ist das eingedrungene Wasser dank der extremen Kälte so schnell gefroren, daß ich wenigstens nicht bis ganz auf die Haut durchnäßt bin. Ein dicker Eispanzer umhüllt meine Beine.

Nur an den Knien, die ich dauernd bewegt habe, ist diese Eisschicht durchbrochen und damit beweglich geblieben. Wenn man so will, trage ich an beiden Beinen einen dicken Gipsverband aus Eis. Etwas Gutes hat das Ganze: Die Beine kann ich mir jetzt nicht so leicht brechen, und bei den unmittelbar vor mir liegenden Anstiegen wird mir sicher so warm werden, daß ich wegen des Eises in der Hose nicht gleich erfrieren werde.
Für die Füße ist die Geschichte etwas problematischer. In den Bunny-Boots, steht das Wasser bis zum Schaft und quatscht bei jedem Schritt unangenehm zwischen den Zehen.
Trotz der nassen Füße, die ich unbestreitbar habe, bleiben meine Zehen in diesen arktischen Gummischuhen angenehm warm. Meine einzige Sorge ist, daß mir bis Mile 101 Schwimmhäute wachsen könnten.
Im Ernst: Während der sechs bis acht Stunden bis Mile 101 können meine Füße durch die Feuchtigkeit stark geschädigt werden. 180 Dollar haben diese unförmigen, schweren Schuhe gekostet. Jetzt sind sie jeden Cent davon wert.

Selbst wenn ich wollte, könnte ich die Bunny-Boots nicht mehr aus- und mir trockene Socken anziehen. Die Schnürsenkel meiner Galoschen sind mittlerweile unter einer dicken Eiskruste verborgen. Die einzige Möglichkeit wäre, mir die Boots von den Füßen zu schneiden. Doch warum sollte ich das tun? Noch sind meine Zehen warm , wenn auch das in den Schuhen stehende Wasser meine Fußsohlen unangenehm aufweicht.

Wie ich später erfahren habe, haben außer mir noch andere Musher ein unfreiwilliges Bad in diesem Overflow genommen. Susann Amundson, die Großnichte des Polarforschers Roald Amundson, benötigte nach ihrer Wasserpartie in Mile 101 fast zwei Stunden, bis sie die Reißverschlüsse ihres Thermooveralls soweit aufgetaut hatte, daß sie wenigstens auf die Toilette gehen konnte. Eine lange und unangenehme Wartezeit, die ihr wie eine Folter vorgekommen sein muß. Nicht nur nach einem unfreiwilligem Bad ist “mal müssen” ein echtes Problem für Frauen. Während wir Männer uns nur kurz an einen Baum stellen, oder zur Not auch vom fahrenden Schlitten pinkeln können, müssen sich Frauen jedesmal mühsam aus ihrer Kluft schälen. Und das bei Temperaturen, die einem manchmal die Augenlider zusammen gefrieren lassen. Ich glaube, den

Vorteil, den Frauen durch ihr verhältnismäßig geringes Gewicht haben, büßen sie bei derartigen Situationen wieder ein.
Alle Musher, die mit ihren Hunden in das eiskalte Wasser gestürzt sind, bekamen in den nächsten Tagen erhebliche Probleme mit der Gesundheit ihrer Hunde. Ich nehme an, daß diese Huskies zuviel Energie verbraucht haben um ihr restlos durchnäßtes Unterfell zu erwärmen. Diese Kraft fehlte ihnen später bei ihrer Laufarbeit. Sicher bin ich mir in dieser Hinsicht jedoch nicht. Im Nachhinein frage ich mich, ob es nicht vernünftiger gewesen wäre, ein Feuer zu entfachen.
An einem Lagerfeuer hätte ich die Hunde und mich richtig austrocknen können. Nur wäre dazu ein mittelgroßer Waldbrand nötig gewesen.
Auch die zweite der sich bietenden Möglichkeiten, nach Angle-Creek zum Trocknen zurückzukehren, scheidet aus. Dazu müßte ich den Overflow nochmals durchqueren. Ob meine Huskies dabei noch einmal mitspielen, wage ich zu bezweifeln.

Dough Harris hat mehr Glück. Er erreicht dank unserer Zusammenarbeit die Fortsetzung des festen Trails mehr oder weniger trockenen Hundes. Wenn ich nur zehn Minuten später gestartet wäre, hätte ich mir sicher eine Menge erspart. Nur mit "wenn oder wäre" komme ich leider nicht nach Whitehorse. Wenn ich dort ankommen will, bleibt mir wohl nichts anderes übrig, als mich mit der Realität auseinanderzusetzen.

Die Zeit, die ich brauche, um das Eis vom Schlitten zu klopfen, nutzen meine vierbeinigen Überlebenskünstler, um sich die Pfoten und das Fell einigermaßen trocken zu lecken. Dough ist mit seiner Mannschaft schon wieder in Richtung Rosebud-Bolder aufgebrochen. Ungeduldig schauen meine Hunde dem hinter einer Biegung des Trails verschwindenden Team nach. Endlich sind auch wir soweit. Das Rennen kann weitergehen. Das kalte Bad scheint meine Huskies nicht besonders beeindruckt zu haben. Sie warten nicht einmal mein "OK boys" ab, sondern stürmen, kaum habe ich den Schlitten wieder auf seine Kufen gestellt, voll Elan die Piste.

Der nächste Overflow läßt nicht lange auf sich warten. Zwar versperren uns diesmal keine eisigen Fluten den Weg. Dafür reicht das vom Wind blankgefegte Eis bis über den Rand eines mindestens 20 Meter tiefen

Abgrundes hinaus. Wenn der Schlitten dort hinunter rutscht, dann schaut es düster für Tier, Mensch und Material aus. Mit lauten "Haw"-Kommandos versuche ich meine beiden Leithunde weg vom Abgrund zu dirigieren. Doch Ickey und Rhonda sind sich der Gefahr nicht bewußt. Unbekümmert traben sie knapp an der Bruchkante entlang.
Ich würde jetzt eine Menge dafür geben, Blanco als Leithund eingespannt zu haben. Aber an dieser kritischen Stelle anzuhalten und die Leader zu wechseln, würde den sicheren Absturz bedeuten. Mein Magen beginnt sich zu verkrampfen. Der Schlitten rutscht immer näher zum Rand der Schlucht.

Diese verdammten Biester ignorieren einfach meine Zurufe!

Mit beiden Händen umklammere ich so fest es geht den Handlebar und stemme mich mit aller Kraft gegen das Wegrutschen des Schlittens. Mit vor Anstrengung zitternden Armen und vor Angst schlotternden Knien erreichen wir wieder griffigen Schnee. Bald haben wir die North Fork des Chena River erreicht, und vor uns liegt der langsam steiler werdende Anstieg zum Rosebud-Bolder. An der Stelle, an der wir unsere letzte Trainingsfahrt beendet haben, denke ich wehmütig an den warmen Truck, der damals auf uns gewartet hat. Nur zwei Tage ist es her, doch kommt es mir bereits wie eine Ewigkeit vor. Ob meine Hunde auch daran denken? Ein warmes vor Wind und Wetter schützendes Plätzchen zum Trocknen und Auftauen wäre genau das, was wir jetzt gebrauchen könnten. Trotz der chemischen Handwärmer, die ich nach meinem unfreiwilligen Bad aktiviert und in meine Handschuhe gesteckt habe, schmerzen meine kalten Finger wieder einmal höllisch. Das Wissen, daß meine Finger, solange sie wehtun, nicht erfroren sind, ist mir nur ein sehr schwacher Trost.

Nach kurzer Zeit haben wir wieder zum kanadischen Mounty und seinem Team aufgeschlossen. Obwohl der Schnee auf dem Trail tief ist und die noch am Schlitten hängenden Eisbrocken diesen gehörig bremsen, kämpft sich mein Team phantastisch voran. Die Form meiner Jungs ist einfach super! Hoffentlich bleibt das bis Whitehorse so! Soweit es meine vom Eis eingeschlossenen Beine zu lassen, laufe ich bei jedem Anstieg neben dem Schlitten her. Das Laufen erwärmt den ganzen Körper, sogar meine Hände werden wieder angenehm warm, und der pochende Schmerz in meinen Fingerspitzen läßt langsam nach. Längst haben wir Dough Harris überholt und erreichen zwar keuchend aber warm die Baumgrenze. Gott sei Dank weht im Augenblick kein allzu starker Wind. Ohne den Schutz der Bäume kann es hier oben im Blizzard recht unangenehm werden.

Nicht von ungefähr hat der Rosebud den Beinamen "Boulder". Bould bedeutet soviel wie kahlköpfig - und wie ein Glatzkopf liegt der Kogel dieses Berges fast drohend vor uns. Senkrecht führt die Spur, welche die vor uns liegenden Teams durch den weichen Tiefschnee gebrochen haben, zum Gipfel. Wir haben wirklich Glück, daß der Wind nicht hart genug bläst, um den Trail wieder mit Schnee zu zuwehen. Dadurch bleibt mir das mörderische Trailbrechen mit Schneeschuhen erspart..
Der Vorteil, einen bereits ausgebrochenen Trail zu finden, wird mir im Augenblick überhaupt nicht bewußt.
Die Kraft meiner Hunde reicht nicht, um den schwer beladenen Schlitten die letzten zwei Meilen bis zum heiß ersehnten Gipfel zu ziehen. Meine Huskies werfen sich mit aller Macht ins Geschirr, während ich den schweren Schlitten keuchend Meter für Meter bergauf stemme. Gemeinsam gelingt es uns das schwere Gefährt in Fahrt zu halten.

Den schweren Parka und die Biberfellmütze habe ich längst auf den prallen Schlittensack gebunden. Trotzdem rinnt mir der Schweiß in Strömen über das Gesicht. In meinem Schnurrbart erstarren die tropfenden Schweißperlen sofort zu langen Eiszapfen. Alle fünf bis zehn Meter lege ich mich wie ein gestrandeter Karpfen nach Luft schnappend über die Handle-Bar und wundere mich selbst darüber, daß ich mich nicht vor Anstrengung übergeben muß. Wie meine Hunde diese Strapaze durchhalten, bleibt eines von vielen Rätseln, die mir dieser Trip aufgibt. Meine Huskies nehmen die von mir verordnete kurze Pause dankbar an. Doch jedesmal wenn ich meinen Kopf schwer atmend hebe, um die Hunde zum Weiterarbeiten anzufeuern, blicke ich in Huskygesichter die mich zu fragen scheinen. "Was trödelst du da hinten bloß so lange rum." Geht denn diese verdammte Steigung nie zu Ende?.
Meine durch einen dicken Eispanzer steifen Hosen erleichtern das Klettern keineswegs. Weit unter mir taucht aus den letzten, der vom Wind

verkrüppelten Fichten, Dough Harris auf. Er ist leicht an seiner roten Parka zu erkennen, die denselben Farbton wie seine traditionelle "Mounty"-Uniform hat. Das Auftauchen meines direkten Verfolgers gibt mir die nötige Motivation, den Kampf mit den letzten Metern dieses teuflischen Anstiegs aufs Neue aufzunehmen. Endlich am Hochplateau des Rosebuds angekommen, schlüpfe ich wieder in meinen Parka und binde mir die steif gefrorenen Ohrenschützer meiner Fellmütze fest unter das Kinn. Auch wenn die Mütze gefroren ist, so wird sie mich doch gut vor dem eisigen Wind schützen, der mich bei der nun folgenden Abfahrt quälen wird. In rasender Fahrt geht es steil den eben mühsam erklommenen Berg hinunter ins Tal. Nach Erreichen der Baumgrenze windet sich unser Weg in Serpentinen hinunter in Richtung 101.

Gleich fallen mir die Arme ab. Mit aller Kraft reiße ich den schweren Schlitten um die mit Bäumen eingesäumten Kurven. Eigentlich sollte mich diese Schufterei warm halten, doch trotz aller körperlichen Anstrengungen beginne ich fürchterlich zu frieren. Zuerst konnte mich auch der Eispanzer um meine Beine bei der zurückliegenden Kletterei nicht davor bewahren, meine Kleidung bis auf die Haut durchzuschwitzen. Jetzt gefrieren mir die Klamotten trotz der Parka im eisigen Fahrtwind schichtweise auf den Körper. Mehr und mehr kühle ich aus und beginne mich langsam zu fragen, ob ich diese beim mühseligen Anstieg noch herbei gesehnte Abfahrt überhaupt überleben werde.

Alles hat ein Ende, auch diese schneidend kalte Talfahrt. Der Rosebudboulder ist überwunden, und vor uns liegen noch sechs bis acht Meilen bis zur beheizten Schutzhütte am Highway Meilenstein 101. Nie hätte ich geglaubt, daß sich diese paar Meilen bis zum ersehnten Zwischenziel so lange hinziehen können. Unter normalen Umständen müßte diese Strecke in ungefähr einer Stunde zu schaffen sein. Leider erschweren der lockere Neuschnee und das Eis am Schlitten unser Vorwärtskommen derart, daß man eher von Rückwärts- als von Vorwärtskommen sprechen kann.

Endlich! Mir erscheint es wie eine Ewigkeit. Endlich sehe ich aus einer Senke Rauch aufsteigen. Das muß 101 sein.
Im Geiste genieße ich schon die Annehmlichkeiten der Schutzhütte. Den Hunden werde ich eine gute warme Suppe kochen. Meine Kleider werde ich auftauen und dann ein paar Stunden schlafen, bevor wir den Aufstieg zum Eagle-Summit, einem der gefährlichsten und schwierigsten Berge dieses Rennens, wagen werden.
Beim Näherkommen trifft mich die Enttäuschung wie ein Schlag ins Gesicht. Der Rauch gehört zu einem kleinen Lagerfeuer. Susan Amundson hat es entfacht um wenigstens ein kleines bißchen Wärme zu tanken. Das Eis an und in ihrer Kleidung kann sie an diesem Feuer nicht schmelzen, dazu ist es hier draußen einfach viel zu kalt. Aber allein schon die Hände wärmen zu können, ist hier draußen, in dieser vom Frost erstarrten Einöde, ein echter Luxus.
Kurz halte ich neben dem knisternden Lagerfeuer an und halte meine Hände, ohne die Handschuhe auszuziehen, über die Flammen.

Im Duett fluchen wir über die unmöglichen Trailbedingungen. Bisher haben wir nur knapp über 100 Meilen geschafft und dabei schon mehr Schwierigkeiten überwinden müssen als während des gesamten Rennens im letzten Jahr. Zumindest ist das Momentan unser, von den zurückliegenden Strapazen geprägter Eindruck. Aber mit Schwierigkeiten und Hindernissen ist es immer das Gleiche: "Vor einem liegend, erscheinen sie unüberwindbar. Hinterher, erfolgreich überstanden, sind sie nur noch eine nette Erinnerung an ein bestandenes Abenteuer.

Susans Gesicht schaut erschreckend aus. Die Anstrengungen der hinter ihr liegenden Fahrt und der schneidende Fahrtwind haben ihr tiefe Furchen unter die Augen und um die Mundwinkel gegraben. Ich bin richtig froh, mein eigenes Gesicht nicht sehen zu müssen. Ohne Spiegel bleibt mir wenigstens die Illusion, nicht so erschöpft und ausgemergelt wie Susan auszusehen.
Im Geiste sehe ich ein Foto vor mir, welches mich am Tag meiner letztjährigen Ankunft mit Larry Cowboy Smith in einer Bar in Fairbanks zeigt. Larry, der bereits zwei Tage vor mir ins Ziel gekommen war, strahlt frisch rasiert unter seinem legendären Cowboyhut hervor. Kein Mensch würde glauben, daß er annähernd zwei Wochen im "Tiefkühlfach" Arktis zugebracht hat.
Seine Haut hatte auch schon genug Gelegenheit, sich wieder an die angenehme Atmosphäre geheizter Räume zu gewöhnen. Mein "zarter" Teint hingegen mußte sich erst an einen Temperatursprung von durchschnittlich minus 30 Grad auf plus 25 Grad gewöhnen. Dem entsprechend schaue ich auf dem Foto aus: Rot, fleckig und aufgequollen. Besonders mein von Natur nicht gerade kleines Näschen leuchtet wie die Bremsleuchte eines LKW aus einem unrasiertem Gesicht hervor. Durch Erfrierungen hervorgerufene Flecken, ein abgebrochener Schneidezahn und ein Bier in der Hand runden das Bild eines schönen Menschen ab. Eigentlich wollte ich mir dieses Foto als Abschreckung vor einer erneuten Teilnahme am Quest auf den Schreibtisch stellen. Doch was hätte es genutzt? Außerdem geht es jetzt nicht um Schönheit und Aussehen, sondern darum. Meile 101 so bald als möglich zu erreichen.
Erschöpfung und Müdigkeit müssen Susan Amundson sehr zu schaffen machen. Sonst würde sie nicht so kurz vor 101 eine längere Rast mit Lagerfeuer einlegen. Brüderlich teilen wir uns den letzten Rest kalten

Tee aus meiner Thermoskanne und ein Stück Trockenfisch.
Jetzt wird es aber Zeit daß ich weiter fahre, bevor es hier zu gemütlich wird!
Wenn ich mich bei Susan zu lange aufhalte, machen es sich meine Huskies auch bequem. Haben sie sich erst einmal zum Schlafen in den Schnee gelegt, bedeutet es für mich, daß ich hier, so kurz vor Mile 101 campen muß. Dazu verspüre ich absolut keine Lust. Vor über neun Stunden haben meine treuen Hunde und ich Angle-Creek verlassen. Hoffentlich halten sie noch die letzten Meilen bis zur Schutzhütte durch. Angestrengt halte ich nach dem Highway und der Cabin Mile 101 Ausschau. Leider sehe ich in dieser verfluchten weißen Weite, nicht das geringste Anzeichen, daß auf eine menschliche Ansiedlung hinweisen würde. Wieder liegt ein Waldstück vor uns, und meine Stimmung sinkt langsam auf den Nullpunkt. Hinter diesem Wald muß 101 einfach sein!

Endlich haben wir auch diesen Wald hinter uns gelassen. Welch eine Freude, nur ein paar hundert Meter vor uns steht die heiß ersehnte Cabin. Die kleine Holzhütte erscheint mir wie das gelobte Land. Ich dirigiere mein Gespann in den Windschatten der Hütte. Verwundert zähle ich die hier rastenden Teams. Alle der im Rennen vor mir liegenden Musher sind noch hier versammelt. Selbst Schandlemaier, Mackey und Turner - die großen Favoriten dieses Rennens - haben den Aufstieg zum gefürchteten Eagle-Summit noch nicht gewagt. Es schneit einfach zu stark, und am Eagle-Summit bläst immer eine ziemlich steife Brise, die sich in der Gipfelregion mit Sicherheit zum Blizzard steigert.

Der drohende Blizzard läßt mich im Moment im wahrsten Sinne des Wortes kalt. Mich interessiert nur eines: die Hunde versorgen und dann die lockende Wärme der Cabin genießen. Ein Gönner hat eine LKW-Ladung Stroh nach 101 bringen lassen. Ohne eine falsche Bescheidenheit an den Tag zu legen nehme ich mir für jeden Hund einen ganzen Ballen und baue jedem ein kuscheliges Nest. Um keine Zeit zu verlieren, entzünde ich meine drei Methanolbrenner im Spezialkocher und beginne, Schnee für den Hundeeintopf zu schmelzen. Fast eine Dreiviertelstunde zieht sich diese mühsame Prozedur hin.
Während der Schnee im 20 Liter fassenden Kochtopf quälend langsam zu Wasser wird, zupfe ich meinen Huskies soviel Eis als möglich aus

dem erstarrten Fell. Mit ihren steifgefrorenen Haarspitzen ähneln sie eher Stachelschweinen als Hunden.
Wenn alle gefressen haben, werde ich die tapferen kleinen Gesellen noch dick mit Stroh zudecken, damit soviel Körperwärme wie möglich im Fell bleibt. Vielleicht taut ihr Fell ja soweit auf, daß sie vor unserer Weiterfahrt restlos trocken werden.
Da ich mich in meinen steifgefrorenen Hosen nicht frei bewegen kann, brauche ich über zwei Stunden, bis alle meine Vierbeiner wohlversorgt in ihren Strohhaufen schlafen. Jetzt habe ich endlich Zeit, um an mich zu denken.

Wenn man Mile 101 nüchtern betrachtet ist es nichts anderes als eine alte, windschiefe Bretterbude. Doch wie ich die Hütte betrete und mir die wohlige Wärme des rot glühenden Ofens entgegenschlägt, kommt mir diese eigentlich armselige Behausung wie eine Luxusvilla vor. Die Cabin als überfüllt zu bezeichnen wäre eine schamlose Untertreibung. Außer mir drängen sich auf etwa 20 Quadratmetern acht Musher, die beiden Betreiber dieser Unterkunft sowie etliche Doghandler oder Schaulustige. Unter dem vorsichtigen Einsatz meiner Ellenbogen und ein paar gemurmelten Entschuldigungen gelingt es mir einen Stehplatz direkt vor dem blubbernden Ofen zu ergattern.

Mit dem Knauf meines Messers klopfe ich auf das Eis zwischen meinen beiden Hosen. Hierbei handelt es sich um eine Art Terminarbeit. Ich muß dafür sorgen, daß das Eis schnell bricht und aus dem Zwischenraum von Thermohose und Jeans fällt bevor es schmilzt und meine Sachen total durchnäßt. Nach, wie mir scheint endlosem Geklopfe hat sich meine Thermohose soweit vom Eis gelöst, daß ich sie ausziehen kann. Auch die gefrorenen Schnürsenkel meiner Bunny-Boots kann ich dank der in der Nähe des Ofens herrschenden extremen Hitze wieder öffnen. Bloß raus aus den nassen Schuhen. Die Haut an meinen Füßen ist aufgeweicht und schrumpelig geworden. Doch meine Füße haben trotz des zehnstündigen Fußbades und den niedrigen Außentemperaturen keine sichtbaren Frostschäden davongetragen. Diese Schuhe sind es wirklich Wert, trotz ihres hohen Gewichts, über die ganze Distanz dieses Rennens geschleppt zu werden. Immerhin wiegt jeder Schuh exakt 1, 2 Kilogramm.

Worte können das wohlige Gefühl, das mich beim Überziehen der frischen, trockenen Socken überkommt, nicht beschreiben. Das restliche Eis habe ich in der Zwischenzeit von der Jeans gebröckelt.
Sie ist nur ein bißchen feucht geworden und wird im warmen , fast überheizten Raum von 101 schnell trocknen.

Die Wände der Blockhütte sind mit aus groben Brettern gezimmerten Kojen bestückt, die auf mich wie übergroße Regale wirken. Nur sind diese Schlafplätze leider alle belegt. “Wer zuerst kommt, mahlt auch in der Arktis zuerst.” Damit muß ich mich trotz meiner vom langen Stehen schmerzenden Beine abfinden. Auf der Ecke einer bereits mit zwei Personen belegten Couch finde ich einen Sitzplatz, strecke die Beine zur Raummittte hin aus und bin sofort eingeschlafen.

Urplötzlich schrecke ich aus meinem erschöpften Schlaf hoch. Ein Krampf läßt meine malträtierten Oberschenkel erzittern. Ich springe aus meiner grotesken Haltung, in der ich eingenickt bin, von der Couch auf. Verzweifelt versuche ich mit einem schnellen Durchstrecken der Knie und Aufbiegen der Zehen den Krampf in meinem Bein zu lösen. Quälend langsam entspannen sich meine Muskeln wieder. Um nicht gleich auf‘s Neue zu verkrampfen, stakse ich im inneren des Blockhauses wie ein Storch auf und ab.

Inzwischen ist ein Kojenplatz frei geworden. Vielleicht ist nur jemand aufgestanden um nach seinen Hunden zu sehen. Oder aber jemand hat Mile 101 verlassen um als Erster den Eagle-Summit in Angriff zu nehmen. Wie auch immer, meine Huskies benötigen nach dieser Schinderei noch mindestens zwei bis drei Stunden Ruhe. Auch ich fühle mich, als wäre ich gerade durch einen Fleischwolf gedreht worden. Deshalb zählt für mich nur, daß ich einen bequemen Schlafplatz gefunden habe.

Damit mir nicht wieder ein Krampf in die Beine schießt, lasse ich mich so vorsichtig wie möglich flach auf die rohen Bretter meiner Schlafgelegenheit sinken. Dummerweise kann ich jetzt, obwohl ich nun bequem liege, nicht wieder einschlafen.Vor mich hindösend, registriere ich im Halbschlaf daß John Schandlemeier, Peter Butteri und Patty Santoucci gemeinsam den Aufstieg zum Eagle-Summit beginnen wollen. Frank

Turner, der amtierende Yukon-Quest-Champion, und Rick Mackey halten es für klüger, noch eine Weile im Schutz von Mile 101 zu bleiben. Also befinde ich mich in bester Gesellschaft.
Außerdem fühle mich in meiner Strategie bestärkt, den Hunden soviel Rast als möglich zu geben. Im Halbschlaf überlege ich, wo Inge wohl bleibt. Ob sie gleich nach Central durchgefahren ist? Oder kämpfen sich meine drei Doghandler noch auf dem Highway in Richtung Mile 101 durch? Langsam beginne ich mir um den Verbleib meiner Betreuer ernste Sorgen zu machen. Meiner Ansicht nach ist es weit gefährlicher in einem Auto diese weiße Wüste durchqueren zu müssen, als mit Hunden und Schlitten.

Nachmittags um 14.30 Uhr bin ich hier eingetroffen, und zwischen 21.00 und 23.00 Uhr möchte ich wieder aufbrechen. Auf meiner Uhr ist es 19.15 Uhr. Da ich sowieso nicht mehr richtig schlafen kann, beschließe ich aufzustehen und nach den Hunden zu schauen. Nur mit einem Unterhemd und der Jeans bekleidet, schlurfe ich mit steifen Knochen ins Freie. Scheinbar haben mir die Anstrengungen der letzten Stunden trotz der guten Vorbereitung ganz schön zugesetzt. Aus dick verquollenen Augen betrachte ich wie durch einen Schleier meine Huskies.

Alle schlafen tief und fest in ihren Strohnestern. Keiner der Hunde hat bei meinem Kontrollgang die Augen geöffnet. Also besteht für mich kein Grund zur Eile. Erst im Umdrehen bemerke ich Inge. Sie sitzt dick in ihrer Parka verpackt auf meinem Schlittensack und bewacht wieder einmal den Schlaf meiner Hunde. Erst vor eineinhalb Stunden ist sie mit Philo, Petra und dem Truck in Mile 101 angekommen. Losgerissene Eismassen und Muren haben den Highway nach Central blockiert. Petra muß als Fahrerin fast Übermenschliches geleistet haben. Denn es ist mit Sicherheit nicht einfach, sich einen Weg über Bergstraßen zu bahnen, die überflutetet sind und zusätzlich von losgerissenen Eisblöcken versperrt werden.

Ich ziehe mein dickes Holzfällerhemd und die Weste über und gehe wieder zu Inge ins Freie. Wir sprechen über die Schwierigkeiten der hinter uns liegenden Strecke. Keiner braucht den anderen darum zu beneiden, daß er es eventuell leichter gehabt hätte. Immer wieder kreist unser Ge-

spräch um den vor mir liegenden Eagle-Summit. Inge merkt, daß ich Angst davor habe, den Aufstieg zu dem Berg zu beginnen. Immerhin wäre er im letzten Jahr beinahe mein Schicksalsberg geworden.
Sie spricht mir Mut zu. Drängt mich die Hunde zu füttern und den Aufbruch vorzubereiten.
Inge hat absolut recht! Vom Zaudern wird der Eagle-Summit nicht flacher und auch nicht ungefährlicher. Sollten die Hunde meine Unsicherheit spüren, wäre ihr bis dato grenzenloses Vertrauen in mich erschüttert und meine Stellung im Rudel als Oberleithund in Gefahr. Also heißt es jetzt aufpassen und weiter den selbstsicheren Musher spielen, denn Tiere reagieren in dieser Hinsicht äußerst seißmographisch. Nur: So einfach ist dieses Rollenspiel im Moment nicht. Immer noch steckt mir das Erlebte vom Vorjahr in den Gliedern.

Damals haben meine sonst so zuverlässigen Hunde 50 Meter vor dem Gipfel wegen Überanstrengung kapituliert.
Wir mußten umkehren. Die Überquerung des Summits gelang uns erst, nachdem sich meine Huskies am Fuße des letzten Steilhanges bei einer neunstündigen Pause wieder regenerieren konnten. Hätten wir damals aufgeben müssen, hätten meine Leithunde nicht mehr daran geglaubt, daß ich in der Lage bin, sie über solch einen Berg zu führen. Dieses wunderbare Team wäre unter meiner Führung nie mehr für ein Unternehmen dieser Art zu gebrauchen gewesen. Jetzt stehe ich vor der gleichen Herausforderung und habe Angst.

Im dichten Schneetreiben habe ich alle Vorbereitungen für den Aufstieg getroffen. Auf die Booties habe ich wieder verzichtet, damit sich die Pfoten meiner Hunde gut in den vom Wind steinhart gepreßten Schnee krallen können. Etwa eine Stunde nach Frank Turner bin ich bereit, 101 zu verlassen. Inge gibt mir noch ein:"Du schaffst es!" mit auf den Weg. Dann verschwinden wir unter Blancos Führung in der bedrohlichen Dunkelheit des steil vor uns aufragenden Massivs des Eagle Summit.

Die Hunde scheinen sich - so wie ich auch - gut erholt zu haben. Sie schleppen den nur mit dem Allernötigsten beladenen Schlitten zügig bergauf. Vor unserer Abfahrt habe ich ihnen noch die letzten Eisreste aus dem fast trockenen Fell gezupft. Auch ihre steifgefrorenen Zuggeschirre

habe ich am Ofen getrocknet.
Wie das Maul eines riesigen Fisches tut sich vor uns ein steil zum Gipfel führender Canyon auf.
Dieser Canyon verursachte einen ungeheuren Düseneffekt. Ich habe den Eindruck als würde der Eagle Summit versuchen mich durch gespitzte Lippen vom Trail zu blasen.
Je höher wir kommen, desto mehr nehmen das Schneetreiben und der Wind an Stärke zu.
Die vom Sturm umhergepeitschten Schneekristalle rauben mir jede Sicht. Wie von tausend Nadeln gestochen, brennen meine Augen. Nur weil ich mir die fellbesetzten Overmitts schützend vors Gesicht halte, bin ich überhaupt in der Lage, meine Augen einen kleinen Spalt weit zu öffnen. Die Hunde haben diese Möglichkeit leider nicht. Trotzdem kämpfen sie sich tapfer durch das uns umgebende Inferno. Ich halte mein Gespann an und stapfe weit vorgebeugt, bei jedem Schritt bis über die Knie im Schnee einsinkend zu Blanco. Seine vom Schnee verklebten Augen müssen frei gewischt werden.

Charly Boulding, ein zweimaliger Yukon-Quest-Champion, hat mir vor einem Jahr, im Zuge einer gemeinsamen Trainingsfahrt erklärt: ”Du kannst dich für stahlhart halten, doch deine Hunde sind um ein vielfaches härter als du es jemals sein wirst!” Recht hat er! Ich würde es nie aushalten, stundenlang mit ungeschützten Augen in dieses Schneegestöber zu blicken. Blancos Schmerzgrenze muß irgendwo weit hinter unendlich liegen.
Wo ist bloß der nächste Markierungsstab? Er soll mir mit seinen Reflektoren den Weg durch die Dunkelheit, auf dem einzig passierbaren Pfad, über den Eagle Summit weisen. Die Spuren von Frank Turner, der höchstens eine Stunde vor mir sein kann, sind nicht mehr auszumachen. Der Wind hat sie längst zugeweht. Vor uns erstreckt sich das endlose, unberührte Weiß, als sei nie ein Mensch vor uns hier gewesen.

Etwa zehn Grad rechts von Blanco blinkt etwas durch die von Flocken zerrissene Dunkelheit auf. “Gee Blanco! OK! Go ahead!” Weiter geht es bergauf. Wir sind auf dem richtigen Weg. Nachdem ich den eben noch vor mir liegenden Trailmarker passiert habe, stoppe ich das Team wieder. Mit meiner Headlamp versuche ich die Dunkelheit aufzuschlitzen

und mich neu zu orientieren. Der Sturm, die wie ein Bienenschwarm flirrenden Schneeflocken und die fellbesetzte Kapuze meines Parkas erleichtern die Suche nach dem nächsten Reflektor nicht gerade.
Langsam lasse ich den Lichtkegel meiner Stirnlampe im 180-Grad-Winkel von links nach rechts gleiten. Nirgendwo kann ich den Widerschein eines Trailmarkers erspähen. Ist er von diesem gewaltigen Wind umgeblasen worden?
Oder ist die Reflektorfolie an der Spitze des Markierungsstabes so dick mit Schnee bedeckt, daß sie das Licht meiner Kopflampe nicht mehr spiegeln kann?

Das kann ja heiter werden! Den Weg bei diesem Wetter ohne eine Orientierungshilfe über den Eagle Summit zu finden, ist fast ein Ding der Unmöglichkeit. Zweifel an der Richtigkeit meines Handelns beginnen mich zu plagen. In dieser vertrackten Situation ist es mir gleichgültig ob ich im Rennen an erster oder letzter Stelle stehe, ich möchte nur irgendwie lebend über diesen verdammten Berg kommen. Die Gürtelschnalle ist für mich im Augenblick Lichtjahre entfernt. Wenn ich mich in diesem undurchdringlichen Blizzard verlaufe, kann ich von Glück reden, wenn ich nur im Freien biwakieren muß und nicht über einen im Schneetreiben unsichtbaren Grat abstürze. Ich hätte es wie Mike King, Dieter Dolif und Stan Njootly, der Indianer vom Stamm der Old Crow, machen sollen. Sie sind clever genug und haben sich entschlossen, in 101 den Anbruch des Tageslichtes abzuwarten.

Egal, jetzt machen derartige Überlegungen keinen Sinn mehr! Irgendwie muß ich den nächsten Trailmarker finden. Dann geht alles wie von selbst. Alle Markierungsstäbe werden ja wohl nicht weggeblasen worden sein. “OK Blanco! Go ahead!” Mühsam kommt der Zug aus Hundekörpern und Schlitten wieder in Bewegung. Rechts von uns ragen mehrere Berggipfel finster und steil in die Höhe. Welcher davon ist bloß der Eagle? “GEE Blanco, GEE!” stetig versucht mein weißer Eskimohund nach links, also nach HAW, in eine dunkle Senke abzudriften. Will Blanco links in der Senke Schutz vor dem Unwetter suchen? Die Gipfel liegen jedoch rechts von uns. Immer wieder dirigiere ich ihn mit GEE-Komandos in Richtung der Gipfel. Doch mit gleichbleibender Sturheit weicht mein Leithund wieder nach links aus. Nur kurzzeitig folgt Blanco meinem

Befehl nach rechts zu gehen, dann macht er wieder was er will. Schlußendlich wird mir das Theater zu dumm. Wütend bremse ich das Gespann.

Dann stolpere ich durch den tiefen Schnee nach vorne und zerre Blanco mit Nachdruck nach rechts. Bergauf und nicht bergab ist die von mir vorgegebene Richtung! Äußerst widerwillig folgt er nun meiner Anweisung.

Je höher wir kommen, desto tiefer wird der Schnee. Nach einer kurzen Weile ist der Weg ohne Schneeschuhe unpassierbar.
Das hat mir in diesem Sauwetter gerade noch gefehlt! Wenn mich nicht alles täuscht, habe ich nicht nur den Trail, sondern auch jede Orientierung verloren. Wenn nicht ein Wunder geschieht, werden wir uns auf eine lange und kalte Nacht an der Südflanke des sturmumtosten Eagle-Summit einrichten müssen. Das benötigte Wunder kann nur durch Blancos Orientierungssinn wahr werden. Ab jetzt überlasse ich es Blanco den Weg auszuwählen. Soll er doch machen was er will. In solch einem Wetter wird man schnell bescheiden. Wenn er wenigstens ein einigermaßen geschütztes Plätzchen für die Nacht findet, bin ich schon zufrieden.

“OK! HAW! Go ahead!”, kaum habe ich Blanco mit diesen Kommandos freie Hand gelassen, dreht er das Team in Richtung der in der Finsternis liegenden Senke ab.

Zielstrebig bahnt sich der Bursche seinen leicht talwärts führenden Weg durch den immer seichter werdenden Schnee. Nun führt er uns wieder etwas bergauf. Bisher ist Blanco nicht in Richtung des schutzverheißenden Dunkels, links unter uns, abgedreht. Wie an einer Schnur gezogen, ohne das geringste Zeichen von Unsicherheit, spurt diese Ausnahmeerscheinung vor uns her. Da ich wegen des herrschenden Unwetters höchstens 30 Meter durch die Dunkelheit blicken kann, türmt sich urplötzlich ein extrem steiler Hang vor mir auf. Es ist einfach unglaublich! Wie das Licht am Ende eines Tunnels reflektiert ein direkt vor Blanco stehender Trailmarker den Schein meiner Headlamp. Wieder stürme ich so schnell es geht zu meinem Leithund und tätschele ihn um Verzeihung bittend seinen von Eiskristallen bedeckten Kopf.

Es wird mir ewig ein Rätsel bleiben, wie Blanco es immer wieder schafft, unter tiefem Schnee verborgene oder auf blankem Eis unsichtbare Trails zu finden.
Vor allem wenn man bedenkt, daß ihm von Menschenhand gesetzte Trailmarkierungen mit Sicherheit nichts bedeuten.
Eigentlich hätte ich es aus Erfahrung wissen müssen und, nachdem keine Markierungen mehr zu sehen waren, ganz auf Blancos Spürsinn vertrauen sollen.

So extrem steil, wie sich dieser etwa 300 Meter lange Hang vor uns aufbaut, muß es sich um den letzten Anstieg vor dem Gipfel handeln. Keuchend kämpfen wir uns Meter für Meter nach oben.
Der tiefe Schnee saugt mir die Kraft aus den Beinen. Immer wieder muß ich kurze Pausen einlegen, um wenigstens für ein paar Sekunden Luft schnappen zu können.
Im letzten Jahr, nachdem wir den Aufstieg von der gegenüber liegenden Seite im zweiten Anlauf geschafft hatten und ich diesen Hang mit Freude im Herzen hinabschoß, kam er mir nicht annähernd so steil vor.
Meine unermüdlichen Kampfgefährten werfen sich mit aller Macht ins Geschirr, und ich schiebe, so gut ich kann den Schlitten von hinten an. Keuchend und schweißgebadet erreichen wir endlich den höchstens 20 Meter breiten Gipfelgrat. Zu gerne würde ich die vor uns liegende Abfahrt auskundschaften. Aus taktischen Gründen darf ich den Hunden jetzt auf keinen Fall eine Verschnaufpause geben. Je müder meine Huskies sind, desto langsamer werden sie den Schlitten zu Tal ziehen. Wenn sie sich nur ein bißchen erholt haben, kann ich ihren Laufdrang an diesem Steilstück nicht mehr bremsen.
Blindlings stürzen wir uns den, von der Dunkelheit verhüllten, Hang hinunter. Hoffentlich versperren uns keine allzu großen Felsbrocken den Weg. Immerhin lag hier vor ein paar Tagen noch so wenig Schnee, daß die Rennleitung bis kurz vor dem Start nicht wußte, ob der Eagle-Summit überhaupt passierbar sein würde.

Der Schein meiner Stirnlampe reicht bei weitem nicht aus, um die Talsohle wenigstens erahnen zu können. Panik erfaßt mich. Mein Gott, ist das steil. Jede Gefahr mißachtend, allerdings bleibt uns auch keine andere Wahl, stürzen wir uns in das gähnende Schwarz des Abhanges. Mein

linkes Bein preßt die Bremse krampfhaft in den Schnee. Durch die gewaltige Anstrengung schmerzt es bis an die Grenze des Erträglichen. Eigentlich wäre es an der Zeit, zur Abwechslung einmal das rechte Bein zum Bremsen zu benutzen.. Nur dazu müßte ich zuerst einmal den linken Fuß von der Bremse nehmen. Auch wenn's weh tut, traue ich mich nicht dieses Risiko einzugehen.
Ich befürchte, daß mir dann der Schlitten mit 14 ausgelassen ziehenden Hunden in Sekundenschnelle außer Kontrolle gerät. Es wäre nicht das erste Mal, daß bei solch einer rasenden Talfahrt ein Wheeldog unter die Kufen gerät und schwer verletzt, oder gar getötet wird.

Im vergangenen Jahr geriet Jay Cadzow, einem Cree Indianer aus Fort Yukon, der voll beladene Schlitten außer Kontrolle.
Einer seiner zwei Wheeldogs konnte dem von hinten aufkommendem Gefährt nicht rechtzeitig ausweichen und wurde zwischen den Kufen eingeklemmt. Jay, er ist mit Hunden und Schlitten aufgewachsen, wuchtete das Gefährt sofort auf die Seite. Trotzdem kam für den einen Wheeldog jede Hilfe zu spät. Er starb noch an Ort und Stelle an den Folgen seiner inneren Verletzungen. Eine Sekunde der Unachtsamkeit kann Folgen haben, die den Sinn dieses Rennens restlos in Frage stellen.

Da sich meine Huskies mir voll und ganz anvertraut haben, stehe ich in der Verantwortung. Ich bin es der dafür sorgen muß, daß jeder meiner Freunde unverletzt im Tal ankommt. Also heißt es: Zähne zusammenbeißen und hoffen, daß auch dieser Abhang irgendwann ein Ende nehmen wird. Das Ende dieses Steilstücks habe ich auch im letzten Jahr herbeigesehnt, als ich mit meinen restlos erschöpften Huskies vor dem Schlitten hier hinaufgekrochen bin. Es bleibt mir schleierhaft, wie es mir damals gelang, mein Team, bestehend aus zwölf Hunden und einem riesigen Frachtschlitten, bei solch einem extremen Neigungswinkel umzudrehen und ohne zu stürzen wieder ins Tal zu bringen.

Lange wäre ich wohl nicht mehr in der Lage gewesen, den Schlitten unter Kontrolle zu halten. Da, mehr oder weniger in letzter Sekunde, bevor mich meine Kräfte verlassen biegen wir mit bedenklicher Seitenlage in die nördliche Talsohle des Eagle-Summit ein.
Im Sommer wird hier nach Gold geschürft. Riesige Erdmassen müssen

bewegt, gewaschen und in den Sluiseboxen gesiebt werden. Erst dann gibt die Natur das begehrte Edelmetall frei. Zurück bleiben große Abraumhalden aus Schotter und Fels. Im Windschatten eines dieser von Menschenhand angehäuften Erdwälle bringe ich mein Team zum Stehen. Meine Hunde und ganz besonders ich, brauchen jetzt mindestens eine 20minütige Rast. Mit zitternden Fingern entknote ich die Verschnürung meines Schlittensackes.
Erschöpft hole ich einen Beutel mit Lachssteaks als Imbiß für die Hunde und meine Thermosflasche heraus. Das Geräusch der im Leinenbeutel klappernden Fischstücke ist meinen Huskies bestens vertraut. Erwartungsvoll blicken 27 Hundeaugen in meine Richtung.

Ich bin so durstig, daß ich eigentlich die alte Musherregel: erst der Hund, dann der Musher brechen und mir vor den Hunden einen Schluck aus der Thermosflasche gönnen will.
Wenn ich diesem Verlangen nachgebe, dann bin ich in Sekundenschnelle von 12 hungrigen Huskies umringt. In Erwartung der erfrischenden Snacks vergessen sie jede Disziplin. Ein unentwirrbares Tohuwabohu aus Leinen, Beinen und Körpern wäre die Quittung für meine Gier nach etwas
Flüssigem. Nicht aus Edelmut, sondern weil es mir eine Menge Arbeit erspart bekommt zuerst jeder meiner Topathleten, vorne bei Blanco beginnend, ein Stück gefrorenen Lachs. Erst nachdem alle Hunde versorgt sind, öffne ich meine Thermosflasche. Da ich nicht weiß, wann ich die Thermosflasche wieder auffüllen kann, will ich mir nur ein paar Schlukke des mittlerweile lauwarmen Wassers gönnen. Nachdem ich die Flasche an den Mund gesetzt habe, kann ich jedoch nicht mehr mit dem Trinken aufhören. Ausgedörrt wie ein trockener Schwamm sauge ich gierig den gesamten Inhalt der Thermosflasche in mich hinein. Mit einem zufriedenen Rülpser drücke ich die leere Flasche in den Schnee, setze mich mit noch immer zitternden Beinen auf den Schlitten und spendiere mir zur Feier der erfolgreichen Überquerung ein Stück Kautabak.

Zweimal haben wir nun den gefürchteten Eagle-Summit bezwungen, und jedesmal war Blanco, den vor mir kein Musher in sein Team nehmen wollte, mein Leithund. Bei dem Gedanken an den Beginn unserer Freundschaft und an das, was wir beide bisher zusammen erleben durften, fühle ich ein unbeschreibliches Hochgefühl in mir aufsteigen.

Es ist unvernünftig und nicht ungefährlich, den ganzen Inhalt der Thermoskanne auszutrinken. Jetzt kann ich es nicht mehr ändern. Aber es dürften nur noch 15 Meilen, also höchsten zwei Stunden Fahrt, bis zum nächsten Checkpoint sein.
Durch weites, von Menschenhand verwüstetes Gebiet, welches jetzt im Winter von einer gnädigen Schneedecke verhüllt wird, gleitet der Schlitten von meinen 14 Huskies gezogen in Richtung Central.
Immer wieder behindern Overflows unser Vorwärtskommen. Keine dieser Schikanen ist jedoch so tief wie der erste Overflow zu Beginn dieser Etappe. Das von 56 Hundepfoten aufgewühlte Spritzwasser reicht jedoch aus, das Fell meiner Mannschaft erneut mit Eis zu verkrusten. Die gefrorenen Zuggeschirre scheuern, ohne daß ich etwas dagegen machen kann, an den Druckpunkten die Haut meiner Huskies wund. Einige der Overflows neigen sich gefährlich seitwärts, steilen Abhängen zu. Wenn der Schlitten den Abhang hinunter rutscht habe ich schlechte Karten. Dann werde ich mehrere Stunden beschäftigt sein ihn wieder auf den Trail zurück zu bringen. Doch seit Mile 101 läuft Blanco im Lead. Wir passieren, ohne daß mein Blutdruck gefährlich in die Höhe schnellt, das Goldgräbergebiet vor Central. Nachdem wir die Schotterhalden der Goldminen hinter uns gelassen haben, segeln wir fast schwerelos auf einem Flußlauf dahin. Ein nicht zu verfehlender Weg zum nächsten Checkpoint. Denn dieser Fluß mündet direkt in die gefrorenen Sümpfe um Central.

Nach dieser Quälerei will ich die letzten Meilen bis zum Checkpoint, wo wieder eine Menge Arbeit auf mich wartet, genießen. Ist es auf dieser Seite des Eagle-Summit kälter als an seiner Nordflanke? Oder zittere ich nur so, weil ich jetzt verschwitzt und ausgelaugt fast bewegungslos auf dem Schlitten stehe? Ich blicke zum Himmel. Es hat aufgehört zu schneien und unter einem wie mit tausend strahlenden Diamanten besetzten Firmament ziehen wir unsere Spur durch den unberührten Neuschnee. Ist es der Widerschein von Central, oder baut sich am Horizont ein Nordlicht auf?

Central ist als Ansammlung einiger Häuser und einer Tankstelle mit Spei-

selokal, welches während des Rennens als Checkpoint genutzt wird zu klein, um schon von weitem am Horizont zu leuchten. Folglich muß es sich bei dieser Lichterscheinung um den Beginn eines Nordlichtes handeln. Um dieses faszinierende Naturschauspiel gut beobachteten zu können, knipse ich meine Stirnlampe aus. Blanco soll allein den richtigen Weg nach Central finden. Ich richte meine Augen gebannt auf die mehr und mehr anwachsende Aurea Borealis. In sich pausenlos ändernden Formationen, einmal gerade aus strahlend, wie von riesigen Scheinwerfern gespeist, dann wieder im Zickzack den schwarzen Himmel zerreißend, leuchtet das grüne Nordlicht über mir.
Direkt über meinem gebannt nach oben gerichteten Blick scheint sich dieses nur in der Arktis auftretende Schauspiel in einer sich wie rasend drehenden Spirale selbst zu verschlingen. Langsam ebbt das traumhafte Naturereignis ab. Das Nordlicht fasziniert mich so, daß ich fast versucht bin, an die Landung eines UFOs aus dem All zu glauben. Zumindest wäre ich nicht allzu verwundert, wenn plötzlich eine fliegende Untertasse auf dem Trail stünde und mich ein Marsmännchen zum Mitfliegen auffordern würde. Möglich ist alles, aber wenn, dann nicht ohne meine Hunde!
Es gibt kaum etwas beeindruckenderes als alleine in der weißen Weite Nordlichter zu beobachten. Die alten nordischen Göttersagen der "Edda" scheinen sich im Nordlicht zu bewahrheiten. Doch nicht nur Nordlichter, sondern auch all'die schier unbeschreiblichen Schönheiten und Besonderheiten die man auf dem langen Weg zwischen Fairbanks und Whitehorse erleben darf, machen die Strapazen und Mühen, die das Yukon-Quest bereit hält, mehr als wett. Wie sehr freue ich mich schon auf den Charly-River, den Forty-Mile-River und, und, und.......... Zwischen einer dunklen Wand aus Schwarztannen sehe ich vereinzelte Lichter blitzen. Nach ungefähr sechs Stunden Knochenarbeit am Eagle-Summit und einem wunderbaren Naturschauspiel - sozusagen als Kirsche auf der Torte des Lebens - erreichen wir am Montag, den 12. Februar um 3.28 Uhr den Checkpoint Central. Etwas über 150 der mehr als tausend Meilen haben wir nun zusammen niedergerungen.

Wie ich später erfahren habe, hat Curt Smith etwa zwei Stunden nach mir die Schutzhütte am Fuße des Eagle-Summit verlassen. Die Rast in Mile 101 muß viel zu kurz für seine Hunde gewesen sein. Er hat sich wie ich in diesem brutalen Schneesturm verirrt. Die ganze Nacht mußte der arme Kerl mit seinen Huskies am sturmgepeitschten Südhang in eisiger Kälte campieren. Bei Anbruch des Tages hat er sich dann auf den Rückweg nach 101 gemacht. Dort ist er gegen Mittag mit schweren Erfrierungen an Händen und im Gesicht wieder eingetroffen. Hier mußte er wegen seiner Erfrierungen und weil die Hunde am Ende ihrer Kräfte waren, das Rennen wieder vorzeitig beenden.

Es scheint als wäre der Eagle-Summit unser Schicksalsberg. Mir macht dieser Stolperstein auf dem Weg nach Whitehorse jedesmal ungeheure Schwierigkeiten. Meinem Freund Curt treibt er bei jedem seiner Versuche ihn zu bezwingen zur Aufgabe. Curt tut mir wirklich leid.
Zwei gescheiterte Versuche, das Yukon-Quest glücklich zu beenden, hat er nun schon hinter sich. Ich weiß, wie gerne er den Finisherpatch und die Gürtelschnalle tragen würde. Wir hätten zusammen bleiben sollen! Leider, oder Gott sei Dank ist mein Team einfach zu schnell für seine Hunde. Wenn ich dieses Rennen gewinnen will, und ich will um alles in der Welt die Gürtelschnalle des Siegers tragen, kann ich mir solche Sentimentalitäten nicht leisten. Trotzdem habe ich Curt gegenüber Schuldgefühle

Central

Montag: 12. Februar

Kaum haben wir den mit tiefem Schnee bedeckten Parkplatz vor der Snackbar “Witt´s End” in Central erreicht, wird mir von einem Helfer auf einem Motorschlitten der für uns vorgesehen Platz zum Rasten zugewiesen. Wie bereits in Angle-Creek wartet dort ein Checker auf uns. Auch er überprüft meine Pflichtausrüstung auf ihre Vollständigkeit. Anschließend trägt er die Anzahl der vor dem Schlitten eingespannten Hunde und unsere Ankunftszeit in ein Formblatt ein. Diesmal habe ich einen ganz genauen Checker erwischt. Er begnügt sich nicht wie seine Kollegen damit, daß ich von außen auf den ganz vorne im Schlittensack verstauten Schlafsack klopfe. Er läßt mich mühselig den gesamten Inhalt des Schlittens auspacken. Nur, um mir dann, nach einem kurzen, uninteressierten Blick auf mein verstreutes Gepäck, das Formblatt zur Unterschrift hinzu halten. Durch Kälte, Hunger und Erschöpfung bin ich so gereizt, daß es mir nur mit äußerster Mühe gelingt, mich zu beherrschen. Am liebsten würde ich dem Quälgeist einen gewaltigen Tritt in den Hintern verpassen. Doch dann würde man mich disqualifizieren, und das Rennen wäre hier für mich zu Ende. Ohne ein Wort zu sagen, versuche ich mit steifen, gefühllosen Fingern eine einigermaßen leserliche Unterschrift auf das Blatt zu setzen.

23 Stunden und 26 Minuten haben wir für die 70 Meilen zwischen Angle-Creek und Central benötigt. Zwei hohe Bergrücken, unterbrochen von einer fast siebenstündigen Rast, waren auf dieser Strecke zu überwinden. In Anbetracht der zurückgelegten Höhenmeter ist unsere reine Laufzeit von nicht ganz 17 Stunden durchaus passabel. Wenn ich die bereits hier geparkten Gespanne richtig gezählt habe, liegen wir auf dem siebten Platz. Noch macht kein Team die geringsten Anstalten Central zu verlassen.

Lieber als den lästigen Checker sehe ich einen der Renntierärzte. Selbst jetzt, mitten in der Nacht, werden meine Hunde sofort tierärztlich versorgt. Als Erstes fragt mich der Veterinär, ob eines der Tiere unterwegs Schwierigkeiten gehabt, oder ob ich Anzeichen von Krankheit und

Schwäche bemerkt hätte.
Nachdem ich alle Fragen verneinen kann, untersucht dieser Samariter in seiner roten Parka jeden meiner Huskies von Kopf bis Fuß.
Herzfrequenz, Pfoten und Gelenke werden examiniert und der Befund auf einem speziellen Formblatt vermerkt. Dieses Formblatt muß ich beim nächsten Checkpoint dem diensthabenden Tierarzt übergeben. Sollte ich dieses Dokument unterwegs verlieren, würde auch dieser Umstand meine sofortige Disqualifikation nach sich ziehen.

Nichts wird beim Yukon-Quest so groß geschrieben wie die Fürsorge der Hunde und der Tierschutz. An jedem offiziellen Checkpoint sind mindestens drei Tierärzte anwesend. Sofort nach dem Eintreffen der Gespanne wird sich um das Wohl der Tiere gekümmert. Sie werden wenn nötig mit der richtigen Medizin versorgt, oder es wird veranlaßt, daß ein überbeanspruchter Hund aus dem Rennen genommen wird. Ein Heer von Veterinären begleitet das Yukon-Quest, jedoch habe ich während beider Rennen keinen einzigen Humanmediziner zu Gesicht bekommen. Die Rennleitung geht davon aus, daß wir Musher wissen, was wir tun und unseren Willen frei äußern können. Bei den Hunden ist dies leider nicht der Fall.
Wie einfach wäre es, wenn uns unsere vierbeinigen Kameraden sagen könnten, welche Probleme sie haben. Doch diese Laufwunder müssen vor sich selbst geschützt werden. Wer einmal erlebt hat wie ein verletzter Husky, nur um bei seinem Rudel bleiben zu können, zu seinem angestammten Platz im Team humpelt, versteht den Aufwand, der beim Yukon-Quest um die Hunde getrieben wird.

Im vergangenen Jahr hätte ich zum Beispiel die Anwesenheit eines Zahnarztes sehr begrüßt. Zwischen Circle und Central habe ich mir durch einen unbedachten Biß auf ein gefrorenes Stück Fisch einen Schneidezahn ausgebrochen. Das heißt dieses verdammte Ding hing noch an der Wurzel im Kiefer fest. Bei jedem Atemzug trieb es mir Tränen des Schmerzes in die Augen. Daß ich weder Essen noch Trinken konnte hätte ich ja verkraftet, aber aufs Atmen konnte ich unmöglich verzichten. Doch immer wenn die eiskalte Polarluft an den bloßliegenden Nerven des abgebrochenen Zahnes vorbei strich, wäre ich am liebsten in die Luft gegangen. Nach wer weiß wie vielen schmerzerfüllten Stunden war

mir alles gleichgültig. Mit dem Mut des Verzweifelten riß ich mir den Zahnstumpf aus dem Mund. Irgendwann ebbten auch diese Schmerzen ab.
Es wäre durchaus begrüßenswert gewesen, wenn ich mich in die fachkundigen Hände eines Arztes begeben hätte können. In dieser Hinsicht geht es meinen Hunden wirklich besser als mir.
Aber laut Rennleitung weiß ich ja auf welches Abenteuer ich mich einlasse. Weiß ich das wirklich?

Bei meinen Huskies ist im großen und ganzen alles in Ordnung. Einige vom krustigen Eis aufgescheuerte Pfoten und ein paar vom vereisten Zuggeschirr wundgeriebene Achselhöhlen sind der ganze Zoll, den wir an die vielen durchquerten Overflows und das schlimme Wetter zu entrichten haben. Sunny-Boy und Clancy, der sich wacker in der Mannschaft behauptet, hat es am schlimmsten erwischt. An Sunnys Brust und an Clancys Vorderpfoten hat das verdammte Eis das Fell an einigen Stellen abgerieben. Gleich nach dem Füttern werde ich auf alle der vom Eis malträtierten Stellen eine spezielle Salbe auftragen, die den Heilungsprozess beschleunigt. Wir sind einigermaßen glimpflich davon gekommen. Unsere Mannschaft ist noch vollzählig. Andere Musher mußten bereits in Angle-Creek und auch hier Hunde aus gesundheitlichen Gründen zurück lassen.

Noch während der Tierarzt meine Huskies untersucht, habe ich den Kocher angezündet. Das in der Snackbar erhältliche Wasser ist soweit erhitzt, daß das gefrorene Futter meiner Hunde schnellstens auftaut. Ein guter, für die Tiere wohlriechender Eintopf köchelt vor sich hin. Er wartet nur darauf, nach der Untersuchung serviert zu werden. Nachdem die seelische Belastung von mir genommen ist, den Eagle-Summit überqueren zu müssen, gehen mir meine Verrichtungen weit schneller von der Hand als in Mile 101. Außerdem steht Inge, sie hat mein Eintreffen in Central schon erwartet, neben mir. Aufmerksam koordiniert sie mit genauen Anweisungen mein Tun. Da ich vor Müdigkeit kaum denken kann und nur noch wie ein Roboter funktioniere müßte ich ohne ihre Anweisungen manchen Weg zweimal zurück legen. Sie darf zwar selbst keine Hand anlegen, nicht einmal einen heruntergefallenen Gegenstand darf sie für mich aufheben, aber von Anweisungen geben steht nichts im

umfangreichen Regelwerk. Die Hunde sind gut versorgt und die Suppe für die Weiterfahrt wartet im Cooler bereits darauf, gefressen zu werden. Die Huskies schlafen entspannt auf einer dicken Lage Stroh.
Der Schlitten muß zwar noch gepackt und die Beläge an den Kufen müssen unbedingt gewechselt werden. Doch jetzt gönne ich mir erst einmal selbst etwas Erholung. Ein Happen zu Essen, und eine Mütze voll Schlaf werden mich schnell wieder auf Vordermann bringen.
Soweit ich meine gefrorenen Klamotten nicht noch am Leib trage, klemme ich sie mir unter den Arm und stapfe über ein paar Schneehaufen zu dem kleinen Gasthaus neben der Tankstelle. Hier in "Witt´s End" werden wir Musher von den beiden Checkpoint Managern Jim und Mary Witt, denen die Tankstelle und das Rasthaus gehört, richtig verwöhnt. Der Gedanke an das obligatorische Riesenomelette mit Bratkartoffeln läßt mir das Wasser im Mund zusammenlaufen. Durstig wie ich bin werde ich mir wohl einige der übergroßen Becher mit Limonade die trockene Kehle hinunterrinnen lassen. Neben der guten Verpflegung wartet noch eine freudige Überraschung im Checkpoint auf mich. Ein großer Wäschetrockner steht bereit. Dort kann ich all die nassen Sachen aufzutauen und bis in die letzte Faser trocknen. Welch ein Glück, daß ich auch die Mukluks zur Gaststube geschleppt habe. In Sekundenschnelle habe ich mir alle Kleidungsstücke, bis auf die Jeans und ein Unterhemd ausgezogen und in den Trockner gestopft. Satt und aufgewärmt brauche ich anschließend nur noch ein Plätzchen, an dem ich meinen zerschlagenen, müden Körper für zwei Stunden ruhen lassen kann.

Leider steht uns als offizieller Schlafraum nur ein schwach beheizter Wohncontainer zur Verfügung. In Erwartung eines warmen Zimmers habe ich Dummerweise meinen Schlafsack im Schlitten zurück gelassen. Soll ich noch zum Schlitten laufen und den dringend benötigten Schlafsack holen? Nein! Dazu bin ich zu erschöpft. Wie meine Huskies rolle ich mich auf dem eiskalten Fußboden des Containers zusammen und versuche, ein bißchen zu schlafen. Vom Klappern meiner Zähne und meinem Zittern wache ich schon nach kurzer Zeit wieder auf. Hier bleibe ich keine Minute länger. Frierend stolpere ich in den Gastraum zurück. Die Grabeskälte in diesem Container war wohl der Grund, daß ich dort der einzige Schläfer war. Meine Konkurrenten finde ich alle in einem Nebenraum des Lokals. Dort versuchen sie wie Bahnhofspenner an Wänden lehnend oder auf Stühlen sitzend eine Mütze voll Schlaf zu ergattern. Immer noch hundemüde lege ich mich neben John Schandlemeier unter einen Billardtisch.

In diesem Raum herrscht ein Höllenlärm. Eigentlich dient er den Journalisten, die das Rennen begleiten, als Arbeitszimmer. Schreibmaschinen klappern in wildem Stakkato, lautstarke Telefonate mit den Redaktionen werden geführt.
Wer von den hier anwesenden Reportern nichts besseres zu tun hat, versucht einen der Musher zu interviewen. Da ich ähnlich chaotische Zustände aus meiner Zeit auf See gewöhnt bin, kann ich trotzdem sofort einschlafen. Laut Inges Aussage habe mich redlich bemüht mit meinem Schnarchen den Lärm im Raum zu übertönen.

Mein innerer Wecker funktioniert hervorragend. Oder sind es die Krämpfe in meinen Oberschenkeln? Jedenfalls bin ich nach knapp zwei Stunden wieder hellwach. Das stete Ausbalancieren des schweren Schlittens hat meine Oberschenkelmuskulatur weit über Gebühr beansprucht. Wie die Hunde diese Belastung wegstecken, ist mir schleierhaft. Nachdem ich die verkrampften Muskeln gelockert habe, gehe ich hinaus zum Schlitten und mache mich daran, den verkratzten Kufenbelag zu wechseln. Es war höchste Zeit, sich um die Kufen zu kümmern. Wasser ist zwischen den hölzernen Runnern und dem Plastikbelag eingedrungen. Dann ist das Wasser wieder gefroren und hat den Belag an mehreren Stellen von den Kufen abgesprengt. Zum Glück habe ich den Plastikbelag nicht verloren. Sonst wären die hölzernen Runner bei unserer Fahrt über scharfkantiges Eis und Schotter schwer beschädigt worden.

Penibel kratze ich mit meinem Messer jeden auch noch so winzigen Eiskrümel von den Kufen und versuche, mit klammen Fingern einen neuen Belag aufzuziehen. In dieser Kälte, das Außenthermometer an der Snackbar zeigt minus 42 Grad, ist das ein schweres Unterfangen. Alles ist so steif und unhandlich.
Mit einigen Spritzern Gleitmittel, welches ich immer in einem kleinen Fläschchen in den Taschen meiner Jeans bei mir habe, gelingt es mir nach vielen Mühen und noch mehr Gefluche das steife Plastik über die Runner zu schieben. Meine Finger sind durch die Kälte völlig gefühllos und beginnen, an den Gelenken aufzuplatzen. So schnell es geht, laufe ich zurück in den warmen Gastraum und versuche sie an einer heißen

Tasse Kaffee wiederzubeleben. Die gleiche Prozedur wiederholt sich nach dem Booten der Hunde. Ich muß zugeben, daß ich es genieße, meine kalten Hände immer wieder aufwärmen zu können.

Es fällt mir schwer, den Checkpoint mit all seinen Annehmlichkeiten zu verlassen. Doch wenn ich den Anschluß an die Spitze nicht verlieren will, muß ich mich langsam zum Weiterfahren aufraffen. Also rein in die nun angenehm trockenen Sachen und raus zu den Hunden, um sie mit kosenden Worten und leichten Massagen auf den bevorstehenden Lauf nach Circle-City vorbereiten. Das Auschecken ist schnell erledigt. Ab geht die Post zu unserem nächsten Etappenziel.

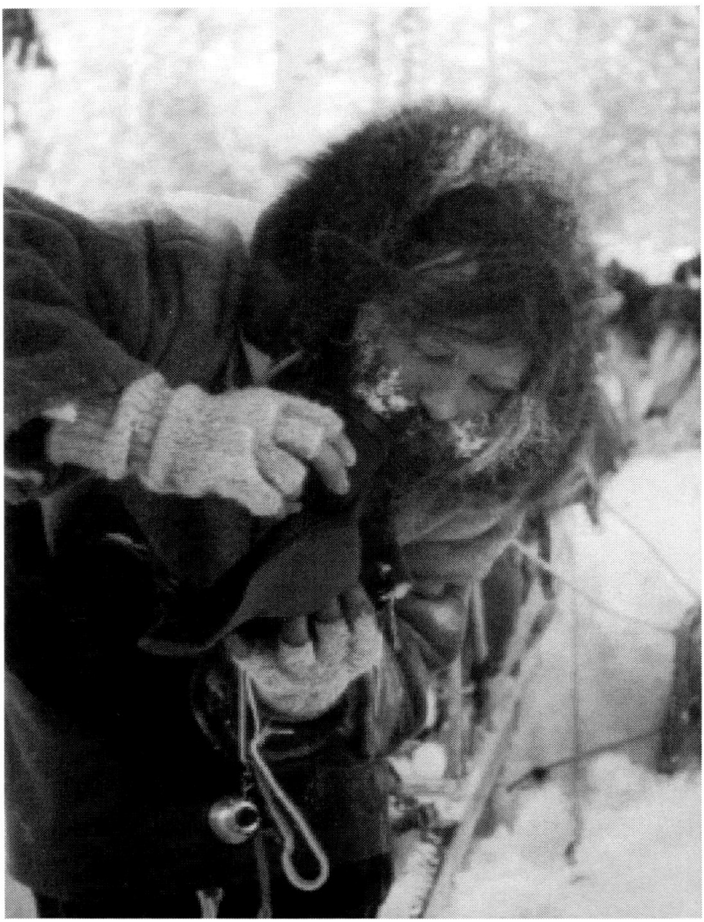

THE REAL ALASKAN SPORT COMPANY

Fairbanks Alaska · München Germany

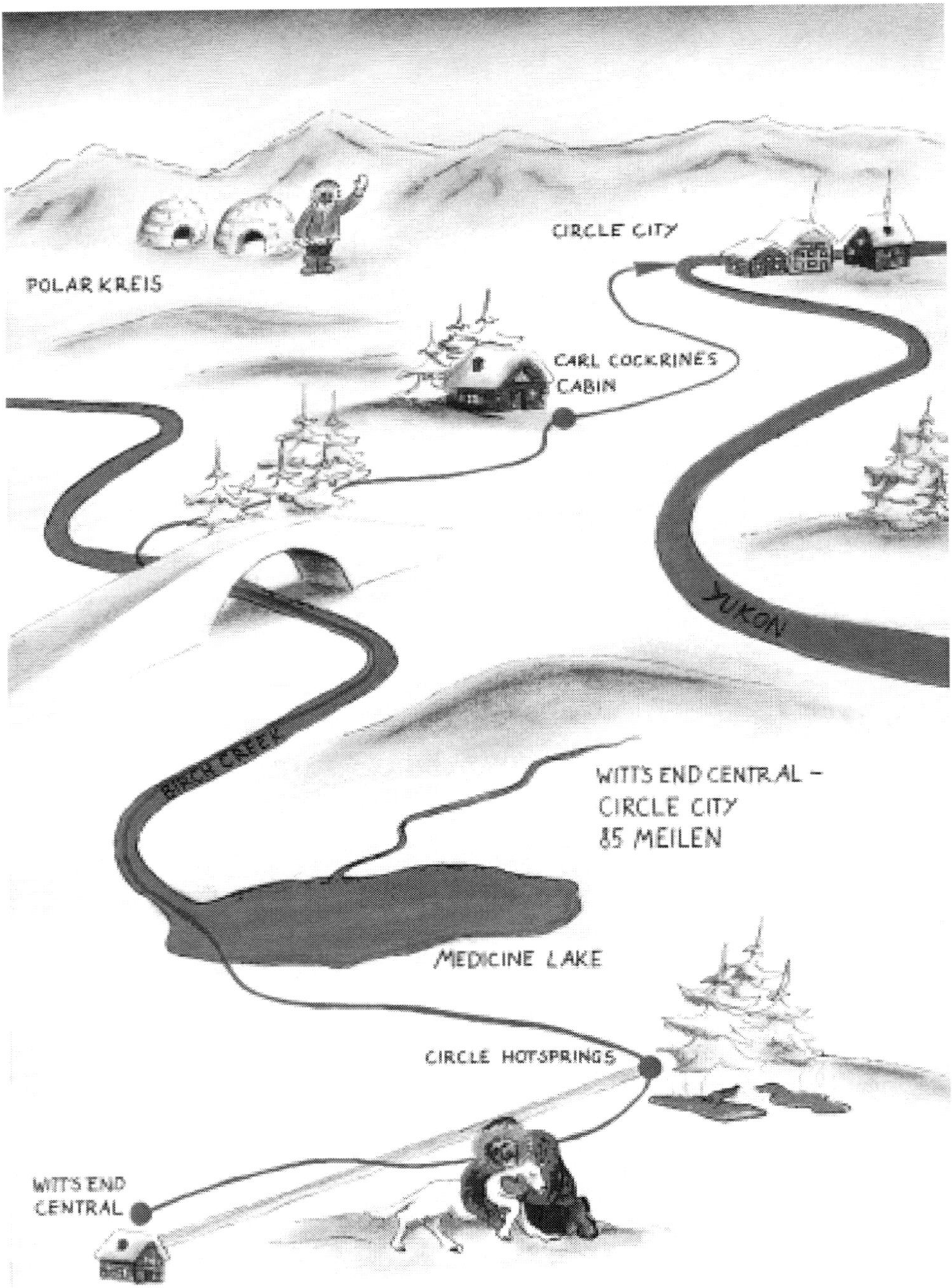
CIRCLE CITY
POLAR KREIS
CARL COCKRINE'S CABIN
YUKON
BIRCH CREEK
WITT'S END CENTRAL – CIRCLE CITY 85 MEILEN
MEDICINE LAKE
CIRCLE HOTSPRINGS
WITT'S END CENTRAL

Auf dem Weg von Central nach Circle City
Montag: 12. Februar (85 Meilen)

Bei strahlendem Sonnenschein und klirrender Kälte dirigiere ich mein Gespann aus Central heraus.
Die ersten zehn Meilen wird der Trail parallel zu dem Highway verlaufen, der Central mit Circle Hotsprings verbindet. Circle Hotsprings ist eine kleine Ansiedlung mit heißen Quellen und bizarr vereisten Badehäusern. Dieser Ferienort, an dem schon die Goldgräber vergangener Dekaden ihren müden Knochen Erholung gegönnt haben liegt zwischen Central und Circle City. Heute werde ich Circle Hotsprings bei Tageslicht passieren und mir durch gefrorenen Wasserdampf entstandene Kunstwerke der Natur anschauen.

Noch zu gut erinnere ich mich an die Enttäuschung im letzten Jahr. Damals glaubten meine Hunde und ich nach langer, schier unendlichen Nachtfahrt endlich die schon von weitem sichtbaren Lichter von Central erreicht zu haben. Der Trail führte an mit bunten Lichterketten geschmückten Badehäusern vorbei. Ungeduldig hielt ich nach dem Checkpoint Ausschau. Auch meine Hunde erwarteten in dieser Ortschaft ihren verdienten Rastplatz. Immer wenn wir eine menschliche Ansiedlung erreicht hatten, winkte meinen Huskies ein Plätzchen mit Stroh, Futter und einer langen Pause. Unsere Enttäuschung war groß, als der Trail damals an den hellerleuchteten Häusern vorbei, zu einem Highway führte. Diese Straße führte uns von den gemütlichen Häusern der Hotsprings weg, und wir mußten ihr in einer nicht enden wollenden Distanz folgen. Noch heute frage ich mich, wie es mir damals gelang, die Hunde und mich zur Weiterfahrt zu motivieren.

In lockerem Trab - meinen vierbeinigen Freunden sind die zurückliegenden Strapazen nicht mehr anzumerken - biegen wir auf den Trail ein. Der führt uns schnurgerade, bei leichtem Gefälle nach Circle-Hotsprings. Die Sonne strahlt vom wolkenlosen Himmel, vor uns liegen 85 Meilen über relativ flaches Gelände. Wir befinden uns mit zwei bis drei Stunden Rückstand hinter den Führenden in einer durchaus aussichtsreichen Position.

850 Meilen müssen noch bis Whitehorse überwunden werden. Wegen der paar Stunden Rückstand brauche ich mir keine großen Sorgen zu machen.

Ickey läuft neben Guitary, einem hoffnungsvollen Nachwuchsleader, an der Spitze. Hinter Circle Hotsprings, wenn wir in den weiten Sümpfen sind, die bis zum Berch-Creek reichen, will ich Guitary für einige Zeit alleine als Leithund arbeiten lassen. Er hat das Zeug eines Tages ein ebenso dominanter und selbstsicherer Leithund wie Blanco zu werden. Es erfordert nur viel Zeit und Geduld, bis er dieser Aufgabe in allen Lagen gewachsen ist. Die flachen Sümpfe hinter den heißen Quellen von Circle sind für ein Leadertraining genau das richtige Terrain. Ausgeruht und in bester Stimmung summe ich einen Countrysong vor mich hin. Auf dieser Strecke säumen von einer dicken Schneeschicht bedeckte, in der Sonne wie Millionen Diamanten glitzernde Tannen unseren Weg. Ein Anblick, wie er für kitschige Postkarten nicht besser sein könnte.

Plötzlich rast mir der Schreck durch Mark und Bein. In der langen Reihe der vor dem Schlitten ziehenden Hunden klafft eine Lücke! Wir schleifen ein lebloses Bündel Hund durch den Schnee. Im Augenblick des Erkennens erscheint mir der eben noch glitzernde Schnee als grau und schmutzig. Sofort stoppe ich das Gespann, trete den Anker in den Trail und stürze nach vorne. Es ist Blanco! Leblos liegt er vor mir. Seine Augen sind so verdreht, daß nur noch das Weiße zu sehen ist, und an seinen Lippen klebt gefrorener Schaum. Mein treuer Freund Blanco, ich könnte heulen und bin kurz davor durchzudrehen. Mein Junge, mein Weggefährte vieler aufregender und nicht immer ungefährlicher Touren. Mein Verbindungsglied, mein Dolmetscher zwischen mir und den anderen Hunden liegt leblos vor mir im Schnee. Normalerweise liebe ich diese weiße Pracht, doch jetzt, da sie Blanco so unnatürlich bedeckt, wirkt sie Ekelerregend auf mich.

Seine Mannschaftskameraden scheint das Desaster nicht im geringsten zu interessieren. Genußvoll wälzen sie sich zur Abkühlung im Schnee. Sunny Boy, der neben Blanco steht versucht schnell ein paar extra Streicheleinheiten zu erhaschen. Ich nehme Blancos Nase in den Mund und

beginne ihn zu beatmen. “Lieber Gott, bitte laß Blanco leben!” Völlig verzweifelt knie ich vor meinem Freund, massiere seinen Brustkorb und blase in regelmäßigen Abständen meine Atemluft in seine Nase.
An Einzelheiten kann ich mich nicht mehr genau erinnern, aber ich glaube, daß ich bei dieser Aktion Rotz und Wasser heule. Soweit ich mich erinnern kann, war ich auf keiner meiner Touren so verzweifelt, so am Ende meiner Kräfte wie in diesem Augenblick. Alles, das ganze Unternehmen, einfach alles hat für mich seinen Sinn verloren. Das Rennen ohne Blanco - das ist undenkbar für mich.

Ich halte mein Ohr an Blancos Schnauze und höre ein leises Atemgeräusch. Ist es nur meine Atemluft die ich aus seinem Brustkorb drücke oder atmet er wieder selbständig? “Bitte Blanco, atme! Du schaffst es!: Schreie oder flüstere ich in seine schlaff herunter hängenden Ohren. Da! Blanco atmet wieder selbständig. Es ist zwar noch ein sehr flaches, aber was viel wichtiger ist, ein selbständiges Atmen. Jetzt laufen mir wirklich Tränen der Erleichterung über das Gesicht. Noch ist Blanco nicht über den Berg. Nachdem der erste Schock überwunden ist, fange ich langsam an klarer zu denken. Schnell ziehe ich meine Parka aus und wickle meinen Freund darin ein. Er darf in diesem Zustand so wenig als möglich von seiner Körperwärme verlieren. Jetzt, da er meine Wiederbelebungsversuche nicht mehr braucht, merke ich, wie hilflos und durcheinander ich bin. Mit zitternden Händen streichle ich Blanco über den Kopf und rede ihm gut zu. Es ist lauter wirres Zeug, daß ich von mir gebe. Aber das Wichtigste ist, daß er meine Stimme hört und versucht, am Leben zu bleiben. Rasend schnell geht sein Puls, und sein Zustand ist noch sehr instabil.
Laut Reglement müßte ich ihn in den Schlitten laden und zum Checkpoint zurück bringen. Meine Gedanken überschlagen sich: ”Wird er diese Fahrt überstehen?” Dreizehn Hunde müßte ich auf diesem, an dieser Stelle höchstens eineinhalb Meter breiten Pfad umdrehen. Blanco dabei unbeaufsichtigt lassen und ihn dann den Strapazen einer etwa sechs Meilen langen Schlittenfahrt aussetzen. Was soll ich tun? Das Beste dürfte sein, hier an Ort und Stelle zu bleiben und zu warten bis sich Blancos Zustand , hoffentlich bald, stabilisiert. Täusche ich mich oder höre ich tatsächlich ein Motorengeräusch? Diese Chance darf ich mir nicht entgehen lassen! Durch hüfthohen Schnee kraule ich so schnell ich kann

zur nahen Straße. Mit rudernden Armbewegungen mache ich den Fahrer eines Pickuptrucks, der sicher auf diesem einsamen, sonnenüberfluteten Highway vor sich hin geträumt hat, auf mich aufmerksam. Er hält an! Es dauert einige Zeit bis ich ihm vor Aufregung stotternd, die Sachlage erklären kann. Inständig bitte ich ihn nach Central zum Checkpoint zurück zu fahren. Ich möchte daß er die im Checkpoint anwesenden Tierärzte informiert. Ein Veterinär muß mit einem Notfallkoffer zu mir kommen. Schließlich geht es um Blanco's Leben, oder zumindest um seine Gesundheit!

Wenn das Unglück schon so nahe bei einer Siedlung passiert ist, nehme ich diesen Vorteil wahr und gehe - was Blancos Gesundheit betrifft - kein Risiko ein. Damit riskiere ich zwar meine sofortige Disqualifikation. Unterstützung durch Dritte und der hilfsbereite Trucker ist ein Dritter, ist außer in Dawson streng verboten.
Mich für eine mögliche Disqualifikation zu entscheiden fällt mir leicht. Sollte Blanco oder ein anderer meiner guten Hunde bei diesem Rennen ums Leben kommen, hätte das ganze Yukon-Quest-Abenteuer jeden Sinn für mich verloren, und ich würde auf jeden Fall aufgeben.

Noch vor dem Veterinär, es ist mein persönlicher Schutzengel Matthew Hall, treffen zwei der am Checkpoint anwesenden Reporter bei meinem Team ein. Die beiden Journalisten versuchen mir, ich knie neben Blanco und rede ihm beruhigend zu, einige Fragen zu stellen. Als ich ihnen jedoch deutlich zu verstehen gebe, daß mir nicht zum Reden zumute ist, lassen sie mich in Ruhe. Rücksichtsvoll beschränken sie sich darauf, einige Schnappschüsse zu machen. Später erscheint ein durchaus positiver Bericht über diesen Vorfall im "Daily News Miner". Die beiden Reporter hatten also dafür Verständnis, daß ich sie habe abblitzen lassen.

Matthew, der inzwischen an der Unglücksstelle eingetroffen ist, er hat meine Hunde schon in Central untersucht, hört Blancos Herzschlag ab und versucht sich ein Bild von diesem Vorfall zu machen. Blancos Herz rast mit der wahnsinnig hohen Frequenz von 180 Schlägen pro Minute. Matthew Hall erklärt sich bereit, meinen kranken Leithund nach Central zurückzubringen und ihn dort medizinisch zu versorgen. Er glaubt, daß Blanco überleben wird. Oder will er mich nur beruhigen?

Auch Matthew weist mich auf die Regel "Outside assistance" hin. Er kann mir aber auch nicht garantieren, daß Blanco den Rücktransport im Schlitten unbeschadet überstehen wird.

Keine Frage - soll mich disqualifizieren, wer will - Blanco tritt die Rückfahrt nach Central im Auto unter der Obhut eines Tierarztes an. Und sonst nichts. Basta. Scheiß auf die Gürtelschnalle.

Meine Parka tausche ich gegen eine der im Jeep des Tierarztes liegenden Wolldecken, wickle meinen treuesten Freund darin ein und trage ihn zum Wagen. In der Zwischenzeit ist auch Inge bei mir eingetroffen. Sie tröstet und überredet mich, das Rennen wieder aufzunehmen. Blanco ist bereits nach Central abtransportiert worden, und ich mache mich wieder auf den Weg nach Circle-City. Für die atemberaubende Schönheit der Landschaft um mich herum habe ich keinen Blick mehr. Ich sehe nur den leeren Platz in dem vor mir laufenden Husky-Rudel.

Wie konnte so etwas nur passieren? Bei unserer Abfahrt aus Central erschien mir Blanco als derjenige, der die zurückliegenden Strapazen am besten überwunden hatte. Auch der Weg, den wir seit unserer Rast zurückgelegt haben, war eher mit einem Sonntagsspaziergang als mit einer Rennstrecke zu vergleichen. Lauter Fragen die mich auf meiner Fahrt nach Circle beschäftigen. Einerseits muß ich so schnell wie möglich nach Circle-City, andererseits habe ich panische Angst davor dort anzukommen. Welche Antworten auf meine Fragen über Blanco‘s Zustand werden mich dort erwarten?

Mit der sorglosen Schlittenfahrt ist es vorbei. Unablässig schweift mein Blick über die vor dem Schlitten dahintrottenden Hunde. Zeigt einer dieser tapferen Gesellen ein Anzeichen von Schwäche? Sunny-Boy taumelt. Ein neuer Schock fährt mir in die Glieder. Doch nein, er hat sich nur gebückt um ein bißchen Schnee zu schnappen. Dabei ist er ein wenig aus dem Gleichgewicht geraten. Die Nerven liegen blank! Andauernd kreisen meine Gedanken um Blanco und seinem rätselhaften Zusammenbruch. Vor lauter Sorge, ich könnte die Hunde überlasten, überlasse ich das Tempo meinen beiden Leithunden. Das ist mit Sicherheit nicht die richtige Einstellung, um ein Rennen wie das Yukon-Quest zu gewinnen.

Doch die Gesundheit meiner Huskies ist mir wichtiger als alle Gürtelschnallen der Welt.

Wir passieren in gemütlichen Zuckeltrab die heißen Quellen von Circle Hotsprings. Rechts von mir steigen gewaltige Dampfwolken von der Oberfläche dieser Quellen in den blauen Himmel auf.
Dieser Wasserdampf setzt sich an den Zweigen der in der Nähe einer solchen Quelle wachsenden Bäumen ab. Dort gefriert er sofort. Alle im näheren Umkreis stehenden Bäume machen deshalb auf mich den Eindruck, als wären sie aus Glas. Selbst dünne Zweige sind von einer dikken Eisschicht ummantelt und funkeln im Sonnenschein. Bizarr heben sich diese vom arktischen Winter geschaffenen Gebilde vor den dunklen Badehäusern im Hintergrund ab.

Für Touristen, die zum Badespaß in eisiger Kälte hierher kommen, ist dies mit Sicherheit ein wunderbarer Anblick. Mir jedoch trüben die Sorgen um Blanco und die anderen Hunde - denn wer wird der Nächste sein - den Blick für diese einzigartigen Kunstwerke der Natur. Statt den Anblick zu genießen, erinnere ich mich an ähnliche Nebelschwaden, genannt “schwarzer Frost”, die unsere Fischdampfer vor Grönland ebenfalls mit einer dicken Eisschicht überzogen und manche von ihnen zum Kentern gebracht haben.

Im zarten Alter von vierzehn Jahren habe ich als Schiffsjunge auf dem Fischdampfer “G.M. Daneker” meine erste Fangreise unter Grönlands Westküste angetreten. Unablässig peitschte ein Orkan salzige Gischt über das Deck und die Aufbauten. Durch den Golfstrom war das Wasser relativ warm. Doch Lufttemperaturen von minus 30 Grad und kälter ließen das Spritzwasser am Schiff sofort gefieren. Es dauerte nicht lange, da hatten dünne Antennenkabel die Ausmaße von Oberschenkeln angenommen. Durch diese unerwartete Kopflastigkeit und das an der Steuerbordseite geschleppte Netz drohte unser Kahn zu kentern. Unserem Kapitän blieb nichts anderes übrig, als die Kurrleinen, die das Schleppnetz mit dem Schiff verbanden, kappen zu lassen. Von der ungefähr 100.000 Mark teuren Seitenlast befreit, richtete sich unser Schiff wieder etwas auf. Doch damit war die Gefahr des Kenterns noch lange nicht gebannt. Jetzt hieß es mit schweren Holzhämmern die mehr und mehr anwachsende Eis-

schicht zu entfernen. Tagelang haben wir damals um unser Leben gekämpft. Unsere Arme waren durch das ständige hantieren mit dem schwerem Werkzeug bald wie Blei.
Doch durften wir uns keine Verschnaufpause gönnen, wollten wir wenigstens ein weiteres Anwachsen der tödlichen Eisschicht verhindern.
Da sich diese Episode während des Winters zugetragen hat, blieb es immer dunkel.
Deshalb kann ich nicht sagen wieviele Tage es gedauert hat, bis es uns, der Besatzung der "G.M. Daneker" gelang, den tödlichen Würgegriff des schwarzen Frostes abzuschütteln. Doch kann ich mit Sicherheit sagen, daß ich damals nicht annähernd so verzweifelt war, wie jetzt ohne Blanco.

Meine Kampfmoral ist auf dem Nullpunkt angelangt. Einige Meilen hinter Circle Hotsprings halten wir an und machen eine kurze Pause. Als Pausensnack gibt es Lachssteaks, und als Sonderration hole ich noch für jeden eine Portion Truthahnhaut aus der Tiefe meines Schlittensackes. Fett ist das wichtigste Nahrungsmittel, das meine vierbeinigen Athleten brauchen, um ihre ungeheure Laufleistung erbringen zu können. Beim Austeilen der Snacks examiniere ich jeden meiner Huskies aufs Genaueste. Glücklicherweise kann ich bei keinem irgend ein Anzeichen von Krankheit oder Erschöpfung feststellen. Der Appetit, den meine Jungs bei ihrer Brotzeit an den Tag legen, ist das beste Zeichen dafür, daß es ihnen gut geht.

Gobbles, was soviel wie "gierig fressen" bedeutet, verschlingt fast bei jedem aus der Hand verfütterten Bissen meine Handschuhe. Trouble - die meisten meiner Hunde haben ihre Namen ihren Charaktereigenschaften entsprechend bekommen - streitet, kaum hat sie ihren Imbiß verschlungen, mit ihrer Nachbarin Chew, die noch genußvoll an ihrem Lachssteak kaut. Chew hat ihren Namen - der "kauen" bedeutet - weil sie die unangenehme Eigenschaft besitzt, jede erreichbare Leine in Sekundenschnelle durchzubeißen. Ihretwegen habe ich ein paar Extraleinen in den Schlitten packen müssen. Houdini, benannt nach einem berühmten Entfesselungskünstler, schafft es, jeden noch so trickreich verschlossenen Karabinerhaken am Ende seiner Kette zu öffnen. Aber nur dann,

wenn ein läufiges Weibchen in seiner Nähe ist.
Eigentlich haben alle meine vierbeinigen Freunde eine kleine, aber liebenswerte Macke. Wären sie ohne Makel, dann wären sie für mich unerschwinglich gewesen.
Ein einziger perfekter Hund, mit dem Kraftpotential meiner Jungs, würde mehr kosten, als ich für mein gesamtes Team vor vier Jahren bezahlt habe. Das beste Beispiel ist Blanco. Niemand wollte ihn haben. Jetzt würde ich mich nicht einmal für eine Million Dollar von ihm trennen.
Oder Sunny-Boy:
Vor drei Jahren bekam ich ihn von einem deutschen Sprint-Musher geschenkt. Jetzt läuft er sein zweites Yukon-Quest-Rennen hintereinander. Ein Rekord, den nicht viele Hunde auf dieser Welt vorweisen können. Für mich sind alle meine Huskies das Beste, was die Natur je geschaffen hat.

Die kurze Verschnaufpause ist zu Ende. Ungefähr ein Drittel der bis Circle vor uns liegenden Strecke haben wir geschafft. Wir müßten bald auf den Birch-Creek stoßen. Sein verschlungener Flußlauf wird uns den Weg nach Circle-City weisen.
Ickey macht sich als Leithund sehr gut. Ob er Blanco ersetzen kann, besonders was das Umsetzen meiner Befehle angeht, wage ich zu bezweifeln. Aber er ist leider der Einzige in meinem Team der die psychische Stärke besitzt, diese Truppe anzuführen. Die anderen Leithunde wie Clancy, Guitary und auch Rhonda sind nur "Companion Leader". Sie können nur neben dem Hauptleithund vor der Meute herlaufen. Wie lange wird Ickey diese ungeheure psychische Belastung durchhalten? Wenn wir in Circle-City nicht aufgeben, wird er ohne Unterlaß in der Verantwortung stehen. Wie wird er in Extremsituationen reagieren, zum Beispiel in einem Schneesturm?

Gegen Abend, seit mehreren Stunden folgen wir nun schon dem Lauf des Birch-Creek, stoßen wir auf Patty Santoucci und Dave Dalton. Sie haben etwa auf halber Strecke zwischen Central und Circle-City eine ausgedehnte Pause für sich und die Hunde eingelegt. Aus trockenem Treibholz haben sie große Lagerfeuer entzündet, über denen sie Eis schmelzen und Futter für ihre Hunde kochen. Die Beiden wollen die 85 Meilen (140 km) zwischen den Checkpoints mit nur einer großen Pause zurücklegen. Meine Hunde bekamen durch das Unglück mit Blanco gleich hinter Central eine über zweistündige Pause. Dazu kommt noch die halbstündige Rast kurz vor dem Fluß. Ich glaube, daß meine Huskies noch genug Kraft haben, etwa 20 Meilen bis zu Carl Cockrines Trapper Cabin zu laufen.

Ich wechsle ein paar Worte mit Patty, der viel zu sehr mit seinen Hunden beschäftigt ist, als daß er sich auf ein längeres Gespräch mit mir einlassen könnte. Dann geht es weiter. Ich will so schnell wie möglich aus der Kälte des Flusses zur warmen Cabin, um mich dort intensiver als hier draußen auf die Blessuren meiner Freunde konzentrieren zu können.
In der warmen Holzhütte von Charly Cockrines kann ich zum Beispiel die Heilsalbe für meine Hunde weich und geschmeidig machen. So läßt sie sich besser auf die wunden Stellen auftragen.

Kurz nachdem ich Patty und Dave verlassen habe, stoßen wir auf den größten Overflow, den ich bisher in meinem Leben gesehen habe. Die ganze Breite des Flusses ist auf eine Länge von ein bis zwei Kilometer mit offenem Wasser bedeckt. Diese häßlichen Overflows entstehen, wenn das Wasser eines Flusses an einer Stelle bis auf dessen Grund gefriert und das nachfließende Wasser wegen der den Flußlauf versperrenden Eisbarriere keinen Ablauf findet. Der durch das Aufstauen entstehende Überdruck sprengt die Eisdecke an einer Schwachstelle, und ungeheure Mengen Wasser ergießen sich über den gefrorenen Fluß. Eine andere Möglichkeit für offenes Wasser, welches man auf den ersten Blick nicht von einem Overflow unterscheiden kann, ist ein Zufluß aus einer warmen Quelle, welches die tragende Eisdecke auftaut. Die Wasserfläche vor uns schaut bedrohlich aus. Doch beide Handicaps zeigen sich dem herannahenden Musher nur als große Fläche offenen Wassers. Welche der beiden Möglichkeiten liegt vor uns?

Durch die unangenehme Erfahrung hinter Angle-Creek bin ich vorsichtig geworden. Ich halte mein Team an und wuchte den Schlitten auf die Seite um die Bremswirkung des Schneeankers zu verstärken. Dann taste ich mich vorsichtig einen Fuß vor den anderen setzend, in den Overflow hinein. Weit vor mir erkenne ich Schlittenspuren, die aus dem Wasser heraus führen. Also war dieses Hindernis, zumindest vor einiger Zeit

noch, passierbar. In gerader Linie erkunde ich die Tiefe des sich vor mir ausbreitenden Wassers. Zu jeder Sekunde rechne ich damit, plötzlich bis zum Bauch oder noch tiefer, in das Eis einzubrechen. Ein Königreich für einen langen, starken Weidenstab. Damit könnte ich die Tiefe des Overflows relativ sicher ausloten. Leider steht mir solch ein Hilfsmittel im Augenblick nicht zur Verfügung.
Aus Sicherheitsgründen halte ich mein Messer fest umklammert in der Faust. Um es, sollte ich in den Fluten versinken, in den festen Eisrand zu rammen und mich daran wieder auf tragenden Grund ziehen zu können.

Zum Glück handelt es sich um einen frischen und damit seichten Overflow. Das Wasser war ziemlich flach.
So seicht, daß es mir nicht einmal in die Bunny-Boots gelaufen ist. Ohne mich vorsichtig Schritt für Schritt vorantasten zu müssen, eile ich zu den Hunden. Dort richte ich mühsam den schweren Schlitten auf und treibe mein Gespann durch den einzigen Overflow zwischen Central und Circle. Gegen 21.00 Uhr erreichen wir müde und verfroren die Trapperhütte von Carl Cockrines. Susan Amundson und Jeninne Cathers sind erst ein paar Minuten vor mir eingetroffen. Sie haben es sich in der Cabin bereits so bequem wie möglich gemacht. Entweder haben die beiden einen sichereren Weg um den Overflow herum gefunden, oder ich habe sie in der Aufregung um Blanco nicht an mir vorbeifahren sehen.

Charly ist ein ungefähr 60jähriger Fallensteller, der seinen Lebensunterhalt ausschließlich durch die Jagd und Fischerei bestreitet. Sein Jahreseinkommen dürfte bei maximal 3.000 Dollar liegen. Dieses Geld reicht gerade, um die nötigsten Dinge des persönlichen Bedarfs, die er nicht selbst herstellen kann, im Store von Circle zu kaufen. Im Gegensatz zu anderen Cabins auf dem Weg nach Whitehorse wird uns bei Carl kein Essen angeboten. Ganz im Gegenteil, jeder Musher der die warme Behausung von Charly verläßt, schenkt ihm alles Eßbare, das bis Central entbehrt werden kann.
Eine Petroleumfunzel in der Hand, steht Charly mit einem zahnlosen Grinsen vor seiner Blockhütte. Freundlich lädt er mich in seine karge Behausung ein.
Nach einigen Begrüßungsworten erbitte ich mir zunächst etwas Wasser

für meine Hunde. Da ich keinen Schnee schmelzen muß, ist das Wasser auf dem Kocher schnell zum Sieden gebracht. So erspare ich mir sehr viel Zeit, die der Pflege meiner Hunde zugute kommt. Außerdem erhalten meine Hunde ihre wohlverdiente, warme Mahlzeit viel schneller, als wenn wir auf dem Fluß Halt gemacht hätten. Auch für mich ist es weit angenehmer in der warmen Behausung von Charly Cockrines als auf dem windigen Flußlauf die Ruhezeit meiner Hunde abzuwarten.
Trotz meiner Sorgen um Blanco genieße ich das Wiedersehen mit dem immer fröhlichen Charly. Wir haben uns eine Menge zu erzählen. Carl Cockrines ist an allen Neuigkeiten aus der großen weiten Welt interessiert. Wobei sich die große Welt bei ihm auf das Geschehen um das Yukon-Quest und auf Nachrichten aus Trapperkreisen rund um Tanana beschränkt. In Carl's warmer Hütte läßt es sich aushalten.
Erst jetzt wird mir bewußt, daß nicht nur die Hunde, sondern auch ich etwas zu Essen brauchen. Hungrig wie ein Wolf verschlinge ich ein paar Streifen getrockneten Lachs. Charly und ich wechseln ein paar Sätze, doch dann beginnt die zurückliegende Aufregung ihren Tribut zu fordern. Immer wieder fallen mir die Augen zu. Bald nicke ich auf einem Holzklotz vor dem warmen Ofen ein.
Gegen Mitternacht weckt mich aufgeregtes Hundegebell. Susan Amundson und Jeninne Cathers sind gerade dabei, ihre Huskies zu booten. Sie wollen in Kürze das Anwesen von Carl Cockrines verlassen. Auch für mich wird es Zeit, die letzten 30 Meilen bis Circly-City unter die Kufen zu nehmen. Für jeden meiner 13 Hunde gibt es als Wachmacher und Energielieferant ein großes Stück Rindertalg. Der Schlitten ist jetzt ziemlich leicht, denn alles was ich nur irgendwie entbehren kann überlasse ich Charly. Er bleibt hier draußen in der Einöde, während ich nach höchsten drei Stunden in Circle meine Vorräte auffüllen werde.

Von Charlys Cabin führt unser Weg ein gutes Stück durch einen dichten Tannenwald. Weg vom Birch-Creek, direkt in Richtung Checkpoint. Der Trail windet sich durch dicht an dicht stehende Schwarztannen. Meine Stirnlampe beleuchtet nur notdürftig das Terrain um uns herum. Es läßt sich nicht vermeiden, daß ich des öfteren unliebsame Bekanntschaften mit herunterhängenden Tannenzweigen und abgestorbenen Ästen mache. Meine Vierbeiner haben sich gut erholt und sind kaum zu kontrollieren. Hoffentlich steche ich mir bei diesem Höllenritt durch nächtli-

ches Unterholz kein Auge aus. Mein, von Ästen gepeitschtes Gesicht glüht trotz der Kälte wie Feuer. Im Augenblick habe ich keine Muse, mich dem durch Blancos Verlust hervorgerufenen Seelenschmerz hinzugeben. Der enge, schwierige Trail fordert meine ganze Aufmerksamkeit. Mit vollem Körpereinsatz lenke ich den Schlitten, der oft nur um Haaresbreite an im Weg stehenden Tannen vorbei schrammt, durch das Waldstück. Nach einer Ewigkeit, meine Schultern und Hände brennen vor Anstrengung fürchterlich, liegt dieses schwierige Teilstück hinter uns.
Ich bin froh, daß wir wieder in die offene Tundra kommen. Schlagartig verlangsamen meine Huskies ihr bis dahin wahnsinniges Tempo.

Ein Phänomen, das ich immer wieder beobachte: Huskies laufen in der Nacht schneller als am Tage und im Wald schneller als auf offener, freier Fläche.
Ich nehme an, daß dieser Umstand mit ihrem angeborenem Jagdtrieb zusammen hängt. Sobald diese unermüdlichen Läufer weit voraus schauen können, ist ihre Neugierde befriedigt, und sie haben keine Veranlassung, schnell um die nächste Ecke zu flitzen.

Vor mir sehe ich den Widerschein einer Kopflampe durch die erstarrte Tundra blinken. Anscheinend haben wir Susan und Jeninne, die Carl Cockrines 20 Minuten vor uns verlassen haben, schon eingeholt. Bisher hat meine Mannschaft Blancos Ausfall gut weggesteckt. Blanco! Plötzlich sind die Sorgen und die Angst um meinen Freund wieder da. Ursprünglich wollte ich ihn auf diesem Rennen gar nicht ins Team nehmen. Ein anderer guten Leithund namens Sakharov sollte den Vorzug vor Blanco erhalten. Dieser blauäugige Leader besitzt mehr Grundschnelligkeit als Blanco und hätte aus diesem Grund besser ins Mannschaftsgefüge gepaßt.
Erfahrene Musher aus Tanana, die mich mit Rat und Tat bei meinen Vorbereitungen auf das Yukon-Quest unterstützt haben, schließlich steht die Musherehre Tananas auf dem Spiel, meinten, ich dürfe mich auf keinen Fall ausschließlich auf Blanco fixieren. Aber was soll man gegen Liebe tun, vor allem wenn diese auf Gegenseitigkeit beruht?

Jedesmal wenn ich Sakharov auf eine Trainingsfahrt mitnahm, gebärde-

te sich der sonst so ruhige und besonnene Blanco wie vom Teufel besessen. Immer wenn Bill oder jemand anderer diesen weißen Sturschädel vor den Schlitten spannte, verweigerte er, der nie eines meiner Kommandos ignorierte, jeglichen Gehorsam. Einmal, etwa fünf Wochen vor dem Beginn des Yukon-Quest, schlüpfte er bei einer Ausfahrt mit Bill aus dem Zuggeschirr. Er ließ das Team das er anführen sollte und einen wutentbrannten Bill im Stich und folgte mir, der ich schon seit Stunden in den Bergen unterwegs war, nach. Nach dieser Demonstration der Anhänglichkeit riet mir sogar Bill, ein überzeugter Verfechter des Einsatzes von Sakharov, dazu, mit Blanco auch das diesjährige Yukon-Quest zu bestreiten.
Wenn man so will, hat Blanco selbst mit allen Mitteln um seinen Einsatz gekämpft. All´ diese Gedanken sind eigentlich nur faule Ausreden für meine Unsicherheit. Ich habe nun die Aufgabe, der echte Leithund dieses Teams zu sein. Nur ich bin für jeden meiner auf mich vertrauenden Freunde und für den Ausgang des Rennens verantwortlich.

Während mir diese Gedanken durch den Kopf gehen, gleitet der Schlitten durch eisige Nacht über harschem Schnee Circle entgegen. Der Trail mündet aus der Tundra in eine Straße. Reflektierende Markierungsstäbe weisen mir zwischen den in großen Abständen stehenden Blockhäusern hindurch den Weg zum Checkpoint. Mit ausladendem Schwung biegen wir von der vereisten Straße ab und kommen nur mühsam zum Stehen. Die Klauenbremse meines Schlittens findet auf der harten Oberfläche des für das Yukon-Quest abgesteckten Areals keinen Halt. Susan Amdunson ist knapp fünf Minuten vor uns angekommen und hat die Prozedur des Eincheckens gerade hinter sich gebracht. Einer der Rennoffiziellen kommt auf mich zu und möchte - wie in jedem anderen Stützpunkt auch - meine Pflichtausrüstung auf ihre Vollständigkeit hin überprüfen. Bevor ich dem Checker meinen Namen nenne und den Schlittensack öffne, erkundige ich mich nach Blanco.
Leider kann er mir keine Auskunft geben. Also muß ich ungeduldig warten, bis der offizielle Teil meiner Ankunft in Circle-City erledigt ist. Inge tritt aus der für uns Musher vorgesehenen Unterkunft und ruft mir schon von weitem zu:" Blanco ist ok.!" Mir fällt ein großer Stein vom Herzen. So schnell es geht, bette ich meine Mannschaft auf Stroh und renne trotz meiner vom langen Stehen schweren Beine zur Musher-

Unterkunft.Ich muß mich mit eigenen Augen von Blanco's Zustand überzeugen.

Circle-City

Dienstag: 13. Februar

Es ist 3.28 Uhr, und mein Sorgenkind Blanco liegt bei unserer Ankunft im Checkpoint schwanzwedelnd vor einer großen Schüssel mit Hundefutter. Er wäre wieder bereit, in das Rennen einzugreifen. Doch das ist laut Reglement nicht möglich. Außerdem wäre das Risiko eines neuerlichen Zusammenbruches viel zu groß. Nach Auskunft des behandelnden Tierarztes war dieser zähe Bursche schon eine Stunde nach seiner Rückkehr in Central wieder restlos hergestellt. Leider kann mir kein Mensch eine befriedigende Auskunft über die Ursache seines Kollapses geben. Morgen wird Inge meinen Blanco auf ihrer Fahrt nach Dawson mit nach Fairbanks nehmen.
Von dort wird mein Freund per Buschflieger alleine zurück nach Tanana fliegen. Vor lauter Glück glaube ich zu schweben. Blanco und ich werden noch viele tausend Meilen von Alaskas gefrorenem Land gemeinsam erkunden.
Doch jetzt muß ich mich um meine vor der Hütte wartenden Hunde kümmern. Ihnen muß jetzt meine ungeteilte Fürsorge gelten. Schließlich waren sie es, die mich bis hierher gebracht haben. Houdini macht mir große Sorgen. Er, die nie müde werdende Zugmaschine, der Clown im Team hat auf den letzten Meilen nach Circle nicht mehr richtig an seiner Tugline gezogen. Ich bitte einen der diensthabenden Veterinäre, sich Houdini nach dem Füttern besonders genau anzusehen. Dann gehe ich wieder in die klirrend kalte Februarnacht am Polarkreis hinaus. Meine vierbeinigen Freunde warten sicher hungrig auf ein kalorienreiches Mahl aus Fisch, Fett, Trockenfutter und Wasser. Nachdem alle meine Huskies gierig gefressen haben, was nach solch einem langen und anstrengenden Lauf keine Selbstverständlichkeit ist, stapfe ich an anderen Teams vorbei zur Unterkunft. Dort möchte ich mit Dr.Matthew Hall über den Gesundheitszustand meiner Tiere reden. Außerdem werden mir ein bis zwei Stunden "Matrazenhorchdienst" mit Sicherheit nicht schaden.

Das Gros meiner Hunde macht einen recht guten Eindruck auf mich. Nur Sunny-Boy und Clancy haben noch immer unter den Abschürfungen zu leiden. Um Clancy's Schienbeine in Zukunft vor krustigem Schnee

zu schützen, werde ich ihn mit “Doppelbooties” ausstatten.
Da es solche Laufschuhe mit Gamaschen nicht fertig zu kaufen gibt, muß ich sie eigens für ihn herstellen. Als Erstes schlitze ich einen Satz Booties unten auf und schiebe sie an Clancys Vorderläufen hoch. Nun wird der zweite Satz von unten über die Pfoten gezogen. Fertig sind Schaftstiefel für Huskies. Dieser Kunstgriff wird hoffentlich dazu beitragen seine wunden Schienbeine vor neuerlicher Reizung durch die bei minus 40 Grad glasharten Schneekristalle zu schützen. Bei Sunny-Boy ist es viel schwieriger, eine wirksame Abhilfe zu schaffen. Seine “Icerubs” liegen im Bereich des Brustkorbes und werden immer wieder vom Zuggeschirr gereizt. Auch wenn sein Geschirr nun abgetaut und relativ weich ist, bleiben seine wunden Stellen besonders empfindlich. Das einzige, das ich für ihn tun kann, ist, in stündlichen Abständen eine dicke Schutzschicht aus einer speziell für ihn gemischten Heilsalbe auf seine wunden Stellen aufzutragen. Zum Glück ist Sunny-Boy ein knochenharter Geselle. Ohne mit einer Wimper zu zucken und ohne sich zu schonen, legt er sich bei jedem Schritt mit ganzer Kraft in sein Zuggeschirr. Im Augenblick macht mir Houdini die größten Sorgen.. Er hat sich beim Queren von blankem Eis zwei seiner Krallen an den Vorderpfoten abgebrochen. Wären wir auf einem Kurzstreckenrennen, könnte ich Houdini mit künstlichen Krallen über die Runden bringen. Beim Yukon-Quest ist die Sache nicht so einfach. Noch liegen ungefähr 800 Meilen (1.300 km) vor uns, und der arme Kerl würde sich zu sehr quälen müssen. Schweren Herzens entschließe ich mich, ihn in Inges Obhut zurückzulassen. Er wird zusammen mit Blanco nach Tanana zurück fliegen.

Es tut mir weh, jemanden aus der Mannschaft zu verlieren. 14 Hunde und ein Musher sind gemeinsam in Fairbanks gestartet. Es wäre zu schön gewesen, mit der vollzähligen Truppe die Ziellinie in Whitehorse zu überqueren. Verdammt, jetzt habe ich schon zwei meiner Weggefährten vom letztjährigen Yukon-Quest verloren! Die Rennleitung hält noch eine Überraschung für mich bereit. Weil ich Blanco nicht selbst nach Central zurückgebracht habe, werden wir mit einer zweistündigen Zeitstrafe belegt. Meine Chancen auf den Sieg verringern sich dadurch gewaltig. Doch im Vergleich zu einer Disqualifikation sind diese zwei Stunden, die nach dem Rennen zu unserer tatsächlichen Laufzeit addiert werden, eine sehr milde Bestrafung.

Durch Blancos Kollaps bin ich vorsichtig geworden.Damit sich meine Hunde gut erholen können entschließe ich mich deshalb, vor dem nächsten Teilstück nach Eagle statt der geplanten achtstündigen eine zehnstündige Rast einzulegen. Immerhin liegen nun 180 lange Meilen (290 km) auf dem Yukon vor uns. Dort warten riesige, aus Eisschollen aufgetürmter Barrieren und viel offenes Wasser auf uns.

ROLEX
EBEL
IWC
BREITLING
MOVADO
OMEGA
HERMÈS
RADO
ZENITH
CHRONOSWISS
GUCCI
M&M
SEIKO
CITIZEN
CASIO
ETERNA
PORSCHE DESIGN

CARL HILSCHER GMBH
IHR JUWELIER IN SCHWABING

Seit über 50 Jahren
Ihre Entscheidung für das Besondere

GLASHÜTTE
MAURICE LACROIX
TAG HEUER
GIRARD PERREGAUX
POUR FERRARI
RAYMOND WEIL
EBERHARD
LONGINES
TISSOT
JUNGHANS
SWATCH
VERSACE
DUPONT
CARRERA Y. CARRERA
CANTELLI
NIESSING
HERBSTRITH
SCHOEFFEL

NORDENDSTR. 50 · 80801 MÜNCHEN · TEL. 089/27 81 47-0 · FAX 089/27 81 47-20

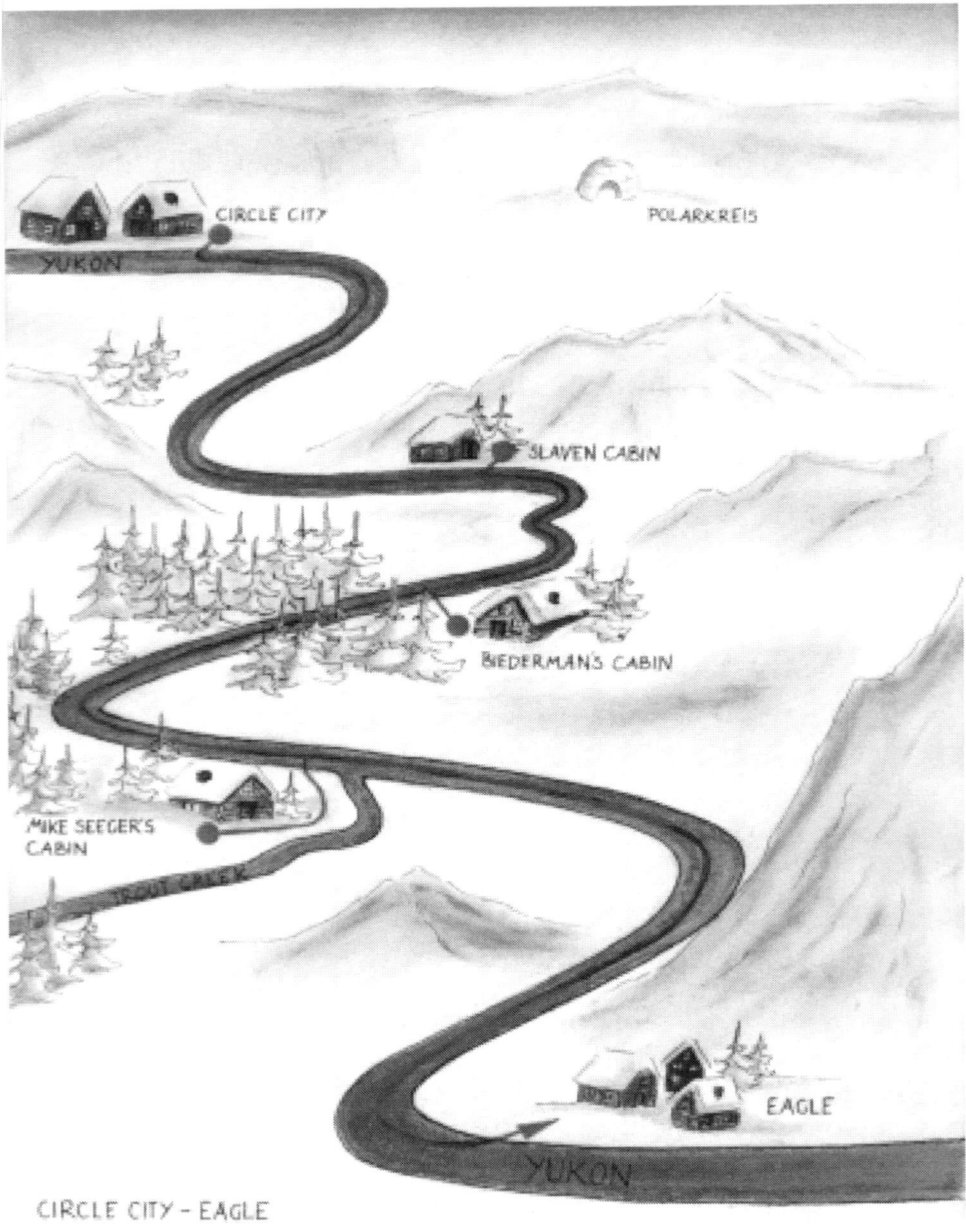

CIRCLE CITY – EAGLE
180 MEILEN

Auf dem Weg von Circle-City nach Eagle

Dienstag: 13. Februar (180 Meilen)

Bei strahlendem Sonnenschein verlasse ich mit zwölf Huskies mittags gegen 13.30 Uhr den Checkpoint Circle City. Jetzt geht‘s in Richtung Eagle, unserem nächsten Etappenziel.
Eagle, eine Stadt mit etwa 90 Einwohnern liegt etwas nördlich des Polarkreises. Sie ist der letzte Checkpoint auf amerikanischem Boden. Auf Inges moralische Unterstützung werde ich dort verzichten müssen. Eagle ist im Winter nur per Flugzeug oder Hundeschlitten erreichbar.
Vor 90 Jahren wurde Eagle für kurze Zeit weltweit berühmt. Es war die erste Siedlung, die Roald Amundson nach seiner Entdeckung der Nord-West-Passage erreichte. Von dort hat der berühmte Polarforscher seinen Erfolg in alle Welt hinaus telegrafiert.

Durch Arkaden von glitzernden, mit Millionen von Eiskristallen überzogenen Weidenbüschen suchen wir unseren Weg zum berüchtigten “Eiskanal” Yukon. Diese bitterkalte “Autobahn” wird uns von hier bis Eagle führen. Obwohl das Dutzend der mir verbliebenen Huskies kerngesund zu sein scheint, habe ich ein mulmiges Gefühl in der Magengegend. Dieses ungute Gefühl kommt nicht von ungefähr. Wenn ich meine Hunde fast lustlos vor dem Schlitten trotten sehe, würde ich am liebsten nach Circle zurück fahren. Bei jeder sich bietenden Gelegenheit versuchen meine sonst so munteren Kameraden stehen zu bleiben und ein Bein zu heben. Unter normalen Umständen erledigen Huskies ihr Geschäft während des Laufens. Doch seit wir Circle verlassen haben, ist ihnen jeder Grund für eine Unterbrechung ihrer Arbeit willkommen. Nur mit scharfen, antreibenden Zurufen gelingt es mir mein Gespann in Bewegung zu halten.

Bis zu der Stelle an der, der Charley-River in den Yukon mündet liegen 80 lange, eintönige Meilen vor uns. Dort wartet die “Slaven-Cabin” auf unseren Besuch. Die “Slaven-Cabin”, ein historisches Überbleibsel aus der Zeit des Goldrausches wird von den “Alaskan-Parkrangers” im Originalzustand erhalten.und bewirtschaftet. Diese Cabin war in damaliger Zeit eine Art Rasthaus.

Goldsucher, die ihrem Glück hinterherliefen und den Yukon hinauf und hinunter pilgerten, nutzten diese Cabin als Schlafstelle und Nachrichtenbörse über neue Goldfunde. Heutzutage wird die "Slaven-Cabin" nur noch einmal im Jahr geöffnet, um "Questern", die sich auf den Spuren des Goldrausches bewegen, eine Unterkunft auf ihrer langen Reise bieten zu können.

Nachdem wir das Flußbett des Yukon erreicht haben und eine weite gerade Strecke vor uns liegt, realisiere ich erst, wie langsam und schwerfällig sich mein Gespann fortbewegt. Woran mag es wohl liegen? Sind meine Jungs noch müde, fehlt ihnen der Führer, ist der Schlitten zu schwer, oder bremst der bei diesen Temperaturen sandartige Schnee unser Vorwärtskommen? Solange ich keine Abhilfe schaffen kann, ist mir der Grund unseres Schneckentempos gleichgültig. Es sei denn, der geheimnisvolle "Tanana-Virus" hat meine sonst so unermüdlichen Huskies befallen. Dieser Umstand käme fast einer Kapitulation gleich. Ich versuche den Gedanken an diese Möglichkeit zu verdrängen. Sollten meine treuen Freunde wirklich erkrankt sein, haben wir so gut wie keine Chance Whitehorse zu erreichen. Wenn dem so wäre, hätte allerdings die tierärztliche Untersuchung im Checkpoint einen Hinweis auf eine mögliche Erkrankung ergeben müssen. Oder etwa nicht?

Mit schiebenden Beinbewegungen versuche ich meine Huskies zu entlasten. Wir müssen irgendwie ein höheres Tempo erreichen. Meine Mühen sind leider vergebens. Wir werden nicht um einen Deut schneller. Trotz meiner intensiven Verdrängungsversuche kreisen meine Gedanken ständig um eine mögliche Ursache unseres plötzlichen Leistungseinbruches. Während unserer Vorbereitungszeit in den Bergen Tananas waren meine Hunde kaum zu halten. Die beiden Teilstücke zwischen Fairbanks und Central haben wir in "Traumzeiten" zurückgelegt. Selbst auf der Strecke von Central nach Circle-City haben wir trotz des zeitraubenden Zwischenfalls mit Blanco eine durchaus passable Zeit herausgefahren. Wir haben sogar noch gegen vor uns gestartete Teams Zeit gut gemacht. Zu allem Überfluß habe ich meinen Kameraden mehr als genug Zeit zum Ausruhen gegeben. Also was ist los?

Eine Faustregel besagt, daß Huskies etwa genauso lange rasten sollen,

wie sie zuvor gelaufen sind.
Aus Sicherheitsgründen habe ich meine Hunde in jedem Checkpoint sogar zwei bis drei Stunden länger als rechnerisch nötig pausieren lassen. Deshalb liegen wir auch trotz unserer phantastischen Zeiten zwischen den einzelnen Checkpoints, immer noch im Mittelfeld. Warum also dieser Leistungseinbruch? Ich gäbe alles für eine schlüssige Anwort! Doch da ich hier draußen ganz auf mich alleine gestellt bin, wird mir nichts anderes übrig bleiben, als meine Hunde schärfstens zu beobachten.

Lustlos trottet Ickey neben Clancy in Lead. Der scheue Clancy, den ich erst auf Anraten meiner Tochter Petra in die Mannschaft genommen habe, macht sich hervorragend. Immer wieder versucht er, aus dem von Ickey vorgegebenen Trab in einen gestreckten Galopp zu fallen. Doch Clancys Mannschaftskameraden bleiben trotz meiner unermüdlichen Anfeuerungsrufe in ihrem mehr als gemütlichen Zuckeltrab. Ich bin ratlos. Wie soll ich reagieren? Sollten meine Freunde wirklich krank sein, ist es das Vernünftigste, sie in ihrer "Überlebensgeschwindigkeit", die ihre Kräfte schont, zu belassen. Es gibt noch einen anderen Grund für unser langsames Vorwärtskommen: Meine Hunde haben realisiert, daß dieses Unternehmen länger dauern wird. Nun wollen sie nur gemütlich über die Runden kommen. Eine durchaus verständliche Einstellung! Nur bitte nicht unter meiner Führung! Eines ist sicher, ich will auf alle Fälle vor der Schneeschmelze in Whitehorse eintreffen. Gleichgültig, wie ich auf dieses Problem reagiere, die Chance falsch zu handeln steht immer 50 zu 50.

Wenn meine Weggefährten wirklich krank sein sollten, darf ich sie auf keinen Fall über Gebühr antreiben. Sonst kann ich darauf warten daß sich mein Team stur in den Schnee legt und durch nichts in der Welt zum Weiterlaufen zu bewegen ist. Im letzten Jahr habe ich erlebt, wie Susan Amundson vor ihrem ausgelaugten Team bei minus 60 Grad mit verlokkend klappernden Freßnäpfen 30 Meilen herlaufen mußte. Nur auf diese Weise konnte sie den nächsten Checkpoint erreichen. Wenn es irgendwie geht, möchte ich auf ein ähnliches Erlebnis verzichten!

Kann es sein, daß Ickey, er bestimmt als Leithund die Geschwindigkeit des Rudels, durch die permanente Anspannung ausgelaugt ist? Oder, viel-

leicht hat er keine Lust mehr auf dieser langweiligen Flußpassage Tempo zu machen. Ratlos bringe ich das Gespann zum Stehen.
Bei unserer Geschwindigkeit und der augenblicklichen Kampfmoral meiner sonst so lauffreudigen Kameraden genügt ein kurzes "WHOW". Ohne auch nur auf die Bremse tippen zu müssen, hält der Schlitten sofort an. Fast alle Hunde lassen sich mit heraushängender Zunge erschöpft in den Schnee fallen. Man könnte glauben wir hätten bereits die ganze Welt umrundet, dabei liegt der letzte Checkpoint noch keine Stunde hinter uns.
Damit Ickey geistig ein bißchen ausspannen kann, gebe ich ihm einen Platz im Team. Statt seiner spanne ich Rhonda neben Clancy ins Lead. Dieser Schachzug müßte eine Verbesserung bringen. Denn Clancy und Rhonda stammen beide aus dem Zwinger von Barbara Martin. Sie kennen sich von klein auf. Leider läßt sich Rhonda schon nach wenigen Metern zurückfallen. Verschüchtert versucht sie, im Team unterzutauchen. So geht es also auch nicht. Clancy zeigt nach wie vor großen Laufwillen, doch Rhonda, meine kleine Zaubermaus, bremst. Noch habe ich genug Leithunde in der Mannschaft. Also spanne ich Guitary, der im Training sogar schon als Singleleader gearbeitet hat, vorne ein. Doch auch dieser schwarze Teufel kann oder will dem Team auch keine neuen Impulse geben. Er dreht sich andauernd zu mir um und versucht, das Team weg vom festen Trail, in den Tiefschnee zu dirigieren. Auf diese Weise will er sich seiner Verantwortung entledigen und das Gespann zum Stillstand bringen. Leider hat Clancy weder die psychische noch die physische Stärke, sich dagegen aufzulehnen. Er ist eben nur ein Companionleader und kein Vollblutleithund. Eine halbe Stunde lang habe ich Hunde Vor- und zurück gespannt. Ich habe sie verflucht und ihnen gleichzeitig aufmunternde Worte ins Ohr geflüstert. Leider bin ich dabei höchstens 40 Meter vorwärts gekommen. Nachdem ich nun alle Alternativen zu Ickey durchprobiert habe, bleibt mir nichts anderes übrig, als ihn wieder an die Spitze des Teams zu stellen. Auf diese Weise kommen wir, wenn auch nur langsam, wenigstens voran. Mit fortschreitenden Schwierigkeiten wird man bescheidener

Am schwersten trifft mich die Erkenntnis, daß mir Ickey für den Rest des Rennens als einziger, wirklicher Leithund zur Verfügung steht. Solange Blanco im Team war, hatte er die Funktion eines Reserverades.

Jetzt habe ich keine weitere Alternative mehr. Sollte Ickey auch noch ausfallen, dann ist nicht nur das Rennen für mich zu Ende. Dann stehe ich, wenn die Sache unglücklich verläuft, ohne Leithund in der Mitte von Nirgendwo.
Unter Umständen muß ich dann bis zum nächsten Checkpoint selbst vor meinen Hunden herlaufen. So etwas nennt man berauschende Aussichten. "Na denn - Prost Mahlzeit!"

Das ganze Herumprobieren hat mich bisher nicht weiter gebracht. Aber ich muß unbedingt herausfinden, ob meine Hunde krank sind oder ob sie nur ausprobieren wollen, wie weit ich sie das Kommando bei dieser Expedition übernehmen lasse. Ich entschließe mich zu einem im Training oft angewendeten Mittel und breche einen der das Ufer des Yukon säumenden Weidenstöcke ab. Bei dieser Kälte zersplittern die sonst so elastischen Zweige wie Glas. Mit aller Kraft dresche ich mit meinem "Tune-up stick" auf den gefrorenen Schlittensack ein. Das peitschenähnliche Geknalle und meine Anfeuerungsrufe läßt die vor mir dahintrottenden Hunde kurz in einen Ansatz von Galopp fallen. Leider drehen sich schon nach kurzer Zeit die ersten Husky-Köpfe wieder in meine Richtung. Treue Augen schauen mich erstaunt an, und das Team fällt wieder in den kräftesparenden Trab. Jetzt bin ich mir ziemlich sicher, daß meine Hunde nicht ausprobieren wollen, wie weit meine Geduld reicht. Irgend etwas Ernsteres bremst ihre Lauffreude.

Keiner der Renntierärzte, die meine Freunde untersucht haben, konnte organisch etwas Abnormales feststellen. Im Nachhinein habe ich erfahren, daß fast alle Rennteams aus Tanana unter dieser geheimnisvollen Erkrankung, die erst in Streßsituationen ans Tageslicht kam, zu leiden hatten. Stan Zurrey, ein Trapper aus Tanana, mußte aus diesem Grund das Iditarod-Rennen auf halber Strecke abbrechen. Ohne überhaupt die Ziellinie in Nome gesehen zu haben mußte er von Ruby nach Tanana zurückkehren.

Meine treuen Gesellen brauchen soviel Erleichterung wie möglich. Also entschließe ich mich, sie 50 Minuten laufen und anschließend zehn Minuten pausieren zu lassen. Außerdem werde ich immer einen besonders erschöpft erscheinenden Hund im Schlittensack transportieren. Anson-

sten kann ich nichts tun um die armen Kreaturen noch mehr zu entlasten.
Das zusätzliche Gewicht im Schlitten werde ich durch Schieben ausgleichen.
Der Traum, mit nur einer kurzen Pause bis zur "Slaven-Cabin" durchzufahren, ist ausgeträumt. Auch jede Hoffnung auf den seit einem Jahr erträumten Sieg muß ich wohl begraben.

Von einem Moment zum anderen platzen die Träume vom Gewinn der Gürtelschnalle wie Seifenblasen. Das, worauf ich monatelang verbissen hingearbeitet habe, wofür ich mich gnadenlos geschunden habe, und was ich unbedingt haben wollte, ist in unerreichbare Ferne gerückt. Jetzt gilt es, sich von einem Rastplatz zum nächsten, von Checkpoint zu Checkpoint zu hangeln. Verbittert mache ich mir klar: Wenn wir überhaupt in Whitehorse ankommen - und die Chancen, dieses Ziel zu erreichen, stehen sehr schlecht - ist das für uns ein fast so großer Erfolg wie der Sieg.

Vor vier Stunden haben wir Circle-City verlassen und sind bei optimistischer Schätzung höchstens 20 Meilen weit gekommen. Die Dunkelheit bricht heran. Der Wind, der im "Eiskanal" Yukon sehr unangenehm werden kann, nimmt stetig an Stärke zu. Noch zwei Stunden, dann brauchen meine Huskies mindestens eine sechsstündige Pause. Beginnt es wieder zu schneien? Oder bläst uns der langsam zum Sturm anschwellende Wind den bereits gefallenen Schnee mit ganzer Macht ins Gesicht? Egal! Denn ob der Schnee, der uns in Kürze als Schneewehe den Weg versperren wird, frisch vom Himmel kommt oder seit langem das Eis des Yukon überzieht, macht keinen nennenswerten Unterschied. Langsam wird es Zeit, sich nach einem Windschatten bietenden Rastplatz umzusehen. Nur wo kann ich hier in der eisigen, erstarrten Ebene des Yukon solch ein lauschiges Plätzchen finden? Der Trail über den gefrorenen Fluß erinnert in seiner glatten Eintönigkeit an eine Fahrt auf der bundesdeutschen Autobahn. Die flache, wie von einem Leichentuch abgedeckte Eisfläche, wird nur von einigen aufragenden Eisschollen unterbrochen. Die Uferbänke dieses imposanten Flusses liegen steil abbrechend, in mehr als zehn Meter Höhe, unerreichbar über uns.

Es kann kein Windschatten bietender Wald in der Nähe sein. Sonst könnte

sich der Sturm nicht mit solcher Macht entfalten. Trotz angestrengtem Suchen findet sich kein geeigneter Unterschlupf. Also halten wir einfach an der Stelle, an der wir uns nach mittlerweile sechs Stunden Fahrt gerade befinden.
Ich öffne den Schlittensack, um das Futter für die Hunde und den Kocher herauszuholen. Dabei muß ich höllisch aufpassen, daß der um uns tobende Orkan keine anderen Ausrüstungsgegenstände aus dem Schlitten reißt. Bei diesem Sturm werde ich, genau wie meine Huskies, im Schnee schlafen müssen. Wenn ich den Schlittensack ausräume, um dort wie in einem Zelt die Ruhezeit meiner Hunde abzuwarten, habe ich nach wenigen Minuten keine Ausrüstung mehr. Der Wind würde sie bis Circle zurückblasen. Auch ich spiele mit dem Gedanken, nach Circle zurückzufahren und dort aufzugeben. Doch bevor meine Jungs und ich wirklich resignieren, muß, ohne das Schicksal heraus fordern zu wollen, noch mehr passieren. Der geschundenen Seele tut es jedoch gut, wenigstens mit der Möglichkeit des Aufgebens kokettieren zu können.

Gott sei Dank ist mein Kocher von Bill so konstruiert worden, daß dieser selbst bei Windstärke 12 noch verläßlich arbeitet. Weit vorgebeugt stemme ich mich gegen den Sturm. In der Dunkelheit hacke ich ein paar große Brocken von verkeilten Eisschollen ab. Aus diesen Eisstücken werde ich Wasser für die Hundesuppe schmelzen. Um die Axt sicher halten zu können muß ich meine dicken Overmitts aus Biberfell ausziehen. Wie Herbstdrachen werden diese schweren Handschuhe vom Sturm in die Luft geblasen.
Würden sie nicht an den um meinen Nacken laufenden "Idiotenschnüren" hängen, müßte ich für den Rest des Rennens ohne diese Muffs auskommen. In Minutenschnelle sind meine Hände, die nur noch von Skihandschuhen geschützt werden, steif gefroren.
Laut Prospekt sollen diese Handschuhe die Hände bei Temperaturen bis minus 30 Grad warm halten. Davon spüre ich im Augenblick allerdings nichts. Kann es sein, daß in Europa andere Thermometer gelten als hier in Alaska? Von meinen in München gekauften Ausrüstungsgegenständen hat sich nur die Unterwäsche als alaskatauglich erwiesen. Der Firma "ODLO"sei Dank! Während das Eis im Kochtopf zu schmelzen beginnt versuche ich verzweifelt wieder bewegliche, warme Hände zu bekommen. Meine vierbeinigen Überlebenskünstler haben sich im Schnee

zusammengerollt. Sie bedecken ihre Schnauzen mit dem Schwanz und schlafen bereits tief. Hoffentlich wachen sie später, wenn das Essen fertig ist, auf und fressen. Denn neben der Ruhepause ist es immens wichtig für unser aller Überleben, daß meine erkrankten Hunde viel Flüssigkeit und Nahrung zu sich nehmen.
Solange sie fressen, gibt es für uns ein Vorwärtskommen!
Doch wenn sie hier draußen weit ab von jeder menschlichen Siedlung die Nahrungsaufnahme verweigern, ist es an der Zeit, daß wenigstens eine Patrone im Gewehr für mich reserviert bleibt. Es sei denn ich lege Wert darauf im Eis jämmerlich zu verenden.

Der Sturm bläst mich schier aus den Klamotten. Um zu vermeiden, daß mir das Blut in den Adern gefriert, hüpfe ich wie ein Gummiball auf und ab. Solch eine verdammte, lausige Kälte habe ich schon lange nicht mehr erlebt. Das Thermometer im Schlittensack zeigt fast minus 60 Grad. Dazu kommt der Windchill, ein zusätzlicher Kältefaktor, hervorgerufen durch den Sturm. Alles in allem dürften momentan Temperaturen von bis zu 80 Grad unter Null herrschen. Genau das richtige Wetter, um eine gemütliche Nacht im Freien zu verbringen. Wie ich dabei ohne zu erfrieren schlafen soll, ist mir allerdings schleierhaft.

Endlich ist das Fressen für meine Hunde soweit, daß ich mit dem Füttern beginnen kann. Durch den umherwirbelnden Schnee liegen statt meiner Huskies zwölf schneebedeckte Hügel vor dem Schlitten. Die Hunde werden schnell fressen müssen. Sonst gefriert ihnen die Suppe in der Schüssel bevor sie mit dem Essen fertig sind. Bis auf Ickey, ihm setzt der Streß, andauernd als Leithund eingesetzt zu werden, ganz schön zu, verschlingen alle ihr Mahl mit Heißhunger. Bei “Piraten-Ickey” muß ich ein paar Tricks anwenden. Zuerst massiere ich seinen unter einer dicken Schneeschicht verborgenen Bauch. Dann fische ich mit blanken Fingern ein paar besonders saftige Brocken aus seiner Suppe und schiebe sie ihm unter die Lefzen. Der warme, saftige Lachs regt seinen Appetit an. Mein Leithund beginnt, wie seine Mannschaftskameraden, gierig die Suppe zu schlabbern. Den Preis den ich für meine Verführungskünste bezahlen muß, ist allerdings fast unmenschlich.

Das anfänglich angenehme Eintauchen der Hand in die warme Suppe

läßt meine Fingerkuppen wie gebrühte Würste platzen. Ein ziehender Schmerz zuckt aus meinen Händen bis in den Kopf. Um dann unter der Schädeldecke in feurigen Blitzen zu explodieren. Nie hätte ich bei diesen Temperaturen meine Handschuhe ausziehen und ins Wasser fassen dürfen.
An diesen Fehler werde ich bis Whitehorse, sofern wir dort überhaupt ankommen, bei jedem Handgriff erinnert werden. Viel zu langsam läßt der bohrende Schmerz in meiner Hand nach.
Er macht einem durch die mich umgebenden Einsamkeit fast interessanten Pochen Platz. Wie soll das alles nur enden?

Das Frühstück für meine Sorgenkinder ist fertig. Ich kauere mich in den erholsamen Windschatten des Schlittens. Allein durch den Umstand, nicht mehr dem peitschenden Orkan ausgesetzt zu sein, habe ich das Gefühl, als wäre es plötzlich viel wärmer. Den Schlafsack lasse ich, bevor ihn mir der Sturm entreißt, lieber im Schlittensack. Statt mich in den Schlafsack zu kuscheln, verkrieche ich mich tief in meine Parka. So läßt es sich wenigstens für eine Weile aushalten. Über und über mit feinen Eiskristallen bestäubt, wache ich steifgefroren auf. Meine Knie scheinen eingefroren zu sein. Beim ersten Versuch mich aufzurichten lassen sich die Beine nicht mehr gerade Durchstrecken. Wie ein alter Mann ziehe ich mich mühsam am Schlitten in die Höhe. Wenn ich die Fahrt bis zur Slaven-Cabin lebend überstehen will, brauche ich so schnell wie möglich die belebende Wärme eines Feuers. Soweit mein Blick reicht, sehe ich kein Treibholz, mit dem ich ein großes Feuer machen könnte.
Bei diesem Blizzard wage ich es nicht, meine Hunde und den Schlitten zu verlassen. Wenn ich mich nur 20 Meter vom Schlitten entferne, habe ich bei diesen miserablen Sichtverhältnissen keine Chance mehr, das Gespann wiederzufinden. Der Sturm würde meine Fußspuren, meine einzige Orientierungshilfe, in kürzester Zeit verwehen.

Die Hitze des Kochers reicht nicht aus, um mich für die verbleibenden drei Stunden, solange müssen meine Huskies noch ruhen, zu wärmen. Mir bleibt keine andere Möglichkeit, als einen meiner Hunde als Wärmflasche zu benutzen. Rhonda, mein Zwergerl, hat die richtige Größe um mir unter dem Parka Wärme zu spenden. Vorsichtig, um die Anderen im Team nicht zu wecken buddle ich mein Zwergerl aus ihrem Schneehügel

und bürste mit ungelenken Bewegungen jedes Schneeflöckchen aus ihrem Fell. Dann schiebe ich mir eine erwartungsvoll blickende Rhonda unter die Parka. Ziemlich steif lasse ich mich wieder in den Windschatten des Schlittens sinken. Darauf hätte ich eigentlich schon früher kommen können. Ich wärme meine steifgefrorenen Hände in Rhondas Achselhöhlen.
Ihre Körperwärme strahlt angenehm über meinen Bauch in den ganzen Körper aus. Auch Rhonda scheint es unter der Parka zu gefallen.
Schon nach wenigen Minuten schläft sie tief und schnarcht leise vor sich hin. Hoffentlich bemerkt Trouble nichts von unserer trauten Zweisamkeit. So verliebt wie sie in mich ist, wird sie meinem Zwergerl bei der nächsten sich bietenden Gelegenheit ihre Eifersucht mit den Zähnen spüren lassen. Rhondas Körperwärme reicht leider nicht aus, um mich noch einmal einschlafen zu lassen. Doch die Zeit bis zum Ende unserer Rast überstehe ich dank dieses lebenden Heizkissens ohne Erfrierungen.

Hungrig haben meine Sorgenkinder ihre Suppe vor unserem Aufbruch geschlabbert. Bei ihrem Appetit kann ich mir beim besten Willen nicht vorstellen, daß sie ernsthaft erkrankt sein sollen. Doch leider trügt die Hoffnung auf ein schnelles Vorwärtskommen. Wie ein Trauerzug schleppen wir uns weiter in Richtung Slaven-Cabin. Glücklicherweise bläst der Sturm von hinten, und ich muß nicht alle Augenblicke nach vorne zu meinen Leithunden, um deren Augen vom Schnee freizuwischen

Immer noch auf dem Weg von Circle-City nach Eagle

Mittwoch: 14. Februar

Die Kälte und die Müdigkeit machen mir schwer zu schaffen. Ich kann nicht mehr klar denken. Wobei sich die Frage aufwirft, ob ich je klar denken konnte, als ich mich entschloß, die Strapazen des Yukon-Quest in diesem Jahr wieder auf mich zu nehmen. Hinter jeder Flußbiegung hoffe ich endlich die beleuchteten Fenster der Slaven-Cabin ausmachen zu können.
Schon lange habe ich es aufgegeben, hinter dem Schlitten herzulaufen. Oder meine tapferen Kameraden durch Pedalen bei ihrer Arbeit zu entlasten. Steifgefroren schlafe ich immer wieder im Stehen, auf dem langsam durch den knirschenden Schnee gleitenden Schlitten ein.

Mich wundert, daß wir bis jetzt noch von keinem nachfolgenden Team überholt worden sind. Ob wir überhaupt noch auf dem richtigen Weg sind. Oder sind wir etwa, während ich auf dem Schlitten geschlafen habe, an der Cabin vorbei gefahren? Langsam macht sich Panik in mir breit. Krampfhaft versuche ich, meine Augen offenzuhalten Unter keinen Umständen darf ich die Cabin übersehen. Ich weiß nicht, wie lange wir seit dieser lausig kalten Rast unterwegs sind. Meine Huskies brauchen bald wieder eine längere Pause. Wenn nicht bald die Cabin in Sicht kommt, müssen wir noch einmal auf dem Yukon campieren. Wahrlich keine verlockende Aussicht!

Es ist noch stockfinster, als wir endlich morgens um 7.00 Uhr die rettende Cabin erreichen. Woher ich die Willenskraft nehme, erst meine ebenfalls todmüden Kameraden zu versorgen, bevor ich es mir in der wohligen Wärme der Cabin bequem mache, weiß ich selbst nicht. Nachdem alle Hunde gefüttert sind, servieren mir die gastfreundlichen Parkranger einen großen Teller köstlichen, heißen Eintopf. Seit Circle habe ich nichts mehr gegessen und komme vor Hunger fast um. Trotzdem nicke ich, während ich die Suppe löffle, immer wieder ein. Die Wärme der Hütte tut ein Übriges.

Satt lasse ich mich auf den Bretterboden sinken und gleite sofort ins Land der Träume.

Hat mein innerer Wecker geläutet oder hat mich der wachhabende Ranger geweckt? Jedenfalls schrecke ich nach knapp zwei Stunden von meinem harten Lager hoch. Dough Harris liegt neben mir am Boden. Er muß die ganze Zeit auf dem Yukon knapp hinter uns gewesen sein Wahrscheinlich konnte ich wegen des Schneesturmes seine Headlamp nie sehen.
Vier Stunden durften meine Huskies pausieren. Jetzt um 11.04 bemühe ich mich, mein Gespann zur Weiterreise zu bewegen. Der Sturm hat nachgelassen. Doch meine Hunde machen keine Anstalten, unsere Reise zum nächsten Ziel, der Biedermans-Cabin, fortzusetzen. Wenn ich die eine Hälfte meines Teams auf die Beine gestellt habe, läßt sich die andere Hälfte wieder müde in den Schnee sinken. Meine Jungs fühlen sich in der Nähe der Cabin so wohl, daß sie noch gerne ein paar Stunden Schlaf an ihre Pause hängen würden. Mir tun die Hunde leid, doch ich möchte den zwar landschaftlich reizvollen, aber gefährlichen Weg durch den Charly-River-Nationalpark bei Tageslicht zurücklegen. Nach vielen Mühen gelingt es mir, meine Vierbeiner in Bewegung zu setzen. Die zwei Stunden Tiefschlaf haben mir gut getan. Jetzt habe ich wieder genügend Energie, den Schlitten selbst soweit in Bewegung zu halten, daß die Hunde nur ein Minimum an Zugkraft einsetzen müssen. Quälend langsam bahnen wir uns den Weg in Richtung Biedermans-Cabin. Ich weiß nicht warum, aber immer wieder muß ich an den Todesmarsch von Mao Tse Tungs Truppen denken

Eine Besonderheit der Arktis ist der blitzschnelle Wetterwechsel. Strahlender Sonnenschein kann innerhalb von Minuten von einem grausamen Blizzard abgelöst werden und umgekehrt. Im Augenblick fahren wir bei strahlendem Sonnenschein durch eine Landschaft, deren Schönheit jeder Beschreibung spottet. Langsam gleitet der Schlitten zwischen schroffen, durch Erosion zu grotesken Figuren geformten Felsen am Charly-River entlang. Leider kann ich mein Augenmerk nicht ungeteilt dieser atemberaubenden Szenerie widmen, denn jede Bodenwelle bringt den Lauf des Schlittens zum Stillstand.
In Kürze wird der Trail den Flußlauf verlassen. Wir werden dem Charly-

River in schwindelnder Höhe knapp an der Uferabbruchkante folgen. Schon hier, auf der ebenen Fläche des zugefrorenen Flusses, weiß ich nicht, wie wir es je bei diesem Tempo schaffen wollen, Eagle zu erreichen. Wie wird es erst werden, wenn mir dort oben eine Kufe vom Trail rutscht ?

Dann bin ich auf die geballte Zugkraft meiner Huskies angewiesen. Zumindest wenn ich wieder auf den richtigen Weg zurück kommen will. Werde ich mich in solch einer Situation auf meine Freunde verlassen können?

Der Trail biegt rechts vom Fluß ab und führt geradlinig die Uferböschung hinauf. Obwohl ich mit aller Kraft am Schlitten schiebe, wird mein Gespann immer langsamer. Schließlich kommen wir trotz wildester Anfeuerungsrufe zum Stehen.

Fluchend zerre ich eine Leine aus dem Schlittensack und knote sie hinter meinen beiden Leadern an der Gangleine fest. Blanco, warum bist du nicht bei mir? Jetzt bin ich wirklich der erste Leithund. Das freie Ende der Leine um meine Schultern geschlungen krieche ich, die Hunde und den Schlitten hinter mir herzerrend, den Hang hinauf. Diese Aktion scheint den Sportsgeist meiner Huskies angespornt zu haben. Vielleicht kommt es mir durch die Höhe und den schmalen Trail nur so vor, aber ich habe den Eindruck, als würden meine müden Krieger jetzt ein bißchen schneller laufen. Dough Harris hat mich bisher noch nicht überholt und ich werde alles tun, daß sich daran bis Biedermans-Cabin nichts ändert. In dem Zustand, in dem meine Huskies sind, habe ich zwar gegen ihn keine Chance, doch so lange Dough knapp hinter mir, ist bin ich in einer brenzligen Situation nicht ganz alleine auf mich gestellt. Den Mounty aus Whitehorse als Notanker hier oben auf den Klippen des Charly-Rivers hinter mir zu wissen, ist gerade in meiner Lage ein beruhigendes Gefühl.

Bei jedem sportlichen Wettkampf gilt die Bewunderung ausschließlich dem Sieger. Doch hier, draußen in der Arktis, sollte zumindest aus meiner Sicht dem Letzten eines derartigen Mamutunternehmen die größte Hochachtung gelten. Denn der Letzte muß nicht nur viel länger als alle anderen Teilnehmer in der Kälte ausharren. Er muß auch mit dem nicht gerade erbaulichen Gedanken fertig werden, daß hinter ihm nichts und niemand mehr nachkommt. Nachdem der Sieger die Ziellinie überquert

hat, ist für viele Beobachter das Rennen zu Ende. Die schnellsten Zeiten und damit jede Verzögerung zwischen den Checkpoints wird von jedermann genau verfolgt. Doch was ist mit dem einsamen Kämpfer, der sich alleine, fast ohne jede Unterstützung den Trail entlang quält? Wenn er überfällig ist, wird dies oft erst Tage später registriert. Schließlich hat man sich ja schon an sein oft immer langsamer werdendes Tempo gewöhnt.
Außerdem versiegt das öffentliche Interesse nach dem der Sieger feststeht von Tag zu Tag mehr. Ich weiß wovon ich rede, im Augenblick bewegen wir uns zwar in der Mitte des Feldes. Im vergangenem Jahr trug ich die "rote Laterne" auf dem letzten Teilstück von Angle Creek nach Fairbanks. Damals hatte ich das Glück die "rote Laterne" erst auf einem relativ zivilisiertem Streckenabschnitt und nicht schon draußen in der Wildnis übernommen zu haben. Meine Hunde und ich sind im vergangenen Jahr über zwei Tage nach dem Sieger, mit der schnellsten Zeit, die jemals ein Schlußlicht des Yukon-Quests benötigte durchs Ziel gefahren. Das mir damals verliehene Attribut: "Letzter mit der schnellsten Zeit!" erschien mir, als wäre ich als größter Zwerg tituliert worden. Eine doch sehr zweifelhafte Ehre

Um ein Abrutschen des Schlittens zu vermeiden, verlagere ich mein Gewicht so weit wie möglich vom Abgrund weg Dieses Wegstück erfordert meine ganze Aufmerksamkeit. Jedes Zeitgefühl ist mir abhanden gekommen. Ich schaue auf die Uhr, 13.20 Uhr. Wenn mich mein Orientierungssinn nicht auch im Stich gelassen hat, müßte bald Biedermans-Cabin vor mir auftauchen. Eigentlich habe ich damit gerechnet, daß wir für die knapp 20 Meilen zwischen Slaven und Biedermans Cabin drei Stunden benötigen.
Doch meine Hunde scheinen durch den abwechslungsreichen Trail schneller als kalkuliert gelaufen zu sein. Mittags, kurz nach 13.30 Uhr erreichen zwölf müde Huskies und ein frustrierter Musher die historische Poststation der Familie Biederman.

Charly Biedermann, der letzte aus der Zunft der "Mail Carrier", starb während des Yukon-Quest 1995 im Krankenhaus von Fairbanks an Krebs. Das uralte, grob zusammengezimmerte Blockhaus wird weiterhin von seinen Enkeln bewohnt. Sie verdienen heute ihr Brot als Fischer und

Jäger. Jedes Teil in dieser alten, finsteren Hütte ist noch im gleichen Zustand wie um die Jahrhundertwende. Die schweren Balken des geduckt in einer Bodensenke stehenden Blockhauses sind durch den Rauch der offenen Feuerstelle im Haus schwarz und harzig geworden. Selbst die viel gepriesene Gastfreundschaft des Wilden Westens kann damals nicht herzlicher gewesen sein, als sie heute von den Nachfahren der Glücksritter aus der Zeit des Goldrausches praktiziert wird.
Neben dem Lagerplatz für die Hunde brennt ein großes Lagerfeuer, über dem das Wasser für die Hauptakteure dieser Veranstaltung brodelt.
Als ich im Dezember die Futterrationen für dieses Rennen festgelegt habe, habe ich nicht damit gerechnet, daß wir sowohl in der Slaven- als auch in Biedermans Cabin rasten würden. Dafür liegen diese beiden Hütten zu nahe beieinander. Doch die Schwäche meiner Huskies zwingt mich dazu, daß wir uns nun von Cabin zu Cabin hangeln. Mir bleibt nichts anderes übrig, als aus Snacks und von dem für die nächste Rast vorgesehenen Futter etwas abzuzweigen. Irgendwie muß ich meinen Sorgenkindern ein schmackhaftes Süppchen vorsetzen. Bis auf Ickey fressen alle. Bei ihm versagt diesmal jeder meiner Tricks. Er ist durch nichts zum Fressen zu bewegen. Selbst der Versuch, ihm ein paar saftige Fischstücke in den Schlund zu stopfen, scheitert an seinem Sturschädel. Jeden der ihm eingetricherten Bissen würgt Ickey wieder hoch und spuckt sie mir vor die Füße. Meine Nerven sind nach dieser langen, strapaziösen Reise nicht mehr die besten. Am liebsten würde ich ihm die Brocken mit Gewalt eintrichtern.

Doch damit käme ich auch nicht weiter. Also versuche ich, gute Miene zum bösen Spiel zu machen. Zärtlich streichle ich meinen ausgelaugten Leithund. Bevor ich zum Essen in die Hütte gehe, decke ich ihn mit meinem Schlafsack zu. Bei Moosestew und selbstgebackenem Weißbrot kommt mir eine Idee. Eingewickelt in meinen Schlafsack schmuggle ich Ickey in die Blockhütte. Still und heimlich verkriechen wir uns in die äußerste Ecke des Schlafraumes. Leider herrscht im Inneren der Cabin ein Höllenlärm. Trailbrecher aus Eagle erzählen sich lautstark ihre Erlebnisse und streiten darüber, wer das schnellere Snowmobil besitzt. Mir geht die Diskussion fürchterlich auf die Nerven. Doch meinen Leithund scheint der Lärm nicht besonders zu stören. Vor Zufriedenheit grunzend läßt er sich von mir die Schnauze massieren und ist bald tief eingeschlafen. Mich läßt der Radau kein Auge zutun. Um meinen einzigen Leithund wieder etwas aufzupäppeln halte ich tapfer drei Stunden neben Ickey aus. Dabei müßte ich dringendst auf die Toilette.

Unbemerkt, wie ich ihn in die Hütte gebracht habe, bringe ich Ickey wieder zu seinen Teamkameraden. Der entspannte Schlaf scheint ihm gut getan zu haben. Jetzt frißt er alle übrig gebliebenen Lachs- und Fettstücke mit wahrer Leidenschaft.
Durch dieses späte Mahl verzögert sich unsere Abfahrt. Kris Swanguarin und Thomas Wiget machen sich ebenfalls fertig, Biedermans zu verlassen. Thomas, der letztjährige Doghandler von Cor Cuimond, dessen Hunde er in diesem Rennen fährt, hat ebenfalls ernste Schwierigkeiten mit seinem Gespann. Nach kurzer Beratung beschließen wir, gemeinsam bis Eagle zu fahren. Dort wollen wir beide unter Umständen scratchen, also aufgeben.

Bei Einbruch der Dunkelheit verlassen Kris Swanguarin und ich den Lagerplatz. Er soll mit seinen vor mir laufenden Hunden den Jagdtrieb meiner Huskies anstacheln und mir als Cheerleader die Abfahrt von diesem für die Hunde so gemütlichen Ort erleichtern. Thomas Wiget braucht noch eine Weile, um seine Hunde zu booten. Da ich alle 50 Minuten eine zehnminütige Pause mache, wird er mich sicher schnell eingeholt haben. Kris Swanguarins Huskies zeigen keine Anzeichen von Krankheit oder Schwäche. Schon bald ist der Schein seiner Kopflampe in der Dunkelheit verschwunden. Wieder beginnt es in dicken Flocken zu schneien. Andauernd drehe ich mich um und halte nach Thomas Ausschau. Leider kann ich ihn bei unserer ersten kurzen Pause noch nicht hinter mir ausmachen.

80 endlos lange Meilen liegen bis Eagle noch vor uns. Ziemlich genau in der Mitte dieser Strecke liegt mein nächstes Ziel, die Trout-Creek-Cabin von Mike Seeger. Mike, ein Münchner der seit über 20 Jahren in der Umgebung von Eagle als Fallensteller lebt. Er stellt den Yukon-Quest-Teilnehmern seit 14 Jahren seine Trapperhütte als Unterschlupf zur Verfügung. Dies‘ tut er nicht aus Begeisterung für das Rennen, sondern um den Hunden einen erholsamen Ruheplatz auf Stroh zur Verfügung zu stellen. Mike bietet keinem Musher etwas zu Essen oder heißen Kaffee

an. Bei ihm gibt es nur Wasser für die Huskies und einen Schlafplatz für uns Menschen. Dieser Eigenbrötler vertritt die Ansicht, daß jeder Musher weiß, worauf er sich bei einer Teilnahme am Yukon-Quest einläßt und deshalb keine Marscherleichterung verdient hat. Die warme Schlafstelle hält er nur bereit, damit keiner der Schlittenführer wegen der Kälte die Ruhezeit für die Gespanne kürzt und versucht, den warmen Checkpoint in Eagle, schneller als es für die Hunde gut wäre, zu erreichen. Überhaupt hat Mike Seeger sehr eigenwillige Ansichten. Ich freue mich nicht nur wegen seiner gemütlichen Behausung auf ein Wiedersehen mit ihm.
Eine Diskussion mit einem Querdenker wie Mike ist manchmal erfrischender als zwei Stunden Schlaf.

Seit einer halben Stunde quälen wir uns durch dichtes Schneetreiben weiter zur Trout-Creekcabin.Hin und wieder glaube ich, durch wirbelnde Flocken den Schein einer Lampe hinter mir aufblitzen zu sehen. Thomas scheint mich langsam einzuholen. Im Augenblick macht Sunny-Boy eine gemütliche Fahrt im Schlitten. Diesem verschmusten Köter genügt es nicht, daß er eine Stunde lang statt laufen zu müssen, gefahren wird. Andauernd reckt er mir fordernd seine Schnauze hin und will, als hätte ich nichts anderes zu tun, daß ich ihm den Nasenrücken massiere. Ich liebe diesen Burschen und weil er wie Mike und ich aus München stammt, kann ich mich mit ihm, zu meiner seelischen Erbauung, auf Deutsch unterhalten.
Stetig kommt der Lichtschein näher.Wenn Thomas Wiget dieses Tempo beibehält, wird er mich bald eingeholt haben.
Es dauert auch nicht lange, und ich höre den Ruf “Trail”, damit ich den Weg zum Überholen freigebe. Mein Hintermann scheint es sehr eilig zu haben. Aber was soll das? Tom und ich wollten doch zusammen nach Eagle fahren, und jetzt scheint ihn das Rennfieber gepackt zu haben. Vielleicht haben sich seine Huskies wieder gefangen, und er glaubt, in den Kampf um die vorderen Plätze eingreifen zu können. Es würde mich für ihn freuen! Mit einigen knappen Befehlen lenke ich mein Team an den äußersten Rand des Trails und lasse das schnellere Gespann an mir vorbeiziehen. Im dichten Schneetreiben kann ich die vermummte Gestalt auf dem Schlitten nicht erkennen. Verwundert registriere ich, daß Tom nach dem Überholmanöver nicht stoppt und ein paar erklärende

Worte für mich übrig hat. Oder sollte es nicht Tom gewesen sein, der da eben an uns vorbei gefahren ist?

Dough Harris hat Biedermans Cabin ohne zu stoppen passiert. Kris Swanguarin ist vor mir in der Dunkelheit verschwunden. Also bleibt nur Thomas Wiget übrig. Für eine Weile versuchen meine trotz Krankheit tapfer kämpfenden Huskies mit dem vor uns laufenden Gespann mitzuhalten. Doch nach knapp einer Meile fordert der Virus seinen Tribut. Der Lichtkegel entschwindet langsam in der Finsternis. Der vor uns fahrende Schlitten und 56 Hundepfoten walzen den Schnee für uns nieder. Dies‘ erleichtert meinen Huskies die Arbeit ungemein.
Alleine ziehen wir durch dichtes Schneetreiben auf dem Fluß dahin. Schneller als geglaubt erreichen wir die Trappercabin von Mike Seeger.

Mindesten acht Stunden will ich meinen Sorgenkindern Ruhe gönnen. Vielleicht erholen sie sich dann so weit, daß wir doch nicht in Eagle aufgeben müssen. Ein Scratchen in Eagle würde bedeuten, daß meine Hunde, der Schlitten und ich ausgeflogen werden müßten. Dadurch kommen Kosten auf mich zu, die ich mir überhaupt nicht leisten kann. Außerdem habe ich das Rennen nicht begonnen, um schon nach dem ersten Drittel alles hinzuschmeißen.

Nirgends auf dem Gelände kann ich das Gespann von Thomas Wiget sehen. Meine Hunde und ich sind die einzigen Gäste von Mike Seeger. Sollten Toms Hunde Benzin gesoffen haben und gleich bis Eagle durchgelaufen sein? Ich kann es mir zwar nicht vorstellen, aber eine andere Erklärung habe ich auch nicht. Mike kommt nur mit Hose und T-Shirt bekleidet aus seiner Hütte. Freudig begrüßt er mich in bayrischem Dialekt. Es tut gut, hier draußen in der Wildnis Alaskas heimatliche Laute zu hören. Ich sage ihm, daß ich mich schon seit einem Jahr darauf gefreut habe, mit ihm plaudern zu können. Auf meine Frage ob Thomas Wiget hier gewesen sei, antwortet er: "Naa, aba vor oana Stund ham meine Hund ogschlong und a Team is vorbei gfahrn aba reikumma is koana zu mia!" Herzhaft muß ich lachen und klopfe meinem bayerischen Landsmann freundschaftlich auf die Schulter.

Kaum habe ich die Futternäpfe gefüllt, schlingen meine Hunde ihr Fressen gierig in sich hinein. Der Appetit der Hunde steigert meine Hoffnung, daß sich mein Team langsam auf dem Weg der Genesung befindet. Da Tom seine Hunde zu überfordern scheint, denke ich sogar darüber nach, ob es mir wohl gelingen wird, ihn auf den nächsten 44 Meilen (70 km) bis Eagle wieder einzuholen.

Demonstrativ, um Mike auf seinen Geiz aufmerksam zu machen, lade ich ihn zu geräucherten Lachsstreifen in Honig und Früchtekuchen ein. Ohne auf diesen Wink mit dem Zaunpfahl einzugehen, läßt er sich das von mir angebotene Essen schmecken. Bei Eigenbrötlern wie ihm nutzt solch ein Hinweis nicht viel.
Da müßte man schon ganz andere Geschütze auffahren, um ihn von seiner Denkweise abzubringen. Was soll´s? Ich mag diesen Typen und genieße seine Gesellschaft.
Mike und ich diskutieren gerade die möglichen Beweggründe, die einen vernünftigen Menschen veranlassen ein derartiges Rennen zu bestreiten.
Plötzlich fangen seine Hunde an zu bellen.Sie haben hier Hausrecht und zeigen lautstark an, daß sie es auch verteidigen würden. Ein Team verläßt den Trail am Fluß und kommt zu uns herauf. Wer könnte das sein? War ich so langsam, daß ich jetzt von einem Gespann nach dem anderen abgehängt werde? Zusammen mit Mike trete ich vor die Tür des Blockhauses. Meine Neugier ist zu groß, deshalb will ich den Neuankömmling schon draußen begrüßen.
Ich traue meinen Augen nicht, es ist Thomas Wiget. Mußte er umkehren oder was hat ihn dazu veranlaßt, wieder hierher zurück zu kommen?
Erst auf mehrmaliges Ansprechen, reagiert ein äußerst mürrischer Tom. Er gibt mir zu verstehen, daß er von mir sehr enttäuscht ist. Was soll dieser Unsinn? Wenn einer enttäuscht sein müßte, dann ich. Schließlich war ich es, der auf dem Fluß auf ihn gewartet hat. Er - nicht ich - ist wortlos an mir vorbeigezogen. Das verstehe, wer will! Es ist das Beste, wenn ich Tom erst einmal in Ruhe die Hunde versorgen lasse. Später, wenn er bei Mike und mir in der Hütte ist, werde ich der Sache auf den Grund gehen.

Bei einer Tasse Kaffee führen Thomas Wichet und ich ein klärendes Gespräch. Wie sich herausstellt, hat Tom mich nie überholt und ist auch niemals nur in meine Nähe gekommen. Wer zum Teufel hat mich dann auf dem Yukon abgehängt? Etwa der Geist eines Mali Carriers aus der Goldgräberzeit? Hier draußen in der Wildnis mit all´ ihren unerklärlichen Vorkommnissen wäre ich durchaus bereit, an solch eine Erscheinung zu glauben. Selbst angestrengtes Nachdenken bringt keine Aufklärung. Nach langem Reden glaubt Thomas Wiget meine Geschichte. Wir beschließen, in Zukunft auf Sichtweite zusammenzubleiben. Er hat noch größere Schwierigkeiten mit seinen Hunden als ich. Deshalb werde ich versuchen ihm als Cheerleader bis Eagle zu helfen. Irgendwie erinnert mich unsere Situation an die Geschichte mit dem Blinden und dem Lahmen, die sich ebenfalls gegenseitig gestützt haben. Nur wer von uns beiden ist der Blinde und wer der Lahme?

Immer noch auf dem Weg von Circle-City nach Eagle

Donnerstag: 15. Februar

Bei Tagesanbruch verlassen Tom und ich Mike Seeger. Durch unseren frühen Aufbruch haben wir eine reelle Chance noch bei Tageslicht in Eagle einzutreffen. Werde ich meinen Landsmann im nächsten Jahr wiedersehen?

Da mir Mike versichert hat, daß bis Eagle kein offenes Wasser zu erwarten sei, habe ich meine schweren Bunny-Boots gegen die indianischen Mukluks getauscht. Für meine Füße sind diese Mokassins eine wahre Wohltat. Ich habe das Gefühl, barfuß zu laufen. Der Schneefall der letzten Nacht hat Gott sei Dank aufgehört. Unter strahlend blauem Himmel und bei gleißendem Sonnenschein erarbeiten Tom und ich uns die restlichen 40 Meilen bis Eagle. Selbst diese lange Pause hat den Zustand meiner Huskies nicht nennenswert gebessert. Das einzige, was ich für sie tun kann, ist sie abwechselnd in den Schlitten laden und ihnen mit Pedalen soviel Arbeit wie möglich abzunehmen. In Eagle soll ein Tierarzt entscheiden, ob wir aufgeben müssen oder nicht.

Wie steht es in der Bibel geschrieben? Wen Gott liebt, den schlägt er! Mich muß Gott sehr lieben. Ohne Vorwarnung stehen meine Huskies und ich bis zu den Knien in einem, unter einer dicken Schneedecke verborgenen Overflow. Zehn Meter näher an der Uferkante war blankes Eis zu sehen. Ich wollte meine erschöpften Tiere nicht über diesen Gletscher treiben und bin deshalb auf dem Flußlauf geblieben. Dadurch bin ich vom Regen unter Umgehung der Traufe direkt in der Scheiße gelandet. Glücklicherweise ist dieser Overflow, der eigentlich gar nicht da sein sollte, nicht sehr groß.

Wieder auf festem Grund, rolle ich meine Huskies, damit sie schnell trocken werden, im tiefen Schnee herum. Nur was ist mit meinen Schuhen? Die Bunny-Boots im Schlitten sind bei minus 30 Grad steif und kalt.

Unter den nassen Sohlen meiner Mukluks bilden sich dicke Plateausohlen aus Eis. Das Wasser des Overflows ist an meinen Schuhen so schnell gefroren, daß die innere Filzschicht der Mokassins trocken geblieben ist.
Also stöckle ich auf hohen Sohlen hinter dem Schlitten her. Die dicke Eisschicht unter den Mukluks macht das Stehen und Gehen nicht gerade leicht. Trotzdem ist es immer noch angenehmer, als in 30 Grad kalte Gummistiefel steigen zu müssen.

Der Trail wird durch die Spuren vieler Motorschlitten breiter. In einer Flußbiegung glaube ich, die an den Fuß eines hohen Berges gequetschten Holzhäuser von Eagle zu erkennen. Wenn ich mich richtig orientiert habe, liegt vor uns der Checkpoint und dahinter der mächtige American-Summit, unser nächster großer Prüfstein. Das heißt sofern meine Hunde und ich Eagle auf eigenen Beinen und nicht mit dem Flugzeug verlassen. Mit Inbrunst klopfe und scheuere ich mit den vereisten Mokassins an den Schlittenkufen herum. Das dicke Eis unter den Elchledersohlen meiner Mukluks klebt wie Pech. Kurz vor Erreichen des Checkpoints gibt es eine letzte, kurze Pause für meine Hunde. Ab jetzt darf Clancy als Passagier mitfahren. Um 16.16 Uhr erreichen wir Eagle. Seit über sechs Tagen sind meine Hunde und ich nun schon unterwegs, und wir haben noch nicht einmal die Hälfte der Strecke geschafft.

Eagle

Donnerstag: 15. Februar

Keck schaut Clancy aus dem Schlittensack, während wir durch ein Spalier von Zuschauern zum Checkpoint gleiten. Ein Checker prüft wie immer meine Ausrüstung und notiert: "eleven dogs in harness and one dog in the basket" Damit ist es für die Rennleitung klar, daß ich Clancy in Eagle droppen, also zurücklassen werde. Ein schlimmes Mißverständnis. So will ich meine Taktik nicht verstanden wissen. Clancy ist zwar ein scheuer, introvertierter Husky. Doch er gehört neben Salz und Gobbles zu den wenigen Hunden in meiner Mannschaft, denen die lange, anstrengende Reise bis Eagle körperlich kaum etwas anhaben konnte. Unter Einsatz meiner ganzen Überredungskunst gelingt es mir, Joe May, den Vertreter des Racemarshals, davon zu überzeugen, daß ohne diesen Leithund an eine Weiterfahrt nicht zu denken ist. Meine etwas ungewöhnliche Strategie, immer einen Hund im Schlitten zu transportieren, vor allem wenn dieser angeblich kerngesund ist, ist für die Rennleitung neu.

Für Alaskaner ist ein Hund, der nicht vor dem Schlitten arbeitet, gleichbedeutend mit einem kranken oder verletzten Tier. Daß ein kranker Hund im Checkpoint zurück gelassen werden muß, ist sonnenklar. Nach langer Debatte einigen Joe May und ich uns darauf, daß ich, um in Zukunft derartige Mißverständnisse zu vermeiden, den im Schlitten rastenden Hund kurz vor einem Checkpoint wieder einspanne.

Zu meinem Glück ist Dr. Metthew Hall der diensthabende Veterinär in Eagle. Die anderen Tierärzte sind schon auf dem Weg nach Dawson, um dort beim Eintreffen der ersten Teams die Hunde ärztlich betreuen zu können. Er und eine Assistentin warten hier in Eagle bis die neun noch fehlenden Gespanne eingetroffen sind. Metthew untersucht meine in dikken Strohbergen eingepackten Huskies aufs Genaueste. Mit Händen und Füßen versuche ich die Symptome dieser rätselhaften Erkrankung so plastisch wie möglich zu schildern. Das ist gar nicht so einfach. Auf klassische Anzeichen wie Durchfall oder Appetitlosigkeit kann ich nicht verweisen. Sondern nur auf Lustlosigkeit und mein Gefühl.

Dr. Hall gibt sich bei der Untersuchung wirklich alle Mühe. Es ist wie bei Blanco! Beim besten Willen kann niemand eine organische Erkrankung feststellen.
Wahrscheinlich hat der Leistungsabfall meiner Vierbeiner zwei Gründe. Ickey ist als alleiniger, wirklicher Leithund überlastet. Deshalb hält er unsere Reisgeschwindigkeit auf einem Niveau, welches ihn nicht bis an die Grenze seiner Leistungsfähigkeit treibt. Der andere Grund unserer Misere dürfte bei mir zu suchen sein. Blancos Ausfall hat mich sehr verunsichert. Diese Unsicherheit hat sich wohl auf meine Huskies übertragen. Wie ich meine Selbstsicherheit stärken soll, weiß ich noch nicht, doch mir fällt sofort ein, wie ich wenigstens Ickey wieder aufbauen kann. Nach dem Füttern spreche ich noch einmal mit Joe May. Hier in Eagle ist er der Statthalter der Rennleitung. Ich erzähle ihm, daß ich durch die lange, eintönige Zeit auf dem Fluß deprimiert bin. Deshalb würde ich gerne, wie von zu Hause gewöhnt, mit einem meiner Hunde im Arm schlafen. Verwundert schaut Joe mich an. Doch meine für Alaskaner ungewöhnlichen Methoden der Hundehaltung haben ihn schon so oft in Erstaunen versetzt, daß er keinen Verdacht schöpft. Nach einigem Nachdenken meint er, daß laut Reglement nichts gegen mein Vorhaben einzuwenden sei. Schon habe ich die offizielle Erlaubnis, einen Hund mit in die Musherunterkunft zu nehmen. Um Beissereien zu vermeiden habe ich Ickey alleine hinter dem Schlitten angebunden.
Durch die Strapazen unserer Reise ist er zwar hundemüde und friedlich. Doch wenn es um die Kampfeslust meines kleinen Leithundes geht, gehe ich lieber auf Nummer sicher.
Keiner seiner Teamgefährten merkt wie ich Ickey losbinde und mit ihm in das Schulhaus von Eagle, das uns Mushern als Unterkunft dient, gehe.

Die Bewohner dieser kleinen Siedlung haben für uns Musher im einzigen Klassenzimmer dieser Schule ein üppiges Buffet aufgebaut. Ickey und ich lassen uns schnell ein paar Hotdogs schmecken, bevor wir in einem kleinen Nebenraum zum Schlafen verschwinden. Mein Leithund genießt sichtlich meine Nähe und die Wärme unserer Unterkunft.

Gebr.
Rosenhauer
Offsetdruck
GmbH

Druck ist, was wir daraus machen.
Kompetent und zuverlässig.

Heidemannstraße 41 · 80939 München
Telefon 089 / 316 40 11 · Telefax 089 / 316 25 42

KLONDIKE
DAWSON
USA
KANADA
MEL'S CABIN
40 MILE RIVER
AMERICAN SUMMIT
DAVE LIKEN'S CABIN
YUKON
EAGLE
EAGLE - DAWSON
110 MEILEN

Auf dem Weg von Eagle nach Dawson

Freitag: 16. Februar (150 Meilen)

Gegen 3.00 Uhr in der Frühe weckt mich eine schlabbernde Hundezunge. "Ja, Ickey, mein Guter, du hast ja recht. Es wird langsam Zeit, daß ich unseren Aufbruch vorbereite." Gleich hinter Eagle warten fast 1.500 Höhenmeter, die sich in endlosen Serpentinen den American-Summit hinauf winden.

Satt und ausgeruht denke ich nicht mehr ans Aufgeben. Wenn der Tierarzt nichts dagegen einzuwenden hat, will ich auf alle Fälle versuchen aus eigener Kraft bis nach Dawson zu kommen. Bevor ich mit Ickey in das Klassenzimmer zurück gehe, wecke ich noch Thomas Wigett.
Dave Dalton ist gerade im Checkpoint angekommen. Er hängt gerade seine gefrorenen Kleidungsstücke über den großen Barrelstove, der das ganze Schulhaus beheizt. Argwöhnisch beobachtet er uns, wie wir im Hinausgehen ein paar Würstchen vom Buffet stibitzen. Mit den Würsten wecke ich meine im Schulhof schlafenden Hunde, bevor ich mich an das ungeliebte Booten von "nur" noch 48 Pfötchen mache. Mit eiskalten Händen gehe ich zurück in den Aufenthaltsraum. Die Parka und die Overmitts darf ich auf keinen Fall vergessen! Meine aufgeplatzten Fingerkuppen werden durch den hart gefrorenen Klettverschluß der Booties aufgerissen. Ich blute wie ein Schwein. Da ich keine Handcreme dabei habe, schmiere ich mir die Pfotensalbe meiner Huskies in die Wunden. Was für Hundepfoten gut ist, müßte eigentlich auch malträtierte Musherhände heilen.
Im Vorbeigehen höre ich, daß sich Dave Dalton bei einem Checker beschwert. Er ist der Ansicht, daß ich ihm gegenüber einen Vorteil haben könnte, weil ich einen Hund in die warme Unterkunft genommen habe. Was soll dieser Schwachsinn? Er ist gerade in Eagle eingetroffen, während wir kurz vor unserem Aufbruch stehen. Demnach liegt er fast zwölf Stunden hinter mir zurück. Außerdem kann er, wenn er will, auch einen seiner Hunde mit ins Warme nehmen. Denn was einem Musher genehmigt wurde, dürfen die anderen auch in Anspruch nehmen. Beim Yukon Quest ist jede Unterstützung erlaubt, solange sie jedem Teilnehmer gewährt wird. Um Dave etwas zu versöhnen, mache ich ihm einen Vor-

schlag zur Güte:
Falls wir zusammen Whitehorse erreichen sollten, werde ich ihm den Vortritt beim Überschreiten der Ziellinie lassen. Doch Dave läßt sich durch mein Angebot nicht beschwichtigen. Er legt offiziellen Protest bei der Rennleitung gegen mich ein. Thomas Wiget kann die Aufregung von Dave Dalton ebenfalls nicht verstehen.

Gemeinsam gehen wir zu unseren Teams, checken um 5.00 Uhr aus und beginnen den mühsamen Aufstieg zum American-Summit. Der Trail führt auf dem im Winter für den Autoverkehr gesperrten "Top of the World Highway", zum Gipfel des Summits. Durch ein Felsenpanorama, das den europäischen Hochalpen in nichts nachsteht, kämpfen wir uns, die vollgeladenen Schlitten Meter für Meter vor uns herschiebend, langsam zum Gipfel vor. Wieder habe ich ein ungutes Gefühl in der Magengegend. Hoch über der Baumgrenze, knapp unter dem Gipfel, verläuft der Trail fast acht Kilometer in unglaublicher Schräglage parallel zum Abhang. Wenn dort, auf vom Wind hartgepresstem Schnee, ein Schlitten ins Kippen gerät, gibt es für Mensch und Tier kein Halten mehr. Dann reißt der schwerbeladene Schlitten das gesamte Gespann in die Tiefe, ohne daß ein Baum oder Strauch seinen Fall bremst. Die durch den schwierigen Seitenhang bevorstehende Gefahr verursacht mir schon vor Erreichen der Passage gehörige Magenschmerzen.

Im vergangenen Jahr bin ich hier oben mit Curt Smith in einen grauenvollen Blizzard geraten. Dieses gemeinsame Abenteuer war der Beginn unserer Freundschaft.
In diesem Sturm, Blancos Augen waren schneller vom herumwirbelnden Schnee verklebt als ich sie ihm hätte freiwischen können, legte sich mein Leithund hin und weigerte sich, auch nur einen Schritt weiter über die Gipfeltraverse zu tun. Ihm und seiner Mannschaft hätte es nichts ausgemacht, hier draußen ein Abflauen des Blizzards abzuwarten. Doch ich wäre bei Temperaturen von minus 60 Grad und einem Sturm, der jeder Beschreibung spottete, unweigerlich erfroren. Das Gespann umzudrehen und zurück in die schützende Baumzone zu fahren, war unmöglich. Mir blieb nichts anderes übrig als die Flucht nach vorne anzutreten und irgendwie den Gipfelgrat zu queren. Selbst Schreien und Toben konnte Blanco nicht zum Weiterlaufen bewegen. Er konnte meine Stimme in die-

sem tosenden Orkan wahrscheinlich überhaupt nicht hören. Um den Schlitten vor einem seitlichen Wegrutschen zu bewahren, wikkelte ich ein Stück Kette um die bergseitige Kufe. Nach dieser Sicherheitsmaßnahme kroch ich, auf allen Vieren gegen den Sturm ankämpfend, nach vorne zu Blanco. Dort spannte ich mich als Leithund des Leithundes ein und versuchte, meine Jungs vorwärts zu ziehen. Schon nach wenigen Metern drohte der Schlitten umzukippen und zwei bis drei Meilen den Abhang hinunter zu trudeln. Außerdem hatte ich durch das Schneetreiben und meine Hundeposition die Orientierung verloren. Verzweifelt suchte ich nach einem Ausweg. Deprimiert kauerte ich neben Blanco, als sich eine Hand auf meine Schulter legte und jemand zu mir sagte:" Come on man; we have to get out of here!" (Komm´, mein Junge, wir müssen schauen, daß wir hier wegkommen!) Ein wirklich guter Vorschlag! Nur wie sollte ich ihn in die Tat umsetzen? Auch für Curt Smith, den ich damals noch nicht näher kannte, gab es weder ein Vor noch ein Zurück. Plötzlich hatte mein neuer Weggefährte die einzig mögliche, aber für mich unglaubliche Idee. Er schlug vor, sein Team hier oben zurück zu lassen und meinen Schlitten über den Summit zu steuern, während ich vor den Hunden herkriechen sollte. Dann würden wir beide zurückkehren und sein Gespann auf dieselbe Weise über den Gipfel lotsen. Dieser Vorschlag setzt ein großes Vertrauen in einen Menschen voraus, den Curt so gut wie überhaupt nicht kannte. Was würde geschehen wenn ich ihn, nachdem meine Hunde auf der anderen Seite des Berges in Sicherheit sind, im Stich ließe? *Sicher wurde Curts Vorschlag von der Erkenntnis getragen, daß auch er ohne meine Mithilfe keine Chance hatte, lebend aus dieser Situation heraus zu kommen. Trotzdem hat mich sein Vertrauen tief beeindruckt. So wie wir beide es geplant hatten, so machten wir es auch. Curt steuerte meinen Schlitten und dirigierte mich wie einen Leithund mit vielen "GEE und HAWS" durch den Blizzard. Um mein Team überhaupt anführen zu können band ich Blanco eine Reservetugline am Halsband fest und nahm das andere Ende der Nylonleine zwischen die Zähne. Durch die unglaubliche Schräglage des Hanges und wegen des Sturmes war an ein aufrechtes Gehen nicht zu denken. Mir blieb nichts anderes übrig, als auf allen Vieren loszukriechen. In dieser Situation habe ich es zutiefst bedauert, nicht als Hund das Licht der Welt erblickt zu haben und anatomisch nicht für eine Fortbewegung auf vier Beinen gebaut zu sein. Meine Hände zu Fäusten ge-*

ballt, robbte ich mich auf den Knöcheln abstützend, Meter für Meter vorwärts. Leider reichte die Auflagefläche meiner Fäuste oft nicht aus. Immer wieder durchstieß ich die hartgepreßte Oberfläche der weißen Fläche unter mir. Fluchend versank ich deshalb alle paar Meter bis zur Schulter im Schnee und mußte mich jedesmal mühsam aus dieser mißlichen Lage befreien. Immer wenn ich mit meinen "Vorderläufen" einbrach, hat mich Curt in die Hölle gewünscht. Schließlich mußte er durch ein Bremsen des Schlittens verhindern, daß meine Hunde auf mich aufliefen und wir so einen Tangle verursachten. Nach über sechs Stunden, in denen ich nicht selten gebetet habe, daß mich ein Herzinfarkt von diesen unvorstellbaren Strapazen erlösen möge, tauchten wie nach einer Weltumsegelung die ersten Krüppelkiefern aus dem milchigen Weiß vor mir auf. Endlich! Ich durfte hoffen, daß diese nicht endenwollende Quälerei bald zu Ende war.
Auf der anderen Seite des Grates, wieder in der schützenden Baumzone, war ich schweißgebadet und am Ende meiner Kräfte. Meine Lippen und mein Mundwinkel waren durch die Tugline, die ich die ganze Zeit eisern zwischen den Zähnen hielt, aufgerissen und bluteten. (Ich glaube, daß ich seit damals nur noch ein schiefes Grinsen zustande bringe.) Immerhin war ich auf diese Weise vier Meilen vor meinen Huskies hergekrochen. Nur der Gedanke, daß ich in Curts Schuld stand, verlieh mir genug Kraft, mich nochmals durch den Sturm zurückzukämpfen. Ich hatte große Mühe, Curt, dem die Sorge um seine Hunde Flügel verlieh zu folgen. Schließlich mußte er sich beim Steuern des Schlittens nicht so verausgaben wie ich mich beim Kriechen. Es bleibt mir schleierhaft, wie es uns überhaupt gelang, sein eingeschneites Gespann wiederzufinden. Nachdem wir seine Hunde aus dem Schnee ausgegraben hatten, übernahm Curt die Rolle des Leithundes. Diesmal steuerte ich das Gefährt bis in die rettende Baumgrenze auf der anderen Seite des Summits. Zu mehr hätte meine Kraft auch nicht gereicht. Meine Huskies hatten die Pause genutzt, sich in den Schnee gerollt und auf uns gewartet. Über fünfzehn Stunden und eine Menge Kraft haben Curt und ich gebraucht, um eine Wegstrecke von gerade einmal vier Meilen zu überwinden. Von da an blieben Curt und ich zusammen, bis seine Hunde kurz vor Central wegen Erschöpfung aufgaben.

In diesem Jahr ist Petrus auf unserer Seite. Bei strahlend schönem Wet-

ter und absoluter Windstille ist es, gemessen am letzten Jahr, ein Kinderspiel den gefürchteten American-Summit zu bezwingen. In knapp zwei Stunden sind wir auf der anderen Seite des Berges.
Heute grüble ich bei jedem zurückgelegten Meter woher Curt und ich die Kraft genommen haben, dieses doch sehr lange Stück kriechend zu bewältigen.
Es ist zu weit, die Strecke bis zur am Forty-Meile-River gelegenen Hütte des Goldgräbers Dave Liekens in einem Rutsch zu fahren. Der Trail führt die nächsten Meilen nur noch steil bergab. Mit etwas Glück erreichen wir gegen Mittag den King Salomons-Creek. Am Fuße des American-Summit halten wir unsere Mittagspause.

Es ist herrlich. Die Sonne brennt vom wolkenlosen Himmel, während ich aus dem Wasser des King Salomons-Creek einen leckeren Eintopf für meine immer noch schlappen Huskies koche. Für die Hunde ist es jetzt zu heiß, um den schweren Schlitten durch den sulzigen Schnee zu schleppen. Ich beschließe, die Gelegenheit zu nutzen und hier in der warmen Frühlingssonne bis zum Abend zu rasten. Ausgestreckt liege ich auf dem Schlittensack und genieße die wärmenden Sonnenstrahlen. Bald bin ich tief eingeschlafen.

Leicht fröstelnd erwache ich nach 90 Minuten von meiner Siesta. Die Sonne schickt ihre letzten Strahlen auf das gewaltige Bergmassiv des American-Summit. Ohne die Wärme des Zentralgestirns holt mich die Kälte der Arktis schnell wieder zurück in die Realität des Renngeschehens. Thomas ist schon dabei, seine Hunde für die nächsten Meilen zu booten. Auch für mich wird es Zeit, unseren Aufbruch vorzubereiten. Die unangenehmste Aufgabe ist wie immer das langwierige Anziehen der Laufsöckchen Der frostharte Klettverschluß der Booties schneidet bei jedem einzelnen Bootie wie eine Rasierklinge in die bereits offenen Wunden meiner Fingerkuppen. Immer wieder lecke ich mir das tropfende Blut ab. Nicht umsonst lautet ein geflügelter Musherspruch: "Boot´n is pain in the ass - but its necessary!" Bei jedem einzelnen der 48 Booties muß ich meinen inneren Schweinehund überwinden. Ich muß mich selbst dazu überreden, nicht den einen oder anderen meiner treuen Vierbeiner bei dieser Arbeit zu übergehen. Salz, Gobbles und Nordic brauchen eigentlich keines dieser lästigen Dinger. Ihre Pfoten sind wie

Stahl. Doch das Restrisiko einer Verletzung ist mir zu groß. Deshalb verpasse ich auch diesen knochenharten Burschen ihre Booties. Überhaupt scheinen diese Drei von den Strapazen unserer bisherigen Reise am wenigsten mitgenommen zu sein.
Nordic war schon bei meiner ersten Teilnahme am Yukon-Quest als Ersatzmann mit von der Partie. Erst im letzten Augenblick habe ich mich damals wegen Nordics Jugend, er war damals knapp ein Jahr alt, lieber für einen anderen Hund entschieden. In jedem Checkpoint mußte ich mir sein bittendes Heulen, doch ebenfalls mitlaufen zu dürfen, anhören. In diesem Jahr stand Nordics Einsatz bei diesem härtesten aller Rennen von Anfang an fest. Unbeeindruckt von all dem Neuen um uns herum steht er wie ein Fels im Team. Er scheint bisher kaum an Gewicht verloren zu haben. Es ist zu schade, daß er nicht zum Leithund taugt.

Noch liegen 40 lange Meilen auf der "Achterbahn" des Tailor-Highways vor uns. Es dauert also noch eine Weile, bis wir das Blockhaus von Dave Liekens am Forty Mile River erreichen werden. Kaum ist die Sonne untergegangen, setzt wieder dieser lästige Schneefall ein. Nicht nur, daß der frische Schnee den Trail für die Hunde langsamer macht. Auf mich wirkt er zu allem Überfluß auch noch wie das einlullende Pendel eines Hypnotiseurs. Es wäre nicht das erste Mal, daß ein im Stehen schlafender Musher vom Schlitten fällt und beim Aufwachen sein Team in der Ferne verschwinden sieht. Auf solch eine Erfahrung kann ich wirklich verzichten.

Mühselig, immer wieder müssen wir eine kurze Verschnaufpause einlegen, quälen sich meine Hunde über das Auf und Ab des Tailor Highways. Nach unzähligen dieser kräftezehrenden Steigungen erreichen wir endlich den Forty-Mile River. In kaum zu bremsender Fahrt katapultieren mich die Hunde mit dem schwerbeladenen Schlitten die Uferböschung des Flusses hinunter. Gefährlich ragen einige Baumstümpfe und Felsen in den Trail. Wenn ich auf einen dieser Felsen knalle, wird mein Gefährt zerschmettert. Dann muß ich bis Dawson zu Fuß hinter den Hunden herrennen. Mit viel Glück gelingt es mir, den Schlitten unbeschädigt durch diese Hindernisse hindurch, auf den schmalen River zu manövrieren. Immer leicht abfallend, der Forty-Mile River ist ein richtiges Wildwasser, nähern wir uns zügig der Blockhütte die etwa die Hälfte unserer

Strecke bis Dawson markiert.
Am liebsten würde ich vor Freude laut juchzen. Erstmals seit Central sehe ich meine Huskies über den Trail galoppieren. Ob diese Ungewißheit, ob und wann die Hunde aufgeben, nun vorüber ist? Oder hat sie nur die Nähe von Daves gastfreundlicher Behausung motiviert?
Darüber mache ich mir jetzt keine Gedanken. Die Hauptsache für mich ist, daß es meinen vierbeinigen Freunden anscheinend besser geht.

Der Schlitten fliegt regelrecht über das wie mit Puderzucker bestäubte Eis des Flusses. Links und rechts ragen von Frost und Wasser zerklüftete Felswände auf. Durch ihre Nähe empfinde ich die Fahrt noch schneller als sie in Wirklichkeit ist. Ab und an scheint der Vollmond durch vom Wind aufgerissene Wolkenlöcher. Er taucht das erstarrte Szenario in ein, die Kälte verstärkendes, Silber. Einerseits freue ich mich sehr darauf nach dieser unbeschreiblichen, nicht enden wollenden Schinderei, bald einen Rastplatz zu erreichen. Andererseits wünsche ich mir, daß diese einmalige, atemberaubend schöne Fahrt nie zu Ende geht.

Im letzten Jahr hatte ich dieses zwiespältige Empfinden während des ganzen Rennens. Was habe ich nur alles getan und auf mich genommen, um so schnell wie möglich die Ziellinie zu überqueren? Doch kaum war dieses Ziel erreicht, hat sich, weil nun das Ganze vorbei war, eine große Traurigkeit und Enttäuschung in mir breitgemacht.
Ein Fernsehreporter der ABC hat mich einmal nach meinem traurigsten Erlebnis während des Rennens gefragt und ich konnte nur antworten: "Als mein Schlitten die Ziellinie passierte!"

Der Lichtkegel meiner Stirnlampe erfaßt ein großes Stück Pappkarton. Dave Liekens hat es am Rand des Trails aufgestellt. Auf diesem Schild lädt er mit krakeliger Schrift alle Yukon-Quest-Teilnehmer in seine Behausung zu “Food and hot coffee” ein. Wenig später fahren wir an einem vorsintflutlichen Schaufelbagger vorbei, den Dave Liekens im Sommer zum Goldwaschen benutzt. Ich würde zu gerne wissen, wie es ihm gelungen ist, dieses schwere Monstrum in diese von Gott verlassene Einöde zu schleppen. Dem kleinen, drahtigen Goldgräber scheint überhaupt eine Menge zu gelingen. Er hat es sogar geschafft, seine Frau aus ihrer sonnigen Heimat Hawaii ins Nirgendwo der Arktis zu locken. Nur die erfolgreiche Teilnahme am Yukon-Quest ist ihm bis heute versagt geblieben. 1986 mußte er aus mir unbekannten Gründen kurz hinter Angle-Creek aufgeben.

Wie ein Hexenhäuschen steht Daves Hütte zwischen tief verschneiten Tannen über der Uferböschung des Forty-Mile River.
Vor etwa 15 Jahren hat er dieses Blockhaus in weniger als sechs Wochen ohne fremde Hilfe gebaut. Auf meine Frage, wie er dies nur geschafft habe, bekam ich die lapidare Antwort: "Ich hatte keine andere Wahl. Meine Frau war hochschwanger, und der Winter stand vor der Tür. Also habe ich so schnell es nur ging diese Hütte hochgezogen."

25 Jahre lang war ich Seemann und Abenteurer. In dieser Zeit habe ich die ganze Welt bereist und die unterschiedlichsten Arten Gastfreundschaft zu praktizieren erlebt. Doch nirgendwo ist mir eine selbstverständlichere und natürlichere Gastfreundschaft wie hier am Yukon-Questtrail untergekommen. Wenn dir in der Arktis jemand seine oft armselige Unterkunft mit den Worten: "Make yourself at home!" (Fühle dich wie zu Hause!) anbietet, dann bist du mit Sicherheit ein willkommener Gast. Unter diesen Königen der Gastlichkeit ist Dave Liekens der Größte. Er stellt uns sein Heim mit einer Selbstverständlichkeit zur Verfügung, daß man schon nach wenigen Minuten vergißt, nur auf der Durchreise zu sein. Hinter von Hand angehäuften Schneewällen hat er für die Hunde windgeschützte Lagerplätze auf Stroh vorbereitet. Über einem großen Holzfeuer dampft in einem Kessel Wasser für das Hundefutter. Damit wir Musher unsere teuren Batterien sparen, wird das Ganze von mehreren Scheinwerfern beleuchtet. Natürlich führt zu Daves Heim keine Stromleitung. Deshalb werden die Scheinwerfer von einem Generator gespeist.
Hier macht es richtig Spaß, die Huskies in Ruhe zu füttern und zu pflegen. Man verspürt keine Eile in die warme Hütte zu gehen. Selbst erfrorene Hände und andere Körperteile kann man am Feuer in der Nähe seiner Tiere wieder zum Leben erwecken.

Daves Hunde haben Toms und meine Ankunft lautstark verkündet. Mit einer Sturmlaterne in der Hand wartet unser Gastgeber neben dem Trail auf unser Eintreffen. Er läuft vor den Leithunden her und lotst unsere

Gespanne zu ihren Plätzen. Soweit ich es erkennen kann, sind Thomas und ich im Augenblick die einzigen, die hier eine Verschnaufpause einlegen. Wenn meine Berechnung stimmt, müßten die ersten Teams bereits in Dawson angekommen sein, und dort ihre wohlverdiente 36 stündige Pause beginnen. Obwohl ich keine Chance mehr habe in den Kampf um die ersten Plätze eingreifen zu können, brennt mir doch die Frage auf den Nägeln: Wer ist als erster in Dawson angekommen?
Schandlemaier oder Mackey? Schließlich will ich wissen, wer nun der aussichtsreichste Anwärter auf die von mir so heiß begehrte Gürtelschnalle ist. Nach einer kurzen Begrüßung lädt uns Dave Liekens zu Elchsteak mit frischem Pfannenbrot ein. Allerdings kann er sich nicht den überflüssigen Zusatz: "...nachdem ihr eure Hunde versorgt habt.", verkneifen.
Verwundert registriere ich, daß sich Dave nach einem Jahr immer noch an meinen Namen erinnert. Von mir darauf angesprochen meint er trokken,: " Wenn du ein Eskimo oder Indianer wärst, dann hätte ich deinen Namen längst vergessen. Aber den verrückten Kerl aus Germany, der es im letzten Jahr geschafft hat, dieses Rennen zu Ende zu fahren, vergesse ich nie."

Aus seiner Sicht hat er bestimmt recht. Doch ich fühle mich schon so sehr als Alaskaner, daß ich mir meiner Rolle als Exote nicht mehr bewußt bin. Nachdem meine vierbeinigen Laufmaschinen mit vollem Bauch und eingecremten Pfoten ihre Ruhepause genießen, besprechen Tom und ich den Fahrplan bis Dawson. Seit unserer ausgedehnten Mittagspause sind knapp fünf Stunden vergangen, also werden wir hier ungefähr weitere fünf Stunden bleiben, bevor wir weiter zu Mels Cabin ziehen. Mel´s Blockhaus, unsere nächste Zwischenstation, ist bereits in Kanada und liegt direkt an der Stelle, wo der Forty-Mile River in den Yukon mündet. Bevor wir uns auf den warmen Dielen ausstrecken, bitten wir Dave, uns um Mitternacht zu wecken. Obwohl er es uns so behaglich wie möglich macht, wollen wir gegen 1.00 Uhr weiterreisen. Krampfhaft versuche ich, wachzubleiben, während dieser Einsiedler von seinen Problemen mit Umweltschützern erzählt, die alles tun, um ihm die Goldgräberei zu verleiden. Da ich nur Gast in diesem Land bin, halte ich mich aus dieser Diskussion heraus und bin mangels Gesprächsbeteiligung bald eingeschlafen.

Nimmt das nie ein Ende? Immer noch auf dem Weg von Eagle nach Dawson

Samstag: 17. Februar

Wie gerädert und immer noch hundemüde schleppe ich mich nach dieser viel zu kurzen Rast hinaus zu meinen Huskies. Sie scheinen sich genau wie ich zu fragen, warum wir nicht wenigstens bis zum Morgengrauen hier bleiben. Eine Woche verbringen wir schon bei Wind und Kälte im Freien. Diese Strapazen fordern nun ihren Tribut von uns. Wenn wir noch heute in Dawson ankommen wollen, muß ich nicht nur meinen, sondern auch den inneren Schweinehund meiner Hunde überwinden. Dort, auf der Hälfte der Strecke, warten meine drei Doghandler und eine 36stündige Zwangspause auf uns. Vielleicht genesen meine Freunde in Dawson unter Inges pflegender Hand soweit, daß wir es doch noch bis zum Ziel schaffen. Pünktlich wie die Eisenbahn, aber ausgelaugt wie nach einem Triathlon verlassen mitten in der Nacht zwei müde Musher mit ihren ebenso müden Hunden widerwillig Dave Liekens. “Good bye, and see you again next year!”

Anfangs noch recht schleppend, dann immer zügiger traben meine Energiebolzen den Forty-Mile River in Richtung der kanadischen Grenze. Der zuerst noch glatte Trail wird immer holpriger. Auf beiden Seiten des Weges ragen meterhohe Eisschollen senkrecht aus der erstarrten Oberfläche des Flusses. So wie es aussieht, gibt es hier im Sommer Stromschnellen, die so manches Kanu zum Kentern bringen können. Der brutale Frost dieser Region muß zu Beginn des Winters so schnell zugeschlagen haben, daß selbst die aufschäumende Gischt dieser Stromschnellen im Fluge gefroren ist. Eine riesige, bestimmt einen halben Meter dicke Eisplatte versperrt mir die Durchfahrt.
Wie ein Burgtor verriegelt sie den Weg nach Dawson. Mit der Axt versuche ich die Eisscholle zu zerschlagen. Außer einer geprellten Hand erziele ich dasselbe Resultat, als würde ich versuchen mit einem Radiergummi einen Diamanten zu zerkratzen.

Mir bleibt nichts anderes übrig, als das zu tun, was alle vor mir liegenden Teams auch getan haben:
Einzeln müssen die Hunde und der Schlitten von mir über diese Barriere gehoben werden. Glücklicherweise gehorchen alle meine Vierbeiner mehr oder weniger wie Haushunde.
Deshalb bin ich in der erfreulichen Lage, das komplette Team ausspannen zu können, ohne daß jeder meiner Huskies in eine andere Windrichtung verschwindet. Fluchend, ächzend und stöhnend mache ich mich daran, den nun nicht mehr ganz so vollen Schlitten über die Eisplatte zu wuchten. Statt über das Hindernis zu gleiten, rutscht trotz meiner verzweifelten Anstrengungen der Schlitten immer wieder seitlich weg. Obwohl ich bereits zweimal Futter für die Hunde entnommen habe, ist mir das verdammte Ding immer noch zu schwer. Thomas, der inzwischen zu uns aufgeschlossen hat, kann mir auch nicht helfen. Er hat alle Hände voll zu tun, seine Hunde unter Kontrolle zu halten. Seine Hunde würden nur zu gerne mit meinen freilaufenden Huskies Kontakt aufnehmen. Ich habe keine andere Wahl. Der Schlitten muß entladen, und jedes Teil muß einzeln auf die andere Seite des Hindernisses gebracht werden.

Nach vielen Arbeitsgängen habe ich es endlich geschafft. Der Schlitten, der Proviant und die Hunde sind auf der anderen Seite dieser blöden Eisplatte. Wir sind wieder zur Weiterfahrt bereit. Noch liegen mindestens 30 Meilen bis zu Mels Trappercabin und von dort noch mal 55 Meilen bis Dawson vor uns.

Den Hunden hat das freie Herumstrolchen zwischen den Eisschollen Spaß gemacht. Freudig legen sie sich ins Geschirr. Nach wenigen Metern muß ich schon wieder anhalten. Trouble hinkt! Nimmt meine Pechsträhne denn nie ein Ende?

Vorsichtig untersuche ich Troubles rechten Vorderfuß. Beim Durchbewegen der Gelenke drängt sich mir der Verdacht auf, daß sie sich an der Schulter verletzt haben muß. Wie konnte es bloß zu dieser Verletzung kommen? Nur eine Minute vor dem Hindernis schien bei Trouble noch alles in Ordnung zu sein. Mein einziger Trost ist, daß sich keiner meiner Leithunde verletzt hat. Das ist zwar ein sehr schwacher Trost, doch man wird mit der Zeit bescheiden. Leider ist es ab jetzt für die anderen mit der abwechselnden Schlittenfahrt vorbei. Dieser Platz wird ab sofort für unseren Krankentransport gebraucht.

Kaum sind wir aus diesen zu Eis gewordenen Stromschnellen heraus, führt der Trail glatt wie auf einem Bügelbrett zu der Stelle, an der der Forty-Mile-River in den Yukon mündet. Es müßte etwa morgens um 3.00 Uhr sein.

Wenn keine neuen Probleme auftreten, könnten wir gegen 9.00 Uhr bei Mel eintreffen. Der Fluß ist hier schon viel breiter als bei Daves Cabin. Der Sektor, den meine Stirnlampe aus der Dunkelheit schneidet, ist nicht mehr breit genug um das abwechslungsreichere Ufer zu erfassen. Vor mir wehen elf Hundeschwänze über eine endlose, eintönige weiße Ebene. Wie ich diese sechs Stunden überstehen soll, ohne vom Schlaf übermannt zu werden, weiß ich noch nicht. Trotz größter Anstrengung fallen mir immer wieder die Augen zu. Um wach zu bleiben, versuche ich jeden Trick. Ich stelle mich auf die Zehenspitzen. Ich gröle lauthals Seemannslieder in die stille der Nacht. Hoffentlich zeigen mich meine Hunde später nicht wegen Tierquälerei an. Denn eines ist sicher, ich singe nicht schön, sondern nur laut. Ich unternehme alles nur Menschenmögliche, um wach zu bleiben. Vergeblich! Trotz all meiner Anstrengungen gleiten meine überreizten Sinne immer wieder ins Traumland ab.

Ich kann nicht mehr genau unterscheiden, ob ich träume oder nur meinen Gedanken und Einfällen nachhänge. Plötzlich fahre ich unter einer wunderbaren, hochgewölbten Brücke hindurch. Noch während ich dieses Bauwerk betrachte, wird mir klar, daß die nächste Brücke in Wirklichkeit noch mindestens 500 Meilen entfernt ist. Träume ich, habe ich Halluzinationen? Deutlich stellt sich mein Gehirn diese Frage, während ich immer noch unter diesem monumentalen Bauwerk meiner Phantasie hindurchfahre. Es wird Zeit, daß es hell wird! Denn weder Augenzwinkern noch gymnastische Übungen können meine Irrbilder vertreiben. Der Lichtkegel der Stirnlampe fixiert meinen Blick. Wie bei einem Hypnotiseur kann ich nur auf einen Punkt starren. Durch starren, gepaart mit der Müdigkeit werden in meinem Kopf hypnotische Bilder hervorgerufen. Ich mache einen Test. Tatsächlich, kaum schalte ich die Lampe aus, sind

auch meine Wahnvorstellungen verschwunden.
Ohne das Licht der Headlamp kann ich zwar die Landschaft um mich herum besser erkennen, doch bleiben mir gefährliche Hindernisse wie Eisspalten und ähnliches verborgen. Also bleibt mir nichts anderes übrig, als das Ding an meinem Kopf wieder anzuknipsen.
So schwer es mir auch fällt, ich muß weiter gegen diese lästigen Halluzinationen anzukämpfen. Wenn es der Untergrund zuläßt, laufe ich neben dem Schlitten her. So bleibe ich wenigsten einigermaßen wach und warm.
Meter für Meter nähert sich mein Gespann Dawson. Dort warten 36 verheißungsvolle Stunden der Erholung auf meine Huskies und mich.

Verdammt! Knapp vor den beiden Leithunden ist eine Tanne auf den Trail gestürzt. Die Hunde können ohne Schwierigkeiten unter dem mächtigen Stamm hindurch laufen. Mit der Reaktion eines Formel eins Piloten ducke ich mich blitzschnell hinter die Handlebar meines Schlittens. Ein stechender Schmerz treibt mir Tränen in die Augen. Bei meiner Ausweichaktion habe ich mir das Nasenbein blutig gestoßen. Vorsichtig reibe ich mir das Wasser aus den Augen und warte darauf von herunter hängenden Ästen gestreift zu werden. Nichts dergleichen passiert. Über mir sehe ich den nachtschwarzen Himmel Alaskas. Vor mir traben meine Huskies durch das nicht enden wollende weiße Flußbett, und weit hinter mir blinkt die Kopflampe von Tom Wiget.
Wo ist diese blöde Tanne geblieben? Diesmal bin ich dem Trugbild meiner Phantasie schön auf den Leim gegangen. So macht das Weiterfahren keinen Sinn! Als nächstes werde ich wohl rosa Elefanten auf dem Trail stehen sehen. Weder meinen Hunden noch mir wird ein kleiner Imbiß schaden. Bis Thomas zu uns aufgeschlossen hat, hat jeder meiner Vierbeiner ein ordentliches Stück Elchfett vertilgt.

Wir lassen Toms Gespann an uns vorbeiziehen. Kaum hat sein Schlitten Ickey und Clancy passiert, heften wir uns an seine Fersen. Der Trick scheint zu klappen. Tom leuchtet mit seiner Lampe den Trail für uns aus. Unbeschwert kann ich hinter ihm bis zur beginnenden Morgendämmerung herfahren. Mit freiem Gesichtsfeld sind die eben noch unüberwindliche Müdigkeit und die Halluzinationen wie weggeblasen. Die wunderbare Landschaft um mich herum bietet meinen Augen viel Ab-

wechslung. Die Trugbilder meiner Phantasie haben Chance mehr, mich weiter an der Nase herumzuführen. Da meine Huskies trotz Krankheit um einiges schneller als Toms Vierbeiner sind, überhole ich ihn wieder sobald es hell genug ist. Gegen 9.00 Uhr erreichen wir die Trapper-Cabin von Mel.
Die kanadisch-amerikanische Grenze haben wir irgendwann heute Nacht ohne es zu bemerken passiert.
Noch 55 Meilen, dann werden wir in Dawson sein. Doch bevor wir dieses letzte Stück bis zum “Halfwaypoint” unter die Kufen nehmen, gönnen sich meine Hunde und ich bei Mel ein reichhaltiges Frühstück.
Um alle Teilnehmer am Yukon-Quest reichlich bewirten zu können, hat Mel vor Tagen einen Elch erlegt.
Jetzt hängt das stattliche Tier ausgeweidet neben seinem Blockhaus an einem Baum. In diesem natürlichen Tiefkühlschrank warten somit fast eine halbe Tonne Fleisch darauf, von hungrigen Mushern verspeist zu werden. Mit einer Säge schneidet Mel einen großen Batzen Fleisch aus dem Kadaver und brät diesen für Thomas und mich über einem großen, offenen Feuer in der Hütte. Nach dem Essen führt mir dieser wie ein Pirat aussehende Bursche stolz seinen neuesten Besitz vor. Eine Fellmütze aus Wolverine. Wohl das einzige Exemplar dieser Art in der Arktis. Das Fell dieses äußerst schwer zu fangenden Tieres wird sonst ausschließlich zum Verbrämen der Parkakapuzen verwendet. Zur Herstellung von Fellmützen benutzen die Indianer und Eskimos am liebsten Otter oder Biber. Meine Biberfellmütze habe ich leider in Mile 101 verloren. Seitdem muß ich mich mit einer leichten Webpelzmütze begnügen. Nachdem ich Mels Errungenschaft anprobiert habe und mir von ihm die Vorteile einer Wolverinemütze habe schildern lassen, weiß ich, wovon ich bis Whitehorse in kalten Nächten träumen werde.

Der Trapper vom Forty-Mile-River hat genau notiert, wann die einzelnen Teams bei ihm eingetroffen sind, wie lange sie Pause gemacht haben und wann sie wieder in Richtung Dawson aufgebrochen sind. Diese Informationen, die er für jeden der bei ihm rastet, bereit hält, helfen mir beim Aufstellen meines Reiseplans sehr. Knapp 20 Stunden liegen wir hinter John Schandlemeier zurück. Seit Angle-Creek führt er das Rennen an. Wenn die Führenden nicht irgendwo vom Wetter festgenagelt werden, haben wir kaum noch Chancen, in den Kampf um die ersten

Plätze einzugreifen. Doch so groß, wie ich bisher annahm, ist unser Rückstand auch nicht. Diese Information hat mein Rennfieber wieder ein bißchen angestachelt. Ich muß aufpassen, daß ich jetzt keine großen Fehler mache. Denn seit dem Droppen von Blanco ist Ankommen und nichts als Ankommen die Devise.

Am Vernünftigsten wäre es, den ganzen Tag bei Mel zu verbringen und in der Kälte der Nacht bis Dawson durchzufahren. Dann wäre ich bis zum Sonnenaufgang dort.

Doch ich habe es mir in den Kopf gesetzt, noch heute, am Samstag, in die alte Goldgräberstadt einzufahren. In der Stadt, wo der Klondike River in den Yukon mündet, warten Inge, Petra und Philo.
Heute hat meine Tochter Petra Geburtstag. Dazu möchte ich ihr unbedingt persönlich gratulieren.
Gegen 14.00 Uhr brechen Thomas und ich gemeinsam in Richtung Dawson auf. Über die Entscheidung, nicht den ganzen Tag bei Mel zu vertrödeln, bin ich sehr froh. Schon kurz nach Mels Cabin ist der Yukon von riesigen Löchern im Eis übersät. Bei diesen offenen Stellen im Fluß handelt es sich um vom Wasserdruck aufgesprengte Löcher unter denen der mehrere Meter tiefe Yukon dahinrauscht. Jetzt bei Tageslicht sind diese tödlichen Fallgruben relativ leicht auszumachen. Doch in der Dunkelheit, können diese Stellen schnell zum eisigen Grab für Hunde und Musher werden.

Bei einsetzender Dunkelheit passieren wir wieder ein weites Gebiet gefrorener Stromschnellen. Wie überdimensionale Grabsteine ragen gigantische Eisschollen in den Himmel. An diesen "Friedhof" aus Eis erinnere ich mich noch vom letzten Jahr. Wenn mich nicht alles täuscht, müßte hinter der nächsten Flußbiegung Dawson liegen. Kreuz und quer führt der Weg durch dieses Labyrinth aus Eisplatten und Schneewehen. Langsam beginne ich die Orientierung zu verlieren. Eben noch glaubte ich mich an gewisse Bergformationen zu erinnern. Doch nach ein oder zwei Kehrtwendungen durch die Eisschollen weiß ich nicht einmal mehr, ob ich mich an der linken oder rechten Seite des Yukon befinde. Urplötzlich führt der Weg die Uferböschung steil hinauf, und vor uns steht eine unbewohnte Blockhütte.

Aus alter Gewohnheit führt Ickey seine Mannschaft zu dieser Hütte. Ickey denkt garantiert: "Auf unserem bisherigen Weg haben wir an jeder Cabin Halt gemacht, warum sollte es ausgerechnet hier anders sein?" Mit viel Mühe gelingt es mir, mein Team davon zu überzeugen, daß noch einige Meilen bis Dawson vor uns liegen. Endlich tauchen zwischen kleineren Hügeln die ersten Lichter der "Königin des Klondike" auf. Aus dem Trail wird langsam so etwas wie eine Straße. Trotz der späten Stunde tauchen vor uns Menschen aus der alles verschlingenden Dunkelheit auf. Sie harren in der Kälte aus, um unsere Ankunft am Checkpoint mit zuerleben.

Dawson

Samstag: 17. Februar

Um 21.57 Uhr lassen sich elf erschöpfte Huskies auf der Mainstreet von Dawson in den Schnee sinken. Seit vergangenen Dienstag habe ich meine drei Doghandler weder gesehen, noch habe ich irgend etwas von ihnen gehört. Jetzt stehen Inge, Philo und Petra neben dem wartenden Checker und feiern mit lautem Hallo unsere glückliche Ankunft in Dawson.
Hurra, die Hälfte der Strecke ist geschafft!
Zur Begrüßung drückt mir Inge eine Dose Coca-Cola in die Hand. Eine grandiose Idee! Genußvoll lasse ich mir das köstliche Getränk die Kehle hinunterrinnen.
Wenn man zu Hause vor einem wohl gefüllten Kühlschrank sitzt, kann man sich nur schwer vorstellen, daß eine Dose mit Limonade zu einem echten Luxusartikel wird. Meine Freude an der Cola wird leider etwas getrübt. Nach dem obligatorischen Überprüfen meiner Ausrüstung, erhalte ich die Mitteilung, daß ich mit einer weiteren Zeitstrafe belegt worden bin.

Diese Strafe ist mir von der Rennleitung aufgebrummt worden, weil ich Ickey in Eagle mit ins Bett genommen habe. Ich bin richtig froh, daß mich in Biedermanns-Cabin niemand bei derselben Aktion erwischt hat. Sonst besteht die Gefahr, daß unserer tatsächlichen Zeit soviel zugeschlagen wird, daß wir womöglich erst im Hochsommer in Whitehorse eintreffen. Da ich sowieso keine Chance auf den Sieg mehr habe, verzichte ich auf jede Diskussion. Obwohl mir die Sache mit Ickey ausdrücklich vom Vertreter des Racemarshals erlaubt wurde, akzeptiere ich die Strafe stillschweigend. Für Dave Dalton wird es sicher eine Genugtuung sein, wenn er dies erfährt. Aber wenigstens braucht der gutmütige Joe May diesbezüglich keine Gewissensbisse mehr zu haben.
Für meine drei Helfer beginnt hier der wohl schwierigste und anstrengendste Teil des Rennens. Im Gegensatz zu den anderen Checkpoints dürfen sie während der 36 stündigen Zwangspause die Versorgung und

Pflege der Hunde übernehmen. Die Hunde haben wirklich alles gegeben um mich nach Dawson zu bringen. Jetzt liegen sie mit heraushängender Zunge hechelnd im Schnee.

Wenn ich meine völlig ausgepumpten Athleten so anschaue, drängt sich mir der Verdacht auf, daß auf meine Doghandler ein Haufen Arbeit wartet.

Vom Einsatz und der glücklichen Hand meiner Helfer wird es abhängen, ob meine Hunde in 36 Stunden wieder soweit hergestellt sein werden, daß wir das Rennen fortsetzen können.

Am liebsten würde ich Inge sofort all meine Beobachtungen und Überlegungen mitteilen, die ich während der vergangenen vier Tage angestellt habe. Aber meine Hunde sind so müde, daß sie an Ort und Stelle einzuschlafen drohen. Als Lagerplatz ist ein Campinggelände auf der Dawson gegenüber liegenden Seite des Yukon vorgesehen. Dort müssen wir hin. Erst dann beginnt für uns die wohlverdiente Ruhezeit.

Nur mit Gotteshilfe, dem Druck der Luft und Überredungskunst gelingt es meinen Helfern und mir, meine müden Krieger vor dem Schlitten wieder auf ihre Beine zu stellen. Meine Hunde können es beim besten Willen nicht verstehen, daß sie so kurz nach Erreichen einer Stadt schon wieder Weiterlaufen sollen. Wie erklärt man einem Husky, dem unsere Zeiteinteilung fremd ist, daß er nur noch fünf Minuten laufen soll? Ein unmögliches Unterfangen. Mir bleibt keine andere Wahl. Wieder muß ich selbst als Leithund einspringen und meine Hunde zu dem nur etwa eine halbe Meile vom Checkpoint entfernten Campingplatz führen. Mit Blanco als Leader wäre mir das nicht passiert. Er hätte meine Wünsche auf "Husky" übersetzt, und uns reibungslos zum Rastplatz gebracht.

Welch eine Überraschung! Bei meiner Ankunft am von Inge vorbereiteten Lager fühle ich mich wie ein Kind unter dem Weihnachtsbaum. Meine Doghandler haben eine tolle Vorarbeit geleistet. Aus Plastikplanen und Schnüren haben sie ein Zelt gebastelt. Den Boden dieses Hundezeltes haben sie etwa einen halben Meter dick mit Stroh ausgelegt. Vor dem Zelt prasselt ein großes Lagerfeuer. Wohlige Wärme bestreicht den

ganzen Innenraum. Hier könnte sogar ich, daß "Weichei" im Team, meine 36 stündige Pause angenehm verbringen.
Gemessen an dem, was meine Freunde während der letzten Woche geboten bekamen, ist dies hier das reinste Luxushotel. Nicht eine Schneeflocke wird den Schlaf meiner Huskies stören. Warm und trocken können sie sich von den vergangenen Strapazen erholen.

Ihre einzige Aufgabe während der nächsten 36 Stunden wird Fressen und Schlafen sein. Petra wird sich als ausgebildete Krankenschwester verstärkt um die Blessuren und Pfoten meiner Freunde kümmern. Vielleicht schafft sie es, die verletzte Trouble soweit wiederherzustellen, daß auch sie im Team verbleiben kann. Auf der zweiten Hälfte der Strecke können wir jede Pfote gebrauchen
Inge und Philo teilen sich die schwere Aufgabe, den Hunden im sechsstündigen Rhythmus soviel Futter und Wasser wie möglich einzutrichtern. Außerdem muß ihr ungestörter Schlaf rund um die Uhr bewacht werden.

Beim Ausspannen hilft uns ein mir unbekannter Mann. Er ist bei unserer Ankunft auf dem Campingplatz alleine vor dem Lagerfeuer gesessen und hat das Feuer in Gang gehalten. Anfangs glaube ich, er ist ein Doghandler, der zu einem anderen Team gehört und uns nur aus Freundlichkeit hilft. Nach einer kurzen Begrüßung stellt sich heraus, daß dieser Herr ein deutscher Fan ist. Ernst Asmuth hat den Fernsehbericht über meine letztjährige Teilnahme am Yukon-Quest gesehen und sich entschlossen, mich ab Dawson von Checkpoint zu Checkpoint zu begleiten. Während er auf meine Ankunft in der alten Goldgräberstadt am Yukon gewartet hat, hat er Inge kennengelernt. Von da an hat er meinen drei Doghandlern mit Rat und Tat beim Vorbereiten des Lagers geholfen. Spontan bietet mir Ernst seine weitere Hilfe an. Gerne greife ich sein großzügiges Angebot auf. Ich möchte mich an dieser Stelle ausdrücklich für seine große Unterstützung bedanken, die mir in Dawson ein Vieles mehr an Erholung gegeben hat.

Bei der ersten Fütterung meiner vierbeinigen Freunde bin ich noch selbst anwesend. Guitary und Be-Bop sind so müde, daß sie jede Nahrungsaufnahme verweigern.

Jetzt wird es sich zeigen, was das Mittel wert ist, daß mir mein Münchner Tierarzt Dr. Marquart mitgegeben hat. Petra hat dieses Gebräu, das eigentlich für Kälber bestimmt ist und nicht gefrieren darf, während der vergangenen Tage wie ihre Augäpfel gehütet. Mit dem resoluten, und gleichzeitig sanften Griff einer Krankenschwester flößt sie Guitary und Be-Bop je ein Fläschchen davon ein. Das Zeug wirkt tatsächlich wahre Wunder. Keine fünf Minuten später schlabbern auch diese beiden Sorgenkinder brav ihr Süppchen.

Um jedem Risiko aus dem Weg zu gehen, gebe ich noch die Order, auch Ickey vor jeder Mahlzeit den Inhalt einer Flasche dieses Wundermittels zu verabreichen. Er ist durch die andauernde Arbeit als Leithund so gestreßt, daß er meiner Meinung nach nicht genug fressen und schlafen kann. Koste es was es wolle, er muß wieder zu Kräften kommen.

Nachdem ich noch jeden meiner Hunde in den Schlaf gestreichelt habe, fahre ich mit Inge in unserem uralten Truck über die berühmte Eisbrücke nach Dawson zurück. Denn nicht nur die Hunde, auch die Musher sollen sich während des "mandentory layovers", des Pflicht-Stops, für die nächsten 500 Meilen erholen. Bevor ich in unser Quartier zum Duschen und Schlafen gehe, werde ich mir in der "Sluisebox-Lounge" des Eldorado-Hotels einen riesigen Hamburger und mindestens zwei Liter Limonade gönnen.

Habe ich immer noch mit Halluzinationen zu kämpfen? Nein, da steht er leibhaftig. Mein alter Freund Larry "Cowboy" Smith steht am Tresen und grinst mich unter seinem Stetson heraus an.

Larry und ich haben während des letztjährigen Yukon-Quest Freundschaft geschlossen. Damals hat der ehemalige Weltmeister im Bullenreiten, daher kommt sein Beiname Cowboy, das Rennen über eine Distanz von 850 Meilen ungefährdet angeführt. Erst die letzte Steilwand des Eagle-Summit hat ihn über sieben Stunden fest umklammert gehalten. Drei seiner Verfolger hatten hingegen nur 50 Meter von ihm entfernt eine leichtere Passage gefunden. Sie konnten ihn somit problemlos passieren. Heuer hat dieser weltweit bekannte Musher, er lebt in der Nähe von Dawson, auf eine Teilnahme am Yukon-Quest verzichtet.

Eigentlich wollte ich nur schnell etwas essen. Doch bevor die Eingangstüre des Saloon wieder ins Schloß gefallen ist, hält mir Larry schon das erste Glas mit Whiskey und eine große Tasse schwarzen Kaffee unter die Nase. Die Wiedersehensfreude hat meine Müdigkeit mit einem Schlag weggewischt. Larry und ich haben uns seit dem letzten Jahr eine Menge zu erzählen. Schnell kommen wir auf meine Probleme zu sprechen. Angefangen mit Blancos Kollaps und dem Überlebenstrott meiner restlichen Huskies. Sofort ist sich der Mann, von dem man sagt, daß er wie ein Hund denken kann, sicher: "Deine Hunde sind auch nicht kränker als alle anderen, die an diesem Rennen teilnehmen.

Aber durch Blancos Ausfall fehlt dir derjenige, der deine Wünsche blindlings in die Tat umsetzt. Du brauchst einen Leader, der die restlichen Hunde deines Gespanns mitreißt. Wenn es dir gelingt, zu deinem zweiten Leithund ein ebenso enges Verhältnis wie zu Blanco aufzubauen, dann hast du keine Probleme mehr."

"Ein guter Rat,Cowboy! Nur, wie soll ich ihn in die Tat umsetzen? Über drei Jahre und einige Schlüsselerlebnisse habe ich gebraucht, bis aus meiner Beziehung zu Blanco eine echte Freundschaft auf Gegenseitigkeit wurde. Bloß habe ich nicht vor, mir bis Whitehorse drei Jahre Zeit zu lassen."

Nach der dritten Tasse Kaffee, selbstverständlich mit Whiskey, drängt Inge mich mit sanfter Gewalt aus dem Lokal. Bevor aus meinem Wiedersehen mit Cowboy ein Saufgelage wird, schickt sie mich lieber zu Bett. Larry und ich verabreden ein Wiedersehen für morgen in der Früh. Wir wollen gemeinsam meinen Schlitten inspizieren und eventuelle Schäden beheben. Wie im vergangenen Jahr ist Fee Chamberlain, eine Indianerin vom Stamme der Cree, meine Gastgeberin. Sie wohnt in einem kleinen Häuschen am Stadtrand von Dawson. Stadtrand bedeutet bei solch einer Ortschaft, deren Kern die Mainstreet ist, daß mich ein knapp zweiminütiger Fußmarsch vom Eldorado-Hotel trennt.

Fee ist eine reizende und großzügige Gastgeberin. Nicht nur ich, sondern auch meine drei Helfer werden von ihr für die Zeit des Layovers beherbergt. Bis vor einigen Jahren lebte Fee Chamberlain in einer

Trapperhütte am Birch-Creek zwischen Central und Circle. Nach einem folgenschweren Zusammentreffen mit einem Grizzlybären, der Bär hat ihr fast das ganze Gesicht weggebissen, lebt Fee wieder in ihrer Heimat Kanada. Durch eine Vielzahl von kosmetischen Operationen ist ihr Gesicht wieder soweit hergestellt worden, daß man ihre einstige Schönheit wenigstens erahnen kann. Ihren Lebensunterhalt bestreitet sie mit der Herstellung und dem Verkauf von indianischem Kunsthandwerk. Ob Fee wohl jemals wieder als Fallenstellerin in den Busch zurückkehrt?

Dawson

Sonntag: 18 . Februar

Seit über einer Woche habe ich nicht mehr in einen Spiegel geschaut. Jetzt stehe ich in Fees Badezimmer und versuche, mich trotz meines von Wind, Wetter und Anstrengungen gezeichneten Gesichtes wiederzuerkennen. Die Wärme im Saloon und hier im Badezimmer hat mein fast schon gefrorenes Gesicht dick aufquellen lassen. Der Wind und die eisige Kälte der vergangenen Tage haben mir eine rote Rübennase wachsen lassen. Auf jedem Säuferkongress würde mir dieser leuchtende Zinken zu Ehren gereichen. Überall habe ich durch "Frostbites" hervorgerufen, dunkle Flecken im Gesicht. Nicht, daß ich vor diesem Rennen eine Schönheit war, aber so wie ich jetzt aussehe, kann ich in jeder Geisterbahn als Chefgespenst Karriere machen. Nachdem ich den Schreck über mein furchtbares Aussehen verdaut habe, stelle ich mich unter die Dusche. Nie hätte ich gedacht, daß warmes Wasser auf der Haut ein derartig wohliges Gefühl hervorrufen kann. Dieses unbeschreibliche Empfinden entschädigt mich für mein Aussehen und für alle zurückliegenden Strapazen. Am liebsten würde ich unter der Dusche einschlafen. Irgendwann stelle ich das heiße Wasser ab und gehe zu Bett.
Im gewohnten Zwei-Stunden-Rhythmus schlafe ich traumlos bis zum frühen Morgen. Der Dogtruck steht nicht vor dem Haus. Also sind Inge und ihre Helfer auf der anderen Seite des Yukon. Sie versorgen dort meine vierbeinigen Rennmaschinen. Wenn mich nicht alles täuscht, erhalten diese bereits ihre dritte Mahlzeit seit unserer Ankunft in Dawson. Hungrig mache ich mich zu Fuß auf den Weg ins Eldorado-Hotel. Dort werde ich mit Cowboy ausgiebig frühstücken. Während ich auf einem hölzernen Gehsteig durch dichtes Schneetreiben spaziere, wird mir langsam bewußt, daß ich den heutigen Sonntag voll und ganz in der Geborgenheit dieser alten Goldgräberstadt verleben darf. Erst morgen um 10.00 Uhr muß ich wieder in die gnadenlose Wildnis hinaus. Die noch vor mir liegenden 24 Stunden in Dawson kommen mir unendlich lange vor. Wird diese Zeit ausreichen, meine Huskies wieder aufzupäppeln?
Bei meinen mittlerweile vier Doghandlern und den auf dem Campground stationierten Tierärzten sind meine Hunde in den besten Händen. Wenn

diese Leute es nicht schaffen, mein Team wieder auf die Beine zu bringen, wer sonst?
Gut gelaunt, da ausgeruht und voller Optimismus, gehe ich an buntgestrichenen Holzhäusern vorbei. Seit der Zeit des Goldrausches scheinen sich ihre Fassaden nicht verändert zu haben. Vor dieser Kulisse fehlt eigentlich nur, daß einer der Westernhelden, die ich als Kind im Kino bewundert habe, mit wiegendem Gang und tiefgeschnallten Colts vor mir auftaucht.

Larry wartet bereits in der Lounge des Hotels auf mein Eintreffen. Bei Bratkartoffeln und schwarzem Kaffee, diesmal ohne Whiskey, besprechen wir unseren Tagesplan. Am liebsten würde ich sofort nach dem Frühstück zu meinen Hunden gehen. Doch Larry meint: "Laß sie jetzt lieber in Ruhe. Heute nachmittag bei der nächsten Fütterung hast du immer noch Zeit genug, dich um deine Tiere zu kümmern. Überlaß diesen Tag einfach mir und entspanne dich."

Eigentlich überlasse ich anderen Leuten nur äußerst ungern die Planung meines Tagesablaufes. Doch dieser erfahrene Musher hat das Yukon-Quest schon so oft beendet, daß er wohl wissen wird, was richtig für mich ist. Gleich nachdem Frühstück beweist mir Cowboy, daß er wirklich vorausplanen kann. Noch gestern Nacht, ich lag schon im Bett, hat er meinen Schlitten in eine Werkstatt zum Abtauen gebracht.
Durch diese Vorarbeit ist der Schlitten jetzt schon knochentrocken, und alle nötigen Handgriffe gehen uns in der warmen Werkstatt flott von der Hand. Nach knapp einer Stunde haben wir die ausgeleierte Lederverschnürung, mit der die Holzkonstruktion des Schlittens zusammengehalten wird, und die verkratzten Kufenbeläge gewechselt. Inge ist noch immer nicht von den Hunden zurückgekehrt. Ich beginne mir Sorgen zu machen und will sofort zum Campingplatz. Doch Larry behält die Ruhe: " Stay cool my man!" Jetzt fahren wir erst einmal zu mir und ich zeige dir meine Tiere."

Es gibt im Augenblick nichts, an dem ich weniger Interesse hätte, als an Larrys Hunden. Mit sanfter Gewalt schiebt mich mein Freund in seinen Pickup-Truck, und ab geht es in rasender Fahrt über die Eisbrücke in Richtung Campground. Als wir an Inges altem Truck vorbei fahren, habe

ich für einen Augenblick die Hoffnung, daß Larry doch noch bei meinen Hunden anhält.
Ich verspüre fast körperliche Schmerzen, als dieser sture Cowboy ohne auch nur ein bißchen vom Gas zu gehen, weiter in Richtung seines Anwesens prescht.

Hoch über Dawson lebt der große Larry "Cowboy" Smith in einem kleinen, armseligen Wohncontainer. Larry lebt dort nicht alleine. Er teilt seine Behausung mit seinen Huskies. Für mich eine äußerst interessante Beobachtung. Anscheinend ist meine Art der Hundehaltung doch nicht so außergewöhnlich. Keiner seiner etwa 30 Hunde ist angebunden. Mit langgezogenem Wolfsgeheul feiern seine Tiere unsere Ankunft. Jeden seiner Huskies stellt mir Larry mit Namen und einer kleinen Geschichte aus der Vergangenheit vor. Ein großer, rotbrauner Husky mit dunklen Knopfaugen hat es mir besonders angetan. Ständig drängt er die anderen Hunde aus dem Rudel von mir weg und versucht, mich mit seinen Pfoten zu umklammern. So einen verschmusten Hund habe ich in meinem ganzen Leben noch nicht gesehen. Gegen diesen Burschen ist mein Sunny-Boy, den ich bisher für den König der Schmuser gehalten habe, fast abweisend. Larry stellt mir dieses liebebedürftige Wesen vor.
"Cajun" war sein Leithund beim letztjährigen Yukon-Quest. Dieser Hund geht mir nicht mehr von der Pelle. Wie angenäht läuft er neben mir her und versucht, mich bei jeder sich bietenden Gelegenheit zu umarmen.

Nachdem ich alle Hunde kennengelernt habe, dränge ich ungeduldig zum Aufbruch. Doch so leicht läßt sich "Cowboy" nicht aus der Ruhe bringen. Er dirigiert mich in seine Hütte und schenkt uns erst einmal einen großen Whiskey in nicht mehr ganz saubere Kaffeetassen ein. Dann beginnt für mich ein verspätetes Weihnachtsfest. Unter seinem Bett, oder wie soll ich dieses mit Fellen bedeckte Holzgestell nennen, kramt er einen Sack mit Silbermünzen hervor. Diesen Silberschatz hat er vor Jahren beim Iditarod gewonnen. Er erzählt mir die Geschichte, wie er gegen Rick Mackey das 1.000 Meilen lange Rennen mit nur wenigen Sekunden Abstand verloren und als Trostpflaster diese Münzen erhalten hat. Eine dieser Münzen schenkt er mir. Ich soll sie als Talisman immer bei mir tragen. Doch damit nicht genug: Als Andenken verehrt er mir noch eine Dollarnote, die mit seinem Konterfei bedruckt ist. Die Sache beginnt mir peinlich zu werden. Nicht nur, daß Larry mir hilft, wo er nur kann. Nein, er beschenkt mich auch noch wie ein kleines Kind.

Ich überlege gerade, wie ich mich wohl am besten revanchieren kann. Da holt diese lebende Legende des Dogmushings zum entscheidenden Schlag aus. Bei einem weiteren Whiskey übereignet er mir feierlich "Cajun", seinen Leithund. Wer weiß, daß hier im Norden ein guter Leader mit Geld nicht zu bezahlen ist, wird meine Verlegenheit verstehen. Mit Händen und Füßen wehre ich mich gegen das übergroße Präsent. Mit allen Mitteln versuche ich Larry von seinem Entschluß abzubringen, mir Cajun zu schenken.

Vergeblich! Auf meine Argumente entgegnet er mir nur: "In diesem Rennen darfst du Cajun zwar nicht mehr einsetzen. Aber wenn wir in Zukunft wieder gegeneinander fahren, dann kannst du dich nicht auf Blanco rausreden, wenn du gegen mich verlierst!"
Daß ich mich mit Cajun gut verstehen werde, ist jetzt schon sonnenklar. Und daß ich ihn als Geschenk meines Idols Larry "Cowboy" Smith neben Blanco in Ehren halten werde, ist auch eine Selbstverständlichkeit. Ich glaube, Larry hat mir dieses mehr als großzügige Geschenk gemacht, um mich über Blancos Verlust hinwegzutrösten. Mit einem vor Verlegenheit hochrotem Kopf bedanke ich mich bei meinem Gönner. Ich kann es gar nicht fassen. Ich bin der stolze Besitzer eines Leithundes aus der Zucht meines Idols. Morgen, wenn ich mit meinem Gespann Dawson verlassen haben werde, wird Cajun mit Inge im Dogtruck nach Whitehorse fahren. Wie auf einer Wolke schwebend, fahre ich nun endlich mit Larry zu meinen Hunden, die im Campground ihre wohlverdiente Pause genießen.

Um die steifen Muskeln der Hunde etwas zu lockern, führen Inge, Ernst und Philo jeweils zwei meiner Huskies auf dem Lagerplatz spazieren. Petra kniet unterdessen im Zelt und massiert die anderen Hunde mit einem speziellen Muskelöl. Bilde ich es mir nur ein - oder sehen meine Athleten tatsächlich schon wieder kräftiger aus als bei unserer Ankunft in Dawson? Ickey, Guitary und Clancy scheinen immer noch recht müde zu sein. Die anderen - ganz besonders Salz, Gobbles und Nordic - machen auf mich den Eindruck, als würden sie das Rennen am liebsten sofort wieder aufnehmen. Leider hinkt Trouble trotz Petras intensiver Bemühungen immer noch. Naja, noch haben wir 19 Stunden Zeit. Erst dann fällt die endgültige Entscheidung, ob mein Trouble-Mädchen bei Inge zurückbleiben oder weiter im Team laufen soll.

In der ersten Hälfte unserer Zwangspause hat sich der Zustand meiner Huskies so dramatisch gebessert, daß ich mir schon jetzt keine Gedanken mehr darüber mache, ob wir in Dawson aufgeben müssen oder nicht. John Schandlemeier und Rick Mackey haben ihren Layover bereits hinter sich. Sie bereiten schon den Aufbruch zum zweiten Teil des Rennens vor.
Im Augenblick möchte ich, obwohl sie das Feld anführen, nicht mit ihnen tauschen. Keine fünf Meilen hinter Dawson fordert der mächtige "King Salomons Dome" Hunde und Musher heraus. Es ist mit Sicherheit kein Vergnügen, den 2.000 Meter hohen Berg in der Dunkelheit und bei heftigen Schneefall überqueren zu müssen. Vielleicht habe ich ja ein bißchen Glück, und das Wetter hält die vor mir Liegenden auf. Es wäre wunderbar bei strahlendem Sonnenschein und gespurtem Trail über den gefürchteten King Salomons Dome zu fahren. Dann hätten wir sogar noch eine winzige Chance John und Rick einzuholen. Träumereien eines auf verlorenem Posten stehenden Mushers. So etwas käme einem Lottogewinn gleich. Außerdem bringt es kein Glück, seinen Gegnern etwas Schlechtes zu wünschen. Bevor ich weiter solch unsportlichen Gedanken nachhänge, fahre ich lieber nach dem Füttern zurück in die Stadt. Dort werde ich noch ein wenig schlafen, bevor ich mit meiner Truppe zum Essen gehe.

Eigentlich wollte ich heute Abend mit Fee und Cowboy ausgehen. Doch daraus wird nichts. Meine Gastgeberin hat mir zu Ehren einen großen Truthahn gebraten, den wir gemütlich bei ihr zu Hause verspeisen. Nach dem Dinner husche ich noch schnell in die Sluise-Box-Lounge. Dort werde ich mir die nötige Bettschwere und Informationen über die letzten Neuigkeiten des Rennverlaufes holen. Im Gastraum der Lounge herrscht eine Bombenstimmung. Fans aus der ganzen Welt sind hier versammelt und genießen die einmalige Atmosphäre. Auf der Bühne besingt eine Country-Band Heldentaten aus der Pionierzeit des Westens. Nur mit viel Mühe gelingt es mir, mich nicht ganz von dieser ausgelassenen Stimmung gefangennehmen zu lassen. Schließlich ist das Rennen noch nicht vorüber. Wir haben bestenfalls Halbzeit. Nicht daß es mir so geht wie Larry, der vor vier Jahren sein Eintreffen in Dawson zu feucht gefeiert hat. Er mußte damals scratchen, weil er nach einer Party seine Abfahrt um 24 Stunden verschlief .

Dauernd machen neue Nachrichten über den Rennverlauf die Runde unter den Gästen. Jeder der Anwesenden weiß irgendwelche Neuigkeiten zu berichten. Manche dieser Nachrichten sind ernst zu nehmen, andere weniger. Eben erfahre ich, daß Dieter Dolif in Eagle aufgegeben hat und mit seinem Team nach Dawson ausgeflogen wird. Vielleicht ist das auch wieder nur ein Gerücht. Doch leider bestätigt mir Dave, der Racemarshal, diese Information. Schade! Ich hätte es meinem Landsmann gegönnt, daß er - solange er nicht vor mir ins Ziel kommt - das Yukon-Quest erfolgreich beenden kann.

Bevor ich dem fröhlichen Treiben in der Sluise-Box-Lounge den Rükken kehre, erkundige ich mich noch bei Thomas Wiget nach seinen zukünftigen Reiseplänen. Er ist knapp zwei Stunden nach mir in Dawson eingetroffen. Demzufolge darf er auch erst zwei Stunden nach mir das Rennen wieder aufnehmen. Wie ich, so hofft auch er, daß sich seine Hunde während der 36 Stunden in Dawson gut erholen werden. Er hat deshalb jeden Gedanken an eine Aufgabe weit von sich geschoben. Thomas und ich verabreden, daß wir uns irgendwo auf dem Trail treffen werden. Ab dann wollen wir wieder gemeinsam bis zum nächsten Checkpoint zu mushen.

Hand in Hand schlendere ich mit Inge durch die tief verschneite Goldgräberstadt zu unserer Unterkunft. Bis Whitehorse wird dieses die letzte Nacht sein, die ich in einem warmen Bett verbringen werde. In ungefähr zwölf Stunden geht es wieder in die gnadenlose Wildnis hinaus. Inge muß noch einmal die Hunde füttern, bevor auch sie sich für einige Stunden hinlegen darf.

Dawson

Montag: 19. Februar

Wo sind die Bäume die ich ausreißen soll? So gut habe ich schon lange nicht mehr geschlafen.

Heute geht es weiter in Richtung Whitehorse. Frisch und ausgeruht wache ich neben Inge auf. Ein kurzer Blick auf die Armbanduhr. Es ist erst 6.00 Uhr am Morgen. Es bleibt also noch genügend Zeit in aller Ruhe zu duschen und anschließend noch ein wenig im Bett zu kuscheln. Eigentlich habe ich überhaupt kein Verlangen danach, mich wieder tagelang in dieser lausigen Kälte herum treiben zu müssen. Mein Hintern scheint voll Blei gelaufen zu sein. Jedenfalls kostet es mich unsägliche Überwindung meinen Allerwertesten aus den warmen Federn zu lüften. Immer noch im Bett, dehne ich meine müden, strapazierten Muskeln. Unerwartet steht Petra mit einer vor Kälte rot glühenden Nase in der Türe. Jäh reißt sie mich aus meiner gemütlichen Trödelei: "Wenn du pünktlich um 10.00 Uhr aus Dawson verschwinden willst, mußt du dich langsam beeilen!"

Erstaunt schaue ich noch mal auf meine Uhr. "Wieso? Es ist doch noch nicht einmal 7.00 Uhr!" Plötzlich fällt es mir siedend heiß ein: Im kanadischen Yukon Territorium ist die Uhr gegenüber der alaskanischen Zeit um eine Stunde vorausgestellt. Es ist also nicht 7.00 sondern 8.00 Uhr. So ein verdammter Mist! Das gemütliche Frühstück mit meiner Familie kann ich mir abschminken.

Es ist zum Verzweifeln! Da hat mich mein Freund Manfred Hilscher mit dem besten Chronometer dieser Welt ausgestattet und ich bin nicht in der Lage ihn richtig zu nutzen. Als ich vor einem halben Jahr meine Ausrüstung für das Yukon-Quest zusammen gestellt habe, stand eine gute Uhr ganz oben auf meinem Wunschzettel. Im vergangenen Jahr bin ich mit einer Quarzuhr der unteren Preisklasse an den Start gegangen. Schon nach zwei Tagen hat das gute Stück wegen der extremen Kälte ihren Geist aufgegeben. Ohne Uhr konnte ich die Ruhepausen meiner Hunde nicht mehr richtig einteilen. Deshalb hätte ich meine Tiere beinahe über-

fordert. Dann wäre es mir wie Curt Smith ergangen. Manfred hat sich meine Anforderungen an eine Uhr genau überlegt. Schnell war uns beiden klar: “Für derartige Extremsituationen kommt nur eine Rolex in Frage.”
Damit ich zwei Zeitzonen gleichzeitig ablesen kann empfahl mir Manfred eine Rolex GMT-Master.
Ein wunderbares, und gleichzeitig robustes Stück. Nur hätte ihr Preis meinen Finanzplan bei weitem überstrapaziert. Nach langem Überlegen machte mir Manfred Hilscher ein großzügiges Angebot: Dieser Chronometer soll mich nur leihweise auf meiner Expedition begleiten. Gewissermaßen bin ich in Manfreds Auftrag als Testfahrer unterwegs. Eine für beide Seiten gute Entscheidung. Wo könnte ein Chronometer besser auf seine Belastbarkeit getestet werden als auf dem härtesten Rennen der Welt?
Ich komme auf diesem Wege zu einem zuverlässigem Zeitmesser ohne mich finanziell zu weit aus dem Fenster lehnen zu müssen. Es ist nur schade, daß ich die Rolex nach dem Rennen wieder zurück geben muß. Um die Uhr jederzeit ablesen zu können, muß ich sie über meiner Parka tragen. Für meine GMT-Master bedeutet das, daß sie selbst Temperaturen von minus 40 Grad Celsius und kälter schadlos überstehen muß. Bis jetzt hat mein “Zeiteisen” extremste Temperaturschwankungen, Nässe und harte Schläge ohne Probleme weggesteckt. Nur ich bin so dusselig und vergesse sie um eine Stunde voraus zu stellen. Dabei hätte eine winzige Drehung an der Lünette genügt und ich bräuchte mich jetzt nicht zu überschlagen
Manfred, du hast dir zuviel Mühe mit mir gegeben.

Wie ein geölter Blitz hechte ich aus dem Bett, raffe in aller Eile meine Kleider zusammen und stopfe mir im Vorbeigehen eine Scheibe Brot in den Mund. In fast panischer Hast werfe ich meinen Zeugsack in den Truck. Petra chauffiert mich, so schnell es die verschneiten Straßen zulassen, über den Yukon zum Campground. Wenn ich meine offizielle Abfahrtszeit verpasse, mache ich mich zum Gespött der ganzen Arktis. Die mitreisenden Reporter berichten über jede Kleinigkeit, die während des Yukon-Quest passiert. Vor meinem geistigen Auge sehe ich schon die Schlagzeile: ”German musher, can´t get out of his sleepingbag!” Auf solch eine Publicity kann ich bei Gott verzichten.

Am Lagerplatz angekommen habe ich durch meinen Verzicht auf das Frühstück genug Zeit aufgeholt. Halbwegs in Ruhe kann ich mich jetzt um meine Huskies kümmern. Als erstes nehme ich Trouble an die Leine und mache mit ihr einen letzten Testlauf. Schade, sie hinkt trotz Petras unermüdlichen Bemühungen noch immer ein wenig.
Die Entfernung bis Pelly-Crossing, beträgt 280 Meilen. Über zwei große Berge und die gefürchteten “Rolling black Hills” liegen jetzt vor uns. Das Risiko, Trouble zu überfordern, ist mir einfach zu groß. Schweren Herzens entschließe ich mich, Trouble in Inges Obhut zurück zu lassen. Aber sie ist nicht alleine. Sie wird zusammen mit Cajun nach Whitehorse reisen.
Jetzt sind der Münchner-Husky Sunny-Boy und ich die einzigen Veteranen im Team. Nur er und ich sind das Yukon-Quest schon einmal gefahren. Eine beachtliche Leistung für einen Hund, den ich nur aus einem Grund geschenkt bekam: Er war seinem früheren Herrchen nicht leistungsfähig genug.
Mit Larry‘s Hilfe schaffen wir es zehn Minuten vor meiner offiziellen Auscheck-Zeit alle Huskies reisefertig vor dem Schlitten eingespannt zu haben.

KING SALOMONS DOME
EUREKA DOME
DAWSON
YUKON
SULPHOR
ROLLING BLACK HILLS
SCROGGY CREEK
STEPPING STONE
DAWSON - PELLY CROSSING
230 MEILEN
PELLY CROSSING
PELLY
HIGHWAY

Auf dem Weg von Dawson nach Pelly-Crossing

Montag: 19. Februar (230 Meilen)

Meine Hoffnungen auf besseres Wetter haben sich leider nicht erfüllt. Der Schnee fällt in dicken Flocken vom grauen Himmel. Ich behaupte nicht, daß es mir zu heiß ist. Doch für die kommende Bergpassage sind meinen Hunden die momentanen Temperaturen viel zu hoch.
Nachdem alle Formalitäten erledigt sind, kann ich meinen elf Hunden pünktlich um 10.01 Uhr das Startsignal geben. Nicht nur ich, auch meine Hunde scheinen keine rechte Lust zu haben Dawson zu verlassen. Äußerst unwillig setzt sich der Troß unter der Führung von Ickey und Clancy in Bewegung.
Alle mir verbliebenen Huskies scheinen sich körperlich in den vergangenen 36 Stunden sehr gut erholt zu haben. Es schaut sogar so aus, als hätten sie gemessen an ihrem Zustand bei unserer Ankunft wieder ein kleines bißchen Fett ansetzen können. Meine Helfer haben wirklich ein kleines Wunder vollbracht.

Doch durch die gute Pflege und Fürsorge verspürt mein Team kein Verlangen, diesen gastlichen Platz zu verlassen. Schon ein paar Meter nach dem Start versucht Ickey, das Gespann umzudrehen. Der Bursche weiß wo‘s angenehm ist. Er will schleunigst wieder zurück ins kuschelige Zelt Glücklicherweise bemerke ich sein Vorhaben rechtzeitig. So kann ich Ickeys Wendemanöver durch ein scharfes: “On by!” Kommando im Keim ersticken. Nachdem ich meiner Mannschaft unmißverständlich klar gemacht habe, daß es jetzt wieder weiter gehen muß, drehen sich elf Husky-Köpfe wie an einer Schnur gezogen zu mir um. 21 treue blaue oder braune Augen stellen mir die gleiche Frage:”Warum kannst du uns nicht noch eine Weile hier lassen? Hier hatten wir alles was wir brauchten! Kannst du uns einen vernünftigen Grund nennen, der unseren Aufbruch rechtfertigt?” Auch ich stelle mir die Frage nach dem Warum unserer Weiterfahrt. Doch wenn wir jetzt ohne zwingenden Grund aufgeben, dann hätten wir uns auch die erste Hälfte dieser mörderischen Tour ersparen können.

Im Zeitlupentempo verlassen wir den Campground. Nach etwa 200 Metern biegen zum Yukon ab, der uns an den Fuß des King Salomons Dome führen wird.
Jetzt bin ich mir ziemlich sicher, daß meine Huskies nicht wirklich krank sind.
Vielmehr bin ich nun davon überzeugt, daß ich ihnen den Aufenthalt an den Rastplätzen zu angenehm mache. Mir geht es schließlich genauso. Je gastlicher ein Blockhaus am Wegesrand ist, desto schwerer fällt mir die Weiterfahrt. Auch ich hätte nichts dagegen, mit Larry noch ein paar Tage in diesem wunderschönen Dawson zu verbringen. Doch ich bin ein Mensch und unterliege demzufolge anderen Denkschemata und Verhaltensweisen als meine Hunde.

Langsam komme ich zur Überzeugung, daß Tiere das Leben weit vernünftiger als wir Menschen angehen. Wir Menschen setzen uns ohne zwingenden Grund viel zu sehr unter Druck. Manchmal benehmen wir uns wie Schlachtvieh, daß auf dem Transportband zum Schlächter noch mitläuft. Das beste Beispiel ist dieses Rennen an und für sich. Monatelang habe ich viele Opfer auf mich genommen, um in der Lage zu sein, dieses herrliche Land über eine solche Distanz bereisen zu können. Jetzt tue ich alles um so schnell wie möglich ins Ziel zu kommen. Und dann? Dann ist diese einmalige Reise vorüber. Warum? Es ist doch wirklich schizophren. Wenn wir erst einmal die Ziellinie in Whitehorse überquert haben, dann ist eigentlich Alles, wofür wir seit Monaten gekämpft haben zu Ende. Nicht nur die Unsicherheit, wie es die nächsten Meilen weitergeht wird vorüber sein. Auch all das Schöne, um nicht zu sagen das Verzaubernde an dieser Reise wird vorbei sein. Obwohl uns noch etwa 500, teilweise grausame Meilen erwarten, macht sich bei diesem Gedanken jetzt schon eine Art Aschermittwochsstimmung in mir breit. Doch wie heißt es so schön? “Immer positiv denken, und sich auf das vor uns liegende freuen, statt jetzt schon auf das unvermeidliche Ende zu starren.

Der frische, schwere Schnee erschwert unser Vorwärtskommen. Immer noch im Zeitlupentempo ziehen wir den Yukon entlang. Auf der anderen Seite des Flusses stehen viele Menschen und winken uns zum Abschied zu. Durch den geschäftigen Verkehr zwischen dem Campground und der

Stadt sind viele Schlittenspuren im Schnee. Es ist höllisch schwer dem richtigen Trail zu folgen. Habe ich die richtige Abzweigung unseres Weges verpaßt? Sicherheitshalber wende ich mein Team und fahre zu der winkenden Menge hinüber. Tatsächlich, vor lauter Nachdenken habe ich einen Markierungsstab übersehen und hätte mich beinahe verfahren.

Nach meiner ersten Teilnahme am Yukon-Quest wurde ich oft gefragt, wie ich mich draußen in der Wildnis ohne Karten und Kompaß orientiere. Diese Frage kann ich nur mit einem Schulterzucken beantworten. Anscheinend läßt uns das Zusammenspiel meines Orientierungssinns und der Orientierungssinn meiner Leithunde immer den richtigen Weg finden. Wenn ich dann noch erkläre, daß man sich am ehesten in der Nähe von Städten verirrt, ernte ich meistens nur ungläubige Blicke. Aber es stimmt. Denn draußen in der Wildnis wird der richtige Weg dadurch festgelegt, daß es gar keine andere Möglichkeit gibt, um mit einem großen Hundegespann von einem Punkt zum Anderen zu gelangen. Es gibt nur den Weg, der im Augenblick vor einem liegt. In der Nähe von Städten gibt es hingegen viele Wege, die irgendwohin führen. Nur welcher davon ist der richtige?

Durch die Zuschauer aufmerksam gemacht, sind wir wieder auf der richtigen Route. Wir verlassen den Yukon River, um die Goldfelder des Klondike zu durchqueren. Im Winter deckt eine gnädige Schneedecke zu, was Hunderttausende von Menschen, oft mit bloßen Händen, in ihrer Gier nach dem gelben Metall angerichtet haben. Ich fühle mich wie eine winzige Ameise, als ich mich mit meinem Gespann durch riesige, nicht enden wollende Erdwälle schlängle. Am berühmten und berüchtigten Claim 33 gönne ich meinen vierbeinigen Freunden eine kleine Verschnaufpause. Ich denke an die vielen Goldgräber, die hier wegen ihrer Funde von Desperados erschossen wurden. Oder an die, die kein Gold gefunden hatten und regelrecht verhungern mußten. Damals lebten hier über 100.000 Goldsucher und Glücksritter. Nahrungsmittel waren knapp und teuer. Ein Ei kostete zu dieser Zeit zum Beispiel mehrere Dollar.

Ausgelöst durch die historische Umgebung läuft vor meinem geistigen Auge ein richtiger Wildwestfilm ab.

Nach dieser kleinen Rast beginnen wir den endlosen Anstieg zum berüchtigten King Salomons Dome. Dieser Berg gilt neben dem Eagle Summit und dem American Summit als einer der großen Prüfsteine dieses Rennens. Je weiter wir Dawson hinter uns lassen, desto williger ziehen meine Huskies den Schlitten.
Ihnen hat unsere 36stündige Rast wirklich gut getan. Doch kann sie die Anstrengungen der bereits hinter uns liegenden Strecke nicht restlos wegwischen.
Wenn ich in regelmäßigen Abständen kurze Pausen einlege, sollten wir in der Lage sein, den sich vor uns auftürmenden Berg zu überqueren. Je höher wir steigen, desto tiefer und schwerer wird der Trail.

Kris Swanguarin hat Dawson etwa zwölf Stunden vor uns verlassen. Seine Spuren sind schon seit langem wieder zugeschneit. Mit heraushängenden Zungen ziehen meine Huskies den Schlitten mühsam durch den tiefen Schnee. Noch liegt der Gipfel des King Salomon Dome in weiter Ferne.
Thomas Wiget hat es da etwas einfacher. Er liegt nur knapp zwei Stunden hinter uns und findet einen durch 44 Hundepfoten niedergetrampelten Trail vor. Bei jeder unserer kurzen Pausen schaue ich hinunter ins Tal. Nirgendwo hinter mir kann ich Tom entdecken. Gestern abend habe ich ihn zuletzt im Eldorado-Hotel gesehen. Heute, während meines überhasteten Aufbruchs, hatte ich keine Zeit, mich um ihn zu kümmern. Ob er den verlockenden Annehmlichkeiten Dawsons erlegen ist und aufgegeben hat? Ich kann es mir nicht vorstellen! Doch wo bleibt er? Schließlich kann ich von hier oben eine Strecke überblicken, für die man mit Sicherheit mehr als drei Stunden benötigt. Ob er, wie ich, die Zeitverschiebung zwischen Alaska nach Kanada nicht berücksichtigt hat?

Dawson habe ich an 13. Stelle liegend verlassen. Hinter mir sind noch Tom Wiget und Dave Dalton in Dawson. Dan Turner, Alain Hercsher, Mike King und Stan Njootli befanden sich bei meiner Abfahrt irgendwo zwischen Eagle und Dawson.
Diese vier Nachzügler haben ihre 36 stündige Zwangspause noch vor sich.

Da Curt Smith und Dieter Dolif bereits aufgegeben haben, sind noch 19

von 21 Musher im Rennen. Eigentlich ist es erstaunlich, daß bisher nur zwei Teilnehmer gescratched haben. Im Vorjahr hatten bis Dawson schon fünf Gespanne die Segel gestrichen. Bis zum Ende des Rennens ist diese Zahl sogar auf neun angewachsen. Dieser Umstand bestätigt meine Theorie: In diesem Jahr ist durch den vielen Schnee und die relativ hohen Temperaturen das Rennen für die Hunde schwerer und für die Musher leichter als im vergangenen Jahr.
Im letzten Jahr hat wohl die barbarische Kälte einigen Mushern so sehr zugesetzt, daß sie das Rennen nicht mehr fortsetzen konnten.

Mit Schaudern erinnere ich mich an Temperaturen, die bei minus 55 Grad lagen. Der aufsteigende Atem ließ meine Wimpern in Sekundenschnelle zusammenfrieren. Wenn ich den Saft meines Kautabaks in den Schnee spuckte, hinterließ ich nicht wie sonst braune Flecken, sondern kleine schwarze Kugeln. Denn meine Spucke gefror noch bevor sie den Boden berührte, und rollte dann als kleine Eiskugel davon. An und für sich finde ich es nicht besonders erwähnenswert über das Pinkeln in der Arktis zu berichten. Doch bei derartigen Minusgraden, verursacht der Strahl schon in der Luft Geräusche, die an das Brechen von Salzstangen erinnern. Allerdings halte ich Berichte, die von gefrorenen, aufrechtstehenden Wasserstangen sprechen für übertrieben. Zumindest habe ich derartiges noch nie erlebt. Noch liegt der Kältepol, er befindet sich in der Nähe von Scroogy-Creek, vor uns. Dort kann sich derartiges Musherlatein ja noch bewahrheiten.

Huskies sind weit härter als Menschen. Sie verlängern unter Umständen ihre Ruhezeiten. Aufgeben tun sie jedoch nur, wenn ihr Herrchen sie in einem Checkpoint zurückläßt.

Serpentine um Serpentine kriechen wir dem Funkmast entgegen, der den Gipfel des King Salomons Dome markiert.
Es schneit immer heftiger, und der Wind nimmt stetig zu. Weit unter mir - Tom ist immer noch nicht zu sehen - höre ich ein Motorengeräusch den Berg hinaufkommen. Nach kurzer Zeit kommen zwei Snowmobil-Fahrer um die Kurve gesaust. Im Vorbeifahren winken sie mir freundlich zu. Diese Beiden hat der Himmel geschickt!
Die breiten Antriebsketten ihrer Snowgoos walzen den schweren, fast

sumpfig zu nennenden Trail vor meinen Hunden platt. Diese inoffiziellen Trailbrecher erleichtern uns den Aufstieg ungemein. Ob sie auch nach Pelly-Crossing oder nur zu einer der Goldminen fahren? Ich weiß es nicht. Mir drängt sich der Verdacht auf, daß Larry "Cowboy" Smith sie geschickt haben könnte. Vielleicht machen diese Motorschlittenfahrer nur einen Ausflug um meinen noch immer sehr müden Hunden eine Erleichterung zu verschaffen. Meinem Freund Larry würde ich solch einen Schachzug schon zutrauen.
Cowboy hält sich zwar immer an die Regeln, kämpft aber mit äußerst harten Bandagen. Da ich die beiden Motorschlittenfahrer nicht um Hilfe gebeten und ihre Fahrt auch nicht veranlaßt habe, habe ich auch keinen Regelverstoß begangen. Außerdem ist dies nur ein Verdacht von mir. Larry werde ich bestimmt nicht danach fragen.

Etwa zwei Stunden nachdem ich von den beiden Snowgoos überholt worden bin, liegt der kahle, sturmumtoste Gipfel des King Salomons Dome direkt über mir. Meterhohe Schneewehen versperren die Weiterfahrt. Die Spuren der Snowgoos sind längst vom Winde verweht. Bereits in der ersten, größeren Schneewehe verlieren Ickey und Clancy den Trail. Das heißt, sie können in der bodenlosen Tiefe des Schnees die von ihren Vorläufern festgetretene Basis nicht mehr ertasten.

Unsicher geworden legen sich meine beiden Leithunde hin. Ergeben warten sie auf meine Hilfe. Auch ich weiß nicht, wo genau unser Weg entlangführt. Durch mein hohes Körpergewicht sinke ich bis über die Hüften ein. Dabei ist es gleichgültig ob ich mich auf oder neben dem Trail befinde. Also bleibt mir nichts anderes übrig, als mein Team durch den Schnee zu zerren. Es ist nur wichtig, daß wir ungefähr die Richtung einhalten, in der der Trail verlaufen müßte. Mir scheint, als würde der Wind von Sekunde zu Sekunde an Stärke zunehmen.

Vom Sturm verblasene Eiskristalle wehen wie große, weiße Fahnen über dem Gipfel. Es ist ein einmalig, schöner Anblick. Doch die Angst hier oben im Schneesturm hängen zu bleiben, läßt mich das gebotene Naturschauspiel nicht genießen. Ich habe nur einen Gedanken: "Bloß weg hier! So schnell es nur geht über den Gipfel und dann runter ins Tal. Zurück in die schützende Geborgenheit der Tannenwälder."

Schweiß rinnt mir in Sturzbächen über das Gesicht. Gerne würde ich mir jetzt meine Parka ausziehen, aber ich traue mich nicht. Wenn mir der Wind hier oben ein Kleidungsstück wegweht ist es für immer verloren. Dann Gnade mir Gott. Also kämpfe ich mich mit meinen Hunden Meter für Meter vorwärts. Ich muß höllisch aufpassen, daß ich in diesem konturlosen Weiß nicht auf ein Schneebrett trete. In diesem Fall würde ich mitsamt meinem Gespann eine äußerst rasante Talfahrt antreten. Im Augenblick würde ich meinen rechten Arm opfern wenn ich Blanco im Lead hätte. Ickey und Clancy machen ihre Sache zwar auch hervorragend.
Ohne die Hilfe dieser beiden grandiosen Hunde wäre ich überhaupt nicht bis hierher vorgestoßen. Nur weiß ich aus früheren, ähnlichen Situationen, daß Blanco den richtigen Weg über den Gipfel ohne Probleme gefunden hätte.

Endlich haben wir den Radiomast auf dem Gipfel erreicht. Jetzt wird es leichter. Von nun an geht es bis ins im Winter verwaiste Goldgräberlager Sulphor bergab. Die Frage ist nur: Wo geht es nach Sulphor? Alle Trailmarker sind weggeweht. Der Schnee hat die gleiche Oberflächenstruktur wie der Meeresgrund. Trostlos und ohne jede Orientierungsmöglichkeit. Durch den wie Staubfahnen herumwirbelnden Schnee glaube ich rechts vor mir einen zweiten Gipfel zu erkennen. Das müßte der Eureka Dome sein!

Im letzten Jahr lagen diese beiden Gipfel bei strahlendem Sonnenschein wie Kamelhöcker nebeneinander. Und jetzt?
Soll ich dort hinüber oder nicht? Sicher bin ich mir nicht. Aber ich sehe sonst keine andere Möglichkeit aus diesem Inferno herauszukommen.
Mir bleibt nichts anderes übrig, als zu diesem zweiten Kogel hin zumarschieren. Die Unsicherheit läßt Sekunden zu einer Ewigkeit werden. Bei jedem Schritt übermannen mich neue Zweifel. Gehen wir in die richtige Richtung oder nicht. Ich weiß nicht, was ich mache, wenn ich nach stundenlanger Plackerei feststellen muß, daß ich mein Team in die falsche Richtung gelotst habe.

Ein solcher Irrtum würde bedeuten, daß wir genau so lange zurückmarschieren müßten, wie wir bis hierher gebraucht haben. Es ist deprimie-

rend, restlos erschöpft an dem Punkt anzukommen, an dem man schon vor Stunden war. Hier oben ist an ein Aufgeben nicht zu denken. Wenn wir hier nicht bis zum Letzten kämpfen, wartet kein gemütliches Hotelzimmer, sondern der weiße Tod auf uns.
Von Schritt zu Schritt werde ich unsicherer. Ächzend zerre ich Clancy und Ickey durch den bodenlosen Schnee hinter mir her. Irgendwo im Schlittensack liegt meine Schneebrille. Jetzt, wo ich sie dringend brauche, ist sie nicht auffindbar. Meine Augen sind von umherfliegenden Eiskristallen regelrecht verklebt. Bei jedem Lidschlag frieren meine Wimpern zusammen. Fast blind krieche ich in die Richtung, in der der zweite Gipfel sein müßte.
Wenn mir doch endlich ein Trailmarker bestätigen würde, daß wir uns nicht verlaufen haben. Nur taucht in meinem engen Sichtfeld keiner dieser verfluchten Dinger auf.

So sehr ich auch an der Gangleine ziehe, meine Hunde folgen mir plötzlich nicht mehr. Nachdem ich meine Augen freigerieben habe, sehe ich, daß der schwer beladene Schlitten umgestürzt und tief im Schnee eingesunken ist. So haben meine Hunde trotz größter Anstrengung keine Chance mir zu folgen. Fluchend wate ich durch die weiße Pracht zum Schlitten zurück. Bei den Wheeldogs Lard und Chew angekommen, gefriert mir jeder weitere Fluch auf der Zunge. Keinen halben Meter neben meinem Schlitten geht es fast 100 Meter senkrecht nach unten. Der vom Wind vor sich hergetriebene Schneestaub hat mir knapp neben dem Abgrund eine begehbare Fläche vorgegaukelt.
Statt über den umgestürzten Schlitten zu fluchen, habe ich eher einen Grund meinem Schutzengel zu danken. Nur noch ein paar Schritte weiter und ich wäre schneller als es mir lieb sein könnte, ins Tal gekommen. Vorsichtig, um kein Schneebrett los zu treten, richte ich den Schlitten wieder auf. Dann wühle ich mich zu meinen Leithunden durch und ändere unsere Marschrichtung ein wenig nach links. Jetzt heißt es sehr vorsichtig sein. Auch auf der anderen Seite des Berggrates geht es im freien Fall nach unten.

Im Augenblick ist es mir gleichgültig, ob ich die richtige Richtung eingeschlagen habe, oder nicht. Nur weg vom Abgrund ist meine Devise. So schnell ändern sich die Prioritäten. Nach endlos langem

Tiefschneegestapfe erreichen wir den zweiten Gipfel. Hoffentlich handelt es sich hierbei um den Eureka Dome! Wenn es der richtige ist, müßte hinter dem Kogel eine Miningroad ins Goldgräbercamp Sulphor führen. Führt der Trail links oder rechts am Gipfel vorbei? Beide Richtungen machen auf mich den Eindruck, als seien sie unpassierbar. Noch immer ist kein einziger Trailmarker zu sehen. Entweder hat sie der Wind zugeweht, oder ich habe mich verirrt. Erschöpft lasse ich mich neben Ickey in den Schnee sinken. Mutlos nehme ich seinen Kopf in beide Hände und frage ihn um Rat. Mit seinem einen blauen Auge blickt mich mein Leithund verständnislos an. Tröstend leckt er über mein verschwitztes Gesicht. Nachdem sich mein keuchender Atem einigermaßen beruhigt hat, mache ich mich zunächst ohne meine Hunde auf den Weg.
Alleine ist es einfacher einen begehbaren Pfad über den Eureka Dome auszukundschaften. Mann bin ich froh, daß ich die guten Schneeschuhe aus Huslia dabei habe.
Ohne diese, von befreundeten Indianern aus Huslia handgefertigten Dinger würde ich bis zum Hals in jeder Schneedüne versinken. Schon nach kurzer Zeit ist mein Team nicht mehr zu sehen. Hinter jeder Schneewehe hoffe ich einen Trailmarker zu entdecken. Nichts!
Langsam beginne ich mir um meine Huskies Sorgen zu machen. Denn an der Stelle, an der ich meine Hunde zurück ließ, gab es keine Möglichkeit sie anzubinden. Ich darf nicht daran denken was passieren kann, wenn meine Freunde auf eigene Faust die Reise fortsetzen.
Mit grausiger Angst im Nacken kämpfe ich mich so schnell es nur geht, durch den tiefen Schnee zu meinem Gespann zurück. Gott sei Dank, haben alle Huskies auf meine Rückkehr gewartet. Da meine Erkundung ohne positives Resultat blieb, entschließe ich mich, den zweiten, noch nicht ausgekundschafteten Weg einzuschlagen.

Der eben noch bodenlose Untergrund wird langsam härter. Meine Leithunde beginnen wieder selbständig in die hoffentlich richtige Richtung zu laufen. Im Windschatten einiger Felsen glaube ich Spuren im Schnee zu erkennen. Wenn jetzt noch ein Trailmarker auftaucht, dann kennt mein Glück keine Grenzen mehr. Tatsächlich, als ich den Gipfel umfahren habe und auf der Mining Road nach Sulphor bin, sehe ich einen der heiß ersehnten Markierungsstäbe. Genauso steil und kurvenreich wie der Aufstieg, windet sich nun der Ziehweg hinunter ins Tal. Bei

unserer rasenden Talfahrt zittern mir bald vom Bremsen die Knie. Erschöpft nehme ich mir vor, so schnell wie möglich eine kurze Rast zu machen. Sofort nach Erreichen der Baumgrenze stoppe ich mein Gespann. Gebe meinen vierbeinigen Freunden eine kleine Zwischenmahlzeit und gönne mir einen großen Schluck aus der Thermoskanne. Langsam beginnt es dunkel zu werden. Ein Blick auf meine Armbanduhr sagt mir, daß wir etwas länger als sechs Stunden für die Überquerung des King Salomons Domes gebraucht haben. Auch wenn mir jetzt einige Bäume Schutz geben, ist mir hier oben die Wettersituation zu unsicher. Deshalb beschließe ich, noch bis nach Sulphor hinunter zufahren. Dort werde ich meine Hunde füttern. Je näher wir zu der im Winter verlassenen Goldmine kommen, desto öfter kreuzen überfrorene Overflows unseren Weg.
Oft schlittern wir nur um Haaresbreite an gefährlichen Abhängen vorbei. Gott sei Dank ohne dabei abzustürzen. Trotz der Kälte schießt mir der Angstschweiß aus allen Poren.

Nahezu an der Stelle, an der ich im Vorjahr vor dem Aufstieg zum King Salomons Dome gerastet habe, halte ich mein Team an. Mit steifen Knochen beginne ich für meine Hunde zu kochen. Der Schnee für das Hundewasser ist endlich geschmolzen.
Frierend warte ich darauf, daß das Futter aufweicht. Plötzlich kommt Thomas Wiget den Berg herunter. Auch er scheint am Ende seiner Kräfte zu sein. Auf meine Frage ob er auch hier campen würde meint er: " In Dawson hat mir jemand erzählt, daß zwei bis drei Meilen hinter Sulphor eine bewohnte Cabin sein soll. Ich fahre noch etwas weiter und schaue, ob diese Information wahr ist."
Eine Cabin wäre genau das richtige nach dieser Plackerei. Aber was ist, wenn es diese Cabin überhaupt nicht gibt?

Im vergangenen Jahr habe ich hier in der Umgebung keine Hütte gesehen, die bewohnt war und in der man hätte unterschlüpfen können. Meine Hunde brauchen ihre Pause jetzt. Sie haben sich auch schon entspannt in den Schnee gerollt und warten auf ihr Abendessen. Was soll ich tun: Weiterfahren oder hier in der Kälte campieren? In meinem Herzen beginnt ein Zweikampf. Schließlich siegt die Verlockung einer warmen Behausung. Verständnislos schauen mich 21 Hundeaugen an, als ich sie

nach nur eineinhalb Stunden Pause zur Weiterfahrt auffordere. Ob sie mein Versprechen verstehen, in spätestens einer Stunde mindestens acht Stunden schlafen zu dürfen?
Jedenfalls ziehen sie wieder ohne Murren den eilig gepackten Schlitten die Straße hinunter. Nach einem Blick auf die Uhr nehme ich mir vor: Egal, was da kommen möge, nach einer Stunde wird gerastet. Höchstens 20 Minuten nach unserem Wiederaufbruch sehe ich ein großes Pappschild neben dem Trail an einem Baum hängen.

YUKON -QUEST MUSHER WELCOME!
TODAYS DINNER: Speisekarte:
HOT WATER FOR YOUR DOGS Heißes Wasser für deine Hunde
MOOSE STEW Elcheintopf
CHICKEN with RICE Huhn auf Reis
DESSERT Nachtisch
COFFEE or TEA Kaffe oder Tee
Jake und Linda freuen sich über euren Besuch!!!!

Nach dieser ersten Ankündigung folgt bis zur Hütte ein Schild dem anderen. So eine verrückte, überschwengliche Form einer Einladung habe ich noch nie erlebt. Auf diese Gastgeber bin ich wirklich gespannt. Kurz bevor der Trail nach rechts zu den Rolling Black Hills abbiegt, weist ein letztes Pappschild den Weg nach links. Es geht in einen engen Waldweg zur Blockhütte von Jake und Linda. Meine Huskies scheinen die nahe Cabin zu riechen. Mit unglaublicher Geschwindigkeit ziehen sie den Schlitten zwischen den dicht am Trail stehenden Bäumen hindurch. Mit aller Kraft drücke ich die Klauenbremse meines Schlittens in den Schnee. Nur mit größter Anstrengung und viel Glück gelingt es mir, ohne gegen einen Baum zu knallen, bis zum Lagerplatz zu gelangen. Thomas Wiget ist wenige Minuten vor mir eingetroffen. Er unterhält sich bereits mit unserer Gastgeberin. Bei der Begrüßung stelle ich erstaunt fest, daß Linda eigentlich aus Luxemburg stammt und nur diesen Winter bei ihrem Freund Jake verbringt.

Jake wuchs im kanadischen Busch auf und wurde später als

Countrysänger ziemlich berühmt. Nach einem Herzinfarkt entschloß er sich, dem Showbusineß mit all´ seinen Parties den Rücken zu kehren. Er ist wieder dorthin gegangen, wo er geboren wurde. Trotz des einladenden Schildes habe ich nicht mit solch einer überschwenglichen Gastfreundschaft gerechnet. Die gesamte freie Fläche vor dem Blockhaus ist dick mit Stroh ausgelegt. Für jeden Hund gibt es ein wirklich gemütliches Plätzchen. Etwas abseits brennt ein kleines Lagerfeuer, über dem in einem großen Kessel Wasser für die Huskies brodelt. So eine Unterstützung ist wirklich einmalig.
Hier ist es ein Vergnügen, für meine vierbeinigen Freunde zu kochen und ihnen jede nur erdenkliche Pflege zuteil werden zu lassen.

Im Inneren des Blockhauses wartet wie angekündigt ein reichliches Mahl auf Tom und mich. Während wir uns hungrig Bissen für Bissen in den Mund stopfen, informiert uns Jake über die Ankunfts- und Abfahrtszeiten der anderen Musher. Die meisten, selbst Rick Mackey und Schandlemeier, haben hier über acht Stunden gerastet. Kein Wunder, bei dieser einmaligen Bewirtung! Jake fragt, ob heute noch andere Musher zu erwarten seien. Leider können Tom und ich darüber keine verläßliche Auskunft geben. Wir wissen nur, daß Dave Dalton irgendwo hinter uns sein müßte. Doch ob er den King Salomons Dome schon überquert hat und wann mit seinem Eintreffen zu rechnen ist, können wir nicht sagen. Die Wärme in der Hütte macht mich schläfrig. Meine Augen fallen immer wieder zu. Nur unter größten Schwierigkeiten, kann ich Jakes Erzählungen folgen.

Nachdem ich einige Male am Tisch eingenickt bin, lege ich mich neben dem Ofen auf den Fußboden. Im Nu bin ich tief eingeschlafen. Im Halbschlaf bemerke ich, wie jemand eine Decke über mich breitet. Doch bevor ich mich bedanken kann, bin ich wieder im Land der Träume.

Dieser Montag, der 19. Februar, war für Dawson City und das Yukon-Quest ein äußerst ereignisreicher Tag. Dave Dalton hat um 13.05 Uhr, Alain Hercsher um 22.21 Uhr die 36stündige Zwangspause beendet. Kurz nachdem Dave die “Queen of Klondike” verlassen hat, sind die beiden Schlußlichter Dan Turner und Stan Njootli um 13.25 Uhr in einem triumphalen Zug Seite an Seite im Checkpoint eingetroffen. Ihre Ankunft

fand fast mehr Beachtung als das Eintreffen des Spitzenreiters John Schandlemeier.
Noch nie hat derjenige, der als Erster in Dawson ankam das Rennen gewonnen. Ich bin mehr als gespannt, ob es John gelingen wird dieses ungeschriebene Gesetz zu brechen.
Vielleicht muß er sich ja noch in letzter Minute seinem Verfolger Rick Mackey beugen.
Bei Stan Njootli's und Dan Turners Ankunft in Dawson standen mehrere Schulklassen fähnchenschwingend an der Hauptstraße Spalier. Begeisterte Kinder und Erwachsene jubelten den unermüdlichen Kämpfern zu.
Hier im hohen Norden wird der Wille zum Durchhalten mindestens genauso honoriert wie ein Sieg.
Es ist jedem Bewohner der Arktis klar, daß die Letzten auf dem Trail ein härteres Rennen als die Ersten zu bestreiten haben. Zum einen, weil der Letzte viel mehr Zeit in der Kälte zubringen muß als der Erste. Zum anderen, weil der Letzte nicht mehr den psychologischen Notanker hat, "hinter mir kommt noch jemand der mir helfen kann." Auch mich, der ich im letzten Jahr das Schlußlicht war, haben damals bei meiner Ankunft in Fairbanks fast genauso viele Menschen begrüßt wie den Sieger.

Auf dem Weg von Dawson nach Pelly-Crossing

Dienstag: 20. Februar

Die mütterliche Fürsorge von Jake und Linda läßt mich bis zum frühen Morgengrauen schlafen. Erst gegen 4.00 Uhr wecke ich Thomas, der sich mittlerweile fest auf meine innere Uhr verläßt. Gemeinsam füttern wir unsere Huskies, bevor wir zu einer letzten Tasse schwarzen Kaffee ins Blockhaus zurück gehen. Unsere Gastgeber versuchen, uns noch zum Bleiben zu überreden. Doch nach fast zehnstündiger Pause wird es Zeit, an die Durchquerung der Rolling Black Hills zu denken. Die morgendliche Kälte, es dürften etwa minus 30 Grad sein, ersetzt die kalte Dusche. Der starke Kaffee würde selbst Tote zum Leben erwecken. Bis ins Letzte verwöhnt fühle ich mich fit für die bevorstehende Fahrt.

Nicht übermäßig schnell, doch weit zügiger als gestern in Dawson schwenkt mein Team auf den Trail nach Pelly-Crossing ein. Aus den Augenwinkeln sehe ich den Schein einer Stirnlampe. Das muß Dave Dalton sein, der gerade den Berg herunter kommt. Hat er so lange für die Überquerung des King Salomons Dome gebraucht? "WHOW!" Ich halte mein Team an und warte bis Dave zu Tom, der inzwischen hinter mir ist, aufgeschlossen hat. Nachdem Dave Dalton sein Gespann gesichert hat, stapft er mit finsterer Miene zu uns. Ihm ist passiert, was mir auch beinahe widerfahren wäre. Nur knapp zwei Meilen vor dem ersten Pappschild hat er campiert und mit seinen Hunden eine eiskalte Nacht im Freien verbracht. Die chemischen Handwärmer in seinen Handschuhen waren in dieser Nacht seine besten Freunde.

Es muß niederschmetternd sein, stundenlang frierend bei den Hunden zu hocken. Den Ablauf jeder Stunde bis zur Weiterfahrt herbeizusehnen, um dann festzustellen, daß nur ein kleines Stückchen entfernt eine warme Cabin gewesen wäre. Im vergangenen Jahr habe ich die selbe Erfahrung machen müssen. Nur eine knappe Stunde haben wir vor Tracy's Cabin auf dem zugigen Eis des Lake Le Barge sechs, nicht enden wollende Stunden gecampt.

Dann, bei der Blockhütte angekommen, von deren Existenz ich nichts ahnte, reichte die Zeit nur für eine schnelle Tasse Kaffee und eine “Sweet-roll”. Für Daves Laune habe ich deshalb volles Verständnis.
Trotzdem bin ich froh, daß mir heute dieses Schicksal erspart geblieben ist. Wenn Dave Dalton den Anschluß an Tom und mich nicht gänzlich verlieren will, bleibt ihm nichts anderes übrig, als ohne sich Aufzuwärmen an Jakes und Lindas Blockhaus vorbeizufahren. Nachdem wir ihm unser Bedauern ausgedrückt haben, machen wir uns zu dritt auf den Weg in die Rolling Black Hills.

Der Teufel muß diese Hügelkette persönlich geschaffen haben. Hunderte von Metern schlängelt sich der Trail einen dieser unzähligen, kugelförmigen Berge hinauf. Oben angekommen führt der Weg in “Switchbacks”, also in 180-Grad-Kehren wieder hinunter ins Tal. So geht es in ermüdender Eintönigkeit weiter und weiter. Statt bei einer Gipfelrast die wunderbare Aussicht zu genießen, ärgere ich mich nur über den nächsten Berg, der unmittelbar nach einer kurzen Abfahrt wieder auf uns wartet. Wenigstens scheinen wir heute mit dem Wetter Glück zu haben. Trotz der Sonne, die vom strahlend blauen Himmel lacht, zeigt mein Thermometer angenehme 25 Grad minus an. Bei dieser Temperatur besteht keine Gefahr, daß sich meine Huskies während ihrer anstrengenden Arbeit überhitzen. Für mich ist es warm genug, daß ich in Hemdsärmeln meinen Hunden beim Anstieg behilflich sein kann.

Gerne überlasse ich Thomas Wiget die Führung, die er seit dem ersten Hügel übernommen hat. Schließlich zählt jede Pfote, die den Schnee vor meinem Team niedertritt. Damit wird meinen Hunden ihre sowieso schon schwere Aufgabe erleichtert. Den Schlitten über diese nicht enden wollenden Steigungen zu ziehen ist eine mörderische Knochenarbeit. Dave Dalton kann nicht mit uns mithalten. Trotz größter Anstrengung bleibt er mehr und mehr zurück. Bisher kam er bei jeder unserer kurzen Pausen wieder bis auf Sichtweite heran. Doch irgendwann wird der Abstand so groß, daß ich ihn gänzlich aus den Augen verliere. Wahrscheinlich war seine nächtliche Rast nicht lange genug.
Er muß wohl jetzt ein neuerliches Camp für seine Hunde aufschlagen. Thomas und ich haben uns vorgenommen bis zum Ende der Rolling Black Hills durchzufahren. Hinter dieser Hügelkette soll eine Goldmine sein,

die auch im Winter in Betrieb gehalten wird. Vielleicht findet sich dort eine Möglichkeit, Unterschlupf zu finden. Erst bei den Goldgräbern wollen wir den Hunden wieder eine lange Pause gönnen.
Wie Perlen an einer Kette reihen sich die Anstiege aneinander.
Hechelnd und keuchend arbeiten wir uns Hügel um Hügel vorwärts. Jede dieser Steigungen saugt meinen Laufmaschinen regelrecht die Kraft aus den zitternden Muskeln. Sobald ich meinen Huskies eine kurze Verschnaufpause gönne, lassen sie sich erschöpft in den Schnee fallen. Nur durch gutes Zureden sind sie wieder zum Weiterarbeiten zu bewegen.
Die Erschöpfung meiner Hunde veranlaßt mich einen beinahe verhängnisvollen Fehler zu begehen.

An einer dieser vielen Steigungen legen meine Huskies und ich wieder eine kleine Rast ein. Diesen kurzen Stopp nutze ich zu einer Pinkelpause. Kaum kommt der Schlitten zum Stehen legen sich meine Hunde sofort hin. Zu sorglos verzichte ich darauf den Snowhook in den Boden zu treten.
Jedem meiner Feriengäste schärfe ich vor der ersten Ausfahrt ein, niemals den Handlebar loszulassen, bevor der Schneeanker nicht sicher im Untergrund hält. Und was tue ich?
Nachdem ich mein Geschäft erledigt habe, trete ich erleichtert aus dem Gebüsch. Mit einem "OK boys" auf den Lippen will ich mich wieder auf die Schlittenkufen schwingen. Was ist das? Mir ist, als hätte ich einen Faustschlag zwischen die Augen bekommen. Der Schlitten mitsamt den Hunden ist weg! Ziemlich verdattert stehe ich mutterseelen alleine auf weiter Flur. Hinter mir kommt zwar Dave Dalton, doch den möchte ich nicht unbedingt um Hilfe bitten müssen. Ohne meine Huskies und ohne Ausrüstung komme ich mir hier draußen ziemlich verlassen und hilflos vor. Schade, daß ich jetzt mein Gesicht nicht sehen kann. Die verdutze Mine, die ich mache, ist garantiert oskarverdächtig.
Laut nach Ickey rufend, renne ich so schnell es nur geht den Hügel hinauf. Bestürzt realisiere ich, daß ich nicht nach Blanco sondern nach Ickey schreie. Ich könnte diesen Bastard umbringen: Wenn er laufen soll, will er nicht - und wenn er auf mich warten soll, haut dieser Dickkopf einfach ab. Wenn ich darauf spekuliere, daß Ickey mir das Team zurückbringt, werde ich vermutlich ewig warten müssen. Hinter jeder neuen Kurve hoffe ich mein Gespann zu sehen. Doch diese Hoffnung ist verge-

bens. Ich verstehe die Welt nicht mehr. So lange hat meine Pinkelpause doch nicht gedauert. Wieso sind die Hunde so schnell, so unerreichbar weit weg. So flink es meine schweren Bunny-Boots zulassen, haste ich den Trail entlang.
Zu meinem Glück ist der Weg einigermaßen festgetrampelt und ich sinke nicht bei jedem Schritt bis über die Knie ein.
Jetzt, da ich keuchend und schwitzend versuche mein Team einzuholen, merke ich, welch ungeheure Leistung meine Huskies bei diesen Steigungen erbringen müssen. Sicher genießen sie es, den ohne mich viel leichteren Schlitten durch die Gegend zu ziehen. Je länger ich meinem Gespann hinterher laufe, desto mehr Horrorvisionen tauchen vor meinem geistigen Auge auf. Zwar bin ich mir sicher irgendwann mein Team wieder einzuholen, doch was kann den führerlosen Hunden inzwischen alles geschehen? Sie könnten sich an einem Baum verfangen und einer oder mehrere Hunde könnten dabei von den Leinen erwürgt werden. Oder meine Huskies könnten von Ickey angestiftet in eine Massenbeisserei verwickelt werden. Oder, oder, oder... Jedenfalls bin ich nicht darauf erpicht, eine dieser schrecklichen Möglichkeiten vorzufinden.

Nach unendlich vielen Serpentinen sehe ich Thomas Wiget vor mir auf dem Trail stehen. Hinter ihm liegen meine Hunde, als wäre es die normalste Sache der Welt. Sie schauen mich aus treuen Augen an und scheinen sich keiner Schuld bewußt zu sein. Beim Anblick meiner wartenden Huskies ist meine ganze Wut verraucht. Vorhin hätte ich diese Biester am liebsten bei lebendigem Leibe gehäutet. Jetzt, da sie vor mir im Schnee liegen und mit ihren Schwänzen wedeln, kann ich ihnen nicht mehr böse sein.
Nachdem ich wieder einigermaßen zu Atem gekommen bin, bedanke ich mich bei Tom, daß er mein Team gestoppt hat. Um nicht wieder in den Schlagzeilen zu landen, bitte ich ihn, bis zum Schluß des Rennens, niemanden von meiner grenzenlosen Dummheit zu erzählen.

Wenn Toms und meine Schätzung richtig ist, müßten wir ein wenig mehr als die Hälfte der Hügelkette hinter uns haben. Wir beschließen den Hunden einen kleinen Imbiß zu gönnen. Anschließend wollen wir in einem Rutsch bis zur Goldmine durchfahren. So etwas nenne ich Glück! Statt einer Strafe bekommen meine Hunde für ihren Ausreißversuch sogar

noch eine Belohnung. Ohne das geringste Schuldbewußtsein lassen sich Ickey und Company die angebotenen Lachssteaks schmecken.
Gegen 14.00 Uhr, über zwei Stunden früher als berechnet, breitet sich vor mir im Tal eine Goldmine von gewaltigem Ausmaß aus. Wir haben den letzten der unzähligen Hügel erklommen und lassen endlich die kräftezehrenden Rolling Black Hills hinter uns zurück. Jetzt bin ich gespannt, ob diese riesige Goldmine auch im Winter bewohnt wird.
Nachdem wir ein paar langgezogene Erdwälle umfahren haben, sehe ich die ersten Caterpillar im Gelände herumstehen. Doch diese gigantischen Raupenschlepper sind tief eingeschneit. Nichts vermittelt den Eindruck, als würden Menschen um diese Jahreszeit hier leben.

Im letzten Jahr gab es zwischen Carmacks, und Dawson keine einzige bewirtschaftete Hütte. Selbst unser nächster Checkpoint Pelly-Crossing wurde erst in diesem Jahr ins Rennen aufgenommen. Über 350 Meilen hatte ich damals zurückzulegen. Dreimal mußte ich mangels einer geeigneten Unterkunft im Freien übernachten. Heuer konnte ich schon in der Cabin am Fuße des King Salomons Dome unterkriechen. Ich würde wohl zuviel vom Glück verlangen, wenn ich darauf hoffen würde, auch hier ein warmes Lager angeboten zu bekommen.
Bald tauchen vor mir die ersten Wohncontainer auf. Auch sie machen auf mich einen unbewohnten Eindruck.
Täusche ich mich, oder steigt tatsächlich aus einem der halb im Schnee versunkenen Container Rauch auf? Offenbar habe ich tatsächlich das Glück gepachtet. Die Mine ist in diesem Jahr tatsächlich bewohnt. Der Eigentümer dieser Goldmine hat etwas Neues ausprobiert und während des Winters einen Mann als eine Art Hausmeister zurückgelassen. Dieser Mann soll im Winter die teuren Aggregate pflegen und im Frühjahr die Maschinen langsam wieder zum Leben erwecken. Mit diesem Versuch soll erreicht werden, daß bei einsetzender Schneeschmelze sofort mit dem Abbau des Goldes begonnen werden kann.
Instinktiv, ohne daß ich ein Kommando gebe, lenkt Ickey seine Mannschaft vor die bewohnte Hütte. Ein dürrer, zahnloser Mann streckt seinen Kopf zu einem der Fenster heraus. Freundlich lädt er Tom und mich zu sich ein. Nachdem wir unsere Tiere versorgt haben, dösen sie nun im warmen Sonnenschein vor sich hin. Müde betreten wir den für diese Breiten luxuriös eingerichteten Container. Sogar fest installierte Toilet-

ten gibt es hier. Wenn ich das gewußt hätte, hätte ich mir mein menschliches Bedürfnis in den Rolling Black Hills verkniffen.

Auf einem Resopaltisch, der in der Mitte des Raumes steht, liegt eine Speisekarte. Wie in einem Lokal dürfen wir uns ein tiefgefrorenes Fertiggericht aussuchen. Nachdem Tom und ich gewählt haben, schiebt unser Gastgeber zwei Aluschachteln in einen Mikroherd. Wenige Minuten später steht ein fertig gekochtes Gericht dampfend vor uns.
Nach dem Essen führt uns der Goldminer in einen Schlafraum. Sogar richtige Betten bietet er uns an. Wenn ich nicht genau wüßte, irgendwo in der Einsamkeit des Yukon-Territoriums zu sein, könnte ich fast auf den Gedanken kommen, daß ich in der Nähe einer arktischen Großstadt gelandet bin. Leider hat mich die zurückliegende Hetzjagd nach meinem Gespann innerlich noch so aufgewühlt, daß ich nicht einschlafen kann. Also gehe ich wieder zu unserem Gastgeber und lasse mir alles über den Goldbergbau erklären.

Bisher war ich immer der Meinung, daß im modernen Goldabbau die alte Goldwäscherpfanne schon seit langem ausgedient hat.
Ich dachte, daß sie nur noch als Souvenir an Touristen verkauft wird. Jetzt erfahre ich, daß diese Pfanne wie vor hundert Jahren auch heute noch beim Goldsuchen Verwendung findet. Erst wenn mit der Hand soviel Gold gefunden wurde, daß auf größere Vorkommen geschlossen werden kann, werden die teuren Caterpillar und Sluiseboxen eingesetzt. Dieser erfahrene "Sourdough", so nennt man hier Leute die der Arktis ihre Bodenschätze abringen, erzählt mir sehr viel über die Goldsucherei. Nach seinen ausführlichen Erklärungen würde ich es mir fast zutrauen, selbst mein Glück am Yukon zu versuchen. Er spricht mit solch einer Begeisterung von seiner Arbeit, daß man merkt, daß er restlos vom Goldfieber befallen ist. Mir reicht es völlig, daß mich der "Husky-Virus" fest in den Klauen hält. Vom Goldfieber möchte ich doch lieber verschont bleiben.

Bei diesem interessanten Gespräch vergeht die Zeit wie im Fluge. Meine Aufregung über den Verlust meines Gespannes ebbt ab, und ich beginne, müde zu werden. Doch die Ruhepause neigt sich dem Ende zu. Langsam wird es Zeit, unseren Aufbruch vorzubereiten. Im letzten Ta-

geslicht füttern Tom und ich die Hunde. Wir sind gerade bereit, das Goldgräber-Camp im Schein unserer Kopflampen zu verlassen, da trifft Dave Dalton endlich bei uns ein. Seine Hunde und er scheinen am Ende ihrer Kräfte zu sein. Doch es ist leicht, über das Aussehen Anderer erschrokken zu sein, wenn man sich selbst nicht sehen kann. Ich habe das Gefühl, noch genauso frisch wie beim Start in Fairbanks zu wirken. Wahrscheinlich wäre ich erstaunt, wenn ich wüßte, was Inge über mich denkt, wenn sie mich in den Checkpoints sieht.
Nachdem ich mich noch ein wenig mit Dave unterhalten habe, mache auch ich mich auf den Weg in Richtung Scroggy Creek, meinem nächsten Etappenziel.

Am Scroggy Creek haben die Canadian Ranger ein Zelt aufgebaut und bewirten durchreisende Musher. Dieses Zelt werde ich heute Nacht zum Aufwärmen bitter nötig haben. Denn die Gegend zwischen den Rolling Black Hills und Stepping Stone ist selbst hier am Rande des Polarkreises als "Kälteloch" verrufen.
Kein Wunder, so wie es einen geographischen, und magnetischen Nordpol gibt, so gibt es auch einen meteorologischen Nordpol. Und der ist ganz in der Nähe unserer heutigen Nachtetappe. Das Thermometer an der Außenwand eines Wohncontainers zeigt bereits minus 40 Grad. Dabei hat die Nacht gerade erst begonnen. Vorsorglich habe ich mir chemische Handwämer in die Overmitts gesteckt. Den Neckring habe ich mir so hoch es nur geht über die Nasenspitze gezogen. Wenigstens ist es windstill. Nur der Fahrtwind kann die nicht bedeckten Stellen meines Gesichtes geißeln.

Über einen leichten, aber abwechslungsreichen Trail fahren wir durch eine sternklare Nacht. Nachdem das Goldabbaugebiet hinter uns liegt, schalte ich meine Kopflampe aus und genieße das bizarre, fast unwirkliche Szenario um mich herum. Solche Augenblicke sind nicht einmal mit Gold aufzuwiegen. Es ist ein Leichtes, ausgeruht, mit vollem Bauch und warmen Händen die unbeschreibliche Schönheit der Arktis auf sich einwirken zu lassen. Doch leider - oder Gott sei Dank - hält das Yukon-Quest auch andere Herausforderungen bereit.

Es ist fast wie im Training. Die Nacht regt den Jagdtrieb meiner Huskies

dermaßen an, daß wir regelrecht über den Trail fliegen. Manchmal blitzt weit vor mir die Headlamp von Thomas Wiget auf. Doch heute Nacht will ich ihm nicht zu nahe kommen. Ich will diese herrliche Landschaft alleine mit meinen Hunden genießen. Ickey erstaunt mich immer wieder. Seit über 600 Meilen führt er das Team ohne Unterlaß an. Seine Adjutanten, also die Leithunde neben ihm, wechsele ich in regelmäßigem Turnus. Nur er hält treu und brav auf seiner Position durch. Wie lange er diesen außerordentlichen Belastungen noch gewachsen ist, steht in den Sternen.
Ich bin völlig von diesem einäugigen Hund abhängig. Wenn er, mein einziger echter Leithund, aufgibt, dann ist auch für mich und die anderen Huskies das Rennen zu Ende. Deshalb hege und pflege ich ihn besser als meinen Augapfel. Bei jeder Rast versuche ich ihm seine Wünsche von seinem einen Auge abzulesen.
Wenn dieses Rennen vorbei ist, wird zwischen diesem kleinen, tapferen Raufbold und mir eine Bindung bestehen, die mit meinem Verhältnis zu Blanco vergleichbar ist. Die Frage ist nur, ob wir bis zum Ende dieser Tour durchhalten. Doch mit diesem Problem hat jedes der teilnehmenden Gespanne zu kämpfen.

Wenn wir dieses Tempo beibehalten, müßten wir gegen Mitternacht in Scroggy-Creek ankommen. Thomas Wiget hat am Wegesrand eine Pause eingelegt. Einige seiner Hunde haben Probleme mit den Pfoten und beginnen zu hinken. Er wird in Scroogy-Creek zwei weitere Hunde droppen müssen. Von dort bis zum Checkpoint Pelly-Crossing sind es noch über 150 Meilen. Das Risiko, diese lange Strecke mit zwei verletzten Hunden im Schlittensack fahren zu müssen, ist einfach zu groß. Ich halte nur kurz bei Tom an und stärke meine Laufmaschinen mit etwas Fett und Lachs. Dann geht es sofort weiter. Ich will den Laufdrang meiner Huskies nicht unterbrechen.

Mit der Zeit läßt die Wirkung meiner kleinen chemischen Heizkissen nach. Die Kälte kriecht mir langsam aber stetig unter der Kleidung den Körper hoch. Der Neckring ist durch meine feuchte Atemluft bretthart gefroren. Schon seit geraumer Zeit habe ich versucht, durch stetiges Drehen, noch nicht gefrorenen Stoff vor dem Gesicht zu haben. Jetzt ist der Neckring rundum vereist, und daß er mir noch das Gesicht wärmt, wäre

zuviel behauptet. Doch schützt mich wenigstens die Eisschicht, die den Stoff umgibt, vor dem beißenden Fahrtwind. Wenn mir vor Jahren jemand erzählt hätte, daß ich mich mit gefrorenen Kleidungsstücken wärmen würde, hätte ich ihn für verrückt erklärt. Die eisige Kälte, die meinen Körper wie mit stählernen Klauen umklammert und mich immer steifer werden läßt, wird langsam unerträglich. Es würde mich zwar interessieren wie kalt es ist, doch ich bin schon zu ausgekühlt und apathisch, als daß ich noch genügend Energie aufbringen könnte, um im Schlittensack das Thermometer zu suchen. Ich will nur noch das Eine: So schnell wie möglich nach Sroggy-Creek.
Es gibt angenehmere Methoden zu sterben, als in der Arktis bei barbarischen Minusgraden langsam zu erfrieren.

Mit Hüpfen und Pedalen versuche ich, mein Blut am Erstarren zu hindern. Doch es ist so lausig kalt, daß alle meine gymnastischen Übungen ohne Wirkung bleiben. Bei dieser klirrenden Kälte scheint eine Stunde nicht 60, sondern 120 Minuten zu dauern. Endlich, ich habe schon nicht mehr daran geglaubt, fällt der Trail steil eine Uferböschung hinab. Wir sind auf dem Flußlauf der uns in Kürze zum Zelt der Canadian Ranger bringen wird. Es ist wirklich ein Vorteil, das Rennen schon einmal gefahren zu haben und die Streckenführung ein wenig zu kennen. Weil ich schon einmal in dieser Gegend war, weiß ich, daß ich nur noch etwa eine Viertelstunde durchhalten muß. Scroggy-Creek - wir kommen.

Auf dem Weg von Dawson nach Pelly-Crossing

Mittwoch: 21. Februar

(Scroggy-Creek nach Stepping Stone)

Das eine Viertelstunde so lange dauern kann, hätte ich mir nicht träumen lassen. Obwohl meine Huskies pfeilschnell über den vereisten Trail am Fluß fliegen, kommt es mir so vor, als verginge eine Ewigkeit bis endlich das grüne Armeezelt der Canadian Ranger in Sicht kommt. Es ist immer dasselbe: Wenn man sehnsüchtig auf etwas wartet, kommt einem die Wartezeit doppelt so lange vor.

Fast zeitgleich mit meinem Eintreffen in Scroggy-Creek haben Stan Njootli und Dan Turner ihre große Pause in Dawson beendet. Gegen 1.37 Uhr verlassen sie den Campground und beginnen den mörderischen Anstieg zum King Salomons Dome. Irgendwo zwischen dem Yukon und dem Klondike-River verpaßt Dan Turner eine Abzweigung. Für ihn ist es in der Dunkelheit nicht so einfach den richtigen Trail wiederzufinden. Im Gegensatz zu mir hat er jetzt mitten in der Nacht nicht das Glück, daß ihn jemand auf seinen Irrtum aufmerksam macht. Nach stundenlangem Umherirren kehrt Dan Turner im Morgengrauen entnervt nach Dawson zurück. Wenn er von hier das Rennen wieder aufnimmt, ist er wirklich der Letzte auf der Strecke. Stan Njootli ist jetzt unerreichbar vor ihm. Ab jetzt hätte Dan absolut niemanden, der ihm in einer Notsituation beistehen könnte. Diese Tatsache belastet den tapferen Musher derart, daß er beschließt, in Dawson aufzugeben.

Wie den meisten Quest-Mushern, steht auch ihm seine Frau als Doghandler zur Seite. Nur hat er auch hier nicht mein Glück. Denn seine Frau hat ihn nicht nachdrücklich genug zur Weiterfahrt motiviert. Seit Blancos Kollaps war es Inges Hauptaufgabe, neben der Hundepflege auch mich immer wieder zum Weitermachen zu animieren. Nie hat sie nur den geringsten Zweifel daran gelassen, daß ein Scratchen nur in Frage kommt, wenn die Gesundheit der Huskies dies erfordern sollte.
Ich bin felsenfest davon überzeugt, daß Dan ebenfalls nicht die Segel

gestrichen hätte, wenn er die selbe moralische Unterstützung gehabt hätte, die mir dank Inge zuteil wird.

Jetzt ist Stan Njootli mit fast zwölfstündigem Rückstand auf Mike King der letzte Mann auf dem Trail. Doch für ihn, dem Indianer vom Stamm der Old Crow, der die weite Einsamkeit von Kindesbeinen an gewöhnt ist, dürfte die psychische Belastung nicht ganz so groß sein wie für einen Weißen. Trotzdem: Sollte Stan in Whitehorse ankommen, ist seine Leistung nicht hoch genug einzuschätzen.

Kaum am Lagerplatz für die Hunde angekommen, berichtet mir der diensthabende Tierarzt, daß Susan Amundson und Jeninne Cathers ungefähr eine Stunde vor meinem Eintreffen Scroggy-Creek verlassen haben. Momentan bereitet gerade Kris Swanguarin seine Weiterfahrt vor. Obwohl wir Vier hier fast in Sichtweite beieinander sind, liege ich doch annähernd zehn Stunden hinter dieser Dreiergruppe zurück. Ich muß meinen Hunden jetzt mindestens acht bis neun Stunden Pause gönnen. Im Augenblick interessiert mich meine Position im Rennen nur am Rande. Für mich ist jetzt nur eines wichtig: So schnell wie möglich wieder ein etwas Leben in meinen erstarrten Körper zu bringen.

Leider steht hier kein Wasser für die Hunde zur Verfügung. Notgedrungen hacke ich einige Brocken Eis aus dem nahen Fluß und schmelze diese im schnell entzündeten Alkoholkocher.
Beim Durchwühlen des Schlittensackes fällt mir mein Thermometer in die Hände. Die Skala reicht nur bis minus 60 Grad, und die Quecksilbersäule ist nicht mehr erkennbar. Also müssen jetzt Temperaturen herrschen, die weit unter dieser Marke liegen. Kein Wunder, daß ich beinahe im Stehen erfroren wäre. Um mich etwas auszuruhen setze ich mich auf den dampfenden Kocher. Langsam steigt mir die Wärme über den Hintern bis hinauf in den Kopf. Mein sich erwärmender Po erfüllt mich wieder mit Leben. Erst jetzt bin ich in der Lage, daß ich mich um die Pflege meiner Huskies kümmern kann.

Alle Hunde fressen zu meiner Zufriedenheit. Die Blessuren, die sie sich in den ersten Tagen des Rennens zugezogen haben, sind nahezu verheilt. Die Arbeit, die meine Doghandler in Dawson geleistet haben, war wirk-

lich vorzüglich. Die erzielten Resultate grenzen an Wunder. Auch der Tierarzt, der meine Laufmaschinen untersucht, ist über ihren Zustand begeistert. Immerhin haben wir nicht nur alle schweren Bergpassagen, sondern auch 650 harte Meilen hinter uns gebracht.
Nach der Meinung des Veterinärs - sein Wort in Gottes Ohr - brauche ich mir keine Sorgen zu machen, daß bis Whitehorse noch einer meiner Hunde schlapp macht.

Auf müden Beinen gehe ich langsam zum Biwak der Canadian Ranger. Gleich im Eingangsbereich des großen Militärzeltes brutzelt ein Ranger tellergroße Steaks. Kaum habe ich das Zelt betreten werden mir sofort ein Steak und eine Tasse mit schwarzem, heißem Kaffee angeboten. Wieder aufgewärmt und mit vollem Bauch begebe ich mich in den Schlafbereich des Zeltes. Der Boden ist dick mit Tannenreisern ausgelegt. Ein Barrelstove sorgt für Temperaturen, die über dem Gefrierpunkt liegen. Zu meiner Enttäuschung liegen nirgendwo Schlafsäcke bereit. Im letzten Jahr standen uns Musher hier Schlafsäcke im Überfluß zur Verfügung. Deshalb habe ich den meinen dummerweise im Schlitten gelassen.

Ich bin zu müde, um zum Schlitten zurückzulaufen. Außerdem empfinde ich die Temperatur im Zelt als warm genug, um ohne Schlafsack auskommen zu können. Bevor ich mich auf die Tannenzweige lege, werfe ich noch einen Kloben Holz in den Ofen und hänge meine Parka zum Trocknen auf. Das rhythmische Pochen in meinen erfrorenen Fingerspitzen wiegt mich regelrecht in den Schlaf.

Nach knapp zwei Stunden weckt mich nicht nur meine innere Uhr, sondern auch das Klappern meiner Zähne. Ich zittere und friere wie ein nackter Eskimo. Thomas Wiget war schlauer als ich. Er hat seinen Schlafsack mit ins Zelt genommen und schläft darin tief und fest wie ein Murmeltier.

Er fährt das Yukon-Quest zum ersten Mal und kann deshalb auch nicht auf einen Erfahrungsschatz wie ich zurück greifen. Nur ist es manchmal eben besser, unvoreingenommen an eine Sache heranzugehen. Während ich vor dem Ofen stehe und versuche, meinen zitternden Körper wieder unter Kontrolle zu bringen, nehme ich mir vor, nie wieder den Schlafsack im Schlitten zu lassen.

Vor Wut könnte ich mir selbst in den Hintern treten. Es ist nun schon das zweite Mal in diesem Rennen, daß ich, weil ich glaubte, ohne Schlafsack auskommen zu können, auf dringend benötigte Ruhe verzichten muß.
Dummheit, Sturheit und Trotz verbieten es mir, die wenigen Meter zum Schlitten zu gehen. Lieber stehe ich den Rest der Ruhezeit vor dem Ofen und vertreibe mir die Zeit damit, die Schrunden an meinen Händen mit Pfotensalbe zu behandeln.

Endlich ist es soweit. Meine Hunde haben lange genug geschlafen, und ich mache mich an die Arbeit, unsere Abfahrt aus Scroggy-Creek vorzubereiten. Auch meine Huskies haben eine kalte Nacht hinter sich. Obwohl ich jedem eine Decke untergelegt habe, ist ihr Fell mit einer dicken Schicht Rauhreif bedeckt. Mir scheint, sie sind genauso froh wie ich, daß es endlich weitergeht. Jetzt können sie sich wieder warmlaufen. Tom will noch eine Weile im Zelt bleiben. Wir verabreden, daß ich in drei Stunden Rast mache, damit er zu mir aufschließen kann. Gerade will ich mit meinem Gespann den Lagerplatz verlassen, da sehe ich zwei Teams die steile Uferböschung heraufkommen. Neugierig warte ich die Ankunft dieser beiden Gespanne ab. Es sind Dave Dalton und Alain Hercsher. Mit Daves Ankunft habe ich gerechnet. Doch, daß Alain soweit aufgeholt hat, erfüllt mich mit Besorgnis.

Alain Hercshers Hunde gehören zu den besten, die an diesem Rennen teilnehmen. Sie stammen aus Susan Butchers Zucht. Susan Butcher ist der beste weibliche Musher, wenn nicht der beste Musher überhaupt. Ihre Hunde sind phänomenal. Wer diese Huskies sein Eigen nennt, gehört automatisch zum Kreis der Favoriten jedes Langstreckenrennens. Wenn Alain sich zu Beginn des Rennens nicht verirrt und auch sonst nicht solche Schwierigkeiten mit dem Überleben in der Arktis hätte, wäre er schon lange uneinholbar vor mir.

Jetzt wird es wirklich Zeit, daß ich mich auf den Weg mache. Sonst habe ich meine beiden Verfolger fest an den Fersen kleben. Ob Thomas Wiget vor mir in Whitehorse ankommt, ist mir gleichgültig. Aber von Dave Dalton oder Alain Hercsher möchte ich auf keinen Fall geschlagen werden. Nachdem der angestrebte Sieg in unerreichbare Ferne gerückt ist, habe ich jetzt endlich wieder etwas, das mich motiviert.

Gleich hinter Scroggy-Creek beginnt ein Gebiet von der Größe Hessens. Vor Jahren wurde es von einem Waldbrand verwüstet. Gespenstisch ragen halbverkohlte Tannen in den dunklen Nachthimmel.
Die Hunde hecheln mit heraushängenden Zungen und der Schnee knirscht unter den Kufen meines Schlittens. Ansonsten sind keine Geräusche weit und breit zu hören. Anfangs ist es beeindruckend, wie schwerelos durch diese tote, unwirkliche Landschaft zu gleiten. Fast habe ich das Gefühl, nicht auf dem Planeten Erde, sondern auf dem Mars zu sein. Doch mit der Zeit beginnt eine depressive Stimmung von mir Besitz zu ergreifen. Meine Gedanken, oder besser gesagt die Selbstgespräche die ich führe, werden immer aggressiver. Ohne einen für mich erkennbaren Grund entwickle ich auf Alles und Jeden einen regelrechten Haß. Zum Glück bin ich alleine, und niemand kann mich belauschen.

Langsam steigt die Sonne über den mit verkohlten Bäumen gesäumten Horizont. Mit der aufgehenden Sonne hebt sich auch meine Stimmung ein wenig. Jetzt im hellen Tageslicht schaut dieser verbrannte Wald zwar immer noch trostlos aus. Die toten Bäume haben jedoch ihre bedrohliche Ausstrahlung verloren. Trotz der aufgehenden Sonne ist es immer noch bitter kalt. Um ein wenig warm zu werden muß ich irgend etwas tun. Der schmale Trail macht es mir unmöglich, neben dem Schlitten herzulaufen. Frierend und müde beschließe ich, meinen hart arbeitenden Hunden einen kleinen Imbiß zu spendieren.
Ein Lagerfeuer ist auch nicht zu verachten. Außerdem will ich Tom nun die Möglichkeit geben, zu mir aufzuschließen.

Wer glaubt, daß es leicht ist, einen dieser angekohlten Bäume zu fällen, irrt gewaltig. Mein erster Axthieb läßt die Tanne nur erzittern. Ein kleiner Kratzer in ihrem stahlharten Stamm ist der einzige Erfolg meiner Bemühungen. Endlich, nach unzähligen Axthieben, fällt die etwa oberschenkeldicke Tanne auf die Seite.
Durch diese Knochenarbeit ist mir so warm geworden, daß ich eigent-

lich kein Feuer mehr zu machen brauche. Anscheinend haben mich die Anstrengungen der vergangenen Tage und die Müdigkeit verbohrt gemacht. Obwohl ich jetzt durch und durch warm bin, beginne ich den Stamm zu spalten. Mit der Hilfe von einigen trockenen Zweigen und ein paar Spritzern Petroleum entfache ich ein schönes Lagerfeuer. Die dikken Holzscheite der Tanne werden dafür sorgen, daß mein kleines Feuerchen eine Weile brennt.

Ich spieße einige Stücke Fisch auf einen dünnen Ast und röste diese über der Glut. Nach kurzer Zeit beginnt der Fisch verführerisch zu duften. Von Sekunde zu Sekunde schauen meine Hunde immer interessierter zu mir herüber. Ickey macht schon Anstalten mit seiner ganzen Mannschaft zu mir zum Essen zu kommen. Im letzten Augenblick kann ich sein Vorhaben stoppen. Eigentlich wollte ich in aller Ruhe diese Mahlzeit zu mir nehmen. Doch die sehnsüchtigen Blicke meiner Huskies sorgen dafür, daß sich mir jeder Bissen im Halse querstellt. Diese Hundeaugen erzeugen in mir ein gehöriges Schuldgefühl. Ich würde mich wie der Antreiber auf einer Galeere fühlen, wenn ich mein Essen nicht mit meinen Hunden teile. Während elf immer hungrige Huskies und ein nicht minder hungriger Musher den Fisch vertilgen, kommt Thomas Wiget mit seinem Team den Trail entlang. Auch ihm setzt die Kälte zu. Über das Lagerfeuer ist er sichtlich erfreut und beschließt eine Weile hierzubleiben. Aber ich spüre Alain Hercsher im Nacken. Aus diesem Grund muß ich mich so schnell wie nur irgend möglich nach Stepping-Stone durch schlagen.

Dort hat Larry "Cowboy" Smith eine Jagdhütte. Einer seiner Freunde verbringt dort den Winter. Also kann ich ziemlich sicher sein, gastfreundlich aufgenommen zu werden. Hoffentlich habe ich bald dieses verbrannte Stück Erde hinter mir. Ich stelle mir vor, wie furchtbar der Waldbrand hier gewütet haben muß. Im Schnee ist keine Spur zu sehen, die auf ein lebendes Wesen hinweist. Überall stehen nur verkohlte, abgefackelte Bäume. Trotz des blauen Himmels und der strahlenden Sonne macht die Gegend einen niederschmetternden Eindruck auf mich. So könnte unser Planet überall aussehen, wenn die Menschheit zu ihrem letzten, vernichtenden Schlag gegen sich und die Umwelt ausgeholt hat. Ein makabrer Gedanke.

Gegen Mittag biegt der Trail auf einen schmalen Flußlauf ab. Dieser Bach muß während des Waldbrandes als natürliche Feuerbarriere gedient haben. Für meine Augen ist es wie Urlaub, die auf der gegenüberliegenden Seite des Creeks stehenden grünen Tannen zu sehen. Zu meiner Erleichterung führt unser Weg in diesen unversehrten Forst. Wir lassen das Waldbrandgebiet nördlich hinter uns. Auch meinen Huskies scheint es im tiefen Gehölz viel besser zu gefallen. Sie wedeln freudig mit den Schwänzen und ziehen mich im Eiltempo durch teilweise dichtes Unterholz. Ich muß aufpassen, daß wir nicht auf einen umherziehenden Elch stoßen.
Ein Zusammentreffen mit solch einem Tier kann böse Folgen für uns alle haben. Bei meinen vierbeinigen Freunden würde der Jagdtrieb durchbrechen. Ich hätte nicht den Hauch einer Chance, sie an einer Hetzjagd zu hindern. Wie ein lästiges Anhängsel würde ich hilflos am Schlitten baumeln. Ich könnte nur noch hoffen, nicht mit einem der vielen Bäume schmerzhafte Bekanntschaft schließen zu müssen.

Abgesehen von den Gefahren, die von einer wilden, unkontrollierten Jagd durch die engstehenden Bäume ausgeht, würde ein in die Enge getriebener Elch bestimmt einige meiner Hunde mit Huftritten schwer verletzen, wenn nicht gar töten.
Eine Schußwaffe trage ich nicht bei mir und mein Messer wird einen Elch nicht sonderlich beeindrucken.
Keine Frage, es ist mir lieber, wenn ich ein Zusammentreffen mit solch einem Giganten der arktischen Wälder vermeiden kann.

Wachsam, immer mit einem Fuß auf der Bremse, lenke ich den Schlitten zwischen den Tannen hindurch. Plötzlich versucht Ickey, vom Trail abzuweichen. Mit aller Kraft ramme ich die Klauenbremse in den Waldboden. Nur so kann ich im letzten Augenblick verhindern, daß mein Leithund sein Team auf Abwege führt. Mit "WHOW" beruhige ich die Hunde und sichere den Schlitten mit dem Snowhook. Eine am Wegesrand stehende Tanne gibt meinem Schneeanker guten Halt. Erst jetzt wage ich es den Schlitten zu verlassen. Schnell nach vorne, und nachschauen, was Ickeys Interesse geweckt haben könnte. Knapp zwei Meter vor Ickey liegt ein großer Fleischbrocken, der eine häßliche Wolverinefalle verdeckt. Ein Fallensteller hat hier seine Trappline aufgebaut. Da wir nicht mehr allzuweit von Stepping-Stone entfernt sein dürften, kann es sich bei diesem Trapper nur um Larrys Kumpel handeln. Jetzt habe ich keine Zeit, an eine warme Blockhütte zu denken. Ich muß mein Gespann an dieser gefährlich lockenden Falle vorbei bugsieren und auf weitere Fangeisen achten.

Diese Fangeisen schnappen mit einer ungeheuren Wucht zu. Sie würden meinen Hunden unweigerlich den Schädel zerschmettern, wenn sie versuchen, einen der ausgelegten Fleischbrocken zu ergattern. Dieser Trapper hätte wirklich mit dem Auslegen der Fallen solange warten können, bis alle Teilnehmer am Yukon-Quest hier vorbeigefahren sind.
Um Tom zu warnen, hänge ich einen leeren Futterbeutel an einen Tannenzweig. Hoffentlich deutet er dieses Signal richtig und schaut erst nach, bevor er mit seinem Team hier durchfährt. Nachdem wir dieses Hindernis ohne Schaden umfahren haben, geht es zügig weiter in Richtung Stepping-Stone. Wenn es nach meinen Hunden ginge, würden wir jetzt viel schneller fahren. Doch ich will wegen eventuell weiterer Fallen kein Risiko eingehen Vorsichtig lasse ich mein Team gegen eine leicht in den Schnee gedrückte Bremse ziehen.
Meine Achtsamkeit macht sich schon nach wenigen hundert Metern bezahlt. Wieder will Ickey seinem Jagdinstinkt folgen. Unversehens versucht er im 90 Grad Winkel vom Trail abzuweichen. Doch diesmal habe ich gut aufgepaßt. Sicher bringe ich das Gespann weit vor der Gefahrenstelle zum Stehen. Mit lauten Kommandos versuche ich meine Huskies auf dem Weg zu halten. Leider probieren sie immer wieder, gegen meine Befehle ins Dickicht auszubrechen. Laut bellend und mit zitternden Flanken, zerren sie an ihren Leinen. Die verdammten Biester versuchen alles, um zum Punkt ihres Interesses zu gelangen.

Neugierig geworden sichere ich wieder den Schlitten. Stapfe durch hüfthohen Schnee um nachzusehen, was meine Huskies so sehr in Aufregung versetzt. Schon nach wenigen Schritten sehe ich einen toten Wolf im Fangeisen. Er muß dort schon länger liegen. Sein Körper ist steifgefroren, und die umliegenden Spuren sind verwischt, obwohl hier im Wald kein Lüftchen weht. Gerade will ich zu meinen Hunden zurückkehren. Im Umdrehen bemerke ich unter einer nahen Tanne zwei Knopfaugen. Ängstlich starren sie zu mir herüber. Ein kleiner Wolf, höchstens

zwei bis drei Monate alt, hat seine Mutter verloren. Er wacht bei seiner toten Mutter und hat noch nicht begriffen, was geschehen ist. Wie lange er wohl schon ohne Nahrung unter der schützenden Tanne ausharrt? Wenn sich dieses verwaiste Wölfchen so verhält wie sich ein Wolf verhalten muß und sich nicht von mir einfangen läßt, muß es jämmerlich verhungern. Doch wenn es ungeschickt ist und ich es erwische, kann ich es mit nach Pelly-Crossing nehmen. Im Checkpoint können sich Tierärzte um das Baby kümmern. Auch Inge wird bestimmt alles tun, damit dieser kleine Kerl am Leben bleibt.
Mit Futter wird dieses verängstigte Wesen nicht anzulocken sein. Es dauert sehr lange, bis ein Wolf soviel Vertrauen gefaßt hat, daß er Futter von Menschenhand annimmt.
Ich habe keine Chance dieses Wölfchen mit meinen Händen zu erwischen. Im tiefen Schnee bin ich zu schwerfällig und unbeholfen. Er kann wegen seines geringen Gewichtes auf der Schneedecke laufen, während ich bei jedem Schritt bis über die Knie einsinke.
Wenn ich den Kleinen verschrecke, läuft er weg, und ich kann nichts mehr für ihn tun.

Was tun sprach Zeus? Ich weiß es nicht. Die Hunde gebärden sich wie wild. Ich habe Angst, daß sie die Leine des Schneeankers zerreißen und zu mir herüber stürmen. Außerdem trägt das aufgeregte Gebell meiner Huskies nicht gerade dazu bei, daß mein kleiner Wolf Vertrauen zu mir faßt. Nach langem, angestrengtem Nachdenken fällt mir ein, wie ich zu Hause Katzen, die sich unter einem Schrank verkrochen hatten, aus ihrem Versteck gelockt habe. Langsam und vorsichtig schiebe ich einen meiner Overmitts in die Richtung der Tanne. Anschließend drehe ich mich, so unbeteiligt wie möglich, zum Schlitten. Lockend ziehe ich den Handschuh aus Biberfell mit kleinen Rucken hinter mir her. Tatsächlich, mit tolpatschigen Sprüngen, verfolgt mein Findelkind den an der Idiotenschnur hängenden Overmitt. Restlos von diesem interessanten Spiel begeistert, kommt das Wolfsbaby, ohne auf mich zu achten, immer näher heran. Schließlich trennen uns nicht einmal mehr 30 Zentimeter. Mit einem schnellen Griff könnte ich den Kleinen packen. Doch das wage ich nicht. Wenn ich jetzt einen übereilten Fehler begehe, bedeutet es für das Waisenkind den sicheren Hungertod. Wenn ich nicht bald zupacke, bemerkt mich der Welpe und verschwindet wieder unter seiner Tanne.

Eine Weile blicke ich unschlüssig auf das Bündel Wolf. Es hat nur Augen für meinen Handschuh und beachtet mich immer noch nicht. Endlich überwinde ich meine Angst, einen Fehler zu machen. Wie ein Torwart hechte ich nach vorne. Mit meinem Oberkörper begrabe ich meinen neuen Schützling regelrecht unter mir. Mit beiden Händen taste ich nach ihm und ziehe ein quiekendes, mit allen Vieren strampelndes Etwas unter mir hervor. Na also!

Das Schwierigste wäre geschafft. Doch kaum komme ich mit meinem Schützling beim Schlitten an, beginnen die Probleme erst richtig. Obwohl ich den kleinen Wolf schützend im Arm halte, versuchen meine Huskies wie eine Meute Bluthunde den Eindringling zu zerfleischen. Nur mit abwehrenden Fußtritten und lauten "NO"-Rufen kann ich meine Hunde in Zaum halten.
Mit viel Mühe gelingt es mir endlich den Kleinen sicher zum Schlitten zu bringen. Jetzt, da meine Huskies nicht mehr an den kleinen Wolf heran können, reagieren sie ihre aufgestauten Aggressionen aneinander ab. Zähnefletschend versuchen sie, übereinander herzufallen.

Eine Massenkeilerei bahnt sich an. So schnell es meine vor Kälte steifen Finger zulassen, stopfe ich mein Findelkind in den Schlittensack. Dann stürze ich mich mit Hurra in das Kampfgetümmel. Mit beiden Händen zerre ich die Streithähne auseinander. Gott sei Dank greife ich schnell genug ein und kann ernste Verletzungen verhindern. Der Tangle, den ich, nachdem wieder Ruhe im Team eingekehrt ist, zu entwirren habe, spottet jeder Beschreibung. Meine Entwirrungsversuche werden durch uneinsichtige Köter, die immer wieder zum Schlitten wollen, erheblich erschwert. Besonders Nordic und Be-Bop tun sich als Unruhestifter hervor. Erst ein paar kräftige Ohrfeigen bringen sie zur Räson.

Nachdem wieder Ruhe im Team eingekehrt ist, wickle ich den kleinen Wolf in eine Hundedecke. Er soll unseren Zwingergeruch annehmen, damit er in Zukunft nicht wieder solchen Anfeindungen ausgesetzt ist. Bei unserer Weiterfahrt schaut ein kleiner, ängstlich um sich blickender Wolfskopf aus dem Schlittensack. Verzweifelt heult mein Findelkind nach seiner Mutter.
Tröstend versuche ich ihn zu streicheln. Dabei erkläre ich ihm, daß sei-

ne neue Mutter in Pelly-Crossing auf ihn wartet. Ob er mich versteht? Immer wieder beuge ich mich zu dem Kleinen hinunter und rede beruhigend auf ihn ein. Das Wölfchen beschäftigt mich derart, daß ich überhaupt nicht merke, wie die Zeit verrinnt. Obwohl ich noch nicht damit gerechnet habe, türmen sich auf einmal vor mir sieben Berge auf. Sie ragen wie riesige Stufen in den langsam dunkler werdenden Himmel.

Wegen der treppenartigen Formation dieser Berge wird diese Gegend Stepping-Stone genannt. Bevor wir die Tundra am Pelly-River erreichen, müssen wir uns noch durch eine enge, V-förmige Schlucht schlängeln. Beim Verlassen des Canyons habe ich das Gefühl, als würde mich der Wald regelrecht ausspucken.
Wir passieren die seit Jahren zum Verkauf stehende Pellyfarm. Über einer kleinen Insel im Pelly-River steigt Rauch auf. Dort muß die Jagdhütte von Larry "Cowboy" Smith sein.

Bei meinem Eintreffen in Stepping-Stone machen sich gerade Susan Amundson und Kris Swanguarin für die Weiterfahrt fertig. Kaum sehen die beiden meinen kleinen Passagier, lassen sie alles stehen und liegen. Vor ihrer Abfahrt bringen sie den Kleinen ins Blockhaus, damit ich in Ruhe meine Huskies versorgen kann. In der Cabin stellt sich heraus, daß die Fallen nicht zu Glenn gehören. Er wohnt nur in Larrys Hütte und will erst nach dem Rennen seine Fallen aufstellen. Er ist von meinem Findelkind so angetan, daß er den Kleinen am liebsten bei sich aufnehmen und ihn groß ziehen würde. Doch da führt kein Weg hin. Mein Wölfchen ist mir inzwischen so sehr ans Herz gewachsen, daß ich ihn selbst behalten will. Außerdem muß ich in Pelly-Crossing den Vorfall der Rennleitung melden. Vielleicht bekomme ich ja wieder eine Zeitstrafe, weil ich ein nicht registriertes Tier in mein Team aufgenommen habe, denke ich scherzend.

Bei meinem Eintritt in die Blockhütte hockt Lonesome, so nenne ich den Kleinen, verschüchtert und zitternd in der dunkelsten Ecke. Für ihn dürfte es das Beste sein, wenn ich ihn zunächst in Ruhe lasse. Die Erlebnisse der vergangenen Stunden, das ungewohnte Zusammentreffen mit Menschen und die Schlittenfahrt haben ihn weit über Gebühr beansprucht. Außerdem kann ich hier draußen nichts anderes für ihn tun, als ihm ein wenig Futter anzubieten. Bevor ich mich hinlege mixe ich einige Körner Trockenfutter und etwas Dörrfisch mit Wasser. Da Lonesome mit Sicherheit keine Futternäpfe gewöhnt ist, gieße ich den entstandenen Brei vor ihm auf den Fußboden. Auch meine Huskies, die mit Wölfen sehr eng verwandt sind, fressen ihr Futter nach großen Anstrengungen lieber vom Boden als aus einer Schüssel.

Glenn, mein Gastgeber, ist nicht sonderlich begeistert als ich den Brei vor Lonesome hingieße. Er hat Angst, daß der Geruch des aufgeweichten Fisches in den Holzboden einzieht und im Frühjahr Bären anlockt. Erst mein Versprechen, den Brei vor meiner Abfahrt aufzuwischen und den Geruch mit Methanol zu neutralisieren, beruhigt ihn wieder.
Eigentlich wäre es jetzt an der Zeit, eine ordentliche Mütze voll Schlaf zu nehmen. Denn weder im Goldgräber-Camp noch in Scroggy-Creek habe ich ausreichend Ruhe gefunden und bis zum Checkpoint liegen noch 40 lange, eintönige Flußmeilen vor mir.

So sehr ich mich um Entspannung bemühe, kann ich doch meine Augen nicht von dem kleinen Wolf abwenden. Mit halb geschlossenen Lidern verfolge ich jede seiner Bewegungen. Am meisten beschäftigt mich die Frage, ob er wohl fressen wird. Irgendwann muß ich doch eingeduselt sein. Als ich wieder die Augen aufschlage, liegt Thomas Wiget neben mir am Boden. Sofort schaue ich nach. ob mein kleiner Freund noch da ist. Lonesome kauert immer noch in seiner dunklen Ecke. Vor ihm steht unberührt das Futter. Ob ich ihm etwas von dem Brei einflößen soll?
Nein, diese Quälerei erspare ich uns lieber. Da ich nicht weiß, wie lange Lonesome jetzt schon ohne Nahrung ist, ist es besser, wenn ich mich schnellstens auf die Socken mache und nach Pelly-Crossing fahre. Ich will, daß der Kleine überlebt! Nur dort im Checkpoint, wird ihm die bestmögliche Fürsorge zuteil werden.

Auf dem Weg von Dawson nach Pelly-Crossing

Donnerstag: 22. Februar

(Stepping-Stone nach Pelly-Crossing)

Die Ruhephase für meine Huskies war diesmal eigentlich zu kurz, doch die Sorge um Lonesome läßt mir keine Ruhe. Hoffentlich muß ich für meinen übereilten Aufbruch nicht büßen. Mit Sicherheit hat sich die Gesundheit meiner Hunde noch nicht völlig stabilisiert. Einen Fehler von mir würden sie nicht unbeschadet wegstecken.
In der Eile habe ich sogar vergessen, meine Thermoskanne neu zu füllen. Das darin verbliebene Wasser ist schon so kalt geworden, daß es sicher bald gefrieren wird. Also trinke ich den traurigen Rest schnell aus. In dieser trockenen Kälte ist es sehr wichtig, soviel Flüssigkeit wie möglich zu sich zu nehmen. Lonesome habe ich wieder fest in eine Hundedecke gewickelt. Durch diese "Zwangsjacke" kann er mir während der Fahrt nicht aus dem Schlittensack schlüpfen. Außerdem besteht so keine Gefahr, daß er durch den eisigen Fahrtwind auskühlt.

Wenn auf einem der aus dem Flußbett ragenden Felsen ein Zuschauer säße, würden wir auf ihn den Eindruck machen, als glitten wir schwerelos über das mit einer dünnen Schneeschicht bedeckte Eis des Pelly-Rivers. Mit weit ausholenden Bewegungen ziehen meine treuen Freunde den Schlitten durch die sternklare Nacht. Die Hunde scheinen sich an unseren Passagier gewöhnt zu haben. Nur wenn Lonesome sein langgezogenes Geheul ertönen läßt, drehen sie ihre Köpfe neugierig in unsere Richtung. Diese Nachtfahrt hat etwas derart unwirkliches, daß ich das Gefühl habe, mir selbst beim Mushen zuschauen zu können. Nur die Kälte, die mich immer steifer werden läßt, und der pochende Schmerz in meinen aufgeplatzten Fingern macht mir klar, daß dies hier kein schöner Film, sondern die rauhe Wirklichkeit ist.
Obwohl ich mein Gesicht bis über die Nasenspitze unter dem Neckring versteckt habe, sind meine Wangen vor Kälte glashart geworden. Ich traue mich nicht, das Gesicht zu verziehen. Es ist so steif, daß ich das Gefühl habe, es würde mir bei der geringsten Bewegung zerspringen.

Bisher habe ich geglaubt, die Nacht in Scroggy-Creek sei die kälteste meines Lebens gewesen.
Doch die heutige Nacht übertrifft alles, was ich bisher an Minusgraden erlebt habe. Wie wunderbar diese nächtliche Schlittenfahrt auch sein mag, ich wünsche mir im Augenblick nichts sehnlicher, als so bald wie möglich in Pelly-Crossing anzukommen. Lieber Gott, laß wenigstens die Sonne mit ihren wärmenden Strahlen aufgehen.

Jetzt beneide ich sogar Curt Smith, Dieter Dolif und Dan Turner. Sie sind aus dem Rennen ausgeschieden und liegen jetzt bestimmt gemütlich in warmen Betten. Hätte ich auf meine Hunde gehört und auch gescratched würde mir hier draußen jetzt nicht das Mark in den Knochen gefrieren. Auch der Gedanke, daß die Ersten bald in Whitehorse ankommen müßten, hebt meine zu Eis erstarrte Stimmung nicht gerade. Werde ich es wenigstens schaffen noch vor Beginn des Banquetes das Rennen zu beenden? Diese lausige Kälte läßt keine positiven Gedanken zu. Nach Sonnenaufgang schaut die Sache dann allerdings wieder ganz anders aus: Dann werde ich um keinen Preis mehr mit irgend jemanden tauschen wollen. Dann empfinde ich nur noch Mitleid und Bedauern für jeden, der diese herrliche, beeindruckende Reise nicht mehr mitmachen kann.

Wegen Lonesome habe ich es sehr eilig, zum Checkpoint zu kommen. Doch ich muß hin und wieder anhalten, damit wenigstens der Fahrtwind ein wenig nachläßt und ich durch Reiben das Blut in meinen Wangen zum Zirkulieren bringen kann. Im Morgengrauen erreichen wir eine steile, schräg abfallende Rampe, die uns weg vom Fluß und hin zur Straße nach Pelly-Crossing bringt. Diese Rampe ist äußerst schwer zu befahren. Der Schlitten droht einige Male umzukippen. Nur unter Einsatz meiner ganzen Kraft und durch die disziplinierte Arbeit meiner Hunde gelingt es uns, diese Schikane zu meistern.
Lonesome, dem der Schock plötzlich in Menschenhand zu sein, genug zu schaffen macht, würde einen Sturz wohl nicht überleben.

Nachdem wir endlich auf der sicheren Straße sind, steht mein Team keuchend vor dem Schlitten. Elf Huskies warten auf eine Belohnung für die geleistete Arbeit. Auch ich könnte jetzt etwas zum Essen vertragen. Doch meine Zunge klebt derart trocken am Gaumen, daß ich keinen Happen herunterschlucken kann. Jetzt würde ich jeden Preis für eine Cola bezahlen. Leider ist kein Kiosk in der Nähe. Statt Limonade müssen vorerst einige Bissen Schnee für mich reichen.

Langsam steigt die Sonne aus einer der dem Checkpoint vorgelagerten Hügelketten auf. Der Schlitten gleitet leicht über die festgefahrene Schneedecke. Die langsam aufgehende Sonne bringt wieder etwas Leben in meinen erstarrten Körper. War diese Nachtfahrt ein schönes oder ein schlimmes Erlebnis? Bevor ich mich intensiver mit dieser Frage beschäftigen kann, kommt vor uns eine alleinstehende Farm in Sicht. Aufgeregtes Hundegebell kündigt unsere Ankunft schon von weitem an. Bisher haben wir bei jeder, der auf unserem Weg liegenden Hütten angehalten.

Deshalb führt Ickey auch jetzt seine Mannschaft unbeirrt auf den Hof dieses Anwesens. Wegen des festgefahrenen Schnees habe ich keine Möglichkeit, mein Team vorher zu bremsen. Ich verzichte auf Stoppbefehle, weil ich diese im Moment sowieso nicht durchsetzen kann. Mein Leithund hat es sich nun einmal in den Kopf gesetzt, hier einen Besuch abzustatten. Erst vor dem Haupthaus des Anwesens gelingt es mir, mein Gespann zum Stehen zu bringen. Meine Huskies würden am Liebsten zu ihren auf dem Hof angeketteten Artgenossen in die Hundehütten kriechen. Glücklicherweise wird der Hausherr durch das Gebell seiner Hunde auf uns aufmerksam. In Hemdsärmeln tritt er auf die Veranda seines Blockhauses. Er ist mir beim Wenden des Gespanns behilflich. Von diesem Farmer erfahre ich auch, daß ich nur noch knapp vier Meilen von Pelly-Crossing entfernt bin.

Äußerst widerwillig lassen sich meine vierbeinigen Freunde zum Weiterlaufen bewegen. Sie haben sich schon innerlich auf eine längere Pause mit Futter und Pfotenpflege eingestellt. Doch bald wittern sie den Duft der nahen Ansiedlung. Auf einmal fliegen sie im gestreckten Galopp über die Straße. Wenn uns jetzt ein Auto oder Snowgoo entgegenkommt, habe ich nicht den Hauch einer Chance, den Schlitten rechtzeitig zum Stehen zu bringen. Erst als wir die große Hängebrücke über den Pelly-River passieren, verlangsamen meine Hunde, wieder ihr bis dahin mörderisches Tempo. Mit einigen "GEE"-Rufen kann ich sie direkt vor die örtliche Curlingbahn steuern. Wir haben den Checkpoint erreicht. Endlich können wir uns aufwärmen!.

Pelly-Crossing

Donnerstag: 22. Februar

Um 10.23 Uhr checke ich offiziell mit elf verhältnismäßig gesunden Hunden vor und einem Wolfsbaby im Schlitten in Pelly-Crossing ein. Pelly-Crossing ist eine kleine Siedlung im weiten, fast menschenleeren Yukon-Territorium. Der Name dieses Ortes zeigt an, daß hier der Highway nach Whitehorse den Pelly-River kreuzt. In dieser Siedlung gibt es weder Industrie noch Bergbau. Die Anwohner leben entweder von Jagd und Fischfang oder von der Beherbergung Durchreisender.

Heute scheint mein, beziehungsweise Lonesomes Glückstag zu sein. Gleich neben dem Checker steht als diensthabender Tierarzt Dr. Matthew Hall, mein persönlicher Schutzengel. In seine Obhut gebe ich das Wolfswelpen. Er untersucht den Kleinen sofort auf eventuelle Verletzungen. Als ich Matthew erzähle, daß Lonesome mindestens 24 Stunden nichts mehr gefressen hat, hängt er ihn an einen Tropf mit einer Nährlösung. Dabei macht mein Findelkind einen recht munteren Eindruck. Er scheint weder dehydriert noch dem Hungertod nahe zu sein.

In Inge und Petra weckt Lonesomes Hilfsbedürftigkeit sofort den Mutterinstinkt. Mit seinen süßen Knopfaugen erobert er sich in Sekunden einen Platz in ihren Herzen. Sie weichen keinen Schritt von seiner Seite. Wegen dem kleinen Wurm vernachlässigen sie sogar ihre Pflichten als Doghandler ein wenig. Da sie mir hier im Checkpoint nur mit Rat, aber nicht mit Tat zur Seite stehen dürfen, fällt ihre geteilte Aufmerksamkeit nicht allzu sehr ins Gewicht.
Bei einer Tasse heißen Kaffee und einem großen Teller mit dampfendem Eintopf sitze ich mit Inge in der Lounge der Curlinghalle. Gemeinsam überdenken wir meine Rennstrategie für die verbleibenden 80 Meilen nach Carmacks. Selbstverständlich erzähle ich ihr auch haargenau die Umstände, die uns zu einem neuen Familienmitglied verholfen haben. Inge hat Lonesome unter ihren Pullover geschoben. Dort trägt sie ihn ganz in der Nähe ihres Herzens. Der kleine Wicht scheint diesen Ort als behaglich und sicher zu empfinden. Er schläft! Später, wenn ich den Checkpoint verlassen habe, will Inge versuchen zwischen Lonesome und

Trouble eine Beziehung aufzubauen.
Vielleicht hat das Waisenkind Glück, und Trouble, mein seit Dawson verletzt ausgeschiedener Wheeldog nimmt ihn an kindesstatt an.

Bevor ich mir auf einer Bank in der Halle einen Schlafplatz suche, gehe ich noch zum Dogtruck. Ich muß Trouble und Cajun einen kurzen Besuch abstatten. Trouble hinkt immer noch ein wenig. Es war also eine gute Entscheidung, sie in Dawson zu droppen. Die lange, kräfteraubende Distanz zwischen hier und Dawson hätte sie nie und nimmer durchgestanden. Und, wenn ich Trouble im Schlitten transportiert hätte, wäre kein Platz mehr für Lonesome gewesen. Vielleicht war ihre Verletzung eine Vorhersehung des Schicksals.
Cajun bettelt kraftstrotzend und laufhungrig um einen Einsatz im Team. Dieser vielversprechende Leithund würde für sein Leben gerne bis Whitehorse laufen. Leider darf er es wegen des Reglements nicht, während Ickey, der so ziemlich am Ende seiner psychischen Kraft ist, durchhalten muß. Manchmal verteilt die Schicksalsgöttin ihre Gunst recht eigenwillig.

Nur noch 255 Meilen sind zu bewältigen. Dann werden wir stolz in Whitehorse Einzug halten. Irgendwie habe ich jetzt ein gutes Gefühl. Auf einmal bin ich mir sicher, mit meinen Huskies das Rennen bis zum Ende durchhalten zu können.

Joe May, der vor Ort anwesende Vertreter des Racemarshals, fragt mich, wann ich Alain Hercsher zuletzt gesehen habe. Alain ist bis dato noch nicht in Stepping-Stone angekommen. Jetzt befürchtet die Rennleitung, daß er sich irgendwo zwischen Scroggy-Creek und Pelly-Crossing verirrt hat. Der Bursche scheint wirklich Schwierigkeiten mit der Orientierung zu haben. Denn dies wäre nun schon das zweite Mal, daß er sich verfahren hat. Für mich sind Alains Irrfahrten allerdings von Vorteil. Nun sitzt er mir nicht mehr so dicht im Nacken. Ohne auf einen Gegner achten zu müssen, kann ich in Ruhe bis Carmacks weiterfahren. Meine Informationen über Alain Hercsher beschränken sich auf unser flüchtiges Zusammentreffen in Scroggy-Creek. Für Joe May, der eventuell einen Suchtrupp zusammenstellen muß, ist meine Auskunft keine große Hilfe. Auch der mittlerweile eingetroffene Thomas Wiget kann über Alain

Hercshers Verbleib nicht mehr als ich aussagen. Auch er hat ihn seit Scroggy-Creek nicht mehr zu Gesicht bekommen.
Die ganze Aufregung um und mit Lonesome hat mich innerlich so aufgewühlt, daß ich wieder keinen Schlaf finden kann. Erst nachdem Inge mir zwei Dosen Bier verabreicht hat, habe ich die nötige Bettschwere. Wie ein gefällter Baum schlafe ich einige Stunden tief und traumlos durch. Irgendwann schrecke ich völlig verwirrt auf. Es dauert eine Weile, bis ich überhaupt weiß, wo ich mich befinde. Ein Blick auf meine Armbanduhr läßt mir fast das Blut in den Adern gefrieren. Nahezu drei Stunden bin ich hinter meinem Zeitplan zurück. Völlig hektisch versuche ich alle Arbeiten, die vor einer Abfahrt anfallen, gleichzeitig zu erledigen. Das Resultat meiner kopflosen Bemühungen ist leider, daß mir jeder Handgriff mißlingt. Statt die verschlafene Zeit aufzuholen, brauche ich für meine Vorbereitungen doppelt solange wie gewöhnlich.

Nur sehr langsam beruhige ich mich soweit, daß ich ohne meine Unruhe auf die Hunde zu übertragen, ans Einspannen gehen kann. Thomas Wiget hat Pelly-Crossing schon vor mehr als einer Stunde verlassen. Innerlich habe ich mich damit abgefunden, nach ihm in Whitehorse ins Ziel zu kommen. Doch zunächst geht es jetzt nach Carmacks, dem letzten Checkpoint, bevor der 175 Meilen lange Schlußspurt nach Whitehorse beginnt. Am Donnerstag, den 22. Februar um 16.30 Uhr checke ich mit elf Hunden aus. In meiner Eile vergesse ich, mich von Lonesome zu verabschieden. Doch er ist bei Inge in den besten Händen und wird mich bestimmt nicht vermissen.

Wenn irgend jemand ein Photo von unserer Abfahrt aus Pelly-Crossing gemacht hat, wird das bestimmt ein kitschig, schönes Bild. Im blendenden Schein der untergehenden Sonne verlassen wir die kleine Siedlung am Pelly-River. Eingehüllt im Eisnebel unserer gefrorenen Atemluft tauchen wir in einen weihnachtlich glitzernden Wald ein, der uns bis Carmacks vor Wind und extremer Kälte schützen wird. Hier im Wald dauert die Dämmerung nicht lange. Schon bald bin ich gezwungen mit eingeschalteter Stirnlampe zu fahren. Wenn keine größeren Probleme auftreten, müßte ich morgen Früh in Carmacks eintreffen. Der Gedanke bald dort und damit vor der letzten Etappe des Rennens zu sein, läßt mich euphorisch werden. Laut singend steuere ich den Schlitten um die dicht stehenden Bäume.

So ausgelassen und fröhlich haben mich meine Huskies schon lange nicht mehr erlebt. Erstaunt drehen sie ihre Köpfe in meine Richtung. Ihre Blicke fragen mich, was wohl der Grund für meine überschäumende Laune ist. Das andauernde Umschauen meiner vierbeinigen Freunde verlangsamt unser Tempo beträchtlich. Um nicht noch mehr Zeit zu verlieren stelle ich mein Gegröle lieber ein. Außerdem dürften mein Gesang ziemlich nahe an der Schmerzgrenze meiner Hunde liegen. Trotz Hochstimmung will ich mir später nicht den Vorwurf machen müssen, meine Huskies unnötig gequält zu haben.

Je länger wir unterwegs sind, desto schneller werden die Hunde. Selbst wenn ich berücksichtige, mit welcher Begeisterung sie durch einen dunklen Wald laufen, wird mir ihr Tempo doch langsam unheimlich. Ich muß unbedingt vermeiden, daß sie sich unnötig verausgaben. Sonst machen sie mir auf dem letzten Teilstück noch schlapp. Um meine wieder erstarkten Laufmaschinen zur Ruhe kommen zu lassen, halte ich es für ratsam, jetzt eine kurze Pause mit Imbiß einzulegen. Mit einigen Stükken Lachs und reichlich Streicheleinheiten belohne ich sie für ihre bisher sehr gute Leistung.

MTi
Computer
August Rosenhauer

Grafik-Design
Daten-Konvertierungen
Hard- und Software

Heidemannstraße 41 · 80939 München
Telefon 089 / 31 69 47 14 · Telefax 089 / 316 25 42

CARMACKS
YUKON
PELLY CROSSING - CARMACKS
80 MEILEN
PELLY CROSSING
PELLY RIVER

Auf dem Weg von Pelly-Crossing nach Carmacks

Freitag: 23. Februar

Es ist jetzt kurz nach Mitternacht. Obwohl ich in Pelly-Crossing mehr als drei Stunden tief und fest geschlafen habe, kann ich die Augen vor Müdigkeit kaum noch offenhalten. Trotz größter Anstrengung fallen mir die Lider immer wieder zu. Träume ich oder hänge ich nur meinen Gedanken nach? Ich schwebe zwischen Wachen und Schlafen, ohne genau zu wissen, in welchem der beiden Zustände ich mich gerade befinde. In der weiten Tundra wäre es kein Problem, wenn ich schlafend auf dem Schlitten stünde. Zumindest solange ich nicht herunter falle und mein Team nicht verliere. Doch hier im dichten Wald kann so ein Sekundenschlaf fatale Folgen haben. Ich brauche zum Beispiel nur einen tiefhängenden Ast zu übersehen -schon liege ich mit einer dicken Beule am Kopf im Schnee. Dieser Umstand wäre nicht allzu tragisch, wenn meine Hunde dann nicht mitsamt dem Schlitten das Weite suchen würden. Also tue ich alles, was in meiner Kraft steht, um die Augen offen zu halten. Doch die bleierne Müdigkeit ist einfach stärker.

Es dürfte das Vernünftigste sein, nochmals anzuhalten und ein kurzes Nickerchen zu machen. Neben der Müdigkeit hat mich nun auch das Rennfieber wieder in den Klauen. Nach jeder Biegung im Trail nehme ich mir vor: "Noch eine Kurve, und dann hältst Du an!" So hangle ich mich Meile für Meile weiter.
Plötzlich, ich traue meinen Augen kaum, hängt ein Pappschild an einem Baum. Darauf steht: "25 Miles to Carmacks" Sicher haben dieses Schild Freunde von Frank Turner, der ja aus Pelly-Crossing stammt, aufgehängt. Es soll ihm bei der Einteilung seines Schlußspurtes behilflich sein. Da diese Tafel jedem Teilnehmer am Yukon-Quest zugute kommt, verstößt eine derartige Hilfestellung nicht gegen die Regeln. Solche Informationen wären nicht nur mir des öfteren äußerst willkommen gewesen. Manchmal grenzt es an Psychofolter, wenn man müde und halb erfroren auf den Schlittenkufen steht, ohne auch nur ungefähr erahnen zu können, wie weit es noch bis zum nächsten Checkpoint ist.

Bei mir setzt das Schild neue, ungeahnte Kräfte frei. Die Müdigkeit ist wie weggeblasen.
Mich beherrscht nur noch ein Gedanke: "Nur noch 25 Meilen, beziehungsweise zwei bis drei Stunden Fahrt, und dann bist du in Carmacks!" Leider hält die aufputschende Wirkung dieser Information nicht lange an. Der Lichtkegel meiner Stirnlampe hypnotisiert mich und läßt meine Augenlider immer wieder zufallen. So kurz vor dem letzten Checkpoint bin ich nicht mehr bereit, eine Schlafpause einzulegen. Ich halte kurz an und krame in meinem Proviantbeutel. Schnell finde ich, wonach ich suche. Für den Schlußspurt und falls ich irgendwann schlapp machen sollte, habe ich mir eine Mischung aus Kaffeebohnen, Guaranawurzeln und Traubenzucker als Wachmacher eingepackt. Jetzt, so glaube ich in meiner grenzenlosen Müdigkeit, ist der Zeitpunkt gekommen diese grauenhaft schmeckende Mixtur zu schlucken. Nur durch äußerste Beherrschung gelingt es mir, den bittersüßen Brei hinunterzuwürgen, ohne mich dabei zu übergeben.

Leider warte ich vergebens auf die aufputschende Wirkung. Immer wieder fallen mir die Augen zu, doch jetzt ist an eine Rast nicht mehr zu denken. Nach knapp einer Stunde taucht ein weiteres Schild - "15 Miles to Carmacks!" - im Lichtkegel meiner Headlamp auf. Bald muß der Trail aus dem Wald heraus auf die Straße nach Carmacks führen.
Etwa zwei Meilen hinter der letzten Informationstafel stoße ich auf Thomas Wiget. Er hat Probleme mit seinen Leithunden. Immer wieder verweigern sie ihm den Gehorsam. Dadurch haben sie es mir ermöglicht, eine verlorene Stunde auf eine Distanz von 80 Meilen wettzumachen. Problemlos passieren wir Toms-Gespann. In der Hoffnung, daß meine Huskies sein Team zum Weiterlaufen motivieren, heftet er sich an unsere Fersen. Gemeinsam erreichen wir die Straße zum Checkpoint. Von jetzt an geht es nur noch bergab. Die festgefahrene Schneedecke der Straße ist glatter als Eis. Die Hunde genießen es, ohne eine spürbare Last ziehen zu müssen, bergab laufen zu dürfen.

Zwar gönne ich meinem Team diese leichte Arbeit. Doch die Gefahr, daß sie zu schnell rennen und sich dabei verletzen ist mir zu groß. Deshalb trete ich kräftig auf die Bremse. Es ist sicherer, daß meine Huskies die letzten zehn Meilen im Trab, statt im Galopp zurücklegen. Lieber

komme ich etwas später und mit müden Hunden in Carmacks an als mit einem verletzten Team. Noch nie habe ich erlebt, daß sich Hunde beim schweren Ziehen verletzt haben.
Doch beim leichten Bergablaufen können sich langsamere Hunde im Team schwerste Schulterverletzungen zuziehen. Aus diesem Grunde halte ich mein Gespann lieber zurück, statt zusammen mit Thomas Wiget den Abhang hinunterzurasen. Als ich ihn hinter einer langgezogenen Kurve verschwinden sehe, denke ich mir: "Hoffentlich weiß er, was er da tut."
Knapp 20 Minuten nach Tom erreiche ich den Checkpoint. Zwar war die andauernde Bremserei ganz schön anstrengend, doch scheint sich, dem Gang nach zu urteilen, keiner meiner Huskies auf der harten Straße verletzt zu haben.

Nicht nur ich habe in dieser Nacht mit Müdigkeit und Halluzinationen zu kämpfen. Auch in der Spitzengruppe, die sich schon kurz vor Whitehorse befindet, machen sich die ungeheuren Anstrengungen der letzten Tage bemerkbar. An vierter Stelle liegend trifft Mark May auf den schnelleren Bill Steward. Gegen 2.00 Uhr spurt Mark, nichts Böses ahnend, mit seinem Gespann durch die dichten, Whitehorse umrahmenden Wälder. Als ihm plötzlich ein Schlittenhunde-Team aus der Dunkelheit entgegen kommt. Es gehört zu einem völlig übermüdeten Bill Steward, der von massiven Halluzinationen geplagt wird. Obwohl Bill nun auf einen anderen Musher stößt, halten ihn seine Wahnvorstellungen fest gefangen. Auf Marks Frage warum er umgekehrt sei, entgegnet ein verwirrter Bill: "Vorhin habe ich auf dem Trail Charley Boulding getroffen. Charley hat mich mit seinem Gewehr bedroht und mir nachdrücklich zu verstehen geben, daß dies hier sein privater Trainingstrail ist." Zum besseren Verständnis sei angemerkt, daß Charley Boulding zu diesem Zeitpunkt mindestens 1.200 Meilen von der betreffenden Stelle entfernt war.

Obwohl Mark May zum Veterinärmediziner und nicht zum Humanmediziner ausgebildet wurde, erkennt er sofort, daß sich Bill Steward weitab jeder Realität befindet. Mark redet beruhigend auf Bill Steward ein. Bei einem gemeinsamen Becher Kaffee kehrt Bill wieder langsam in die Wirklichkeit zurück. Gemeinsam setzen die beiden den Weg nach Whitehorse fort. Da Bills Hunde um einiges schneller als die Huskies von Mark sind, übernimmt Bill Steward bald wieder die Führung. Immer weiter setzt er sich von Mark May ab und verschwindet wieder in den dunklen Wäldern.

Etwa eine Stunde nach diesem Zusammentreffen stößt Mark auf einen verlassenen Schlitten. Wo ist der dazu gehörende Musher? Die Hunde haben sich zum Schlafen in den Schnee gelegt. Sie scheinen die willkommene Rast zu genießen.
Mark May schaut sich nach allen Richtungen suchend um. Nirgendwo kann er Bill Steward sehen, dem die Hunde und der verlassene Schlitten gehören. Nach längerem Suchen entdeckt Mark Fußspuren die zu einer Lichtung führen. Als Mark den Spuren nachgeht findet er eine Parka und eine Fellmütze im Schnee. Wenn Mark den Besitzer dieser Kleidungsstücke noch lebend finden will, ist höchste Eile geboten.

Nur wenige Meter hinter den herumliegenden Sachen findet Mark May einen im Schnee liegenden Bill Steward. Nur mit Hemd, Hose und Pullover bekleidet hat er sich zum Schlafen hingelegt. Mit kräftigen Ohrfeigen holt der Tierarzt aus North-Pole seinen Konkurrenten wieder ins Leben zurück. Nachdem er Bills Kreislauf mit gymnastischen Übungen wieder in Schwung gebracht hat, erfährt er, daß erneut Charley Boulding aufgetaucht sei und gesagt habe: “Dort drüben auf der Lichtung findest du ein Hotel in dem du dich ordentlich ausschlafen kannst.” Wieder ist Bill Steward dieser Erscheinung aufgesessen. Er hat seine Hunde zurückgelassen, um in das nicht vorhandene Hotel zu gehen. Die Wahnvorstellung muß so realistisch gewesen sein, daß Bill geglaubt haben muß, bereits in einem Hotelzimmer zu sein. Sonst hätte er sich niemals ausgezogen und sich ohne Schlafsack in den Schnee gelegt. Nach dieser lebensrettenden Aktion nehmen beide Musher ihren Zweikampf wieder auf, als wäre diese Geschichte nie passiert. Schon bald läßt Bill Steward seinen Retter hinter sich und verschwindet auf Nimmerwiedersehen in Richtung Ziel.

Carmacks

Freitag: 23. Februar

Um 6.01 Uhr unterschreibe ich zum letzten Mal das Formular, welches meine regelgerechte Ankunft in einen Checkpoint dokumentiert. Dreizehn Minuten vor meiner Ankunft in Carmacks fährt John Schandlemeir, der Sieger des diesjährigen Yukon-Quest in triumphalem Zug in Whitehorse ein. Sirenen des örtlichen Sägewerkes begleiten seinen Einzug mit lautem Getute. Mehrere tausend begeisterte Zuschauer bereiten dem "Härtesten der Harten" einen Empfang der eines Königs würdig ist.

John hat noch elf frisch und munter wirkende Huskies vor dem Schlitten. Drei seiner Hunde hat er in Carmacks zurückgelassen - nicht weil sie verletzt oder krank waren. Für John war es einfacher, mit einem kürzeren Gespann durch den verwundenen Waldweg zu fahren. John Schandlemeir gebührt nicht nur die Gürtelschnalle des Siegers, sondern auch der von den Renntierärzten ausgesetzte Preis für die beste Hundeführsorge. Nur 58 Minuten nach dem Sieger erreicht Rick Mackey als Zweiter mit nur neun Hunden die Ziellinie in Whitehorse.

Wer John Schandlemeir ein wenig kennt, wird mir in meiner Vermutung rechtgeben, daß dieser Ausnahmemusher seinen Vorsprung vor Rick Mackey nur deshalb nicht weiter ausgebaut hat, weil er seinen Huskies nicht mehr Leistung abverlangen will, als für einen Sieg notwendig ist. Herzlichen Glückwunsch!

Wie üblich wartet Inge mit rotgefrorener Nase neben dem Checker in Carmacks und begleitet mich zum Rastplatz für die Hunde. Für mich ist es wunderbar von einem vertrauten Menschen empfangen zu werden. Gleich nach der Ankunft gibt mir Inge alle wichtigen Informationen über das Renngeschehen. Meine erste Frage gilt jedoch Lonesome. Ich möchte unbedingt wissen, ob er frißt und ob er sich schon ein wenig eingewöhnt hat. Inges Antwort klingt so unglaublich, daß ich sie keinem außer ihr abnehmen würde. Lonesome hat eine neue Mama! Trouble hat den kleinen Wolf nach anfänglichem Zögern wie ihr eigenes Kind ange-

nommen. Vielleicht liegt es daran, daß sie im Begriff ist, läufig zu werden.
Auch der Umstand, daß Lonesome in einer Hundedecke eingewickelt war hat wohl dazu beigetragen, daß ihn Trouble so schnell akzeptiert
Sobald ich meine Huskies versorgt habe, will ich rüber zum Dogtruck. Von dieser unglaublichen Geschichte muß ich mich selbst überzeugen.

Bei unserem Wagen angekommen, traue ich trotz Inges Bericht kaum meinen Augen. Lonesome liegt mit Trouble in einer Box und wird von ihr liebevoll abgeleckt. Laut Inge ist Cajun von dieser Situation nicht sonderlich begeistert. Er würde viel lieber Troubles Läufigkeit ausnutzen und eigene Babys mit ihr machen. Doch mein Troublemädchen wehrt jeden Annäherungsversuch ihres Verehrers mit einem aggressiven Knurren und Zähnefletschen ab.

Nachdem ich mich mit eigenen Augen von diesem kleinen Wunder überzeugt habe, mache ich mich daran, meine mittlerweile satten Huskies zu massieren und ihre stark strapazierten Pfoten einzucremen. Ihnen und nicht dem kleinen Findelkind muß ich meine ganze Aufmerksamkeit widmen. Immerhin liegen noch 175 Meilen über 13 Seen, die sogenannten Chainlakes und einige ziemlich steile Bergrücken kurz vor Whitehorse vor uns.
Doch zuerst müssen oder dürfen wir hier in Carmacks unsere letzte, achtstündige Zwangspause abwarten. Die Unterkunft für uns Musher ist in der örtlichen Schule eingerichtet worden. Alle Wände des Klassenzimmers sind mit hübschen Bildern behängt, die die Kinder aus Carmacks von uns Mushern gemalt haben.

Ein neunjähriger Junge hat mich mit einem roten Vollbart gezeichnet. Er muß dieses Bild aus dem Gedächtnis gemalt haben. Im letzten Jahr trug ich tatsächlich solch ein wild wucherndes Gestrüpp im Gesicht. Dieses sehr realistische Gemälde ist mit dem anfeuernden Untertitel "DEITER GO FOR VICTORY!" versehen. Mir gefällt das Bild so gut, daß ich es mit nach Tanana nehmen möchte. Dort werde ich es in meiner Holzhütte als Erinnerung an meine zweite Yukon-Quest-Teilnahme aufhängen. Die Schullehrerin von Carmacks betätigt sich im Augenblick als Checker. Bereitwillig gibt sie mir die Erlaubnis, das Bild mitzunehmen. Sobald ich wieder in Tanana bin, werde ich mich mit einem Brief bei dem kleinen Künstler bedanken.

Nach einem sehr guten Essen und einigen Dosen Coca-Cola ziehe ich mich in eine dunkle Ecke des Schulhauses zurück. Zusammen gerollt wie meine Huskies versuche ich ein wenig zu schlafen. Es ist zum verrückt werden. Jetzt ist meine Müdigkeit wie weggeblasen. Endlich habe ich Zeit zum Schlafen. Nun beginnt mein selbstgemixter Wachmacher zu wirken! Niemals hätte ich dieses Zeug nehmen sollen! Leider kommt diese Erkenntnis zu spät. Um wenigstens meinen müden Knochen ein bißchen Erholung zu geben, zwinge ich mich, ruhig liegen zu bleiben. Dabei ist mir mehr nach Umherlaufen denn nach Liegen zumute.

Die kommende Nacht kann ja heiter werden! Ohne ausreichenden Schlaf die gefürchtete "Achterbahn" zwischen den Chainlakes zu bewältigen wird nicht einfach.
Irgendwann halte ich es in der Horizontalen nicht mehr aus. Mit äußerst schlechter Laune setze ich mich an einen Tisch, um dort auf das Ende meiner Zwangspause zu warten. Schleppend langsam vergehen die acht Stunden. Thomas Wiget und ich füttern noch einmal die Hunde, dann macht sich Tom auf den Weg. Er darf, da er 20 Minuten vor mir in Carmacks eingetroffen ist, auch 20 Minuten vor mir starten. Da ich nichts besseres zu tun habe, assistiere ich ihm noch beim Verlassen des Schulhofes. Hoffentlich kann ich ihn bis Whitehorse noch einholen.

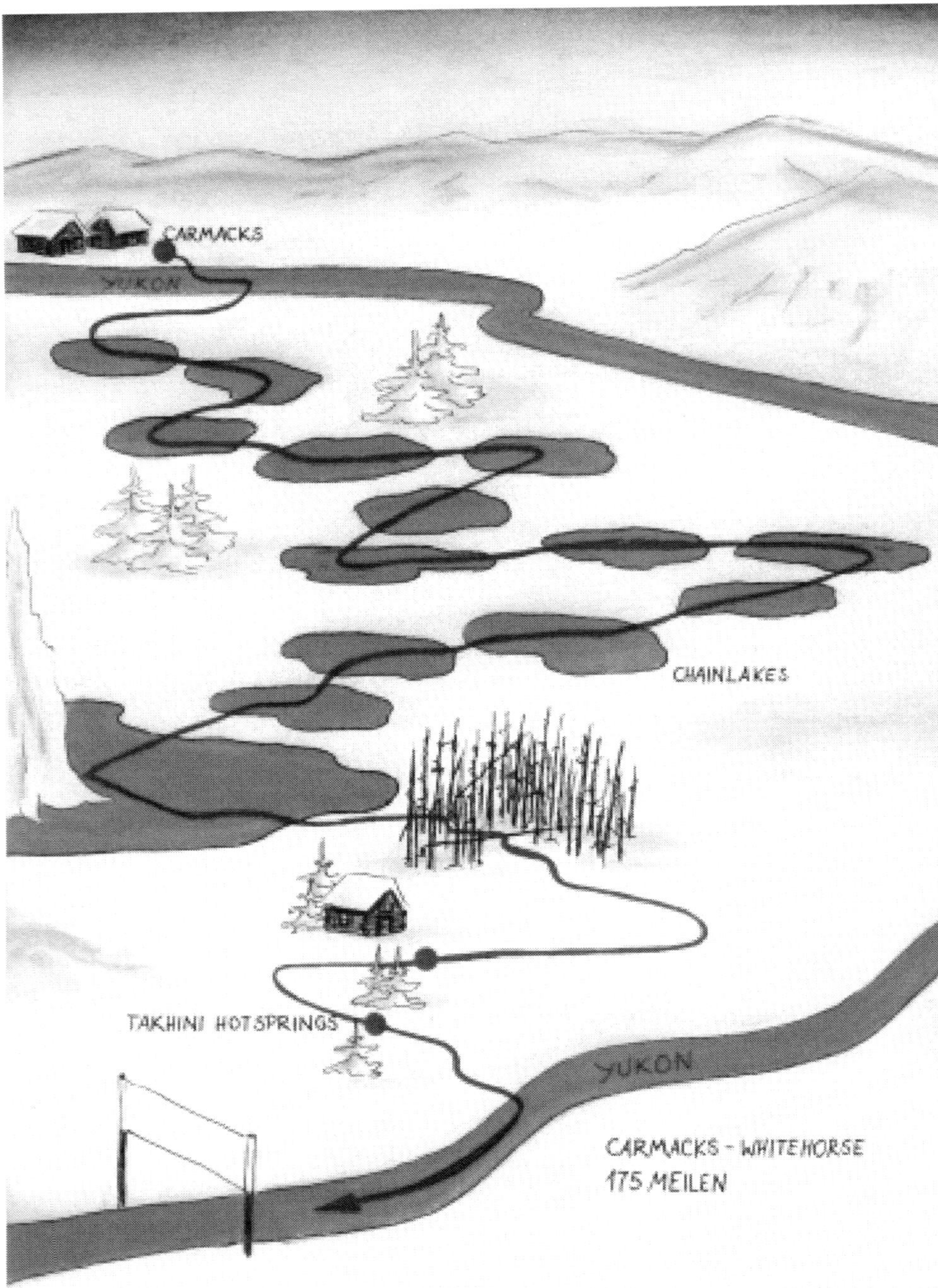
CARMACKS
YUKON
CHAINLAKES
TAKHINI HOTSPRINGS
YUKON
CARMACKS - WHITEHORSE
175 MEILEN

Carmacks nach Whitehorse

Freitag: 23. Februar (175 Meilen)

Die Warterei hat endlich ein Ende. Um 14.05 Uhr darf auch ich Carmacks verlassen. Weder Dave Dalton noch Alain Hercsher sind bis jetzt im Checkpoint eingetroffen. Also habe ich vor den beiden mindestens acht Stunden Vorsprung.
60 Sekunden vor meiner Abfahrt erreicht ein völlig erschöpfter Bill Steward mit neun Hunden und nur 29 Minuten später um 14.33 Uhr ein weit frischerer Mark May mit sieben Hunden das ersehnte Ziel in Whitehorse. Die Beiden haben mir auf die gesamte Strecke 175 Meilen abgenommen. Muß ich mich schämen oder kann ich stolz darauf sein nicht noch weiter hinten zu liegen? Eigentlich wollte auch ich gewinnen. Jetzt muß ich heilfroh sein, wenn wir es schaffen noch rechtzeitig zum Musherbanquet in Whitehorse einzutreffen. Die Party beginnt am Sonntag um 19.00Uhr.

Über den dritten Platz von Bill Steward und den vierten Rang von Mark May mache ich mir meine eigenen Gedanken. Sicher hat Bill das schnellere Team und seine Hunde haben sich Bronze mehr als verdient. Doch sollte man nicht außer Acht lassen, daß Bill Steward ohne Mark Mays Hilfe mit höchster Wahrscheinlichkeit in der vergangenen Nacht erfroren wäre und so mit nie in Whitehorse angekommen wäre. Wie hätte sich Bill Steward verhalten sollen? Hätte er seinem Retter den Vortritt lassen, und damit seinen Hunden den verdienten dritten Platz nehmen sollen? Wie hätte ich mich an seiner Stelle verhalten?

Petra läuft vor meinen beiden Leithunden Ickey und Clancy her. Auf diese Weise können wir sie am einfachsten zum Yukon hinunter locken. Diese faule Bande hat sich im warmen Stroh von Carmacks äußerst wohl gefühlt. Als Dank für den angenehmen Aufenthalt im Checkpoint zeigen meine Hunde kein besonderes Verlangen wieder auf Tour zu gehen. Undankbares Pack!
Zunächst müssen wir dem Flußlauf für einige Meilen folgen. Dann beginnt die Berg- und Talfahrt zwischen den einzelnen Seen. Bis zum Lake Le Barge heißt es dann: Uferböschung rauf, Uferböschung runter.

Nicht umsonst wird diese Strecke “Chainlakes-Rollercoaster” genannt. Doch kaum haben meine Huskies realisiert, daß es weg vom gemütlichen Checkpoint, wieder hinaus in die Wildnis geht, probieren sie jeden erdenklichen Trick, um die Abfahrt hinauszuzögern. Zunächst versucht Ickey das ganze Team einfach auf den Schulhof zurück zu leiten. Ich muß zu meinen Leithunden laufen und sie wieder energisch in die vorgesehene Fahrtrichtung ziehen. Vom Checkpoint aus kann man den Trail fast zwei Meilen weit einsehen. Genauso lange bieten wir den interessierten Bewohnern von Carmacks ein Bild, daß eher an eine Horde Zirkusclowns als an ein ordentliches Schlittenhundegespann erinnert. Sobald einer meiner Hunde ein großes oder kleines Geschäft erledigen muß, bleiben die anderen im Team stehen. Sie interessieren sich mehr für das Produkt der Verdauung als für ihre Arbeit. Durch diese Verzögerungstaktik benötigen wir fast eine Stunde, bis wir endlich aus dem Blickfeld der Zuschauer verschwinden. Finisherbanquet ade!

Auf den ersten Meilen dieser Strecke muß ich bestimmt 20 Tangles entwirren. Bei jedem Tangle stehen mir vor Wut die Tränen in den Augen. Jetzt bin ich mir sicher. Meine Huskies sind weder krank noch übermäßig erschöpft. Die Biester haben einfach keine Lust, den Rastplatz zu verlassen. Statt zu laufen möchten sie sich lieber die Sonne auf den Pelz scheinen lassen und das warme, weiche Strohlager vor dem Schulhaus genießen. Kein Wunder, daß kein Tierarzt eine Erkrankung diagnostizieren konnte. Wenn ich doch nur eine Möglichkeit fände ihnen zu erklären, daß dies unsere letzte Etappe ist und daß in Whitehorse ein warmer Dogtruck auf uns wartet. Leider verstehen meine vierbeinigen Freunde solch komplizierte Erklärungen nicht. Und Blanco, mein Übersetzer ist nicht da. Mir bleibt einfach nichts anders übrig, als in diesem Tempo weiterzufahren. Irgendwann werden es meine Hunde selbst einsehen, daß der nächste Lagerplatz vor und nicht hinter uns liegt.

Ich wußte es! Je länger wir unterwegs sind, desto disziplinierter werden meine Huskies. In geordneter Zweierreihe traben sie den glitzernden Trail am felsigen Ufer des Yukon entlang. Nur zu gerne hätte ich mein Ego als Musher ein wenig gestreichelt und den Einwohnern von Carmacks vorgeführt wie ordentlich und willig meine Huskies ihre Arbeit verrichten. Doch leider sind wir jetzt außer Sichtweite, und kein bewundernder Blick

kann uns mehr begleiten.
In einer weiten Linkskurve sucht sich der Trail seinen Weg durch aufgetürmte Eisschollen. Dann verschwindet er über eine steile Uferböschung im Dickicht eines Waldes, der dem ersten der 13 folgenden Seen vorgelagert ist. Immer enger stehen die Bäume am Wegesrand. Schließlich verwehrt uns undurchdringliches Gestrüpp jegliches Durchkommen. Irgendwo muß ich eine Abzweigung verpaßt haben, denn ich bin in einer Sackgasse, in einem Holzfällertrail gelandet. In diesem Dickicht elf Hunde und einen schwerbeladenen Schlitten zu wenden, ohne eine Beißerei auszulösen, ist schier unmöglich. Leider bleibt mir keine andere Möglichkeit! Also mache ich mich fluchend und mit dem Schicksal hadernd an die Arbeit.

Zuerst spanne ich alle Hunde aus und binde sie, in sicherem Abstand von einander, mit ihren Necklines an dünne Tannenbäume. Dann kommt der schwerste Teil des Wendemanövers. Ich muß den schweren, über drei Meter langen Schlitten auf einer freien Fläche von weniger als zwei Quadratmetern um 180 Grad drehen. Während ich wie ein Galeerensklave schufte, beobachten 21 interessierte Hundeaugen meine Bemühungen. Es ist zum verzweifeln. Immer wieder verhaken sich Tannenzweige in der Holzkonstruktion des Schlittens. Nur millimeterweise kann ich mein Gefährt um die eigene Achse drehen. Nach einer Vielzahl unflätiger Flüche, die mir alle die ewige Verdammnis einbringen werden, gelingt es mir endlich, mein Gespann in die neue Fahrtrichtung zu bugsieren.

Jetzt heißt es aufpassen, damit ich nicht die Weiterführung des Trails verpasse. Wenn ich plötzlich wieder in Carmacks bin, kriege ich einen Anfall. Sicherheitshalber stoppe ich mein Team und erkunde die nächsten Meter zu Fuß. Den Spuren nach zu urteilen, ist dies der richtige Weg. Ich bleibe an der Abzweigung stehen, und rufe Ickey zu mir. Am Halsband führe ich ihn um die aus unserer Richtung sehr enge 90-Grad-Kehre. Immer wieder muß ich mit beiden Händen in die Gangline greifen. Nur so kann ich verhindern, daß die Hunde die Kehre zu eng nehmen. Sie würden sich ohne meine Hilfe an den Bäumen verletzen. Nach vielen Mühen steht auch der Schlitten unversehrt auf dem richtigen Trail. Weiter geht's in Richtung Whitehorse.

Einige Meilen schlängelt sich nun der Trail zwischen engstehenden Tannen hindurch.
Durch Dickicht verborgen erhebt sich urplötzlich vor uns, steil wie eine Mauer, ein Anstieg. In Erwartung von offenen Wasserlöchern habe ich meine Bunny-Boots angezogen. Diese Schuhe haben wenigstens eine Profilsohle. So bin ich in der Lage vor meinen Hunden den Hang hinauf zu klettern und ihnen mit einer Leine den Anstieg zu erleichtern. Mit den bequemeren, aber glatten Mukluks wäre mir diese Kletterei nicht möglich. Gleich hinter dieser Steigung erstreckt sich ein langgezogener See, über den ziemlich frische Schlittenspuren führen. Also kann Thomas Wiget, trotz meiner Irrfahrt, nicht allzuweit vor uns liegen. Ickey scheint den Geruch von fremden Hunden in die Nase bekommen zu haben. Ohne Vorwarnung fällt er in einen weit ausgreifenden Galopp und schießt wie ein Pfeil über den See. Wenn er immer so gespurt hätte, wären wir schon seit geraumer Zeit im Ziel und hätten uns bestimmt einen Platz auf dem Podest erobert. Doch was soll's? Die Hauptsache ist, wir kommen überhaupt an und Ickey hält die unvorstellbare Strapaze verknüpft mit der immensen Verantwortung durch. Es ist schon eine unvorstellbare Leistung fast vom Start bis zum Ziel ausschließlich als Leader gelaufen zu sein.

Wenn mir vor diesem Rennen jemand erzählt hätte, es gäbe einen Leithund, der 1.000 Meilen ohne Ablösung durchlaufen kann, hätte ich seine Geschichte als Seemannsgarn abgetan. Ich glaube, dieser kleine, fast zierliche, einäugige Husky ist der Sturste und Härteste seiner Rasse. Mit Sicherheit ist er nicht so intelligent und ergeben wie Blanco, aber an Härte und Willen schlägt er ihn um Längen. Diese Gedanken machen mich sehr stolz auf meinen Leithund. Gleichzeitig schüren sie in mir die Sorge, daß Ickey auf einem der Seen in einem Blizzard überfordert werden könnte und sich für mehrere Stunden oder gar Tage hinlegt.
Dick Mackey, Ricks Vater, hatte während eines 1.000-Meilen-Rennens solch ein Erlebnis: Nur knapp zehn Meilen vor dem Ziel gab sein Leader auf. Dick mußte die Ziellinie vor Augen die Segel streichen. Hoffentlich bleibt mir solch eine niederschmetternde Erfahrung erspart!

In rasender Fahrt biegen wir vom See in den Wald ab. Wir sind so schnell, daß ich ernste Schwierigkeiten habe, den Schlitten durch die Kurve zu

steuern. Vor uns, mitten auf dem Trail rastet Thomas Wiget mit seinem Team.
Er kniet bei einem seiner Leithunde und massiert ihm die vordere Schulter. Tom ist der Verzweiflung nahe. Er hat nur noch acht Hunde, und jetzt hinkt ein weiterer. Mein bisheriger Reisegefährte hat keine andere Wahl, er muß zurück nach Carmacks.Wahrscheinlich hat sich dieser Husky bei der schnellen Abfahrt vor Carmacks auf der harten Straße einen Schultermuskel gezerrt.

Nachdem wir an Toms Gespann vorbeigezogen sind, halte ich an und helfe ihm beim Wenden. Tom ist so enttäuscht, daß er nicht nur den verletzten Hund zurück zum Checkpoint bringen, sondern dort auch aufgeben will. Leider kann ich ihm nicht mehr Hilfe geben, und mein Mitgefühl dürfte ihm im Moment wenig nutzen. Mir bleibt nur die Hoffnung, daß sich seine Kampfmoral wieder hebt und er später versucht, sich mit nur sieben Hunden bis nach Whitehorse durchzuschlagen. Nach einer kurzen Pause fahren wir in entgegengesetzte Richtungen davon. Schnell bricht die Dunkelheit herein. Ich danke meinem Schicksal, daß ich nicht in Toms Haut stecke, sondern weiter in Richtung Whitehorse fahren darf.

Bald stellt sich uns wieder eine unheimlich steile Böschung in den Weg. Wegen dieser Anstiege hat die Strecke zwischen den Chainlakes den treffendenden Namen "Rollercoaster", also Achterbahn bekommen. Mit zunehmender Dunkelheit steigt die Laufbegeisterung meiner Huskies. Heute ist es nicht nötig, daß ich wieder als Leithund einspringe und mein Gespann den Hang hinaufziehe. Ein scharfes "Digg in!" genügt, und schon stemmen sich meine Jungs mit aller Macht in ihre Geschirre. Sie ziehen den Schlitten keuchend bergan, während ich von hinten mitschiebe.

Leider habe ich vergessen die bisher überquerten Seen mitzuzählen. Ich schätze aber, daß wir bislang ungefähr sechs oder sieben dieser Lakes hinter uns gebracht haben. Wieder biegen wir von der gefrorenen Oberfläche eines dieser Seen in Richtung Wald ab. "Verdammt, daß hat mir gerade noch gefehlt!" Ohne Vorwarnung bricht der Schlitten mit lautem Krachen ins Eis ein. Irgendwo in der Nähe muß ein warmer Zufluß das

Eis so angetaut haben, daß es das Gewicht des voll beladenen Schlittens nicht mehr tragen kann. Wir haben Glück! Die Leithunde und die Swingdogs stehen schon auf festem Boden.
Auch die übrigen Teamdogs stehen trocken auf dem Eis. Nur der Schlitten dümpelt im Wasser. Wie sollte es auch anders sein? Ich als Letzter in der Mannschaft stehe bis zu den Knien in der keineswegs warmen Brühe.

Mit Hilfe meiner Hunde versuche ich den Schlitten wieder auf tragendes Eis zu schieben. Aber die Decke vor mir ist so dünn, daß wir durch unser Gewicht immer wieder einbrechen. Wie ein russischer Eisbrecher kämpfen wir uns Zentimeter für Zentimeter in Richtung Ufer vor. Leider wird durch unser brachiales Vorgehen die Fahrrinne immer breiter. Kurz vor Erreichen des festen Waldbodens brechen meine beiden Wheeldogs Lard und Be-Bop ein. Das Wasser steht ihnen bis zur Brust. Alle anderen Hunde haben trockenen Fußes das Ufer erreicht. Meinen Fehler von Angle-Creek darf ich nicht wiederholen. Kaum haben wir den See verlassen, schaue ich mich nach einem geeigneten Platz für ein Lagerfeuer um. Dort werde ich die beiden Wheeldogs und mich gründlich trocknen und gleichzeitig eine Futterpause einlegen.

Schon wenige Meter nach Erreichen des Ufers ragen halbvermoderte, gefriergetrocknete Hollunderbeerbaumstümpfe aus dem Schnee. Dieses Zeug brennt wie Zunder. Es ist ideal zum Entfachen eines Lagerfeuers. Jetzt muß ich mich nur noch nach einigen Tannenstämmen umzusehen. Dann habe ich alles, was ich für ein großes, gemütliches Lagerfeuer benötige. Um die trockenen Baumstümpfe zu fällen brauche ich nicht einmal meine Axt. Ein paar Fußtritte genügen und schon brechen sie knapp über der Wurzel ab. Das Holz durch den tiefen Schnee bis zum Schlitten zu schleppen ist weit anstrengender.
Dicht neben Lard und Be-Bop schichte ich die trockenen Stämme auf. Gieße einige Spritzer Petroleum darüber und entzünde das Ganze mit meinem Sturmfeuerzeug. Im Nu flackert ein lustiges Feuer in den sternklaren Nachthimmel. Jetzt noch schnell den relativ grünen Stamm einer Tanne in die Glut schieben - und das Lagerfeuer wird die ganze Nacht brennen.
Ich habe zwar nicht vor, solange hierzubleiben, doch mit etwas Schnee

ist das Feuer schnell wieder gelöscht. Nachdem alle Hunde ihren Pausensnack gefressen haben, kippe ich das Wasser aus den Bunny-Boots und wische sie mit den Socken von innen trocken. Meine nassen Strümpfe hänge ich an einem Ast zum Trocknen über das Feuer. Entspannt strecke ich meine nackten Füße der Wärme entgegen.
Diesmal schlafe ich in Sekundenschnelle ein. Nach ungefähr einer Stunde wache ich wieder auf. Meine Beine sind durch die unnatürliche Haltung wie abgestorben und kribbeln fürchterlich. Mit den Strümpfen habe ich es wohl zu gut gemeint und sie zu nahe ans Feuer gehängt. Jetzt baumeln nur noch traurig, qualmende Reste am Ast. Als Strafe für mein Ungeschick muß ich nun barfuß in die Bunny-Boots schlüpfen. Es ist nicht gerade angenehm die kalten, rauhen Gummischuhe direkt auf der Haut zu spüren. Hätte ich bloß meinen Zeugsack mit den Reservesocken nicht in Carmacks zurück gelassen. Es ist zwar ein Teil meiner Rennstrategie die letzte Strecke bis Whitehorse mit leichtem Gepäck zurück zu legen. Doch als ich mir diese Strategie zurecht gelegt habe, habe ich noch vom Sieg geträumt. Jetzt bin ich wohl zu erschöpft, um mich auf die aktuelle Situation neu einzustellen. Hoffentlich bin ich in ungefähr 24 Stunden am Ziel und solange werde ich wohl ohne Socken durchhalten können.

Be-Bop und Lard sind auch wieder trocken. Sie haben wie die anderen Hunde im Team unsere Pause für ein Nickerchen genutzt. Jetzt sind sie wieder voll frischer Energie und bereit, den schweren Schlitten nach Whitehorse zu ziehen. Thomas Wiget dürfte bald wieder in Carmacks angekommen sein. Ob er wohl die Kraft aufbringen kann, den Checkpoint ein zweitesmal zu verlassen? Außerdem würde es mich brennend interessieren, ob Dave Dalton und Alain Hercsher auch schon dort sind. In erreichbarer Nähe dürften vor mir Suzan Amundson, Kris Swanguarin und Jeninne Cathers auf dem Trail sein. Doch ich verspüre keinen Ehrgeiz, diese drei noch einzuholen. Mir ist es mittlerweile wirklich gleichgültig, ob ich Zehnter oder Dreizehnter werde. Für mich zählt nur noch eines: “Mit elf schwanzwedelnden Huskies vor dem Schlitten anzukommen!”
Eine leichte Brise bewegt die Bäume um uns und schüttelt ihnen den Schnee aus der Krone. Hier im Wald empfinde ich den Wind nicht als unangenehm. Auf den freien Flächen der Seen kann daraus leicht ein

Sturm werden, der uns viele Schwierigkeiten bereiten wird. Nach diesen Überlegungen habe ich es plötzlich doch sehr eilig, aus der Seengegend herauszukommen. Denn wie schnell in der Arktis aus einem lauen Lüftchen ein brutaler Blizzard werden kann, habe ich schon zu oft erleben müssen. Gegen 22.00 Uhr machen wir uns wieder auf den Weg. Bei jeder Seeüberquerung hoffe ich inständig, daß Ickey weiter seiner Rolle als Leithund gerecht wird.

Carmacks nach Whitehorse

Samstag: 24. Februar

Stetig nimmt der Wind an Stärke zu und bläst den Schnee derart in der Gegend herum, daß er mir manchmal jede Fernsicht nimmt. Oft reicht die Sicht nicht einmal bis zu meinen Leithunden.
Bei so schlechten Bedingungen ist es Ickey und mir unmöglich, einen See in gerader Linie zu überqueren. Der Not gehorchend müssen wir uns am Ufer entlang hangeln. Dies ist wegen eventueller warmer Zuflüsse eine äußerst gefährliche Route. Leider bleibt mir keine andere Wahl, wenn ich nicht irgendwo ein Biwak aufschlagen will.

Mit Blanco bräuchte ich kein derartiges Risiko einzugehen. Doch Blanco wartet in Tanana vor seiner Hundehütte. Also was soll´s? Mehr als ins Wasser fallen, können wir nicht, und dies ist uns ja schon des öfteren passiert. Außerdem habe ich bestimmt keinen Grund mich über Ickeys Leistung zu beklagen. Im Gegenteil: Sobald wir in Whitehorse sind, werde ich in eine Kirche gehen und eine zehnpfündige Kerze stiften. Oder soll ich diesen außergewöhnlichen Leader zu einem dicken Steak einladen? Bisher hat mich Ickey mit schlafwandlerischer Sicherheit geführt, und das wird sich hoffentlich auf den letzten Meilen auch nicht mehr ändern. Nach meiner groben Schätzung müßten wir bald auf dem letzten der 13 Chainlakes, dem Coghlan-Lake, angekommen sein. Bei guter Sicht erkennt man diesen See mit Leichtigkeit. Leider ist er über 25 Meilen lang und wirkt auf den ersten Blick wie ein überbreiter Fluß. Etwa 200 bis 300 Meter nachdem man den See erreicht hat, ragt eine große Felsnadel aus dem Eis. Von dort biegt man im rechten Winkel wieder zum Ufer ab und muß durch eine Waldbrandgegend, die bis Braeburn führt. In Braeburn soll nach Auskunft der Leute von Carmacks die nächste und letzte bewohnte Cabin zwischen Carmacks und Whitehorse sein. Diese Wegbeschreibung ist leicht und schnell niedergeschrieben. Doch wie soll ich bei maximal zehn Metern Sicht auf einem See, der 25 Meilen lang und bis zu sechs Meilen breit ist, eine schmale Felsnadel finden? Da hilft nur eins: Solange weiterfahren, bis ich den Zielpunkt gefunden habe, oder bis ich sicher bin, mich verirrt zu haben. Diese lockeren Sprüche haben eigentlich nur den Sinn, mir selbst Mut zu machen.

In Wirklichkeit ist mir bei der ganzen Sache nicht sehr wohl und ich lege auch keinen gesteigerten Wert darauf, mich jetzt noch zu verirren.

Wieder verlassen meine Huskies und ich ein kleines, zwischen zwei Seen liegendes Wäldchen. Wir tasten uns vorsichtig in der milchig, weißen Suppe auf dem See voran. Dies müßte eigentlich der gesuchte Coghlan-Lake sein. Doch erst nach einer mindestens zwei stündigen Fahrt, kann ich mit Sicherheit sagen, ob dies der Coghlan-Lake war und ob ich die herbeigesehnte Felsnadel verpaßt habe. Hoffentlich bleibt mir diese niederschmetternde Erfahrung erspart. Mit zu engen Schlitzen zusammengekniffenen Augen versuche ich, in dem vor mir umhergewirbelten Schnee irgend etwas zu erkennen. Etwas, daß mir die Orientierung ein kleines Bißchen erleichtert. Meine Stirnlampe habe ich schon lange ausgeschaltet. Die vom Sturm aufgewirbelten Schneekristalle reflektieren das Licht so stark, daß ich mit Licht weniger sehe als ohne. Plötzlich und unerwartet kommt der Schlitten zum Stillstand. Hat der Schnee Ickeys Augen verklebt? Oder ist vor uns ein großes, nicht zu umfahrendes Loch im Eis? Da ich nicht sehen kann, was bei Ickey los ist, werfe ich den Schlitten auf die Seite und taste mich vorsichtig, immer mit einer Hand an der Gangline, zu meinen Leithunden nach vorne.

Für jemanden, der so einen Whiteout noch nie erlebt hat, mag es unglaublich klingen. Doch wenn ich mich mehr als zwei Meter von meinen Hunden entferne, besteht die Gefahr, daß ich nicht mehr zu ihnen zurück finde. Unmittelbar vor Ickey steht ein verlassener Schlitten mitten im Trail. Wem er wohl gehört? Der Bauart nach zu schließen, können nur Frank Turner, Susan Amundson, Dave Dalton oder ich die Besitzer sein. Dave Dalton und ich scheiden aus. Also bleiben nur noch Frank und Suzan übrig. Der Schlittensack ist von außen ordentlich verschnürt, also kann niemand darin biwakieren. Sofort schießen mir die schlimmsten Befürchtungen durch den Kopf. Ich habe Angst hier irgendwo auf eine steifgefrorene Leiche zu stoßen. Nachdem ich einige Sekunden überlegt habe, raffe ich mich auf und taste mich zur weiteren Erkundung nach vorne, wo die Hunde sein müßten.
Die Gangline liegt locker auf dem Eis. Nachdem ich daran gezogen habe, weiß ich, daß kein Hund angeschirrt ist. Ohne Widerstand kann ich die Gangline, die Platz für acht Hunde bietet, zu mir heranziehen.

“Verdammt! Wo sind die Huskies und wo ist der Musher?” Der Wind reißt mir mein Gebrüll von den Lippen. Keine Antwort! Für eine großräumige Suchaktion herrscht im Augenblick nicht das richtige Wetter. Ich wickle mir den vorderen Teil der Gangline um den Unterarm und schlage einen Kreis um den immerhin ordentlich gesicherten Schlitten. Nirgendwo kann ich eine Spur, oder ein Anzeichen eines Lagers, ausmachen. Nachdem ich den verlassenen Schlitten zweimal ohne Erfolg umkreist habe, hangle ich mich ratlos zu meinem Gefährt zurück. Die Sichtverhältnisse sind so schlecht, daß ich bei dieser Aktion nicht ein einziges Mal meine Hunde und den Schlitten gesehen habe.

Was soll ich tun? Einerseits kann ich jetzt nicht einfach weiterfahren, andererseits traue ich mich nicht weiter vom Schlitten weg, als die Gangline reicht. Mir bleibt nichts anderes übrig, als den verlassenen Schlitten an den meinen zu koppeln. Nur mit Hilfe der Hunde kann ich bei diesem Sauwetter eine Suchaktion starten. Auf der ebenen Oberfläche des Sees dürfte ich keine Schwierigkeiten haben mit einem Schlitten im Schlepptau herum zu kreuzen. Nachdem ich an dem verlassenen Schlitten vorbeigezogen bin und ihn hinter mir angebunden habe, kontrolliere ich, ob sich keiner meiner Huskies in den Leinen verhängt hat. Vorne bei Ickey angekommen, glaube ich, einen hohen, dunklen Schatten, gegen das milchige Weiß der mich umgebenden Luft, zu erkennen. Sollte das der gesuchte Felsen sein? Nebeneinander stapfen Ickey und ich in die Richtung des Schattens, der je nach wechselnder Windstärke verschwindet oder deutlicher wird. Je näher wir dem Schatten kommen, desto deutlicher zeichnet er sich gegen den Hintergrund ab. Tatsächlich! Wir haben die Felsnadel gefunden, die uns den Weg nach Breaburn weisen soll.

Urplötzlich sind Ickey und Co. kaum noch zu halten. Offenbar wittern sie etwas, daß ihr Interesse weckt. Um einigermaßen die Kontrolle über mein Team behalten zu können, lasse ich meinen Hunden freien Lauf und springe auf den an mir vorbei rauschenden Schlitten auf. Denn nur mit Hilfe der Bremse und des Schlittens kann ich mein Gespann dorthin lenken, wo ich hin will.

Im Windschatten des Felsens finde ich einige Hunde die sich eng aneinander gekuschelt haben und sich gegenseitig Wärme spenden. Einige dieser Huskies heben bei unserem Eintreffen interessiert ihre Köpfe. Doch zu meiner Verwunderung verläßt keines der Tiere seinen Platz. Nachdem ich meinen Schlitten so gut wie möglich gesichert habe, trete ich neugierig zu den fremden Hunden. Es erweckt den Anschein, als wären sie zu einem Haufen aufgestapelt worden. Unter diesem Haufen liegt regungslos ein Mensch, der von diesen wunderbaren Tieren beschützt und gewärmt wird. Ihm muß der Schlitten gehören, den ich im Schlepptau habe.

Auf das Schlimmste gefaßt, greife ich vorsichtig, nach einem aus diesem Haufen herausragenden Schuh. Voll Erleichterung stelle ich fest, daß der menschliche Körper, der zu dem Schuh gehört, nicht steif gefroren ist. Nach einigem Schütteln beginnen sich die Beine zu bewegen. Es ist Susan Amundson.

Von Kälteschauern geschüttelt, krabbelt sie mit klappernden Zähnen zu mir.
Bevor ich sie fragen kann, was passiert ist und warum sie ihren Schlitten zurück gelassen hat, fängt sie an, mir eine wirre Geschichte zu erzählen. Daß sie ins Wasser gestürzt ist, kann ich an ihrer eisverkrusteten Kleidung erkennen. Und wer Suzan kennt, der weiß, daß sie sich anschließend nicht mit Feuermachen aufgehalten hat. Doch dem Rest ihrer wirren Story kann ich, obwohl ich die gleiche Strecke gefahren bin, geistig nicht mehr folgen.

Suzan erzählt mir, daß sie naß und frierend vor einer hell erleuchteten Blockhütte gestanden hat. In dieser Cabin hat sie Menschen gesehen, die ihr trotz heftigen Klopfen nicht geöffnet haben. Den Tränen nahe berichtet sie mir, daß sie von den Leuten im Blockhaus unheimlich enttäuscht ist. Weil sie das ungeschriebene Gesetz des Nordens mißachtet haben, welches besagt, jedem Reisenden die Tür zu öffnen. Schnell erkenne ich, daß Suzan phantasiert. Nirgendwo zwischen Carmacks und hier gibt es in der Nähe des Trails eine Hütte, sei sie bewohnt oder verlassen.

Wenn ich Suzans Zustand richtig einschätze, haben ihr Kälte und Mü-

digkeit sehr zugesetzt.
Sie kann Einbildung und Realität nicht mehr auseinander halten. Diese zierliche Frau handelt nur noch. Ohne sich darüber im Klaren zu sein, ob das, was sie tut, auch sinnvoll ist. Sonst hätte sie den Schlitten mit Sicherheit nicht zurückgelassen und wäre auch nicht mit ausgeschirrten Hunden zu Fuß durch den Blizzard marschiert. Wahrscheinlich war bei Suzans Ankunft auf dem Coghlan-Lake der Whiteout noch nicht so stark wie jetzt. Sie hat in ihrer Verwirrung den Felsen für ein Blockhaus gehalten. Meiner Meinung nach wäre diese sonst schier unverwüstliche Frau ohne die Treue ihrer Hunde erfroren, lange bevor ich sie gefunden habe.

All‘ meine Spekulationen bringen mich jetzt nicht weiter. Ich muß versuchen, zusammen mit Suzan, so schnell wie möglich vom See herunter in einen Wald zu kommen. Dort kann ich für uns ein Feuer machen und Suzan soweit aufpäppeln, daß sie in der Lage ist, bis Breaburn durchzuhalten. Je länger Suzan auf mich einredet, desto klarer scheinen ihre Gedanken zu werden. Nach einiger Zeit hat sie sich soweit gefangen, daß wir gemeinsam ihre Hunde wieder einspannen können.
Jetzt wirft sich nur die Frage auf, ob wir zum Anfang des Coghlan-Lakes zurückfahren sollen, oder ob wir den Versuch wagen können, dem Trail weiter zu folgen. Wenn wir umkehren, müßten wir in kürzester Zeit wieder in einem kleinen Wäldchen sein. Ob es uns jedoch später noch einmal gelingt, den Felsen zu finden, wage ich zu bezweifeln. Deshalb entschließe ich mich nach einigen Überlegungen zur Weiterfahrt. Meiner Schätzung nach müßten wir, wenn keine weiteren Schwierigkeiten auftauchen, in höchstens einer halben Stunde den Coghlan-Lake hinter uns haben. Am Ufer dürfte es nicht allzu schwer sein, einen trockenen Baum für ein Lagerfeuer zu finden. Ohne Suzan an meinen Überlegungen zu beteiligen, fordere ich sie auf, mir so dicht zu folgen, daß ihre Leithunde immer an meinen Hosenbeinen schnuppern können. Zur Sicherheit binde ich ein Stück Reservegangline an ihren Leithunden fest und schlinge mir das andere Ende der Gangline um den Unterarm. Fest aneinandergekoppelt machen wir uns schließlich auf den Weg.

Ich bin mir durchaus der Verantwortung bewußt, die ich mit meiner Entscheidung übernommen habe. Suzan hat keine großen Kraftreserven mehr.

Wenn wir uns jetzt im Whiteout verirren, kommen ungeheure Probleme auf mich zu.

Angestrengt halte ich nach Anzeichen Ausschau, die zeigen, ob wir uns auf dem richtigen Weg befinden.
In kurzen Abständen schiebe ich meine Overmitts zurück und blicke auf die Uhr. In meiner Nervosität glaube ich, schon seit Stunden unterwegs zu sein. Doch jeder Blick auf die Armbanduhr zeigt mir, daß nicht Stunden, sondern nur einige Minuten vergangen sind. Wir können also noch gar nicht in Ufernähe sein. Andauernd muß ich meine Hunde zurückhalten, damit die acht Huskies von Suzan, mit uns Schritt halten können. Endlich, nach einer halben Ewigkeit, erreichen wir das rettende Ufer. Je weiter wir uns vom See entfernen, desto mehr nimmt die Bewaldung zu. Der vom Wind verursachte Whiteout wird schwächer. Die Sichtverhältnisse werden zusehends besser. Ich könnte vor Freude jubeln, weil ich vor mir im Schnee Spuren von Hundepfoten und Schlittenkufen sehe. Wir - besser gesagt Ickey - haben, ohne auch nur einen Deut vom Weg abzuweichen, den Trail über den Coghlan-Lake im Whiteout gefunden. “Danke mein Junge, diese Leistung stellt dich auf eine Stufe mit Blanco!”

Bei der erstbesten Tanne halte ich an, schlage die Zweige ab und übergieße sie mit reichlich Petroleum. Im Nu flackert ein glühend heißes Lagerfeuer, vor das sich Suzan dankbar kauert. Ich mache mich inzwischen auf, um ein paar trockene, abgestorbene Stämme zu suchen. Nachdem das Feuer genügend Nahrung hat, hocke ich mich zu Suzan und genieße ebenfalls die wohlige Wärme des Feuers. In einer Hundeschüssel schmelzen wir etwas Schnee und stillen damit unseren schlimmsten Durst. Für die Hunde gibt es diesmal nur einen kalten, aber reichhaltigen Snack aus Lamm und Lachs. Dann geselle ich mich wieder zu Suzan. Mit gezielten Fragen versuche ich herauszufinden, was ihr wirklich widerfahren ist. Leider kommt sie auch diesmal mit ihrer Erzählung nicht weiter, als bis zu der Stelle, an der sie ins Eis eingebrochen ist. Dann fallen ihr vor Entkräftung die Augen zu. Würde ich sie nicht festhalten, würde sie mir glatt in die Flammen stürzen. Dreimal wiederholt sich dieses Spielchen, bis es mir endlich gelingt, die restlos erschöpfte Suzan Amundson auf meinen Schlittensack zu legen. Dort schläft sie sofort ein.

Da Suzans Schlitten zu weit vom Feuer entfernt ist, stehe ich mit schmerzenden Beinen herum und warte, bis sie sich soweit erholt hat, daß wir weiterfahren können. Plötzlich werden meine Füße glühend heiß.
Ich bin zu nahe am Feuer gestanden. Die Isolierung meiner Bunny-Boots hat die Hitze zu lange zurückgehalten. Meine Schuhe sind kurz vor dem Schmelzen. So schnell es geht reiße ich mir die Boots von den Füßen und fülle Schnee zum Kühlen ein. Gott sei Dank sind meine Bunny-Boots nicht gänzlich verbrannt. Nur ein handtellergroßer Brandfleck zeugt von meinem Ungeschick. Mit leichtem Rütteln versuche ich, Suzan wieder in die Realität zurückzuholen. Eigentlich müßte sie sich mittlerweile ausreichend erholt haben. Endlich, inzwischen ist es 8.00 Uhr geworden, habe ich sie soweit, daß wir unsere Reise bis Breaburn fortsetzen können.

Beim strahlenden Schein der aufgehenden Sonne durchqueren wir dicht bewaldete Hügel. Als erstes Anzeichen nahender Zivilisation passieren wir eine verlassene Ranch. Auf einem Schild steht, daß hier während des Sommers Bullen für Rodeos gehalten werden. Kurz nach 10.00 Uhr erreiche ich knapp vor Suzan die Cabin von Breaburn. Die Verantwortung für Suzan Amundson bin ich endlich los. Jetzt haben sich meine Huskies und ich ein ordentliches Mahl und eine lange Schlafpause verdient. Mindestens acht Stunden will ich hier rasten. Erst bei Einbruch der Dunkelheit werden wir die letzten 80 Meilen bis Whitehorse unter die Kufen nehmen. Trotz ihrer grenzenlosen Erschöpfung versorgt Suzan Amundson zuerst ihre Hunde. Erst dann begibt sie sich zum Essen und Schlafen in das Gastzimmer der Breaburn-Lodge. Wider besseren Wissens mache ich es meinen Huskies so bequem wie möglich.

Beim Wiederaufbruch werde ich für meine Gutmütigkeit büßen müssen. Dann werden diese Biester wieder jeden Trick versuchen, um diesen gastlichen Ort nicht verlassen zu müssen. Doch im Augenblick denke ich nicht an unseren Aufbruch. Jetzt freue ich mich nur darauf, ein paar Stunden im Warmen verbringen zu dürfen. Der Gedanke in wenigen Stunden in Whitehorse zu sein, berauscht mich so, daß ich glaube gegen jegliche noch kommende Unbill gefeit zu sein.
Gute zwei Stunden vor unserer Weiterfahrt versuche ich, meinen Huskies nochmals soviel Futter wie möglich einzutrichtern. Ich will bis

Whitehorse durchfahren, ohne nochmals für sie kochen zu müssen. Um den Hunden das Ziehen des Schlittens zu erleichtern, durchforste ich den Schlittensack nach entbehrlichen Dingen.

Für jeden Husky packe ich ein großes Lachssteak und für mich eine Tafel Schokolade ein. Ansonsten verzichte ich auf die Futternäpfe, den schweren Alkoholkocher, Booties und vielerlei Krimskrams. Lauter Dinge, von denen ich glaubte, sie irgendwann während des Rennens brauchen zu können. Nur die Pflichtausrüstung, bestehend aus Schlafsack, Schneeschuhen, Axt und Postpäckchen nehme ich noch mit auf den Weg.

Zu meiner großen Verwunderung ist auch Suzan Amundson schon wieder auf den Beinen. Diese Frau ist wirklich härter als Stahl. Noch vor zwölf Stunden war sie mehr tot als lebendig. Jetzt hüpft sie zwischen ihren Hunden herum, als hätte es die letzte Nacht nicht gegeben. Wahrscheinlich will sie sich mir nicht geschlagen geben. Sie tut alles, um noch vor mir auf dem Trail zu sein. Von ihrer Eile lasse ich mich nicht anstecken. Kris Swanguarin und Jeninne Cathers müßten bald in Whitehorse sein. Weder Suzan noch ich können die beiden jetzt noch einholen. Also bleibt für uns nur der zwölfte und dreizehnte Platz. Mir ist es völlig gleichgültig, welchen der beiden Ränge ich belege.

Mein Ziel heißt weiter: Mit elf gesunden und fröhlichen Huskies noch vor Beginn des Finisher-Banquets in Whitehorse anzukommen. Morgen am Sonntag um 19.00 Uhr beginnt das Banquet, und ich möchte unsere glückliche Ankunft mit den anderen Mushern in diesem festlichen Rahmen feiern können. Aus dem erträumten Sieg ist leider nichts geworden. Zu viele widrige Umstände haben unsere Ankunft in Frage gestellt. Das Überqueren der Finishline werde ich wie einen Sieg feiern!

Mit einem fast leeren, schlaffen Schlittensack mache ich mich etwa eineinhalb Stunden nach Suzan auf den Weg. Eben ist die Sonne untergegangen. Unsere letzte Nacht auf dem Yukon-Quest-Trail ist angebrochen! Diese Nacht scheint sternklar und eiskalt zu werden. Vor genau zwei Wochen bin ich mit ernsten Ambitionen auf den Sieg und 14 Huskies vor dem Schlitten in Fairbanks losgefahren. Jetzt habe ich keine derartigen Flausen mehr im Kopf und nur noch elf Hunde vor dem Schlit-

ten. Es ist zu schade, daß Blanco. Houdini und Trouble nicht mehr im Team sind. Denn auch sie haben bis zur äußersten Grenze ihrer Möglichkeiten dazu beigetragen, daß wir jetzt kurz vor dem Erreichen unseres Zieles sind.
Noch sind wir nicht in Whitehorse. Doch wenn ich die zurückliegende Strecke mit all ihren Schwierigkeiten Revue passieren lasse und mich daran erinnere, wie oft ich aufgeben wollte, dann grenzt es fast an ein Wunder, daß wir überhaupt bis hierher gekommen sind. Zu gerne würde ich morgen beim Banquet mit Curt Smith auf seine Finisherinsignien anstoßen. Leider wird daraus nichts, denn Curt mußte ja schon in Central, nach nur 150 Meilen die Segel streichen. Naja, vielleicht klappt es mit unseren Träumen im nächsten Jahr. Bloß nicht aufgeben, heißt die Devise beim Yukon-Quest.
Ich hoffe, daß Curt im nächsten Jahr wieder dabei ist. Auch ich habe meine Träume, das Quest als Champion zu beenden noch nicht begraben, sondern nur verschoben.
Von Stunde zu Stunde wird es immer kälter. Der Trail windet sich knapp an den Bäumen vorbei. Ich bin froh, den Schlitten um jedes entbehrliche Teil erleichtert zu haben. Mit einem leichten Schlitten ist es für mich einfacher, die oft wie Speerspitzen in den Trail ragenden Äste zu umkurven. Anscheinend will sich das Yukon-Quest auf die harte Tour von uns verabschieden.

Auf dem Weg von Carmacks nach Whitehorse

Sonntag: 25. Februar

Immer wieder steigt in mir die Angst auf, daß meine Huskies noch kurz vor Schluß schlapp machen könnten. Mit kritischem Blick beobachte ich jeden meiner vierbeinigen Ausdauerathleten. Besonders genau achte ich auf Ickeys Verhalten und darauf, ob er eventuell Anzeichen von Schwäche zeigt. Doch statt mir den geringsten Anhaltspunkt für eine mögliche Aufgabe zu geben, läuft dieses unverwüstliche Kerlchen von Meile zu Meile schneller. Offenbar hat er wieder eine Witterung in der Nase, die seine Jagdleidenschaft anstachelt. Er kann es kaum noch erwarten, hinter die nächste Kurve im Trail zu schnuppern.

Etwa eine halbe Stunde nach Mitternacht haben wir Suzan mit ihrem Gespann eingeholt. Da ich sowieso bald eine kurze Verschnaufpause einlegen möchte, verzichte ich darauf, sie zu überholen. Außerdem ist es für meine Hunde von Vorteil wenn sie sich in den Bergen vor Whitehorse nicht zu sehr verausgaben. Suzan scheint wieder ganz die Alte zu sein. Bei einer gemeinsamen Gipfelrast sagt sie mir, daß sie ohne eine längere Pause bis Whitehorse durchfahren will. Die Gute ist wieder gänzlich von ihrer Rennleidenschaft gefangen.

Obwohl Suzan Amundson um einiges leichter ist als ich, kann sie nach beendeter Rast nicht mit uns mithalten. Von Minute zu Minute vergrößert sich unser Abstand zueinander. Bald schon verliere ich sie in einem der vielen Täler aus den Augen. Da auch ich keine Schlafpause mehr machen will, darf ich meine Hunde nicht zulange an einem Stück arbeiten lassen. Deshalb beschließe ich, gegen 4.00 Uhr ein kleines Feuerchen zu machen und meinen Hunden eine zweistündige Erholungspause zu gönnen. Seit ungefähr einer halben Stunde sitze ich schon vor dem Feuer. Erst jetzt kommt Suzan zu uns heran. Eigentlich will sie uns überholen und sofort weiterfahren. Doch der verlockenden Wärme des Lagerfeuers kann sie in dieser letzten, eiskalten Nacht nicht widerstehen. Schwatzend hocken wir bei einer Tasse lauwarmen Zuckerwasser auf meinem Schlitten. Wie Kinder freuen wir uns schon jetzt darauf, diesesmal beim Finisher-Banquet dabei zu sein.

Vor zwei Jahren hat Suzan die Teilnahme am Banquet um wenige Stunden verpaßt, und im letzten Jahr mußte sie 150 Meilen vor Erreichen der Ziellinie aufgeben. Ich traf damals etwa zwölf Stunden nach Beendigung des Banquets im Ziel ein. Beide hätten wir in diesem Jahr gerne das Yukon-Quest gewonnen. Zum Trost werten wir die Teilnahme an der Abschlußveranstaltung als eine Art Teilerfolg für unser Unternehmen.

Bei einsetzendem Morgengrauen geht es in rasender Schußfahrt hinunter zum Takhini-River, der uns wieder zum Yukon-River führen wird. Bei herrlich strahlendem Sonnenschein windet sich der Takhini-River durch eine gleißende Hügellandschaft. Das Sonnenlicht wird von den umliegenden Hügeln so stark reflektiert, daß ich mich hier auf dem Fluß wie im Zentrum eines Brennglases fühle. Die gebündelten Sonnenstrahlen brennen heiß auf den dicken Winterpelz meiner schwer arbeitenden Huskies. Mit heraushängenden Zungen ziehen sie den Schlitten hechelnd durch den sulzigen Schnee. Sie nützen jede sich bietende Gelegenheit, um eine Schnauze kühlender Eiskristalle zu schnappen. Die armen Tiere müssen höllischen Durst erleiden. Dummerweise habe ich, um ihnen die Arbeit zu erleichtern, unser gesamtes Kochgeschirr in Breaburn zurück gelassen. Die einzige Erfrischung die ich meinen vierbeinigen Freunden anbieten kann, ist pro Hund ein gefrorenes Lachssteak. Doch jetzt brauchen sie Wasser dringender als etwas zu Fressen. Was soll ich tun? Wenn ich meine Hunde nicht über Gebühr beanspruchen will, bleibt mir nichts anderes übrig als auf Suzan zu warten. Hoffentlich hat sie noch irgend etwas dabei, in dem ich Schnee schmelzen kann.

Bald hat Suzan Amundson wieder zu uns aufgeschlossen, und ich habe Glück. Aus ihrem Schlittensack kramt sie einen Blecheimer, in dem ich über einem schnell entfachten Feuer, Wasser für meine Huskies schmelze. Mittlerweile bin ich ein richtiger Experte im Feuermachen geworden und werde wohl im nächsten Jahr auf die Mitnahme eines Alkoholkochers verzichten. Denn dann spare ich eine Menge an Gewicht und auf 1000 Meilen zählt schließlich jedes unnötig geschleppte Kilogramm.

Nun ist nicht der richtige Augenblick, um über das nächste Rennen nachzudenken.
Jetzt ist nur wichtig, daß meine Hunde schnell eine gute Fischsuppe vorgesetzt bekommen. Nicht, daß sie noch auf den letzten Meilen schlapp machen. Hätte ich nicht gestern Nacht auf dem Coghlan-Lake Suzan getroffen und ihr ein bißchen geholfen, dann hätte sie mir jetzt nicht mit einem Eimer aushelfen können. Meine Huskies hätten vielleicht wegen zu starker Dehydrierung aufgeben müssen. Man kann über meine "Hätte- und Wäre-Theorie" denken, was man will. Ich jedenfalls glaube an die Vorsehung und bin davon überzeugt, daß solche Zusammentreffen einen tieferen Sinn haben.

Mit nur einem Eimer versuche ich, die frisch gekochte Fischsuppe gerecht auf alle elf Hunde zu verteilen. Das ist kein einfaches Unterfangen. Meine Huskies haben vor der dunklen Röhre des Eimers Angst. Alle weigern sich reihum, daraus zu trinken. Dummerweise haben weder Suzan noch ich eine Futterschüssel dabei. Doch Not macht erfinderisch! Mit meiner Baseballkappe, die ich immer unter meiner Fellmütze trage, schöpfe ich jedem meiner durstigen Hunde eine Portion Fischsuppe aus dem Eimer. Vor der Kappe haben meine Jungs keine Furcht und schlabbern gierig die ihnen dargebotene Flüssigkeit. Sicher ist es nicht besonders appetitlich, sich die mit Fischsuppe getränkte Mütze wieder aufzusetzen. Nur brauche ich ihren Schirm als Schutz gegen das gleißende Sonnenlicht. Außerdem habe ich mich seit Dawson weder waschen noch mir die Zähne putzen können. Also kann der Fischgeruch meine bisherige Ausdünstung nur noch positiv beeinflussen.

Frisch gestärkt haben wir Suzan bald wieder eingeholt und nähern uns unaufhaltsam dem Ziel unserer langen Reise. Je näher wir dem Yukon-River kommen, desto mehr nimmt der Wind wieder an Stärke zu. Auf dem tief zwischen Hügeln eingebetteten Fluß wird uns durch den Düseneffekt ein regelrechter Orkan erwarten.
Hoffentlich bläst der Sturm in unsere Fahrtrichtung! Weder die Hunde noch ich verspüren große Lust darauf, uns die letzten zwölf Meilen gegen den Wind Vorkämpfern zu müssen.
Leider erfüllen sich meine Wünsche nicht. Kaum sind wir vom Takhini-River auf den Yukon eingebogen, trifft uns ein Groundstorm von unge-

heurer Stärke. Und zwar mitten ins Gesicht. Angesichts der sich uns entgegenstellenden Naturgewalt versuchen Ickey und Guitary, hinter am Ufer stehenden Felsen Schutz zu suchen.
Tief gebeugt muß ich mich gegen den Sturm anstemmen und so lange vor meinen Leithunden herlaufen, bis sie sich an den Sturm gewöhnt haben Es dauert eine ganze Weile bis sie einsehen, daß bis Whitehorse keine weitere Rast mehr geplant ist. Vor uns ist der Trail völlig zugeweht und an einigen Stellen durch meterhohe Schneewälle schier unpassierbar.

Gott sei Dank hat der Wind den Schnee so hart gepreßt, daß wir ohne einzusinken vorwärts kommen. Ich beneide weder Jeninne Cathers noch Kris Swanguarin. Sie mußten diese mörderische Strecke in der Nacht, nur im Schein ihrer Kopflampen, zurücklegen. Jetzt, im hellen Tageslicht ist es noch schwierig genug einen halbwegs passierbaren Weg durch dieses Inferno aus umherwirbelnden Eiskristallen zu finden. Meine Hunde rede ich regelrecht vorwärts. Immer wieder erzähle ich ihnen, daß wir es bald geschafft haben und male ihnen die Annehmlichkeiten, die uns in Whitehorse erwarten, in den schillerndsten Farben aus. Einige Male wollen sich meine mittlerweile erschöpften Leithunde einfach in den Schnee sinken lassen. Eigentlich kann ich ihnen diesen Wunsch nicht verdenken. Immerhin haben sie über 1.000 Meilen auf ihren Pfoten zurückgelegt. Sie haben wirklich ein gutes Recht darauf müde zu sein.

Immer wieder kann ich ihr Vorhaben, sich hinzulegen, durch einen scharfen Zuruf im letzten Augenblick vereiteln. Meine Angst, nur ein paar Meilen vor dem ersehnten Ziel zu scheitern, steigert sich in mir fast bis zur Panik. Mit von der Kälte und von umherfliegenden Eiskristallen aufgerissenen Lippen rufe ich jeden meiner treuen Kämpfer einzeln beim Namen. Gegen den tosenden Sturm schreie ich unentwegt mit heiserer Stimme Durchhalteparolen, Drohungen und Kosenamen. Am liebsten würde ich jetzt mein Team anhalten, jeden Hund einzeln in die Arme nehmen und knuddeln. Doch die Gefahr, daß wir nach einer, wenn auch nur kurzen Schmusepause, nicht mehr in Schwung kommen, ist mir in dieser Situation einfach zu groß. Außerdem hege ich den Verdacht, daß ich im Augenblick den körperlichen Kontakt zu meinen Huskies mehr brauche als umgekehrt. Also verzichte ich auf die in vielen heißen

Football-Schlachten bewährte Methode, mit meinen Mannschaftskameraden ein "Huddle" zu bilden. Sicherheitshalber beschränke ich mich darauf, sie weiter vom Schlitten her anzufeuern.

Wann taucht endlich Whitehorse vor uns auf? Dieses letzte Stück auf dem brüllenden Yukon nimmt kein Ende. Wir müssen ganz in der Nähe der Stadt sein. Irgendwo über der Uferböschung, nur durch einen kleinen Tannenwald getrennt, muß der "Alaska-Highway" verlaufen. Trotz der fast spürbaren Nähe zur Zivilisation fühle ich mich im Moment einsamer als auf allen Berggipfeln dieses Rennens.

Immer wieder versuchen Ickey und Guitary, nach rechts auszubrechen. Weg vom Trail, hin zu windgeschützten Felsvorsprüngen. "Ickey, mein Junge, laß´ dich jetzt bloß nicht hängen. Die letzten Meilen bis zum Ziel schaffst du noch. Auch wenn dir diese verdammten Eiskristalle wie tausend Nadeln in den Augen brennen. Du bist das Härteste und Sturste, was die Natur jemals hervorgebracht hat. Es wäre doch gelacht, wenn ausgerechnet du dich jetzt noch unterkriegen lassen würdest. Nicht umsonst trägst du den selben Namen wie der härteste Runningback der NFL, Ickey Woods!"
Beschwörend stoße ich die Worte hervor. Obwohl ich mir sicher sein kann, daß mein Leithund wegen des pfeifenden Sturmes nichts davon hört. Oder doch?

Da! Wie der Stern von Bethlehem tauchen über einem Steilufer endlich die ersten Funkmasten der Rundfunkstation von Whitehorse auf. Hinter der nächsten oder übernächsten Flußbiegung muß es in die Stadt hineingehen. "Jungs wir schaffen es! Bisher hat uns nichts und niemand stoppen können, und so soll es bleiben!"
Plötzlich sehe ich über mir einen Helikopter, der keine Anstalten macht, weiterzufliegen. Statt uns in Ruhe zu lassen, dreht er langsam lauter werdend seine Kreise über uns. Wahrscheinlich ist der Hubschrauber mit Fotographen besetzt, die noch kurz vor dem Ziel einige eindrucksvolle Bilder schießen wollen. Mit den Armen wedelnd, bedeute ich dem Piloten, er solle abhauen.

Statt meinen Wünschen zu folgen, setzt dieser Trottel zum Sinkflug an.

Wenn ich jetzt ein Gewehr bei mir hätte, würde ich dem Piloten ein paar Zeichen geben die er nicht mißverstehen kann. Doch leider bin ich diesem Ungetüm hilflos ausgeliefert. Der Lärm und der Druck der Rotoren verschreckt meine Huskies so sehr, daß sie in panischer Angst vom Trail abbiegen wollen.
Verängstigt versuchen meine Hunde unter einer überhängenden Uferböschung Schutz zu suchen. Mir bleibt keine andere Wahl: Ich muß den Handlebar meines Schlittens loslassen. Ohne das Team anzuhalten, renne ich zu Ickey nach vorne. Koste es was es wolle, ich muß ihn auf dem richtigen Pfad halten. Wenn ich bei dieser Aktion mein Team verliere, waren alle bisherig Anstrengungen vergeblich. Schließlich müssen laut Reglement Hunde und Musher gemeinsam die Ziellinie passieren.

Beim Nach-vorn-Rennen versuche ich alles, um wenigstens mit einer Hand Kontakt zu meinen Huskies zu halten. Wenn meine verängstigte Mannschaft jetzt ausbricht, kann ich wenigstens noch in die Gangline greifen und so eine planlose Flucht meines Gespannes verhindern. Zum Glück trage ich heute meine Mukluks und nicht die schweren Bunny-Boots. In diesen leichten Mokassins läuft es sich fast so, als sei man barfuß unterwegs.

Verdammter Mist! Plötzlich bleibe ich mit einem Fuß an einer vom Schnee verdeckten Eisscholle hängen und knalle der Länge nach in den Schnee. Wie ein alter Postkutschengaul japse ich nach Luft. Am liebsten würde ich liegenbleiben. Doch daran ist jetzt nicht zu denken. Beim Aufspringen zuckt ein rasender Schmerz durch meinen Körper. Wieder habe ich mir das schon in Angle-Creek lädierte Knie angeschlagen. “Los, du Weichei”, beschimpfe ich mich selbst. “Von deinen Hunden verlangst du Härte, also zeig‘ jetzt, daß du dich auch nicht unterkriegen läßt.”

Humpelnd und fluchend erreiche ich meine beiden Leithunde. Mit einigen energischen Zügen an der Neckline kann ich sie auf dem rechten Pfad halten. Ich kann mir richtig vorstellen, wie sich die im warmen Helikopter sitzenden Leute über meine Probleme hier unten amüsieren. Hoffentlich treffe ich im Ziel niemanden, der sich als Hubschrauberpilot zu erkennen gibt. Sonst kann ich wirklich für nichts garantieren. Lange schaffe ich es nicht mehr, neben Ickey und Guitary herzurennen.

Vor wenigen Augenblicken, als ich noch auf den Schlittenkufen stand, kam mir unsere Marschgeschwindigkeit eher langsam vor. Doch jetzt, da ich wie der Glöckner von Notre Dame durch das Schneetreiben neben meinen Hunden mit wehenden Overmitts herhumple, merke ich, das ich dieses nun für mich mörderische Tempo nicht lange durchhalten kann. Entweder fliegt dieser verfluchte Hubschrauber bald wieder nach Whitehorse zurück, oder ich muß mein Team anhalten.

Endlich hat die Besatzung des Helikopters ein Einsehen. Laut knatternd fliegt der Hubschrauber in Richtung Stadtmitte davon. Beruhigend, ja beschwörend, rede ich auf meine verschreckten Freunde ein, bevor ich sie wieder auf den Trail zurückführe. Erst jetzt kann ich die Neckline meiner Leithunde loslassen. Meine Lungen rasseln wie Schneeketten auf Asphalt, während ich keuchend darauf warte, bis der unbemannte Schlitten an mir vorbeiholpert. Kaum ist das Gefährt auf einer Höhe mit mir, springe ich auf die Kufen. Endlich geht es weiter nach Whitehorse. Es währe schon fatal, wenn wir durch solch einen Zwischenfall nur wenige Meter vor dem Ziel aufgeben müßten. Nur deshalb, weil sich die Hunde vor lauter Angst nicht trauen, weiterzulaufen.

Zum Greifen nahe passieren wir die ersten Häuser von Whitehorse. Nur wenige hundert Meter vor uns führt eine natürliche Rampe hinauf in die Stadt. Etwa 200 Meter geht es nun über die Hauptstraße bis zum Zielbogen. Begeisterte Zuschauer säumen jubelnd die letzten Meter unserer fast 1.700 Kilometer langen Reise durch Eis, Schnee, Kälte und Sturm. Aber auch durch sonnenüberflutete Landschaften und kristallklare Nächte mit einem unvergleichlichen Sternenhimmel. Geschafft! Wie oft waren die Hunde und ich am Ende unserer Kräfte. Welche wunderbaren Dinge durften wir während dieser Reise erleben? Meine Gedanken überschlagen sich. Ein enormes Glücksgefühl verdrängt meine Erschöpfung. Geschafft! Wir haben es tatsächlich wieder geschafft!

Nachdem ich für dieses Jahr zum letzten Male meine Unterschrift unter das aktuelle Rennformular gesetzt habe, fühle ich mich wirklich wie ein Sieger. Überglücklich falle ich Inge und Petra in die Arme. Nachdem ich meine Helfer begrüßt habe, wird es Zeit, daß ich mich um meine Weggefährten kümmere. Jeder von ihnen hat sich einen herzhaften Snack und eine übergroße Streicheleinheit verdient. Noch bevor sich ein Tierarzt meiner Hunde annimmt, möchte ich mich bei diesen tapferen Gesellen bedanken und mich selbst um ihre kleinen Blessuren kümmern.

Mit Tränen der Rührung in den Augen knie ich mich zwischen meine beiden Leithunde und drücke mein Gesicht an ihre Köpfe: "Ickey, du sturer Bock. Du hast das Unmögliche geschafft und bist bis auf wenige Ausnahmen die ganze Strecke in Lead gelaufen. Nie hätte ich solch eine Leistung für machbar gehalten. Ohne deinen unbeschreiblichen Willen wäre für uns alle das Rennen spätestens in Circle zu Ende gewesen. Du hast soviel an Gewicht verloren, daß dir dein Zuggeschirr locker um den Körper schlackert. Doch nicht nur Dir, uns allen sind unsere Kleider seit Beginn dieses Abenteuers um mindestens zwei Nummern zu groß geworden. Daß du uns nie im Stich gelassen hast und trotz meiner Befürchtungen keine Beißerei angezettelt hast, werde ich dir nie vergessen. Ich verspreche dir, daß du bis an dein Lebensende immer einen Platz in meinem Rudel inne haben wirst. Hiermit stelle ich dich auf eine Stufe mit Blanco!" Ob "Piraten-Ickey" durch diese Worte sonderlich beeindruckt ist, kann ich nicht mit Sicherheit sagen. Jedenfalls leckt er mir inbrünstig über das Gesicht und fordert mit Nasenstübern seinen Energieriegel aus Truthahnhaut.

"Guitary! Als du gemerkt hast, daß wir uns immer weiter von Zuhause entfernt haben, warst du als Leithund überfordert. Doch hast du im Rahmen deiner Möglichkeiten immer deinen Mann gestanden. In Dawson, als du nicht fressen wolltest, habe ich schon geglaubt, daß du über dein Limit gegangen bist. Doch dann hast du dich dank deiner Jugend gefangen und bist sogar immer mehr in die Rolle eines Leaders gewachsen. Eine Aufgabe, die neben einer tickenden Zeitbombe, wie Ickey sie nun einmal ist, bestimmt nicht einfach war. Dir, der du noch nicht einmal zwei Jahre auf den Pfoten hast, sage ich eine große Zukunft als Leithund voraus. Wenn Gott uns läßt, werden wir noch viele Expeditionen gemeinsam unternehmen."

"Clancy, du warst mein Glücksgriff. Jetzt, direkt unter dem Zielportal, blickst du mich noch genauso mitleiderregend an wie an dem Tag, an

dem ich mich dank Petras Fürsprache für deine, statt für Sisters Teilnahme am Yukon-Quest entschieden habe. Du hast, wenn unser Zug zum Stillstand kommen wollte, jedesmal für den nötigen Vorwärtsdrang gesorgt. Deine vom harschen Schnee wundgescheuerten Vorderläufe sind dank Doppelbooties und "Trusty-Husky-Salbe" wieder gut abgeheilt. Auch du hast ganz schön an Gewicht verloren.
Doch das Gewicht, daß du verloren hast, wirst du in ein paar Tagen wieder auf den Rippen haben." Fast feierlich greife ich in meine Jackentasche und gebe Clancy gleich zwei Riegel aus gefrorener Truthahnhaut.

"Rhonda, mein Zwergerl: Obwohl du so zierlich, ja fast zerbrechlich wirkst, hast du die ganze Strecke deinen Hund gestanden. Nie war deine Tugline ohne Zug. Des öfteren warst du sogar in der Lage, uns für einige Meilen neben Ickey anzuführen. Es ist zu schade, daß du nur eine Leihgabe bist. Am liebsten würde ich dich heiraten, oder wenigsten kaufen. Doch dann hat Barbara Martin keinen "Stadtleithund" mehr, mit dem sie nach ihrer Genesung zum Einkaufen fahren kann. Ich verspreche dir aber, daß ich dich oft in Tanana besuchen und immer eine kleine Leckerei für dich dabei haben werde. Ich glaube, daß wir beide ein Leben lang an unsere gemeinsame Reise denken werden."

"Be-Bop! Du bist ein unauffälliger, aber stets arbeitsamer Teamhund. Einmal auf dem Yukon, zwischen Circle und Eagle, wollte ich dich, als es im Blizzard nicht mehr weiter ging, ins Lead spannen. Dies war ein Fehler, der dich beinahe überfordert hätte. Da du deine Grenzen besser als ich kennst, hast du dich schon nach wenigen Metern einfach in den Schnee gelegt und jede Mitarbeit verweigert. Wieder in der Anonymität des Teams warst du sofort wieder die gewohnte Arbeitsmaschine. Du hast dafür gesorgt, daß der Schlitten trotz tosenden Sturmes weiter in Richtung Whitehorse glitt. Obwohl unser beider Verhältnis nie allzu eng wurde, habe ich jetzt das unwiderstehliche Verlangen, dich auf deine kalte, schwarze Nase zu küssen."

"Salz und Gobbles, ihr zwei weißen Brüder. Ihr gleicht euch wie ein Ei dem anderen. Nie würde ich es wagen, euch anders als nebeneinander vor den Schlitten zu spannen. Glücklicherweise seid ihr während des ganzen Rennens von jeder Verletzung verschont geblieben. Auch euer legendärer Appetit hat euch nie verlassen. Mit euch, ihr Unzertrennlichen war es ein Genuß, über die unendlichen Weiten der Arktis zu gleiten. Ich schätze mich glücklich, euch für immer in meinem Team zu haben. Euer früheres Herrchen, der euch vor drei Jahren an mich verkauft hat, hat meiner Meinung nach einen gewaltigen Fehler begangen."

Langsam lasse ich mir einen Schluck Cola die trockene Kehle herunterrinnen. Plötzlich klopft mir jemand von hinten auf die Schulter. Überrascht drehe ich mich um: Larry "Cowboy" Smith. Mein alter Kumpel hat die weite und beschwerliche Anreise aus Dawson nicht gescheut. Herzlich gratuliert er mir im Ziel. Heute abend beim Finisher-Banquet, nach meiner Dankesrede, werden wir uns an der Bar etliche Whiskys genehmigen. Aber noch ist es nicht soweit. Vorher möchte ich mir einen Traum erfüllen: Eine heiße Dusche!

"Nordic und Sunny-Boy, :so wie ich euch jetzt gemeinsam im Arm halte, so seid ihr fast das ganze Rennen nebeneinander gelaufen. Du, Nordic, bist schneeweiß, hast blaue Augen und stammst aus Alaska. Sunny-Boy, du bist ein echtes Münchner Kindl und gleichst eher einem Wolf denn einem Husky. Die äußeren Merkmale sind jedoch das einzige, das euch unterscheidet. Mit eurer Schmuserei und Liebesbedürftigkeit habt ihr

mich oft an den Rand der Verzweiflung gebracht.
Besonders dann, wenn ich alle Hände voll zu tun hatte und ihr mir in eurer Sehnsucht nach Liebesbeweisen regelrecht aufgelauert habt. Euch beiden haben die Strapazen der hinter uns liegenden 1.000 Meilen so gut wie nichts anhaben können. Bei euch mache ich mir Sorgen, daß ihr beleidigt seid, wenn ihr erfahrt, daß wir unsere Rückreise nach Fairbanks nicht mit dem Schlitten, sondern mit dem Auto antreten werden. Nach dieser unendlichen Schinderei macht ihr auf mich den Eindruck, als würdet ihr darauf warten, daß ich den Schlitten einfach wende und daß das ganze Abenteuer von neuem beginnt."
Momentan ist ihre schier unstillbare Gier nach Liebe für mich von großem Vorteil. Sunny und Nordic verhindern, daß Fremde meine Rührung bemerken. Denn beide Hunde lecken mir die Tränen, die mir die Wangen herunterrinnen, sofort vom Gesicht. Für die um uns herum stehenden Zuschauer kann ich also weiter den harten Musher spielen.

"Lard, mein Guter! Ohne zu murren bist du in schwierigen Situationen immer im Wheel gelaufen. Du hast mein Gefährt durch enges Dickicht und über schräge Hänge gesteuert. Ohne, daß wir auch nur einmal mit einem Baum kollidiert wären. Ich möchte es gar nicht wissen, wie oft du als Steuermann eine unsanfte Bekanntschaft mit einem Hindernis vermieden hast, während ich schlafend auf dem Schlitten stand. Dir sind die Anstrengungen unserer Reise vom Fell abzulesen. Doch bin ich fest davon überzeugt, daß du gerne und mit Begeisterung beim nächsten Mal wieder dabei bist."

"Chew, mein Mädchen: Ich weiß, uns verbindet eine unglückliche Liebe. Aber ich kann ja auch nichts dafür, daß du ein Hund bist und ich als Mensch mein Dasein fristen muß. Während unserer ganzen Fahrt habe ich es vermieden, ein anderes Weibchen in deiner Nähe einzuspannen, Ich wollte deine Eifersucht nicht noch weiter schüren. War das so in Ordnung? Ich erinnere mich noch genau, mit welcher Genugtuung du registriert hast, daß Trouble in Dawson zurückbleiben mußte. Ab Dawson warst du die einzige, die mit Lard zusammen als Wheeldog arbeiten konnte. Ich weiß, diese schwere Arbeit hast du nur für mich auf dich genommen. Doch habe ich es vom Schlitten aus beobachten können, wie du dich in deinen Nebenmann verliebt hast. Eure heimlichen Küsse, mit

denen ihr euch in schweren Passagen gegenseitig aufgemuntert habt, sind mir nicht entgangen.
Ich bin sicher, daß ihr mir zu gegebener Zeit eine Menge toller kleiner Huskies schenken werdet. Deshalb bin ich auch nicht eifersüchtig auf meinen Nebenbuhler. Obwohl du anfängst, fremdzugehen, liebe ich dich immer noch. Aber nicht nur dich, sondern euch alle. Lard hat dich wirklich verdient. Verstehst du das?"

Noch einmal trete ich vor den Schlitten. Was um mich herum passiert, nehme ich nicht mehr wahr. Wie in Trance verschmelze ich mit meinen Hunden ein letztes Mal zu einer Einheit. Leise murmele ich in meinen Bart: "Für eure Leistung und euren Zusammenhalt kann ich euch nicht genug danken. Worte und Liebkosungen können nicht ausdrücken, was ich für euch empfinde. Ich weiß: Wir bleiben zusammen."
Dennoch - die Kernfrage bleibt: Haben sich die Strapazen, die Quälerei, der Aufwand, die Entbehrungen, hat sich das alles gelohnt? Ich weiß es nicht.

Der Startschuß im nächsten Jahr fällt am 9. Februar...

Ergebnisliste Yukon-Quest Ankunft in Whitehorse:

1.	John Schandlemeier	Alaska	Fr.	23.02.	05.47 Uhr	11 Hunde
2.	Rick Mackey	Alaska	Fr.	23.02.	06.45 Uhr	9 Hunde
3.	Bill Steward	Kanada	Fr.	23.02.	14.04 Uhr	9 Hunde
4.	Mark May	Alaska	Fr.	23.02.	14.33 Uhr	7 Hunde
5.	Frank Turner	Kanada	Fr.	23.02.	17.07 Uhr	8 Hunde
6.	Dough Harris	Kanada	Fr.	23.02.	18:37 Uhr	9 Hunde
7.	Peter Butteri	Alaska	Fr.	23.02.	19.37 Uhr	8 Hunde
8.	Alistair Taylor	Schottland	Fr.	23.02.	22.43 Uhr	9 Hunde
9.	Paddy Santucci	Alaska	Fr.	23.02.	22.54 Uhr	6 Hunde
10.	Jeninne Cathers	Kanada	Sa.	24.02.	04.21 Uhr	10 Hunde
11.	Kris Swanguarin	Alaska	Sa.	24.02.	11.07 Uhr	10 Hunde
12.	Dieter Zirngibl	Deutschland	So.	25.02.	15.38 Uhr	11 Hunde
13.	Suzan Amundsen	Alaska	So.	25.02.	16.33 Uhr	8 Hunde
14.	Dave Dalton	Alaska	So.	25.02.	20.12 Uhr	6 Hunde
15.	Alain Hercsher	Frankreich	Mo.	26.02.	11.00 Uhr	11 Hunde
16.	Thomas Wiget	Schweiz	Mo.	26.02.	14.16 Uhr	8 Hunde
17.	Michael King	Alaska	Di.	27.02.	14.22 Uhr	9 Hunde
18.	Stan Njootli	Kanada	Di.	27.02.	20.36 Uhr	10 Hunde
19.	Dan Turner	Alaska	Aufgabe in Dawson			
20.	Dieter Dolif	Deutschland	Aufgabe in Eagle			
21.	Curt Smith	Alaska	Aufgabe in Central			

Regeln des Yukon Quest Schlittenhunderennens

1. Das offizielle Startsignal zum Yukon Quest wird am Samstag, den 10. Februar um 13.00 Uhr (Alaska Standardzeit) gegeben. Der Start wird in Fairbanks/Alaska erfolgen. Der Racemarshal kann den Startplatz auf Grund von Wetter- oder Trailbedingungen verlegen.

2. Startgelder bei Anmeldung im Juli: 650$; August: 700$; September: 750$; Oktober: 800$; November: 850$; Dezember: 900$; Januar: 950$;

3. Voraussetzung zur Teilnahme: Jeder Bewerber muß seine Qualifikation durch ein abgeschlossenes 500-Meilen-Rennen nachweisen.

4. Die Rennstrecke führt über ca. 1.000 Meilen. In der Hauptsache durch arktische Wildnis, auf oder entlang dem Yukon River. Als Checkpoints sind ausgewiesen: Angle-Creek, Central, Circle-City, Eagle, Dawson City, Pelly-Crossing, Carmacks.

5. Alle Fooddrops werden vom Yukon Quest International zu den jeweiligen Checkpoints befördert. Stroh muß zu jedem Checkpoint gesendet werden.

6. Falls Hunde am Checkpoint zurückgelassen werden, muß der Musher für alle daraus entstehenden Kosten, wie Rücktransport usw. aufkommen.

7. Der Racemarshal hat vom Zeitpunkt des Mushermeetings bis zum Finisherbanquet alleinige Befehlsgewalt über alle das Rennen betreffende Dinge.

8. Alle Hunde müssen frühestens zehn Tage vor dem Start tierärztlich untersucht worden sein. Ein Hund, dessen Gesundheitszustand nicht absolut einwandfrei ist, darf nicht am Rennen teilnehmen.

9. Die Teilnahme am Mushermeeting und am Musherbanquet ist Pflicht.

10. Preisgeld: Platz 1: 25.000$; Platz 2: 20.000 $, Platz 3: 15.000 $, Platz 4: 10.000; Platz 5: 8.000 $; Platz 6: 6.500 $; Platz 7: 5.000 $; Platz 8: 4.000 $; Platz 9: 3.700 $; Platz 10: 3.400 $; Platz 11: 3.200 $; Platz 12: 3.000 $

11. Es darf nur ein Schlitten für das gesamte Rennen eingesetzt werden;

12. Jeder Musher muß persönlich an den jeweiligen Checkpoints ein- und auschecken.

13. In Dawson City ist für jeden Musher und sein Team eine 36stündige Zwangspause und in Carmacks eine acht stündige Zwangspause vorgesehen.

14. Auf Zuruf: "TRAIL!" muß der Weg für ein überholendes Team freigegeben werden. Ausnahme: Eine Meile vor der Ziellinie in Whitehorse.

15. Abfall und Unrat dürfen nicht auf dem Trail zurück gelassen werden.

16. Jeder Musher muß bis zum Tag des Startes das 18.Lebensjahr vollendet haben.

17. Es ist nur ein Musher pro Team für das Rennen zugelassen.

18. Der Musher darf während des Rennens, außer in Dawson City, keine fremde Hilfe annehmen. Teilnehmende Musher dürfen sich gegenseitig zur Hilfe kommen.

19. Zur Pflichtausrüstung zählen Schlafsack, Axt, Schneeschuhe, Booties und Postpaket.

20. Die Hilfe von motorgetriebenen Fahrzeugen darf nicht in Anspruch genommen werden.

21. Nur der Musher darf, außer in Dawson, seine Hunde pflegen und füttern. An Hütten außerhalb von Checkpoints darf der Musher Einladungen annehmen.

22. Das Rennen muß mit mindestens 8 Hunden und maximal mit 14 Hunden begonnen und mit mindestens 6 Hunden beendet werden. Nach dem Start darf das Team nicht mehr ergänzt werden.

23. Die Hunde müssen human und liebevoll behandelt werden. Jede Gewalt gegen Hunde zieht die sofortige Disqualifikation nach sich. Alle Hunde müssen im Checkpoint von einem Veterinär untersucht werden. Der Veterinär entscheidet über die weitere Teilnahme des Hundes am Rennen.

24. Jeder kranke, verletzte oder tote Hund muß zum Checkpoint gebracht werden.

25. Während des Rennens dürfen die Hunde nur mit Arzneien, die ein Renntierarzt verabreicht hat, behandelt werden. Ein Hund, der eine Injektion benötigt, muß im Checkpoint zurückgelassen werden.

26. In jedem Checkpoint werden Dopingtests vorgenommen.

27. Sollte ein Hund durch die Schuld seines Mushers zu Tode kommen, wird der Musher von diesem und von allen zukünftigen Yukon Quest-Rennen ausgeschlossen.

28. Das Rennen gilt als abgeschlossen, wenn die Nase des Leithundes die Ziellinie passiert hat.

29. Der Ehrenkodex des Nordens verlangt, daß alle Teilnehmer am Yukon Quest ehrenhaft, hilfsbereit und großzügig auftreten.

30. Ein Verstoß gegen eine dieser Regeln kann die Disqualifikation oder eine Zeitstrafe nach sich ziehen.

Sachwortverzeichnis
Kommandos

Gee	Befehl nach rechts zu laufen;
Haw	Befehl nach links zu laufen;
Whow	Befehl zum Anhalten;
Go ahead	Befehl zum Weiterlaufen;
On by	Befehl zum Passieren anderer Teams;
Digg in	Befehl zum schweren bergauf Ziehen;
Line out	Befehl für den Leithund, die Gangline straff zu halten;
OK, Hike	Signal zum Anfahren;

Ausrüstung und Material

Gangline	Leine an der alle Hunde vor den Schlitten gespannt sind;
Tugline	Nebenzugleine über die jeder Hund an der Gangline zieht;
Neckline	Halsleine, die das Halsband mit der Gangline verbindet;
Picketline	Von einer langen Hauptleine zweigen in regelmäßigen Abständen kürzere Leinen ab, an denen die Hunde angehängt werden;
Booties	Kleine Stoffstrümpfe mit Klettverschluß um die Pfoten vor Verletzungen zu schützen;
Runner	Schlittenkufe;
Handlebar	Handgriff an dem sich der Musher am Schlitten festhält und mit dem er den Schlitten lenkt;
Schlittensack	Auf dem Schlitten festgebundener Sack in dem die Ausrüstung tansportiert wird;
Harness	Zuggeschirr;
Schneeanker	Über ein Seil am Schlitten befestigte Stahlkralle, die zum Sichern in den Schnee getreten oder an einem Baum eingehakt wird;
Snowhook.	siehe Schneeanker
Snowmobil	Motorgetriebenes Raupenfahrzeug, Motorschlitten; Snogoo, Scandic;

Positionen im Gespann

Lead dogs	Leithunde, meistens werden zwei Leithunde nebeneinander eingespannt;
Single leader	Einzelner Leithund;
Swing dog	Hund hinter den Leithunden;
Team dog	Hund hinter den Swing dogs und vor den Wheeldogs;
Wheel dog	Hund der direkt vor den Schlitten gespannt wird und diesen steuert;

Allgemeine Begriffe

Barrelstove	In Alaska gebräuchlicher, aus einem Ölfaß hergestellter, Ofen;
Biwak	Übernachtung im Freien, nur mit Schlafsack und Nässeschutz;
Blizzard	Schneesturm mit großer Windstärke;
Bushvillage	Einsame, abgelegene Ortschaft in der Wildnis Alaskas;
Bushratte	Bewohner einer im Busch Alaskas gelegenen Hütte;
Caterpillar	Raupenschlepper, Baufahrzeug;
Cabin	Blockhütte mit nur einem Zimmer;
Cheechako	Alaskanischer Begriff für Neuling; Greenhorn;
Doghandler	Hundepfleger;
Droppen	Ausdruck für Zurücklassen;
Food drop	Für das Rennen ausgesendeter Proviant für Tier und Mensch;
Frostbite	Frostbeule; erfrorene Haut;
Icerub	Stelle die vom Eis wundgescheuert wurde;
Kennel	Platz auf dem Hunde gehalten werden, Zwinger;
Liquorstore	Schnapsladen;
Lodge	Gästehaus;
Logcabin	Blockhaus; Log = Baumstamm,
Mailcarrier	Transporteur von Post mit Hundeschlitten;

Miningroad	Provisorische Straße im Bergbaugebiet;
Mure	Erdrutsch;
Musher	Hundeschlittenfahrer;
Musher meeting	Treffen der Musher mit der Rennleitung;
Mandatory lyover	Zwangspause;
Overflow	Überfließendes, oft nicht sichtbares, Wasser;
Sourdough	Sauerteig; Bezeichnung für erfahrene Nordmänner;
Sluisebox	Auffangbecken in dem große Mengen Gestein für die Goldsuche gewaschen wird;
Tangle	Verwicklung aus Leinen und Hunden;
Tradingpost	Handelstation;
Trail	Schmaler Weg, Piste für Schlittengespanne;
Trappline	Strecke an der Fallen aufgestellt sind;
Whiteout	Wetterverhältnis in der Arktis, bei der Beleuchtung, starker Wind und Schneetreiben dazu führen, daß man nichts mehr sehen kann;
Windchill	Durch Wind hervorgerufene Steigerung der Kälte;
Wolverine	Vielfraß

Biographie

Dieter Willi Zirngibl.
1950 in München geboren.

Im Alter von 14 Jahren als Schiffsjunge mit der christlichen Seefahrt begonnen.

8 wunderschöne Jahre als Stuntman, Berufsringer, American-Footballspieler und Seemann verbracht. Während dieser Zeit die ganze Welt bereist. 2 dieser 8 Jahre durfte ich als Jäger und Fischer in der Arktis verleben. Aus dieser Zeit stammt meine besondere Liebe zu dieser Region.
1971 meine Frau Inge geheiratet und eine Tochter namens Petra bekommen.
1971 in Hamburg mit einem Studium zum Diplom Wirtschaftsingenieur für Seeverkehr begonnen, welches 1976 erfolgreich abgeschlossen wurde. Das Studium habe ich mir von meinen Gagen als Berufsringer finanziert.
1978 wurde mir das Kapitänspatent erteilt.
Von 1979 bis 1989 als Kapitän von Chemikalientankern unseren Planeten verschmutzt und diesen dabei mehrfach umrundet.
1990 die christliche Seefahrt an den Nagel gehängt und mich mit einem Sport und Gesundheitspark selbständig gemacht.
1991 meinen ersten Husky "Saskia" aus dem Tierheim in München geholt. Diesem Hund seine Heimat Alaska gezeigt und seitdem restlos in Huskies und Alaska verliebt.
1992 bis 1995 zur Vorbereitung auf das Abenteuer "Yukon-Quest" genutzt.
1995 erste Teilnahme am Yukon-Quest.
1996 zweite Teilnahme am Yukon-Quest, bis dato der einzige Deutsche, der dieses Rennen "gefinished" hat,
1996 lebe trotz meiner Eskapaden immer noch mit Saskia, 69 weiteren Huskies und meiner Frau Inge glücklich zusammen.

Sollte dieses Buch Ihren Appetit auf Schlittenhundetouren in Alaska geweckt haben? Bill Fliris und ich bieten derartige Exkursionen um Tanana von Dezember bis April an.

Kontaktadresse: Toziriver Huskies P.O-Box 169
99777 Tanana Alaska USA
Fax: 001-907-366-7245
e-mail: tozidogs@aol.com
toziriver@aol.com